| A.TEMPO PREMIUM LABEL. op. 005

언니가
남자 주인공을
주워 왔다

이 책은 (주)에이템포 미디어가 저작권자와의 계약에 따라 발행한 것으로 저작권법의 보호를
받는 저작물입니다. 본서의 내용을 무단 전재 및 무단 복제하는 것을 금합니다. 작가와 협의하
여 인지는 생략합니다.

이 도서의 국립중앙도서관 출판시도서목록은 서지정보유통지원시스템 홈페이지(http://
seoji.nl.go.kr)와 국가자료공동목록시스템(www.nl.go.kr/kolisnet)에서 이용하실 수 있습니
다. (CIP제어번호: CIP2020012893)

언니가 남자주인공을 주워왔다

문시현 장편소설

IV

PREMIUM
LABEL

CONTENTS

언니가 남자 주인공을
주워 왔다

| Romance Fantasy
| crescendo

MY SISTER PICKED UP THE MALE LEAD

대마법사가 되는 길

XII

12

대마법사가 되는 길

나는 정말로 미숙한 마법사였다.

이제까지는 요령을 피운 것에 불과했으며, 언니의 버릇과 세세한 움직임을 예측할 수 있었던 것은 감각이 열렸기에 가능했다. 이를 언니가 알았다면 써먹지 못할 방법이기도 했다. 언니가 아주 많이 봐줬다는 대목이기도 하겠지만. 이내 멀지 않은 곳에 있던 언니가 다가왔다. 천천히 몸에서 힘이 빠졌다.

'뭔가 하나 얻기는 한 것 같긴 하지?'

손을 들어 올릴 힘도 없었다. 간신히 지팡이에 의지해 앉아 있을 뿐이었다. 여기서 기절하면 안 되는데. 몸에 힘이 하나도 남지 않아 절로 바닥을 향했다. 그 순간 등 뒤로 따뜻하고 단단한 것이 닿았다. 내가 만든 겨울 속에서 익숙하고 믿음직스러운 체온이었다.

"……고생했다."

마음이 아릴 정도로 부드럽고 다정한 목소리. 리녹이었다. 눈이 가물가물 했지만 웃음이 배시시 새어 나왔다.

"앞으로는 당신을 지킬 수 있을 것 같죠?"

아니다. 이 정도면 아직은 멀었나. 하지만, 뺨에 올라온 그의 손가락을 꾸욱 잡아 쥐었다.

"아니, 지킬 거예요."

언니도 리녹도, 모두. 내가⋯⋯.

그 말을 밖으로 남기지 못하고 나는 꼬로록 기절했다.

'아. 아직은 언니랑 리녹 둘만 남기면 안 되는데.'

그렇게 생각하면서.

△

타닥타닥.

잠에서 깼을 때, 난롯불이 타는 소리가 들렸다. 눈을 뜨다 말고 멈칫했다. 리녹의 침실에는 벽난로가 없었다. 평소 마법으로 온도가 유지되는 이 저택에서 난로는 장식용에 가까웠다. 로테가 손님이 올 때만 지핀다고 말해줬는데⋯⋯.

"그런 일이 니온에서도 일어났나?"

"네. 그래요."

귀에 익은 목소리들이 들려왔다. 동시에 따뜻한 손끝이 눈을 어루만졌다. 포근함에 눈을 살짝 뜨자 미미한 미소를 띤 언니가 보였다.

"일어났니?"

언니가 흐트러진 머리를 쓰다듬어 주었다. 그 손길에 숲속 집에서 그랬듯 언니의 손에 얼굴을 마구 비볐다.

"으응, 언니, 조금만 더⋯⋯."

움직이려고 했지만 몸이 좀처럼 따라주질 않았다. 딱딱한 돌을 달고 있는 기분이었다.

"응. 푹 쉬자. 시간은 많으니까."

그 말에 도리어 눈이 반짝 떠졌다.

'시간이 많다니?'

동시에 기절하기 전 상황이 주르륵 떠올랐다. 내가 미처 생각하지 못했던 거대한 마법과 내 수식어까지도. 언니는 머리칼을 한 올 한 올 정돈해 주었다.

"잘 잤나, 에이미."

그리고 옆에서 익숙하고도 듣기 좋은 목소리가 들렸다. 리녹? 그가 책상에 기대어 이쪽을 바라보고 있었다. 장소를 보아하니 응접실이 맞는데. 이 두 사람이 나 자는 동안에 함께 있었다고?

물론 다툼도 해결했고 언니가 우리의 관계를 인정해 주었지만 그런데도 어색한 모습이긴 했다. 괜찮은 건가 싶어 두 사람을 얼른 번갈아 보자, 언니가 빙긋 웃었다.

"괜찮아. 우린 아주 많은 얘기를 나눴거든."

……무슨 얘기? 그렇게 반문해도 언니는 알려줄 표정이 아니었다. 대신에 손을 내려 내 뺨을 쓰다듬었다. 손끝에서 자글자글 느껴지는 굳은살은 언니가 살아온 인생이며, 노력이며, 나를 책임지려 했던 흔적이었다. 괜히 가슴이 뭉클해졌다. 나는 괜히 언니의 얼굴에 뺨을 비비다가 힘에 부쳐 베개에 얼굴을 파묻었다.

다시 보니 방 안에는 언니와 리녹 말고도 로테와 베이커, 그리고 그레이, 첼시가 함께였다.

"으응, 언니 얘기 중이던 것 아니었어? 계속해도 돼."

"괜찮아?"

"응…… . 나 말할 힘도 없어."

정말이었다. 몸살에 걸린 것처럼 손가락 까딱할 힘도 없었다. 이 대로 침대에 며칠 내내 누워 있어야 할 거 같았다. 그 사이 로테가 다 가와 내 옆에 쿠션을 내려놓았다. 웬 쿠션인가 싶어 눈만 굴리자 그 위에 하양이가 힘없이 누워 있었다.

"하양아."

이름을 부르자, 하양이가 눈을 반짝 떴다. 움직이지 못하는 건 하 양이 또한 마찬가지였으나 꼬리만큼은 마구 흔들고 있었다. 평소의 움직임이 마치 프로펠러 같았던 걸 생각하면 현저히 느린 속도였다.

"미안, 나 때문에 고생했네."

끼잉!

하양이가 낑낑대며 내 손을 핥았다. 나는 힘없이 하양이를 들어 가슴에 품었다. 신기하게도 전보다 하양이와 더 깊게 이어진 기분이 들었다. 언니와 대련하면서 하양이의 기억을 엿보아서인 듯했다.

옆에선 언니가 리녹과 대공가 기사단들과 함께 다시 이야기를 나 누고 있었다. 그러고 보니 막 잠에서 깰 때, 니온 왕국 어쩌고 하는 이야기를 들은 것 같은데. 나는 옆에 서 있던 로테에게 물었다.

"언니와 리녹이 무슨 이야기 중인 거예요?"

로테가 정중하게 고개를 돌려 까딱였다.

"디아나 씨께서 제보를 하나 해 주셨습니다."

"제보?"

"예. 북쪽 하양 산맥에서 마법 생물이 납치당한 것에 대해서 말씀 드린 일이 있는데, 기억하시지요?"

"네."

언니랑 대련하기 전, 집무실에서 이야기해 줬었지.

"놀랍게도 니온 왕국에서도 비슷한 사례가 있었다고 합니다."

"니온 왕국에서요?"

"예. 니온 왕국과 제국 국경이 맞닿은 곳에는 거대한 늪지대가 있습니다. 보통 사람은 물론, 기사도 들어가기 힘든 그곳에 마법 생물 '요르문간드'가 삽니다."

로테는 일종의 거대한 물뱀 형태를 가진 생물이라고 설명했다.

"문제는 이 요르문간드가 수백 년 만에 새끼를 낳았는데, 요르문간드를 상징으로 삼는 니온 왕국에서 각별한 관리를 기울였다고 합니다. 그러던 어느 날 정체 모를 단체로부터 새끼 요르문간드를 납치하려는 시도가 있었다고 하더군요."

"그럼 언니는……."

"예. 마수잡이 기사로서 이 조사단에 차출되었다고 하더군요."

로테는 늪지대에는 마수가 많다고 덧붙였다.

"니온 왕국은 정체 모를 단체라고 정의를 내린 듯하나…… 아무래도 제국의 황실인 듯합니다."

나는 멈칫했다. 꿈을 통해 리녹에게 급한 상황을 전달해 달라던 펜릴의 말이 떠올랐기 때문이었다.

"부탁이 있다. 이베르크에게 알려다오."

다급한 음성이 기억에 남아 있었다.

"오래전 내 짝을 데려간 황실이 무닌과 후긴까지 건드렸다고. 이대로 가다간 이베르크도 그들과 충돌을 피할 수 없을 거다."

나는 눈을 들어 올렸다.

"그럼 황실이 마법 생물을 습격하고 있다는 건가요?"

"예, 그렇습니다."

도대체 왜? 로테는 아직 이유에 대해서는 명확히 밝히지 못했다 전했다.

"……하지만 짐작 가는 것은 있습니다. 마법 생물은 거대한 마력을 품은 생물. 아마도 황실이 원한 것은."

이를 듣는 순간, 문득 가설 하나를 떠올렸다. 어쩌면 이건…… 원작에서 나온 것과 이어진 내용일지도 몰랐다. 책 속에서 리녹이 겪는 최악의 위기.

황실이 리녹을 습격한 것은 그가 가진 거대한 마력을 노렸기 때문이었다. 책의 내용이 많이 바뀌었으나 이것만은 바뀌지 않았음을 깨달았다. 황실이 마력을 노리고 있다면, 반드시 리녹을 노릴 것이다. 감이 그 어느 때보다 강하게 외쳤다. 리녹에게 닥칠 위기만은 원작과 같이 올지도 모른다고. 그리고 그 위기란, 바로 그가 '폭주'에 이르러 목숨을 잃을지도 모를 습격이었다.

잠시 후, 모든 인원이 집무실에서 나가고 텅 빈 방에는 나와 리녹만이 남았다. 언니까지 자리를 비켜준 것이 의외의 일이었지만, 사실 자리를 비워 줬다기보다는 그레이의 요청을 따랐다고 봐야 했다.

언니는 놀랍게도 나랑 그렇게 격렬하게 움직이고도 힘이 남은 듯했다. 아니다, 나만 온 힘을 다해 텅빈 거겠지? 아직도 갈 길이 멀었다는 생각이 들었다. 원작의 위험한 사건들은 변하지 않은 채 성큼성큼 다가오는데, 나만 제자리걸음이라니. 초조하기도 했다.

'그러고 보니 수식어를 받았지.'

리녹과 대공저 사람들에게 내 말도 안 되는 수식어에 대해 이야기해야 했는데, 조금 전 황실 이야기에 놀라 미처 하지 못했다. 지금이라도 얘기할 수는 있겠지만, 고개가 잘 돌아가지 않고 입술을 열기가 힘들었다.

'끄응. 이렇게 누워 있을 때가 아닌데.'

속으로 꿍얼거리는데, 눈을 가린 손이 저절로 올라갔다. 눈을 뜨자 내 손을 조심스레 붙잡은 채 나를 내려다보는 리녹이 보였다. 그는 걱정스러운 얼굴로 내 얼굴을 쓸어내렸다.

"……많이 아픈가?"

절레절레. 나는 고개를 살짝 흔들었다. 미약하긴 했으나 전달되기에는 충분했을 거다.

"네가 아픈 게 싫다."

나는 보일 듯 말 듯 웃으며 그의 손을 잡고 뺨을 문질렀다. 이리 보니 잠시 누워 있는 것도 나쁘지 않다고 생각하며.

목 안쪽이 바짝 마르고 따끔거렸다. 가까스로 입술을 벌려 물이 마시고 싶다고 중얼거렸다.

"실례해도 되겠나."

그러자 리녹이 조심스럽게 내 몸을 들어 올렸다. 안전하게 들어 올려지는 기분이 생각보다 나쁘지 않았다. 아니, 오히려 불편한 것 없이 안락했다.

편안히 힘을 빼고 리녹의 가슴에 뺨을 기댔다. 리녹은 그대로 자리를 옮겨 나를 안은 채로 의자에 앉았다. 눈을 뜨자 눈앞에는 물컵이 놓여 있었다. 힘없이 손을 뻗으려는데, 컵이 휙 사라졌다.

"……리녹?"

리녹이 물컵을 들어 올린 채 나를 보더니 그대로 컵 안의 물을 입

안에 머금었다. 그러고는 내 턱을 붙잡고 상체를 기울였다.

"……흡."

입술 안으로 시원한 물이 가득 찼다. 목 안은 시원해졌으나, 귀가 타오르는 기분이었다. 으응, 신음이 절로 흘러나왔다.

그의 것은 내 입 안을 한참 헤집고서야 떨어졌다.

"무, 무슨 물을……. 이렇게 줘요?"

겨우 중얼거리자, 리녹이 진지하고도 집요한 눈으로 나를 바라보았다. 내 말이 들리지 않는다는 듯이.

"……한 번 더 줘도 되겠나?"

딸꾹질이 튀어나올 것 같았다. 날이 갈수록 리녹과의 거리가 가까워지는 기분이었다. 아니, 이미 우리 사이의 거리는 0에 수렴하는 것이나 다름없지만 느낌이라는 것이 있지 않은가.

나도 리녹에게 거침없이 다가가고 있지만 리녹은 거기에 맞춰서, 아니, 더욱더 빠른 속도로 다가오는 기분. 나쁘거나 싫은 건 아니었다. 더욱 다가가고 싶다고 생각하면서도 지금처럼 당황하고 마는 순간이 더러 있었다.

"……리녹, 빨라요."

빠르다구요. 그의 품에 얼굴을 묻은 채 겨우 중얼거렸다. 이미 얼굴이 타는 듯이 빨개졌음이 마구 느껴졌다. 머리 위에서 낮고 듣기 좋은 바람 소리가 들렸다. 리녹이 웃고 있는 것 같았다.

"방으로 초대한 사람답지 않은 말이군."

"……그땐 그때고요."

달빛 뽕에 취했을 때와 같습니까? 아무리 나라지만 해가 반짝 뜬 대낮에 그럴 용기는 없단 말입니다.

내가 답지 않게 부끄러움을 느끼고 리녹의 품을 파고들자 리녹도 더는 묻지 않았다. 대신 크고 단단한 팔로 나를 안아 주었다. 따끈따끈. 그의 체온이 적당하게 뜨겁고 따뜻했다.

리녹은 품에 기댄 내 팔을 잡아 주물러 주었다. 그렇지 않아도 저 릿하던 차에 그의 손길이 무척 기분 좋게 느껴졌다. 팔뚝까지 주물 러 주던 리녹은 그대로 나를 한 손으로 안아 올리더니 다른 한 손으로 물이 든 포트를 들고 옆방으로 향했다.

그는 나를 조심스럽게 침대에 뉘었다. 침대 옆 탁상에 포트를 내 려놓은 리녹은 자신도 침대에 걸터앉았다. 침대에 누웠지만 조금 아 쉬운 느낌이 들었다. 조금 찬 기운이 도는 침대보다는 리녹의 품이 더 좋았는데……. 가물거리는 눈을 깜빡일 때였다.

"에이미."

"으응?"

"잠시 실례해도 되겠나."

낮게 가라앉은 그의 목소리에 천천히 끄덕였다. 그가 무엇을 할 것인지 전혀 예상하지 못한 채로. 하지만 무엇이든 해도 괜찮으리라 생각했다. 리녹이니까.

"격렬하게 움직인 뒤에는 몸을 풀어줄 필요가 있다."

"……응, 그래요?"

"보통 기사들은 훈련 뒤에 몸이 굳으면 같은 양, 혹은 그 두 배 이 상의 훈련으로 몸을 풀곤 하지."

그건 들은 적 있다. 토끼뜀 100번으로 인해 근육통이 오면 같은 횟수를 반복하거나 두 배 이상 뛰면 몸이 풀린다고. 언니도 이와 비 슷하게 움직이곤 했다.

"하지만 네가 한 번 더 격렬한 움직임을 하게 만들 수는 없다. 그랬다간 완전히 쓰러질 테니."

"……체력은 나쁘지 않은 편인데."

마법은 아무래도 체력이 아니라 정신적 힘을 쫙 고갈시키는 것 같다. 베이커가 주의하라고 하긴 했지만 초심자가 어디 하나하나 신경 쓰면서 움직이겠나.

"그래도 나 잘했잖아요. 오늘 얼마나 뿌듯한데."

"그런가."

"뭐야. 반응이 왜 무심해요?"

"그렇지 않다. 이미 내 세상에서 가장 대단한 이는 에이미 너니까."

"……."

"내겐 당연한 일이 아니겠나."

……못 당하겠네 정말. 어디서 저런 예쁜 말만 늘어놓는 건지. 입술로 때려주고 싶다. 실없는 생각을 하며 실실 흘러나오는 웃음을 참지 못했다.

그때였다. 이불 사이로 손을 집어넣은 리녹이 내 발목을 쥐었다가 놓았다. 이내 다시 잡더니 아차 싶은 순간에 그가 허벅지 위에 내 다리를 올려두었다.

"……리녹?"

그의 단단하고 긴 손가락이 종아리를 잡았다.

"다리도 풀어줘야 할 것 같군."

그는 다리를 살살 문지르기 시작했다. 처음엔 얼떨떨하던 나도 이내 편하게 베개에 얼굴을 묻었다. 피로의 파도에 풍덩 적셔졌던 몸이 느슨하게 이완되는 기분에 절로 기분 좋은 소리가 흘러나왔다.

"응······."

"이쪽이 좋은가?"

"으응, 응······. 거기요."

마사지라는 게 이렇게 기분 좋은 거였구나. 전생에서 왜 사람들이 큰돈 주고 하는지 알 것 같았다. 그런데 나는 귀하디 귀한 대공님한테 받고 있으니 이건 가치를 매길 수 없는 것 아닐까.

새삼스러운 기분에 눈을 다시 떴을 때였다. 조금 전까지는 몰랐는데 말이지······ 어째 손이 조금씩 올라오는 기분인데. 슬그머니 리녹을 바라보니 그는 전과 변함없이 담담한 얼굴이었다. 아마 뭉친 근육을 풀어주느라 어디에 손이 있는지 자각하지 못한 것 같았다.

진지한 옆모습을 바라보다 천천히 손가락으로 그의 옆선을 따라 그려보았다.

'어디서 이런 남자가 나타났을까, 내 인생에.'

멍하니 있다가 문득 다리를 움직였다. 리녹이 주물러준 탓인지 조금 전보다 편하게 움직여졌다. 괜한 장난기가 돌았다. 스르륵. 이불이 내려가며 다리가 좀 더 드러났다. 리녹이 의아한 낯으로 나를 응시했다.

"흐음, 리녹."

"에이미?"

"당신은 안 부끄러워요?"

나는 살짝 무릎 위까지 드러난 다리를 움직여 발끝으로 톡 그의 허벅지를 두드렸다. 그런 나를 물끄러미 바라보던 리녹이 이내 내 발목을 덥석 붙잡았다. 그가 몸을 움직이더니 그대로 상체를 숙여 내 발등에 입을 맞췄다.

"글쎄, 이제 네 머리부터, 발끝까지 내 것이라 생각하니⋯⋯."

입술이 잠시 떨어졌다.

"부끄럽기보단 미치도록 사랑스러워 견딜 수가 없군."

그는 나를 지그시 바라보았다. 그리고 나는 직감했다. 이거 잘못 건드렸구나. 내 작은 도발이 리녹의 어떤 스위치를 켠 것 같았다.

리녹은 그대로 말없이 입술을 묻더니, 차차 위로 올라오기 시작했다. 발등에서 발목으로. 발목에서 종아리로. 그리고 천이 덮인 무릎까지 올라왔을 때, 나는 움찔하며 다리에 힘을 주었다.

"저기요. 저기, 리녹. 저 아픈데요?"

"아픈 사람을 어찌할 정도로 정신이 나가진 않았어."

아니, 대공님 당신 눈이 좀 맛이 갔다고요.

"아니, 제 무릎을 잡고⋯⋯. 잠시, 잠시만요. 뭐⋯⋯. 뭐 하세요?"

리녹이 내 무릎 쪽에 얼굴을 묻은 채 푸스스 웃었다. 그러나 눈은 조금의 장난기도 없었다.

"흔적을 남겨 달라 하지 않았나?"

결국 리녹은 무릎보다 조금 위 허벅지 아래쪽에 순흔을 남기고서야 떨어졌다. 묘한 자리였다. 이 위치라면 적어도 나 아닌 사람이 보긴 힘들 것 같았다. 옷을 갈아입혀 주는 하녀들마저 이쪽은 보지 않는 곳이었으니까.

하지만 리녹은 거기서 그치지 않고 더 올라와 온전히 나를 덮을 듯 내 옆을 짚고 상체를 기울였다. 닿지는 않지만 내 귓가로 말을 흘려 넣었다.

"밤은 늘 찾아오며, 그 밤은 길고 깊지 않겠습니까."

"리, 리녹?"

"부인."

이게 뭔 소리인가 싶어 얼떨떨하게 눈을 깜빡이자, 오싹할 정도로 낮은 음성으로 날 식겁하게 만든 리녹이 웃음 지었다.

"……네가 읽던 소설에 나오는 구절이더군. 페이지를 접어놓은 것을 봤다."

"……그걸 봤어요?"

"그래. 넌 인상 깊은 페이지를 그리 접어놓지 않던가."

그건 숲속 집에 살 때나 했던 버릇이었다. 대공저에 와서 그의 책에는 거의 하지 않았는데 무의식중에 해뒀었나보다. 얼굴이 타는 듯이 빨개질 것 같았다.

"네가 좋아하는 남자 주인공들은 하나같이 존댓말을 쓰더군. 그쪽이 취향인가?"

"아니, 아니……. 꼭 그런 건 아닌데요."

정확히 말하자면 내 취향은 평소에 존댓말을 안 쓰던 사람이 특정 상황에서 쓰는 쪽이었지만 그에게 말할 순 없었다. 좀 마니악할 수 있다는 것을 자각하고 있었으니까. 나는 덕질을 들킨 팬의 심정으로 다가 얼굴을 가렸다.

"좋아하는 것에 어찌 말이 필요합니까. 그러니 나는 당신을 가지고 싶단 겁니다. 사랑하니까."

"잠깐, 잠깐만."

이 남자가 나를 말려 죽이려 작정했나. 거침없이 쏟아지는 소설 속 대사에 정신이 혼미할 지경이었다.

"그런 거 읽지 말아요. 정말……."

"그러고 보니 네가 좋아한 구절에 이런 것도 있더군. 반만 높이는 것이었나?"

"네?"

리녹이 입술을 끌어올렸다. 그는 내 손가락을 가져와 입을 맞췄다.

"네가 원한다면, 말을 높이는 것 정도야 얼마든지 가능한 것을."

"으으, 반존대……."

저건 또 어디서 배워온 거야. 진짜 하지 않았으면 좋겠다. 내 안의 짐승이 우짖다 못해 확 자세를 바꿔 덮쳐 버리고 싶은 무시무시한 기분이 드니까.

나는 얼른 되뇌었다. 나는 아픈 몸이다, 아픈 몸이다. 아픈 몸이다……. 안 돼. 에이미야. 지금 이 몸으로 하면 죽어. 죽을 거야.

나는 아직 리녹이 경고한 것을 잊지 않았다. 아마 걷지 못할 거라고 했었지. 겨우 이성을 다잡고 베개에 얼굴을 묻었다. 그대로 있자, 리녹이 떨어지며 내게 이불을 다시 덮어주는 것이 느껴졌다.

"……조금만, 조금만 자고 생각할래요."

"얼마든지."

리녹이 웃을 듯 말 듯 입꼬리를 근사하게 끌어올리며 크리티컬 히트를 날렸다.

"밤은 기니."

"……."

"언제든 준비하지요."

"……."

"부인."

좋아하던 대사 구절을 들으며. ……다시는 소설을 침실에 두지 않으리라 결심했다.

△

다시 눈을 떴을 때는 만 하루가 지나 있었다.

몸을 일으키자 반짝거리는 햇살이 창문 틈으로 새어 들어오는 것이 보였다. 몸이 어제보다 개운했다. 무리만 하지 않으면 움직일 수는 있을 것 같은데. 리녹의 마사지 덕분인가. 그렇게 생각하던 나는 이내 잠들기 직전에 그가 했던 말들을 떠올리며 얼굴을 부여잡았다.

'미쳤지. 내가 미쳤어. 어쩌다 침실에 책을 둬서는. ……근데 사실. 좋았잖아. 응. 맞아. 좋았지. 로망 하나가 실현된 기분이라고 할까. 그 말을 상의를 탈의한 채로 해줬다면……. 그날이 첫날밤이 되지 않았을까?'

가만 보면 나도 참 욕망에 충실한 사람인 것 같다.

잠시 후 세숫물을 가져온 로잘린에게 언니와 리녹을 불러 달라고 부탁했다. 얼마 지나지 않아, 언니가 내 방에 도착했다. 함께 들어온 리녹은 말없이 내 옆자리를 차지했다.

"몸은 좀 괜찮니?"

언니가 쌩쌩한 얼굴로 물었다. 당연하겠지만 언니는 아주 멀쩡했다. 조금 억울한 기분이 들었다. 왜 언니만 멀쩡하느냐는 내 말에 그 정도로 앓아누우면 검을 놓아야 하지 않겠냐는 답이 돌아왔다.

"언니, 언니를 부른 건 다름이 아니라."

나는 진지하게 얼굴을 가다듬었다.

"언니는 앞으로 어떻게 할 생각이야?"

"무엇을 말이니?"

나는 작게 한숨을 쉬었다. 아직 피로가 남아 있어 힘을 주면 아릿했기 때문이었다. 언니는 오래전부터 모든 진실을 알고 있었지만 나는 이제야 알게 된 상태였다. 그렇기에 생각하는 데 시간이 필요했었다. 고작 며칠이었지만 생각 끝에 깨달은 한 가지는 명확했다.

"언니, 나는 더 이상 도망자로서 살고 싶지 않아."

언니와 내 삶은 도망으로 얼룩져 있었다. 언니의 죄도 나의 죄도 아닌 누명을 쓰고 숨어 살았던 것을 알았을 때 놀라움과 동시에 분노와 슬픔, 그리고 억울함이 치솟았다.

언니와 나는 왜 사람들과 억지로 격리되어 살아야 했나? 세상과 동떨어진 삶은 그리 순탄하지 않았다. 더구나 추격자를 피해 다니는 삶이란, 언제고 당장 밖으로 도망갈 수 있어야 했다. 얕은 잠을 청하는 밤이 많았던 시절, 나보다 안고 있던 짐이 많았던 언니는 얼마나 힘들었을까.

"에이미, 넌 복수를 하고 싶은 거니?"

언니가 물었다. 그 말에 리녹의 시선이 내게로 돌아왔다. 그의 시선은 원한다면 그리해 주겠다는 시선이었다. 나는 천천히 고개를 저었다.

"언니, 미안해. 나는 사실 부모님에 대한 기억이 거의 없어."

"어렸으니까. 네가 미안해 할 일은 아니야."

"조금 슬프고 냉정한 이야기일지도 모르지만 나는 복수를 하고 싶은 것이 아니야."

언니와 오랫동안 둘이서 함께 지낸 기간이 길어서일까. 말을 하지 않아도 알게 되는 것이 많았다.

"하지만 언니는 복수를 하고 싶었지?"

우직하고 올곧은 성격. 아닌 것은 아닌 대쪽같은 언니의 성격에 부모님의 누명은 견딜 수 없는 한으로 남았을 터였다. 언니가 매해 부모님 기일과 생일이면 마수를 죽일 듯이 때려잡던 이유도 짐작할 수 있었다. 나를 물끄러미 바라보던 언니는 희미하게 미소했다.

"그랬었지."

언니는 부정하지 않았다.

"하지만 에이미, 언니는 오래전에 포기했어. 복수할 대상이 너무 컸기에."

천천히 언니의 눈이 감겼다.

"어떻게든 돌려줄 자신은 있었지만, 그리했다면 평생을 바쳐야 했겠지. 그랬다면 나는 너를 버려야 했을 거야, 에이미."

역시나. 언니에게서 짐작했던 말들이 흘러나왔다.

"나를 택한 거야?"

"그 말은 옳지 않아. 에이미, 나는 단 한 번도 내 동생 말고 다른 것을 택하겠다고 생각해 본 적이 없었으니까."

언니의 음성은 회한으로 잔뜩 젖어 들어 있었다.

"지금은 그래. 아주 오래전에 그리 생각했던 적도 있었지만, 그랬다면 난 니온 왕국으로 가지 않았겠지."

니온 왕국은 기사의 과거를 보지 않는 곳. 그곳에서 상급 기사가 되면 가족들 또한 기사와 마찬가지로 과거의 신분과 상관없이 니온 왕국의 왕국민이 될 수 있다.

"지금 바라는 것은, 에이미 네가 평온하고 행복한 삶을 사는 거야. 그러니 네가 바라는 것이 곧 내가 바라는 것이겠지."

"언니가 바라는 것이 내 행복이라면 내가 바라는 것은 언니의 행복이야."

나 또한 언니가 평온하고 행복한 삶을 살길 바라니까.

"그리고 언니, 난 복수를 원하지 않는다고 했을 뿐이지, 우리 집안의 누명이 벗겨지기를 바라지 않는 것은 아니야."

"무슨 말이니?"

"내게 누명을 벗길 기회가 있다면 주저하지 않겠다는 얘기야."

나는 리녹과 언니를 동시에 번갈아 보았다.

"리녹, 지금부터 내가 하는 얘기가 믿기지 않을지도 몰라요."

그가 내 말에 귀를 기울이는 것이 느껴졌다. 신뢰로 가득한 그의 시선을 믿고 입술을 열었다.

"전에 선대공비님께서 그리 말씀하셨죠. 마법사는 면책권을 갖는다고."

"그렇다."

정확히 기억하고 있다며 리녹이 머리를 끄덕였다.

"그리고 어떤 마법사에 한에서는 반역에 준하는 죄마저 면책권이 주어진다고요."

그 어떤 마법사란, 세레나 히아신스. 앞으로 대마법사가 될 여성. 그리고 이 이야기의 주인공.

"그것도 맞다."

리녹의 대답이 들려오기가 무섭게 나는 다시 입을 열었다.

"만약 내게 대마법사의 자질이 있다고 한다면 어떡하실 거예요?"

리녹의 시선이 잠시 나와 교차했다. 그 순간만큼은 이 세상에서 나와 리녹만 남은 것 같은 기분이었다.

"달라지는 것은 없겠지."

그가 나지막하게 입을 열어 대답했다.

"나는 그저 네가 그렇다고 하면 믿을 뿐이니."

그가 내 손끝을 잡아 살짝 눌러 쥐었다.

"에이미, 너를 가리키는 많은 말 중에 대마법사란 호칭이 늘 뿐이다. 그러니 묻지, 에이미, 무엇 때문에 그리 물었나?"

신뢰로 가득한 그의 시선에 가슴이 벅차오름을 느꼈다. 그리고 언니와 리녹을 바라보며 또박또박 말했다.

"지금부터 제가 이 얘기를 꺼내게 된 이유를 말할게요."

고개를 돌려 언니를 향했다.

"언니도 들어줘."

나는 숨을 꿀꺽 삼켰다. 과연, 이 말의 무게를 감당할 수 있을까. 몇 번이고 고민했다. 하지만 결정을 내렸고, 남은 것은 이제 그 길을 달려가는 것뿐.

"언니와 대련이 끝나는 순간 나는 수식어를 받았어요."

마법사라면 누구든 받게 되는 자신을 가리키는 수식어.

"내 마법사로서 수식어는……."

숨을 참았다.

"'눈과 겨울의 마법사'예요."

리녹의 눈이 크게 뜨였다. 그도 그럴 것이 현재 대마법사의 호칭을 곧 받게 될 세레나의 수식어는, '모든 원소와 여름의 마법사'. 계절을 지칭하는 수식어를 받은 이는 대마법사의 자질을 가진다. 이것은 마탑이 공통으로 정한 규칙 사항이었다.

"나는 이 호칭을 정식으로 인가받고 싶어요."

가슴에 손을 얹고 마지막 남겨두었던 말을 꺼냈다.

"제국 중앙 마법탑으로 가서."

중앙 마법탑, 이곳은 바로 황실이 있는 수도였다.

"시험을 치르는 것이죠."

대마법사 인가식. 수백 년에 한 번씩 나타나는 '대마법사'는 마법사의 탑, 마탑에 있어서 다시 없을 경사였다. 오죽하면 지극히 개인주의 성향을 가진 마법사들이 한데 모여서 축하를 할까. 대마법사의 인가식은 그 정도의 축제였다. 그러나 대마법사가 되기 위해서는 까다로운 조건을 거쳐야 했다. 중앙 마법탑으로 가서 정식으로 인가받는 일이었다. 여기서 정식으로 인가받는 것이란 '시험'을 치르는 일이었다.

세레나의 경우는 이미 다년 간의 영웅으로서 활약을 인정받아 이전의 대마법사들이 치른 시험에 비하면 간략하게 끝이 났지만……. 아니, 세레나가 워낙 강력한 마법사라 그 시험을 쉽게 통과한 것도 있다. 호기롭게 외치긴 했으나 잘 알고 있었다. 내겐 아직 부족한 점이 많다는 것을. 그렇지만 손 놓고 아무것도 하지 않을 수는 없잖아?

생각해 보면 이 마법을 손에 넣은 뒤로 모든 게 내가 간절히 바랄 때 이루어졌다. 그저 멍하니 지켜보지 않고 노력할 때 상상은 현실이 되었다. 언니랑 죽을힘을 다해 싸우지 않았다면 힘의 사용법을 알 수 있었을 리 없었다. 결국 모든 건 직접 도전해 봐야 한다는 소리였다. 조금은 위험을 감수할지라도.

언니는 한참 고민에 빠졌다. 나는 언니가 편안히 생각할 수 있게 침묵을 이어갔다. 나를 빤히 바라보던 리녹은 언니랑 다르게 생각에 잠긴 얼굴이 아니었다. 햇빛이 매끄럽게 감싼 낯에는 고민도, 고뇌도 담겨 있지 않았다. 오히려 무언가 결심이 엿보였다. 아주 오래전부터 정해져 있었다는 듯이.

"에이미."

"리녹의 생각은 어때요?"

리녹은 그윽한 시선을 잠시 떨어트렸다. 말을 고르는 것처럼 보였다.

"처음부터 내 대답은 정해져 있었다. 나는 네가 바라는 바를 막지 못하겠지."

팔짱을 낀 리녹이 고개를 느슨하게 늘어트리고는 천천히 눈을 움직였다.

"그렇지만 이번만은 말리고 싶은 생각이기도 하다. 우려되는 바가 너무 많아."

"이해해요."

"사실 이제 더는 네가 내게서 도망가지 않는 것으로 만족하지만……."

팔짱을 풀어낸 그가 내 손을 가져와 깍지를 꼈다. 버릇처럼 그는 깍지 낀 손가락에 입술을 가져다 댔다. 아주 자연스럽게.

"날로 욕심이 커지는군. 네가 안전했으면 좋겠다. 네가 안락했으면 좋겠다, 하는 것들이……."

나는 고개를 저었다. 나야말로 같은 마음이었으니까. 가만히 있어도 영원히 그렇게 지낼 수 있었다면 그리했을지도 모르지. 그러나 위기는 성큼 다가오고 있었다.

"저도 그러고 싶은데, 세상이 그렇게 두지 않네요. 그렇죠?"

"그렇군."

리녹이 엄지로 내 손톱을 살살 문질렀다. 무언가 말하고 싶지만 언니가 있어서 참는 기색이었다. 여기서 '이제 절제도 하실 줄 아시네요.' 하고 칭찬하는 척 놀릴까 싶었지만 그만두기로 했다. 눈이 확 뒤집히면 곤란했으니까. 나도 학습능력이 있었다. 아무래도 리녹이 내 도발이나 환한 미소에 약한 것 같다는 자각이 들었으니.

어쨌든, 처음부터 반대할 생각이 없었다는 리녹을 보며 조금 놀라긴 했다. 내가 무엇을 하든 무한한 신뢰를 보이는 그가 신기하고 가슴이 뭉클하기도 했다.

그러다 문득 생각이 들었다. 내가 리녹이랑 싸울 일이 있기는 할까? 아직은 부부가 아니니…… 부부싸움이라고 하기는 조금 그렇지만 연인들 간에 의견 다툼은 종종 있는 일이니까.

전생이나 산 밑 마을에서 알던 연인들을 대입해 보면 아무리 평화롭던 관계에도 다툼은 생기던데. 물론 이를 얼마나 자연스럽게 화해하냐에 따라 다음이 정해지지만.

"에이미."

언니의 부름에 실없는 생각을 지워냈다. 생각을 끝냈는지 언니의 다정한 녹색 눈이 나를 담고 있었다. 올곧게 향한 시선이었다.

"언니는 살면서 이것만은 지키겠다는 생각으로 되새기는 문장이 있어."

"좌우명 같은 거야?"

"그래. 그럴지도 모르겠네."

허리에 손을 얹은 언니가 미소를 지었다. 평소처럼 나긋하게 풀어진 미소는 아니었다.

"불의를 참지 말 것. 악의에 굴복하지 말 것. 옳은 것을 거부하고 휘어져 뜻을 잃는다면 차라리 부러질 것."

언니의 손끝이 검의 폼멜을 붙잡았다가 놓았다.

"사실 아버지는 끝내 이것을 지키다가 돌아가셨으니, 옳은 길은 아닐지도 모른다고 생각해. 아버지는 나와 에이미 너를 실험체로 쓰는 것이 옳지 않다 여겼으니까."

언니가 그리 덧붙이며 눈을 내리깔았다. 긴 갈색 속눈썹이 몇 번 깜빡였다.

"그럼에도 언니는 아버지의 마지막 뜻을 이어받을 거야. 이것이 이 세상에 사라진 라미아스 가문의 마지막 가주인 내 뜻이니까."

아버지가 돌아가셨기 때문에 자연히 언니가 가주가 되었다는 소리였다. 비록 모든 이가 죽고 가문은 멸망해 단둘만 남은 가문이라 하여도.

"뜻을 이룩하기 위해 위험을 감수하겠다면 나는 말리지 않겠다는 뜻이야. 대신, 에이미."

언니가 검을 뽑아 우아하게 바닥을 짚었다. 언니는 양손으로 검을 짚은 그대로 머리를 들어 올렸다.

"언니는 네가 가는 길을 지킬게."

다정하지만 결연한 시선, 꼿꼿한 등을 바라보면서 나는 하양이의 기억 속에서 보았던 여성을 떠올렸다. 확실히 그 여성은 언니를 떠올릴 만큼 비슷한 모습이었다. 나도 언니랑 닮았으니 나랑도 비슷한 모습일지도 모르지만.

'그녀는 대체 누구였을까?'

의문을 잠시 지워냈다.

"말리지 않네?"

"감정에 취한 복수라면 말렸겠지만, 그런 것이 아님을 아니까."

이내 나는 언니를 마주 보며 웃었다. 평생 둘만 함께 살았기 때문에 그런지 굳이 말을 하지 않아도 느껴지는 것이 있었다.

"우리 대공님이랑 대등하게 싸우는 기사님의 지지라, 든든하네."

나는 리녹의 손을 살짝 잡으며 슬쩍 동의를 구했다.

"그렇죠, 리녹?"

그러자 리녹은 잠시 말이 없더니 이내 조금은 무뚝뚝한, 아니, 뚱한 표정으로 고개를 슬그머니 돌렸다.

"음, 표정이 왜 그래요?"

그의 고개를 쫓아 얼굴을 들이밀자 리녹은 어쩔 수 없이 입술을 열었다.

"……내가 더 강하다는 말을 하면 치졸해질 것 같다는 생각을 했다."

……그러고 보니 이분, 숲속에서도 언니를 두고 살벌한 소리를 하곤 했었지?

"치졸하진 않고 귀엽네요."

순간 내가 말을 한 줄 알았다. 그러나 언니가 불쑥 끼어들어서 한 말이었다. 언니는 흐응, 뺨을 감싸 쥐더니 재밌다는 얼굴로 웃어 보였다.

"어머나, 재밌다. 남자는 커도 애라더니."

"언니."

"둘이 있을 때도 저러니?"

"언니, 아직 옆에 리녹 있거든?"

"왜, 이 정도는 물을 수 있지."

언니는 산 밑 마을에서 린네와 함께 마을 청년을 골려 먹던 얼굴 그대로 리녹을 보고 있었다. 다행히도 이는 오래 가지 않았다. 조금은 가벼이 풀어진 분위기 속에서 언니가 말했다.

"좋아. 에이미, 네 목표는 알겠어. 하지만 쉽지 않으리란 것도 예상했겠지?"

"맞아."

"언니는 열흘 정도 뒤에 떠나야 해."

나는 멈칫했다.

"니온 왕국으로 돌아가는 거야?"

"아니. 휴가를 내기도 했고 단장이 맡긴 임무로 들러 봐야 할 곳이 있어. 정확히는 특정 마수를 죽이고 오는 것이겠지만."

요즘 니온 왕국에서 타국에서만 발생되는 마수종이 출연하였는데, 마침 이 마수종이 본디 제국에서만 나타나던 종이라 언니가 대표로 마수 군락지의 생태를 관찰하고 오기로 했다며 설명했다.

"정확히 그곳은 하얀 산맥 근처라 땅 주인의 허락이 필요했지만……. 그건 잘 해결됐고."

언니가 리녹에게 가볍게 농을 던졌다.

"이래서 빽이 좋은 건가? 우리 동생 뒷배경 덕."

아마 내가 잠든 사이에 리녹이 출입을 허락한 듯했다.

"아무튼 거기 다녀오고 난 뒤에 다시 이곳으로 올 거야. 조금 더 지내다가 니온으로 돌아갈 거고."

"돌아가긴 하는구나."

아쉬움에 중얼거리자, 언니가 "기사잖니?" 하고 쾌활한 목소리로 대답을 돌려주었다. 언니 또한 아쉬움을 가리듯이.

"그리고 에이미, 아쉬워할 시간은 없을걸."

"시간이 없다니?"

"마법사가 어떤 식으로 강해지는지는 자세히는 모르지만 기본적인 공식은 알아. 전투란 말이지, 하면 할수록 몸과 정신에 축적되는 정보야."

언니가 검을 휘릭 돌려서 나를 겨누었다.

"남은 10일 동안은 언니에게 진하게 한번 배우면 되겠다. 그렇지?"

"뭘 배워? 대련을 말하는 거야?"

"그것보다는 더 실전에 가깝게 하는 것이 좋겠어."

⋯⋯거기서 더 실전같이? 나는 언니의 단검을 한번 떨어트려 보겠다고 온 힘을 쏟았던 것을 떠올렸다. 그게 실전이 아니면 대체.

"에이미, 너도 동의하니? 훈련이 필요한 것에 대해서."

"으, 으응? 그⋯⋯ 그렇지?"

아니, 고마운 일이긴 한데⋯⋯. 언니의 말이 옳다는 것을 알았지만 잠시 머뭇거렸다. 언니가 한다면 어디까지 하는 사람인지 아주 잘 알고 있었으니까.

사실 리녹은 이런 일을 할 수가 없었고, 그렇다고 대공가 기사들과 대련할 수도 없으니 언니의 도움이 필요했다. 내가 얼떨떨하게 끄덕이자 언니는 산뜻한 웃음을 돌려주었다.

"알지? 언니는 한 번 결정한 것은 일단 끝을 보고 만다는 걸."

그리고 이후는⋯⋯. 지옥이었다.

△

열흘이란 시간은 손안에 쥔 모래처럼 아주 빠르게 흘러갔다.

세상에 쉽게 얻어가는 것은 없다고 하지만, 내가 그 열흘간 얻어 낸 각종 부상과 피는 이루 말을 할 수 없었다. 눈물이 앞을 가릴 정도로. 자잘한 근육통이야 사소해서 말도 못할 정도였다.

"에이미, 네 언니에게 한 번만 대련을 청해도 되겠나?"

"······대련이 아니라 칼부림하실 것 같은데요."

중간에 앓아누운 나를 보고 리녹이 검을 들려 했던 것만 빼면 나름 순탄한 일정이었다. 여기서 '순탄'이란 뼈가 가루가 되지 않을 정도로만 굴렀다는 것을 의미한다. 물론 이 구름 끝에 깨달음이 없지는 않았다.

"그럼 에이미, 밥 잘 챙겨 먹어. 굶지 말고."

무엇보다 장점이 있다면 리녹이 조금 생각을 바꾸어 내게 대공 기사단 사람들과 대련을 할 수 있게 해주었다는 점이었다. 그 역시 다양한 경험의 필요성을 느낀 모양이었다.

"나는 너를 그저 가둬두고 싶은 것이 아니다."

리녹은 라미아스 가문의 상징이 '새'임을 알게 된 뒤로 날개라는 표현을 곧잘 사용하기 시작했다. 내 날개를 꺾고 싶지 않다며. 사실 내가 날아오르고 싶은 건 리녹 때문인데 말이다.

"내가 언제 밥 굶는 거 봤어? 끼니 챙기는 건 기본이지. 배고프면 도망도 못 가. 이제····· 도망갈 처지는 아니라고 해도 말이야."

오늘은 언니가 이곳에 온 지 열흘하고도 이틀째 되는 날, 그리고 언니가 하얀 산맥으로 떠나는 날이었다.

"그렇지. 내 동생, 밥은 잘 챙겨 먹으리라 생각해. 나보다 더 길길이 날뛸 것 같은 사람이 네 곁에 있으니. 안 그래?"

"그건 그렇지만."

여장을 고쳐 맨 언니가 내 뺨을 톡 두드리고는 다녀올게, 하고 속삭였다. 꼿꼿한 언니의 등 뒤로 대낮의 눈부신 빛이 쏟아졌다.

"디, 디아나 씨!"

"네?"

그레이가 쭈뼛쭈뼛 서더니 무언가를 내밀었다. 선물이라고,

"손수건?"

그레이가 말을 더 잇기 전에 첼시가 불쑥 나섰다.

"보통 레이디가 기사에게 주는 것 아니야? 그레이, 너 레이디였냐?"

"가끔 사실을 말하는 것도 실례가 될 때가 있다, 첼시."

덧붙인 사람은 의외로 조용히 있던 셰드 경이었다. 그레이가 기겁
했다.

"아니야! 그런 거 아니니까. 얼굴 좀 치워. 첼시……."

"왜. 난 편견 없어. 네가 드레스를 입고 나타나도 이해할게."

"아, 아니라니까!"

언니가 첼시와 그레이를 번갈아 보더니 생긋 웃었다.

"흐응, 드레스를 갈아입으실 때까지 기다릴 걸 그랬네요."

그러자 그레이가 돌 맞은 사람처럼 얼어붙더니 이내 울상을 지었
다. 신났네. 신났어. 이전에 그레이가 훈련 중에 언니 손수건을 망가
트린 일이 있어 주는 선물임을 아는 나는 흥미진진한 눈으로 바라봤
다. 그러다 리녹에게 눈이 가려져서 다는 보지 못했지만.

"그럼 언니 얼른 다녀올게."

"응! 다치지 말고 무사히 돌아와!"

물론이지. 흔쾌히 웃어준 언니가 등을 돌렸다. 언니의 부드러운
갈색 머리칼이 부서지는 햇살을 반사했다. 그렇게 한참 멀어질 때까
지 등을 바라봤다. 얼른 다시 만나길 고대하며.

언니가 잠시 떠나고 순탄한 일상이 돌아올 것 같았지만 평온함은

채 이틀도 가지 못했다. 마법의 주기 변화를 3일 앞둔 날, 리녹이 돌연 한낮에 내게 말했다.

"에이미, 잠시 자리를 비워야 할 것 같다."

마침 고대 주문 서적을 보고 있던 나는 눈을 깜빡였다.

"네?"

이 무슨 갑작스러운 말이지.

리녹이 설명한 사정은 이러했다. 하얀 산맥에 다시 침입자가 발생한 것 같다고. 게다가 그 침입의 형태가 전과 달리 예사롭지 않아 그가 한번 살펴보아야 할 것 같다고도.

"예사롭지 않다는 건."

"규모가 크단 얘기다. 산맥에 파견된 인원으로는 버겁다고 판단되는군."

아울러 한번은 다녀와야 할 일이기도 했다고 그가 털어놓았다.

"펜릴과 이야기를 해봐야 할 듯하군. 상황이 이상하게 돌아가고 있어."

"좋지 않은 건가요?"

"아직 그렇진 않다. 하지만 사태를 파악할 필요가 있는 듯해."

"가지 않을 수가 없는 거군요."

리녹이 창문 쪽을 한번 응시했다.

"그래. 주기가 되기 전에 다녀와야 할 듯하다. 일단 마법이 있으니 오가는 시간은 축소될 거다."

"베이커 씨 말이, 산맥 안쪽에서는 구슬을 쓸 수 없다던데."

리녹이 끄덕였다. 산맥 초입까지만 순간이동 구슬을 사용할 수 있다고 했다.

"이틀 안에는 다녀올 예정이고 만약을 대비해 부단장 셋은 두고 가지."

"네. 알았어요."

그레이에 첼시, 거기다 셰드 경까지 있다면 리녹만큼은 아니더라도 든든했다. 오히려 리녹이 데려가야 하는 게 아닌가 생각했지만 들을 것 같지는 않았다.

"그전에, 잠시 잊은 게 있군."

"네? 뭔가요? 뭐든 챙, 흐읍."

챙겨주겠다고 말할 겨를도 없었다. 그의 입술이 나를 가득 삼켰으니까.

"이틀의 몫은 미리 받아가지."

스르륵 밀려나는 힘에 못 이겨 소파에 누웠다. 참 이 상황에 어쩔 수 없는 남자라고 생각하며 입술을 맞댄 채로 푸스스 웃었다.

그날 리녹은 밤새 잠을 자지 못할 정도로 나를 괴롭혔다. 물론 그 괴로움이 기분 좋은 쪽이라 싫지 않았지만.

그렇게 리녹이 빠르게 짐을 챙겨 떠난 다음 날. 저택을 총괄하는 로테가 근처 마을의 영주를 만나겠다며 나를 집무실에 두고 응접실로 갔을 때였다. 나는 잔뜩 꺼내 놓은 고대 주문 서적을 읽으며 머리 터지게 고민 중이었다. 서적을 읽던 중에 강력한 마법을 푸는 주문에 대한 단서를 찾았는데……

"무슨 말인지 모르겠어."

이놈의 고대 마법책은 하나같이 철학 서적 같았다. 분명 읽을 수 있는 언어로 쓰여 있는데 잘 모르겠다. 그렇게 몇 번이고 같은 구절을 반복해서 읽을 때였다.

나는 문득 고개를 들어 올렸다. 아주 묘한 기분이었다. 이루 설명할 수 없는 기분이었지만 나의 울타리 안에 낯선 것이 나타난 것 같은 기분이었다. 내가 슬슬 마력을 예민하게 인지하고 있는 것 같다고 베이커가 말해주었는데 어쩌면 그 때문인지도 몰랐다. 뜨겁고도 청량한, 아주 모순된 것이 감각으로 느껴졌으니까. 묘한 기분에 나도 모르게 자리를 박차고 일어났다.

끼잉?

무릎에 잠들어 있던 하양이가 깜짝 놀라 일어났다.

'미안.'

그리 속삭이고는 그대로 하양이를 안고 밖으로 나섰다. 등줄기를 갉작갉작 긁어대는 이 기류의 정체를 해결하지 못하면 계속 걸릴 것 같았다.

그렇게 발걸음을 멈춘 곳은 저택 정문에서 멀지 않은 곳이었다. 아니, 정확히는 내가 나타났던 정원 마법진의 위였다. 그곳에는 아주 조그만 인영이 있었다.

캉!

하양이가 갑작스럽게 캉캉, 짖었다.

캉캉! 키잉!

그리고 놀랍게도 하양이의 울음소리에 화답하듯 비슷한 울음소리, 아니, 조금 더 높은 톤의 울음소리가 돌아왔다. 나는 눈을 깜빡였다. 눈앞에는 새하얀 은여우를 안고 있는 조그만 소녀가 있었다. 소녀? 아니. 소녀라기에는 아주 작은 모습.

쏴아아아. 바람이 불며 허리까지 내려온 긴 은발이 흩날렸다. 여자아이의 손은 은여우를 안기에 너무나 작아 보였다. 툭 치면 쓰러질 것같이 가녀린 아이의 모습. 인형처럼 동그란 눈이 크게 깜빡이며 깨끗한 하늘색 눈동자가 드러났다.

"누…… 구세요?"

나는 그리 물을 수밖에 없었다. 그러자 바람 속에서 눈을 깜빡인 소녀가 볼을 빨갛게 물들이더니 이내 여우를 꾹 끌어안고 얼굴을 묻어 버렸다.

"아……?"

작은 소녀가 고개를 빼꼼 들어 눈만 내밀었다. 이에 나는 상황도 잊고 가슴께를 부여잡았다. 이해할 수 없었다.

'대체 뭐지?'

세계관 최강자. 가장 강한 사람. 그런 사람의 지금…… 이 모습은. 정말 상상도 못한 일이었다. 작중 모습은 어디 가고 아이의 모습으로다가…….

나를 보던 세레나는 눈을 데구루루 굴리더니, 꾸벅 고개를 숙였다.

"아…… 안녕하세요?"

'……왜 당신이 어린아이가 되어 있는 건데?'

나는 입을 벌렸다.

"……저는, 세레나 히아신스예요."

이 세계의 여자 주인공이 전혀 생각지도 못한 모습으로 나타났다. 소녀와 나 사이에는 잠시간 말이 없었다. 아니, 할 수 없었음에 가까웠다. 기가 막혀서 말이 나오지 않았으니까.

반면 세레나 쪽은 나를 그저 바라보고 있었다. 커다란 눈이 도로록 굴러갔다. 자세히 보니 본다기보다는 나를 관찰하고 있는 것 같았다. 나를 빤히 바라봐 준 덕에 내 쪽에서도 세레나를 찬찬히 볼 기회가 생겼다.

바람이 불었다. 흔들리는 머리칼은 반짝반짝한 은빛이었다. 호수가 겨울 햇살을 반사하는 것처럼 아름다운 은빛이었다. 긴 생머리 아래로 단아한 이마와 쭉 뻗은 콧날, 장밋빛 입술까지. 아이의 모습이지만, 미모를 가리지는 못했다. 잘 만들어진 도자기 인형처럼 흠 잡을 곳 없이 아름다웠다. 다만 은발에 하늘색 눈이라는 시린 색 조합 덕에 쉽게 가까이 가지 못할 분위기가 풍겼다.

리녹에게 특유의 날카롭고 범접할 수 없는 차가운 분위기가 있다면 세레나는 얼음 호수같이 차갑고 도도한 느낌이 있었다. 올라가지도 내려가지도 않은 오묘한 눈매는 그녀를 새초롬하게 보이게 했다.

아이는 커다란 눈을 깜빡였다. 내 관찰을 알아차렸다는 듯이.

"저는 에이미예요. 이 저택에 머무르고 있어요."

일단 저쪽이 인사를 건넸으니 나도 하는 것이 맞겠지? 내 말에 세레나의 조그만 머리가 아래위로 움직였다. 끄덕이고도 아무 말도 하지 않기에 내가 먼저 이어 말했다.

"저기…… 막 인사를 나누고 드릴 말씀은 아니지만 그, 대마법사 세레나 님 맞으시죠?"

아직 정식으로 이 호칭을 받은 것은 아니지만 이미 이렇게 알려졌으니 상관없겠지?

깜빡. 세레나의 눈이 깜빡거렸다. 맞다는 듯이.

"그런데 원래…… 이런 모습이신가요? 세레나 님이 아이 모습이란 건 들어보지 못해서요……."

나는 세레나를 직접 본 적은 없지만 그림으로는 접한 적 있다. 린네와 함께 갔던 도시에서는 분명 큰 세레나의 초상화와 동상이 있었단 말이지. 아직까지도 가게 안에서 보았던 그녀의 멋진 초상화를 기억했다.

'이러니 대체 무슨 일인지.'

이런 일이 원작에서도 있었냐 하면⋯⋯. 아니었다. 그랬다면 태연했겠지. 원작에서 세레나는 쭉 어른의 모습으로 나타났다. 아무튼 혼란스러웠다. ⋯⋯나 몰래 리녹이랑 같은 저주라도 걸리셨나?

이러한 사정에, 통성명한 지 3분 만에 이런 질문이 예의에 맞지 않다는 걸 알면서도 물을 수밖에 없었다.

"⋯⋯저."

조그만 입술이 벌어졌다.

"마음에 안 들어요?"

작은 머리가 갸웃 기울였다. 나는 눈꺼풀을 끔뻑였다.

'뭐?'

하늘을 담은 유리창처럼 맑고 깨끗한 세레나의 눈이 나를 오롯이 응시했다. 조금 전까지 천천히 말하던 것이 살짝 빨라졌다. 그 덕에 움츠리고 소심할 것 같은 모습이 조금 덜어졌다.

"좋아할 줄 알았는데."

"⋯⋯좋아한다니요?"

이게 무슨 말이야. 이해하지 못한 기색이 역력한 표정을 숨기지 못했다. 세레나는 툭 솔직하게 말했다.

"아이를 좋아한다고 들어서."

"⋯⋯아이? 저요? 제 얘기인가요?"

뜬금없는 소리였다. 아니 통성명하고 5분 만에 나올 소린 아니었다.

"저희 통화했잖아요."

"통화……? 아, 구슬."

"응. 그거요."

세레나가 걸어오다가 세 걸음을 앞두고 고개를 들어 올렸다.

"리녹 이베르크는 내게 당신이 아이를 좋아한다고 했어요."

……그거, 굉장히 여러 의미로 해석될 수 있는 소리 아닌가?

"그래서 아이의 모습을 하신 거라고요?"

"으음, 그런데……. 안 좋아요?"

그냥 당황스러운데요. 나는 할 말을 찾지 못하고 하양이를 안은 손에 살짝 힘을 주었다 놓았다. 하양이가 내 손을 귀신같이 알아차리고 낑낑대며 품을 파고들었다.

"그거, 마법 생물 펜릴이죠?"

세레나는 마법의 대가답게 하양이의 정체를 바로 알아차렸다. 신기한 일이었다. 대공가 기사들은 그저 특이한 강아지 정도로 알던데. 아니면 리녹이 어디 숲속에서 주워 온 늑대 새끼라거나.

세레나와 나와의 거리는 얼굴이 딱 잘 보일 정도였다. 세레나가 한 걸음 앞으로 걷는 순간 발밑에서 마법진이 떠오르더니 옅은 빛이 그녀를 휘감았다.

'윽. 눈부셔.'

눈부심에 다시 눈을 떴을 때, 눈앞에는 눈이 확 뜨일 만한 미인이 서 있었다. 눈앞의 미인은 평균보다 조금 큰 늘씬한 체구였다. 모델처럼 쭉 뻗은 팔다리, 가녀린 흰목이 시야에 바로 보였다. 세레나가 상체를 살짝 기울이자 긴 은발이 흘러내렸다.

"이쪽이 익숙해요?"

"……그, 그렇긴 한데. 이쪽이 진짜 모습이신 거죠?"

맞아요. 세레나가 무심히 끄덕였다. 아이일 때는 새하얗고 통통한 뺨 때문에 몰랐지만 이 모습으로 끄덕이니 차갑고 도도하게 보였다. 아마 아무것도 모르고 봤다면 "언니 멋져요." 하고 쫓아다녔을 것 같은데. 멋진 언니 취향 스트라이크 존이 있다면 세레나는 딱 그 원 중앙에 있을 모습이었다. 그러나 그 생각은 다음 순간 지워졌다.

"꼭 한 번."

입술이 구부러지며 눈이 반달로 휙 휘었다. 환한 미소에 은은하던 분위기가 싹 사라지며 아름다운 얼굴로 눈부신 반짝임이 들어찼다.

"보고 싶었어요."

……저를요? 예상치 못한 그녀의 호의에 어찌할 바를 모를 기분이었다. 그랬지. 세레나는 책 속에서 아주 선량한 사람이었다. 착하고 똑똑하며 정의롭고 현명한. 그렇게 이 세계의 주인공을 앞두고 할 말을 찾지 못해 손을 쥐었다 펼 때였다.

"아가씨!"

고개를 돌리자 빠른 걸음으로 다가오는 로테가 있었다. 그는 숨도 차지 않은지 우아하게 멈춰 섰다. 내 앞을 가로막은 로테는 세레나를 향해 고개를 꾸벅 숙였다. 흠잡을 데 없는 인사였다.

"간만이로군요, 세레나 님."

"안녕, 롯테르트."

세레나가 활짝 미소했다. 분명 차가운 인상인데 웃으면 그 인상이 싹 사라지는 신기한 모습이었다. 온미녀와 냉미녀를 오가는 느낌. 역시 '미인 이즈 뭔들'인가.

"이리 갑작스럽게 나타나실 줄은 몰랐습니다. 이를 예측하지 못한 저희 탓이겠지요."

……이거 네가 일찍 나타나서 놀랐지만 우리 탓은 아니니라는 소리지? 로테는 놀랍게도 여자 주인공 언니에게도 신랄하게 한번 비꼬아 주고는 이어 말했다.

"예정 도착일은 3일 뒤로 전해 들었기에 준비가 미흡한 점 미리 사과드립니다."

그러나 왜일까, 내 앞을 가로막은 로테의 등이 어쩐지 나를 지켜 준다는 느낌을 받았다. 왜?

"신경 쓰지 말아. 내 일정이 안 맞는 일이 하루 이틀인가."

"이해해 주시니 감사한 일입니다. 다음엔 예정을 지켜주신다면 더욱 감사드릴 일일 것이나."

생략된 로테의 말은 '너 안 그럴 것 안다.'였다.

"일단은 안쪽으로 들어가시지요."

로테가 우리를 저택으로 안내했다.

△

세레나와 당연히 손님을 접대하는 곳으로 갈 줄 알았다. 그러나 로테는 의외의 장소로 나와 세레나를 데려왔다. 로테가 우릴 데려온 방은 처음 들어가 보는 방이었다.

'여긴 어디지?'

대공저에 워낙 많은 방이 있었기에 내가 모르는 방이 아주 많을 것이었다. 단순히 세레나의 방이라 하기에는 가구도 거의 없고 좀 황량했다.

방에서 기다리자 그레이와 첼시가 나타났다. 그들은 세레나를 보며 로테가 했듯이 깍듯하게 인사를 올렸다. 이어 베이커까지 나타나며 문이 꽉 닫혔다. 하인 두셋이 커다란 궤짝을 가져와서는 세레나 앞에 놓았다. 상황이 어떻게 돌아가는 것인지 의문이 들었지만 일단은 지켜보기로 했다.

"역시나 많이 쌓였네."

오히려 지금 구도가 조금 신기했는데, 로테를 비롯해 그레이와 첼시가 나를 둘러싼 형국이었다. 마치 나를 지키려 하듯이. 왜 이러는 걸까?

반면 베이커는 문 앞을 지킨 채 세레나가 하는 양을 보고 있었다. 그러다 눈이 마주치자 학자풍의 얼굴이 능글맞게 풀어졌다. 베이커가 나중에 알려주겠다며 입모양으로 중얼거렸다. 끄덕이는 동안 세레나가 궤짝을 열었다.

끼이익. 궤짝 속에서 나타난 것은 수많은 물건이었다. 그것도 하나같이 값어치가 나갈 것 같은 물건들. 그리고 보석. 도자기에 장식품류에 장신구까지 바라본 나는 입을 떡하니 벌렸다.

'저걸 왜 저렇게 넣어놨지?'

비싸게 보이는 물건인데 아무렇게 넣어둔 행태에 고개가 절로 의아하게 돌아갔다. 그러나 나와 다르게 세레나는 물건들을 휙휙 꺼내더니 손으로 꺼내는 것이 번거로웠는지 허공에 손을 휘저었다. 베이커와 비슷한 몸짓, 그러나 드러난 결과는 달랐다. 물건들이 휙휙 허공에 떠오르더니 알아서 탁자 위에 놓였다.

나는 세레나 주변으로 일렁거리는 기운을 유심히 응시했다. 최근 들어서 보이기 시작한 것이었다. 베이커는 이것이 마력의 흐름이랬다.

'……많긴 정말 많네.'

세레나 주변엔 베이커와 비교도 안 될 정도의 웅장한 흐름이 일렁이고 있었다. 알고 보는 것과 모르고 보는 것은 천지 차이라더니. 조금 전 세레나의 어린 모습이 귀엽게만 보이지 않았던 이유가 있었다.

'진짜 무시무시하네.'

세레나의 기운은 자칫하면 내게 쏟아질 것 같은 폭풍우, 폭포 등 다양한 것을 떠올리게 했다. 나를 향한 것이 아님에도 긴장감을 느낄 만큼.

이윽고 궤짝 안에 있던 모든 물건은 알아서 분류되어 있었다. 한눈에 봐도 한쪽에 물건이 잔뜩 몰려 있었다. 세레나는 몰린 쪽에는 관심을 주지 않았다. 그녀는 몇 개만 빼둔 물건 쪽을 유심히 보더니 그곳에서도 몇 개를 골라냈다.

"이거랑, 이것. 처리해야겠네."

누군가에게 말을 하는 것이 아니라 중얼거리는 것이었만 그 말을 용케 들은 로테가 움직였다.

"이쪽입니다."

계속 이 방에 있을 줄 알았더니 우리는 한꺼번에 이동했다. 다시 또 어디로 이동하는 걸까. 의문이 더해갈 즈음 로테가 작게 입을 열었다.

"궁금하실 것 압니다."

그건 그렇긴 하다. 나는 그레이와 대화를 나누는 세레나를 흘끗 보고는 고개를 끄덕였다. 그레이는 왜인지 지나치게 깍듯한 얼굴로 세레나의 말을 듣고 있었다. 저거 상사가 불편할 때의 얼굴인데.

"이베르크 대공저가 늘 습격과 암습에 노출되어 있음을 아가씨도 잘 아실 겁니다."

"그렇죠?"

겪어보기도 했고.

"세레나 님은 이 저택의 방범 벨을 만들어 주신 분입니다."

아, 그거. 마수가 튀어나오는 거. 호되게 당했던 기억을 떠올리며 끄덕였다.

"사실 습격이라는 건 사람만 보내는 것이 아닙니다. 이렇게 물건을 통해 공격하기도 합니다."

"물건이요? 저걸 말하는 거예요?"

"예. 지금 세레나 님이 들고 계신 것 말입니다. 가끔 귀족가의 선물임을 가장해 치명적인 마법이 걸린 물품을 보내곤 합니다."

주어는 없었으나 바로 알아들었다. 황실이구나.

"들키더라도 귀족가에 뒤집어씌울 수 있으니, 그들도 손해 보는 일은 아니었을 겁니다."

로테는 이로 인해 한번은 연무장 한쪽이 날아간 적이 있다고 알려 주었다. 폭발 마법이었다고. 아울러 역병이나 독을 품은 주문이었을 때도 있었단다. 가장 심한 것은 마수를 봉인한 마법 도구였고. 잘못 건드리면 마수가 깨어난다나.

"각하께서 주문을 푸실 수도 있지만, 마력이 지나치게 방대한 탓에 부작용을 야기하기도 했습니다."

"혹시 그러다 나타난 분이……."

"예. 세레나 님이시죠. 이후 세레나 님께서 방문하실 때마다 일정 이상의 강력한 주문이 걸린 것들을 처리해 주시곤 하십니다. 이젠 가장 먼저 하는 일이 되었지요."

그러니까 황실은 뭐든 하나만 걸리라는 식으로 매번 각가지 악성 주문 도구를 보내고, 이베르크는 이에 대처해 왔다는 거지? 세레나는 이걸 도왔고. 어쩐지 일련의 흐름이 너무 자연스럽다 싶었다.

"그런데 제가 왜 같이 가나요?"

"현재 선대공비님까지 자리를 비우신 지금, 이 저택의 주인을 대리하실 분이시니까요."

"……예?"

"약혼자이지 않으십니까. 각하께서는 여차한 상황에 쓰라며 인장을 주고 가셨습니다."

……그 인장이, 그 옥새 같은 이베르크 도장은 아니겠지? 나는 얼굴을 감싸 쥐었다. 대체 그건 또 언제 주고 간 거야.

현재 선대공비님은 근처 영지의 영주를 만나러 간 참이었다. 그쪽에 장례가 있는데, 죽은 이가 오래전 어머님의 친우였다나. 어쩔 수 없는 일이었으나, 어머님이 그리워졌다. 제가 여기 주인이라니요. 얼떨떨한 기분이었지만 일단은 정신부터 차리기로 했다. 어쩔 거야, 당장 뺄 수도 없는 것을.

"……그거, 쓸 일이 없길 바라야겠네요."

"너무 염려치 마시지요. 저와 베이커 씨가 보좌할 테니."

그 말에 나는 로테를 흘끗 보았다. 님이 날 보좌한다고요? 믿음직스러우면서도 영 석연치 않았다.

"……베이커 씨는 둘째 치고, 로테 씨는 제가 리녹에 대해 좋지 않은 말을 한 마디만 해도 절 버릴 것 같은데요."

로테가 잠시 고민하더니 대꾸했다.

"그건 그렇군요."

……아니, 부정이라도 조금은 하고 그러시죠. 로테는 말간 얼굴로

쳐다보고 있었다.

"농이니 그리 쳐다보지 마십시오."

"……농을 농같이 해주지 그래요."

이리 말하면서도 염려되는 기분이었지만. ……어쩐지 다른 날보다 그레이랑 첼시가 더 반짝거리는 눈으로 본다 싶었다.

그렇게 세레나와 함께 도착한 곳은 커다란 공간이었다. 로테가 제2연무장이라고 설명했다. 세레나는 공간의 중간으로 가더니 들고 있던 장신구 세 개를 내려놓았다.

"이번엔…… 마수 주문이네. 그냥 둘까?"

"하나만 두는 것이 좋겠습니다."

로테가 말하자 세레나가 끄덕였다. 이어 연무장 가장자리에서 베이커가 주문을 외웠다. 그러자 연무장 천장에 닿을 것 같은 거대한 반투명한 막이 나타났다. 저건 보호 마법인 듯한데……. 언니와 리녹이 싸울 때 펼쳤던 것과 비슷했다.

"시작해도 됩니다."

크와아아.

세레나가 가져온 장신구 중 하나에 충격을 가한 순간, 반지가 녹아들더니 거대한 괴물이 등장했다. 아니, 마수였다.

"아르체스군요. 미친놈들, 이딴 걸 보내?"

"방범 벨보다 더한 걸 보냈네."

옆에 있던 첼시가 이를 부득부득 갈았다.

크하, 으르르!

숲속에서 가끔 보던 소형 종과는 크기를 달리하는 엄청난 위압감이었다.

"해치우기 어려운 마수예요?"

"어렵다기보다는 까다로워요. 저건 빛을 다루는 마법을 쓸 줄 아는 사람이 꼭 있어야 하거든요."

첼시가 눈을 찡그리며 고갯짓했다. 반지에서는 같은 종의 괴물이 더 나타났다.

"거기다 저렇게 떼거지로 나오면 한 사람은 다쳐 봐라 이건 거죠."

이어 세레나가 허공에 손을 그었다. 그 순간 나는 눈을 크게 떴다.

'……뭐야. 세레나의 목에 왜 저 문양이?'

리녹의 도움을 받아 고대 마법 서적을 읽으며 도움이 될 만한 정보는 빠짐없이 읽고 기록했다. 그중에는 내가 가진 것과 같은 고대 주문들도 있었다. 내 것과 형태나 기능은 다르지만 강력한 고대 주문이라 일컬어진 것들. 그리고 세상에서 사라졌다고 알려진 것들.

잊지 않기 위해 몇 번이나 읽고 또 읽었기에 기억했다.

「악시스 오벨리스크.」

정확히 어떤 주문인지 모르나 고대 마법 최강의 주문 중 하나로 꼽히던 것. 그것이 세레나의 목에 그려져 있었다. 세상에나. 책 속 그녀가 그토록 강했던 이유를 알 것 같았다. 이건 주인공 버프인 걸까. 그렇지 않아도 재능이 뛰어난 사람에게 최강의 주문이라니.

"세레나 님이 대단하신 것은 보통 마법사와 다르게 호위가 필요 없다는 점이죠."

첼시가 나지막하게 설명을 붙였다. 그와 동시에 살벌한 소리가 연무장 가득 울려 퍼졌다. 세레나가 발을 구르자, 땅에서 가시가 튀어나왔다. 단단한 땅으로 이루어진 송곳이 마수를 거리낌 없이 찌르고 베어냈다.

키에에! 마수 하나가 허공으로 뛰어올랐다. 세레나를 베어 넘기려던 손톱은 그녀에게 채 닿지도 못한 채 멈췄다.

투두둑. 하늘에서 검은 비가 뚝뚝 떨어졌다. 세레나는 허공에서 가시에 찔린 마수를 아무렇지 않게 바라보더니 고개를 돌렸다. 이내 이쪽을 향한 얼굴에 환한 미소가 피어났다. 마수의 검은 피로 머리 끝을 적신 그녀를 바라보며 이루 말할 수 없는 기분이 들었다.

그 순간이었다. 세레나의 표정이 잠시 변했다.

키에엑!

남은 마수가 등을 돌렸고, 달려오는 방향은 내가 있는 쪽이었다.

"아가씨!"

스르릉. 첼시가 검을 뽑았다.

'피하긴 늦었어.'

눈을 가늘게 뜨며 손등을 꽉 쥐던 순간이었다.

쿵.

거대한 마수가 눈앞에서 쓰러졌다. 그리고 거대한 등 뒤에서 익숙한 인영이 보였다. 마수의 앞에는 얼음 조각이 잔뜩 박혀 있었으나 쓰러진 것은 단 한 합의 검격 때문이었다.

"리녹?"

손등으로 땀을 닦아낸 리녹이 나를 보며 성큼 다가왔다. 그러더니 한 팔로 내 어깨를 감싸 안고 목에 얼굴을 묻었다. 한참 숨을 들이마시던 리녹이 고개를 들었다. 그러고는 한곳을 싸늘한 눈으로 노려보았다.

"세레나 히아신스."

리녹의 시선이 향한 곳에는 세레나가 있었다. 눈을 동그랗게 떴던 세레나는 이내 아름다운 눈을 예쁘게 반으로 접어 웃었다.

"오기 전엔 반드시 연락을 취하라 전했을 텐데."

"했는데?"

짤막하게 반문하듯 대답한 세레나의 눈은 리녹을 오래 향하지 않았다. 대신 내 쪽으로 넘어와 호기심 가득한 시선을 보냈다.

"저분."

그녀는 매끄럽게 입술에 나를 담았다. 절로 숨이 짤막하게 넘어갔다.

"그냥 마법사가 아니네요?"

세레나가 그리 말하더니 자신의 손등을 툭툭 두드렸다.

"고대 마법이죠?"

난 얼떨결에 고개를 끄덕였다. 세레나의 눈이 가늘어졌다. 마치 나를 관찰하는 듯한 시선이었다. 잠시간의 침묵 끝에 그녀의 모양 좋은 입술이 열렸다.

"강해져 볼 생각 있어요?"

"……네?"

이 순간에 이게 무슨 말이야. 눈을 깜빡일 때였다.

"……세레나 님 취미이십니다."

대답을 한 것은 그레이였다. 그는 어찌할 바를 모르는 얼굴로 눈치를 보다 우물우물 덧붙였다.

"누군가를 강하게 만드는 것을 좋아하십니다……. 기사단원 중에 하나를 붙잡아서 관찰한 뒤에 방법을 생각해서 만들어 주시곤 하는데. 그…… 방법이."

누군가 이를 부득 갈았다. 리녹이었다.

"고약하지."

책 속 리녹은 자신의 기사단을 아꼈다. 대공의 직속 기사단인 새벽 기사단. 제국 기사단 중에서도 손꼽히는 강자인 그들은 오직 리녹에게만 충성스러운 기사이자 대단한 실력자들로 유명했다.

실제로 대공저에서 본 그들은 정말로 강했다. 언니가 나를 훈련 시키며 여러 사람과 대련을 해봐야 한다며 그들과 대련을 시켰으니까. 그러면서 알게 된 것인데, 리녹은 그의 기사단을 아껴 직접 검을 가르치는 일도 드물지 않았다.

물론 처음엔 내가 기사단과 눈을 마주치는 것도 내키지 않아 했지만, 기사들이 알아서 나와 눈을 마주치지 않고 수신호로만 뜻을 전달하니 만족한 듯했다. 정작 당사자인 나는 이게 무슨 의사소통인가 싶긴 했지만. 아무튼 간에 리녹이 그의 기사단을 아끼는 것은 원작과 다를 바가 없었다는 거다.

그리고 세레나와 리녹의 대치는 길지 않았다. 세레나가 먼저 리녹의 말에 그건 아니라며 나섰기 때문이었다.

"고약하다니. 너무 하잖아? 합리적인걸."

"기사단원 중 하나를 마물의 구덩이에 던져 넣었지. 새 검을 실험해 보라며."

그의 말에 세레나가 고개를 갸웃했다.

"살아 나왔잖아요?"

무엇이 문제냐는 듯한 세레나의 얼굴에 그레이가 기가 막힌 표정을 지었다. 하고 싶은 말이 많은 표정인데……. 나는 리녹에게 안긴 상태로 첼시를 콕콕 찔렀다.

"첼시, 혹시 그레이도 세레나 님께……."

"아, 있어요. 그레이가 2번이었을 걸요? 아니다. 1번이었나."

첼시가 시원하게 수긍했다.

"그레이가 지금 저 정도인 건 저분 덕이죠. 아니었으면 제가 부단
장 했을 걸요."

그레이도 지금 세레나가 말하는 저 훈련법을 받은 적 있다는 소리
였다. 솔직히 그것이 정확히 무엇인지는 잘 모르겠으나, 첼시를 제
외한 리녹과 기사단 사람들이 꺼리는 것은 분명했다. 심지어 로테까
지도.

나는 원작의 세레나를 떠올렸다. 그녀의 생김새는 차갑고 단아한
요조숙녀로 표현되었지만, 그녀의 성격은 외모와 다르게 친화력이
강하며 누구든 결국 그녀를 좋아하지 않고는 견딜 수 없게 만들었
다고 묘사되어 있었다. 그러니 지금 분위기는 조금 고개를 갸웃하게
만들긴 했다. 하지만 이들이 세레나를 싫어하는 것 같지는 않았다.
굳이 따지자면 당장 어찌할 수 없는 골칫덩이를 보는 기분? 집 앞에
대뜸 거대한 바윗덩이가 놓여 있을 때 표정이 이렇지 않을까. 생각
했던 것과는 다른 분위기에 이를 어쩌면 좋을까 생각이 들긴 했다.

"저, 그나저나 대장님……."

세레나와 리녹이 팽팽하게 대치하는 사이에서 첼시가 불쑥 말을
꺼냈다.

"산맥에 다녀오신 일은 마무리된 겁니까?"

그러고 보니……. 나도 궁금했다. 분명 리녹은 이틀 뒤에나 온다
고 했는데. 더구나 그 이틀도 꽉꽉 줄이고 줄인 일정이라 했다. 전부
해결하고 돌아온 건가?

"마무리 안 했다."

리녹이 당당하게 선언했다. 그리고 그 말에 벙찐 사람은 나밖에

없는 듯했다. 첼시나 그레이는 역시나, 하는 얼굴로 리녹을 보았다.

"아무리 봐도 보고도 채 끝나지 않을 시간이긴 했습니다. 어떻게 이렇게 빨리 달려오신 겁니까?"

너무 태연하게들 받아들이는 거 아닌가. 하지만 곧 대공 기사단의 공통 특성을 깨달은 나는 입을 꾹 다물었다. 리녹이 달을 태양이라 하면 그대로 믿을 사람들이었다.

"그건 제가 전달드렸습니다."

로테가 반듯하게 손을 들어 올렸다. 아니, 발표 시간도 아닌데 지나친 정자세가 기가 막힐 지경이었다.

"각하께서 아가씨의 일을 최우선적으로 보고하라고 하셨습니다."

"그래도 그렇지……. 어떻게 말을 했기에 사람이 일하다 달려와요? 큰 일도 아닌데."

"네 일 중에 큰 일이 아닌 일은 없다, 에이미."

"……아니. 그건 고맙긴 한데요."

경계를 풀지 않는 리녹을 보며 눈을 데구루루 굴렸다. 왜 다들 세레나를 걸어 다니는 재앙 취급을 하는지 궁금할 지경이었다.

"그래서 리녹, 일은 대충이라도 보고 온 거죠?"

리녹이 내 물음에 잠시 입을 다물었다. 그러고는 침음을 살짝 흘렸다. 왜 그러지?

"……펜릴과 이야기 중에 왔다."

"네?"

"펜릴과 이야기 도중에 뛰쳐나왔다고 했다."

펜릴과 이야기라면 심각한 이야기 아닌가. 로테가 살짝 끄덕이고는 정중하게 덧붙였다.

"다시 돌아가셔야겠군요."

"……그건 그렇지만."

리녹은 그리 대답하며 내 어깨를 잡은 팔에 살짝 힘을 주었다. 단단한 품에 갇힌 기분은 나쁘지 않았다. 동시에 리녹의 기분이 절로 느껴지기도 했다. 그는 세레나를 지그시 쳐다보고 있었다.

"리녹, 괜찮아요."

나는 그의 손을 톡톡 두드렸다.

"다시 가 봐야 하는 거죠?"

"……."

"얼른 끝내고 돌아와요."

리녹이 세레나를 경계하는 정확한 이유를 알 수 없지만, 그레이와 첼시의 반응으로 어림짐작은 가능했다. 나도 세레나의 의외의 모습에 놀라긴 했지만 그렇다고 책과 아주 다른 모습은 아니었다. 책 속에서도 종종 너무 거대한 마법을 써서 등장인물들을 곤란하게 만든 에피소드가 있긴 했으니까. 날 때부터 재능이 뛰어난 대마법사였다 보니 스케일이 좀 남다르긴 했다.

리녹은 내게로 시선을 주더니 잠시 말랑한 눈으로 한참이나 바라보았다. 타인을 볼 때는 그리도 날카로운 눈이 번번이 이렇게 풀어지는 게 신기하긴 했다.

리녹의 눈을 한번 매만지자, 짐승이 애교를 부리듯 그가 내 손에 얼굴을 부볐다. 그러더니 잠시 귀가 축 처진 거대한 짐승같이 눈을 내리깔고 시무룩한 표정을 지었다.

"……내가 보고 싶지 않은 건가?"

"……네?"

그가 떨어지려는 내 손을 잡아 더욱 깊이 얼굴을 묻었다.

"나는, 네가 없는 밤이 그립고, 네가 없는 낮은 허전하며…… 숨을 쉴 때마다 네가 보고 싶은데."

"그…… 그건 저도 그래요."

떨어지면 당연히 보고 싶지. 하지만 적나라한 표현에 살짝 귀가 달아오르는 기분이었다.

"나랑 대화할 때만은 시인이 되는 기분이네요……."

어디서 이런 말들을 배워오는 거야? 확 끌고 가고 싶어지게. 후, 숨을 뱉는 동안 리녹이 한마디를 얹었다.

"시인뿐인가. 너를 위해서는 소설가도 될 수 있다."

"소설가요?"

"귀부인을 모시는 것이야말로 내 세상의 행……."

난 얼른 리녹의 입을 막았다.

"지, 지금 또 소설 대사 말을 하려 했죠."

"전부 기억한다."

"잊…… 잊어요! 잊으라구요!"

그러자 리녹은 토씨 하나도 틀리지 않고 기억한다며 자랑스럽게 말했다. ……남이 읽는 소설 대사를 전부 외워서 뭐할 건데요. 그의 머리가 좋다는 것은 알았지만 이렇게 알고 싶지는 않았다.

그렇게 한차례 실랑이 아닌 실랑이가 끝나고 나는 리녹이 일을 얼른 볼 수 있게 돌려보냈다. 하얀 산맥의 일이 급하다는 건 누구보다 잘 알고 있었으니까.

"얼른 다녀오세요. 얼른요."

급하긴 급했는지, 리녹은 찡그리면서도 마지못해 채비를 했다.

"에이미, 쓸데없는 말은 흘려들어라."

아마도 세레나를 지칭하는 말인 듯하여 나는 알겠노라고 고개를 주억여 보였다. 그렇게 리녹이 돌아가고, 한바탕 폭풍이 분 것 같은 연무장에는 고요가 찾아왔다.

리녹은 세레나에게 인사조차 남기지 않고 돌아갔다. 보면 볼수록 아리송한 관계였다. 타인이라기엔 가까워 보였고, 굳이 정의를 내리자면 사이 나쁜 동료나 친구 같다고 할지.

리녹은 타인에게 냉정하긴 했으나 무례한 사람은 아니었다. 비네아는 물론 탄시즈에게도 최소한의 예의를 지키는 모습을 보았으니까. 나로 인해 관계가 바뀌었을 거라고는 생각했지만, 짐작하는 것과 직접 보는 것은 하늘과 땅 차이였다. 그만큼 달랐다.

'나름 대비했다고 생각했지만 대비할 수 있는 게 아니었구나.'

모락모락 김이 피어오르는 차를 바라보며 생각했다. 어느새 나는 응접실 한쪽 푹신한 의자에 앉아 있었다. 반대편, 탁자 맞은편에는 세레나가 앉아 있었다. 내 시선을 느꼈는지 티 없이 맑은 푸른색 눈동자가 이쪽을 향했다.

"에이미 씨? 이렇게 부를게요. 제 얼굴에 뭐가 묻었나요?"

"아. 아니요."

나는 단호하게 고개를 저었다.

"사람이 어떡하면 이렇게 예쁠 수 있나 생각을 좀 했어요."

솔직하게 털어놓았다. 숨길 만한 생각은 아니었으니까. 사실 처음 봤을 때부터 생각한 것이지만 오자마자 어린아이 모습에, 마수 처리하는 모습에 혼을 빼앗겼다. 시간이 조금 지난 이제야 그녀를 제대로 볼 기회가 생긴 것이라고 봐도 무방했다.

세레나는 눈을 조금 동그랗게 뜨더니 깜빡깜빡 움직였다. 그러더니 하얀 손으로 자신의 뺨을 감싸 안았다.

"이렇게 솔직한 감상은 처음 들어보네요."

"제 언니가 칭찬은 최대한 솔직하고 진솔하게 전하라 했거든요. 물론 무례하지 않게요."

혹, 실례가 된 거라면 사과하겠다고 얘기하자 세레나가 그건 아니라며 고개를 흔들었다.

"신선했어요. 미사여구는 별로 좋아하지 않으니까. 달빛 어쩌고 하는 말은 질려요."

"그런가요?"

내가 솔직한 만큼 세레나의 말투도 그만큼 진솔하게 바뀐 기분이었다.

"마법사를 마법사로 보지 않는 시선이 제일 싫지만, 에이미는 그런 건 아닌 것 같네요."

에이미 씨에서 에이미로 바뀌었으나 무척이나 자연스러웠다.

"그런데 좀 놀랍긴 해요. 아이 모습을 더 좋아할 줄 알았는데."

세레나가 뺨을 붙잡은 채로 끙 신음을 흘렸다. 아쉽다는 그녀의 얼굴에 조금 황당했지만 표정을 다잡았다. 대체 리녹이 무어라 이야기한 건지 모르지만…….

"전 아이를 좋아하는 게 아니에요."

사실이었다. 아이나 작은 동물을 좋아하는 건 언니였지, 내가 아니었다.

"그럼요?"

"아이 모습의 리녹을 좋아하는 거죠."

하지만 때로 미모가 모든 취향을 부숴 버린다고 했던가. 리녹의 모습이 모든 편견을 부수고 내 안에 들어왔을 뿐이다.

"전 안 예뻐요?"

"……왜 그런 질문이 돌아오는 건진 모르겠지만, 예뻐요. 아이 모습도 귀여우시고요."

세레나는 '그런데?' 하고 묻는 얼굴이었다.

"원래 하나에 마음 전부 주면 다른 것은 보지 못하는 성격이라 그래요."

리녹이 귀엽고, 하양이가 귀엽고. 이미 내가 가진 귀여움 존은 꽉 차 자리가 없었다. 그리고 여기엔 세레나를 마음 편히 대할 수 없는 것도 있었다. 나는 그녀에게 이런저런 부채감을 갖고 있었으니까. 물론 이건 전적으로 내 탓이라고는 할 수 없었으나, 언니를 살리기 위해서 행한 일로부터 시작된 것이었다.

이제는 세레나에게 무언가를 양보하지도, 양보할 수도 없으며, 양보할 수 있는 것이 아님을 안다. 그러니 원작에서 세레나가 사랑으로 풀었던 고대 주문도 내가 직접 풀어야 하는 것이었고.

"리녹 이베르크의 아, 대공의 어떤 사람이라 생각하면 될까요? 소중한 사람이란 건 알지만 이후는 잘 몰라서."

"약혼녀예요."

세레나가 그렇구나, 하고 웃었다. 원작에서처럼 웃음이 많은 사람이었다.

"으음, 나만 이것저것 물은 것 같은데. 혹시 궁금한 게 있다면 편히 물어봐요."

반듯하게 허리를 세운 세레나가 마침 적당히 좋은 말을 내게 던져

주었다.

"질문요?"

"네. 나는 궁금한 게 많은데 일방적으로 질문하기 그렇잖아요. 아, 아니면 마법에 관련된 것도 좋아요. 에이미는 마법사죠?"

내가 세레나를 알 듯, 세레나 역시 나를 간파한 듯했다. 하기야 아까 마수가 달려왔을 때 얼음을 생성한 걸 그녀도 보았을 테니. 이뿐 아니라 세레나도 내 마력을 느꼈을 거였다. 나는 잠시 망설였다. 지금 이 질문을 하는 게 옳은가 생각하다가, 곧 결정했다.

"그럼 하나만 여쭤보고 싶은 것이 있는데."

어차피 한번은 물어볼 질문이었잖아?

"세레나 님은 대공님과 마수의 왕을 잡은 뒤 함께 퍼레이드를 했던 것으로 알아요."

"세레나라 불러도 좋아요. 에이미. 이쪽이 어감이 좋거든요."

오묘하게 휘어진 세레나의 눈매가 반으로 접혔다.

"네. 어렵지만 그렇게 해볼게요. 아무튼 그 퍼레이드가 어찌 소문났을지 아시리라 생각해요."

"아, 나와 리녹 이베르크의 신혼여행이라는 거요?"

"네."

직구와 직구가 오갔다. 세레나는 잠시 눈을 깜빡이다 소리 내어 웃음을 터트렸다.

"에이미가 귀족이 아니라는 것도 신기했지만, 이런 질문을 바로 받은 것도 신기하네요. 이럴 줄은 몰라서."

그럴 것이다. 귀족이었다면 애초에 이런 직구는 던지지 못했을 거다. 귀족이 아니라 평민이었다면, 세레나의 영웅적 면모와 직위에 제대로 말을 잇지 못했을지도 모르니까.

무엇보다 이미 한번 답답하게 빙 둘러간 상황을 겪어본 사람으로서, 더는 답답하게 재어볼 필요가 없지 않을까 싶었다. 약간은 무례하더라도, 언니도 나도 솔직해 보자는 심정으로다가.

"그럼 더 편하게 물어도 될까요?"

어떤 대답이 나와도 상관없었다. 그저 확실히 해두고 싶은 거니까.

"리녹을 좋아하세요?"

리녹이 세레나를 바라보는 시선은 책과 같지 않았다. 이미 비틀어져 버린 원작. 그렇다면 세레나는? 세레나는 과연…… 원작과 같을까. 그저 잠시 본 것만으로는 아리송한 느낌이었다.

"……저 이런 직접적인 말은. 처음 들어봐요."

세레나가 푸른 눈을 깜빡였다. 그저 깜빡인 것만으로 그림에서 툭 튀어나온 것처럼 아름다운 사람이었다.

"에이미가 궁금한 건 그건가요?"

"네. 좋아하세요?"

세레나의 입술에서 미소가 반쯤 사라졌다. 굳은 것이라기보다는 고민에 잠긴 듯했다.

"글쎄요. 좋아하는 건가."

세레나가 고개를 갸웃했다. 천천히 머리를 들어 올린 세레나에게서는 타는 듯 열의를 볼 수 없었다. 적어도 누군가를 열렬히 사랑하는, 책 속에서 읽었던 것과 같은 감정은 아니었다.

"아껴요."

내가 솔직히 물었기 때문일까, 세레나도 똑같이 솔직히 답하는 기분이었다.

"그런데 이성적인 감정인지는 잘 모르겠네요."

아닌 것 같은데. 세레나가 순진하게 눈을 굴리며 말했다.

"그는 날 좋아하지 않아요."

그녀는 담백하게 덧붙였다.

"나는 그 부분을 잘 이해하고요."

그것은 누군가를 사랑한다기에는 아주 건조한 표정이었다. 나는 사랑에 빠진 얼굴을 잘 안다. 그것은 이 대공저에서 누구보다 많이 보아왔던 사람의 얼굴이니까. 그리고 최근 거울 속에서 보는 얼굴이기도 했다. 내가 가끔 조금 느리게 굴긴 해도 한번 본 것에 대해서는 눈치가 없지 않다고 자부한다. 그렇기에 알 수 있었다. 세레나의 눈은 어찌 보아도 열렬한 사랑에 빠진 눈동자는 아니었다.

적어도 책 속에서 그의 저주를 목숨을 걸고 나서서 풀려고 할 만큼의 활활 타는 시선이 아니었다는 거다. 그렇다고 정반대로 철천지원수나 증오하는 사이로 보이는 것도 아니었지만. 적어도 책 속 묘사와 다른 것만은 분명했다.

살짝 드러났던 세레나의 건조한 시선은 온데간데없이 사라져 있었다. 그리고 그녀는 나를 보며 활짝 웃었다. 설경 속 빛을 반사하는 푸른 호수처럼 고아하게 반짝거리는 미소였다.

책 속 세레나의 최대 장점은 행동력이 좋다는 점이다. 그녀는 생각한 순간 바로 실행에 옮겼다. 그런 그녀가 선량하다는 사실은, 주인공인 리녹에게나 수많은 제국인들에겐 커다란 행운을 선사했다. 그녀는 자처해서 가난한 영웅이 되어 수많은 마수를 베었고, 더욱더 많은 생명을 구했으며, 평생을 고통받았던 남자 주인공을 구원했다. 이처럼 그녀는 책을 읽었던 내게도 영웅이었다. 그러니까 아주 오래전 이전 생에서 책을 읽었을 즈음에 말이다.

　이상했다. 이제 나는 그때의 독자가 아니고 에이미 라미아스인데. 그렇기에 이제는 희미해진 동경일 텐데. 그럼에도 이 순간 당신을 향한 호감이 빛을 발하는 걸 보면 이전에 세레나를 많이 좋아하긴 했나 보다.

　"더 궁금한 것은 없나요?"

　그녀가 고개를 비스듬히 기울였다. 긴 은발이 찰랑 흔들렸다. 그 모습에서 나는 린네와 갔던 마을 음식점의 벽에 걸려 있던 세레나의 초상화를 떠올렸다. 세레나가 지팡이를 들고 거대한 마수의 왕을 마주하는 장면이었던가.

　고개를 저었다. 집중하자. 기억을 흩뜨리며 세레나를 보았다. 궁금한 거, 궁금한 거…….

　"으음, 갑자기 생각하려니 떠오르는 게 없네요."

　"그래요? 그럼 마저 이야기해야겠네요."

　턱을 짚고 고민하는 나를 따라 세레나의 얼굴도 함께 더욱 갸우뚱 기울었다. 그 모습이 미어캣 같았다.

　"퍼레이드에 대해서 앞서 말한 것에 덧붙이자면. 나도 예상하지 못했어요."

　"못하셨다니요?"

　"음. 그저 돌아다녔을 뿐인데 동쪽을 돌고 서쪽을 돌았을 쯤 이런저런 소문이 붙었으니까요."

　세레나가 손가락을 하나하나 접으며 큰 도시의 이름들을 말했다. 동쪽의 어비스, 뉴트라, 오빈, 남서쪽 이트, 남쪽의 헤이번…….

　"남쪽의 헤이번에 도착했을 즈음에 헤이번의 영주가 찾아왔어요.

대백작 루스트라.”

“아. 알아요.”

보통, 영지를 3개 이상 가진 백작을 대백작이라고 칭했다. 공작과 후작 아래의 작위지만 때때로 후작급 영향력을 가지기도 했다. 헤이번이면 언니와 도피 생활 중에 지난 적이 있는 도시이기도 했고. 그곳의 영주에 대해 얘기도 들은 적이 있었다. 몇 마디뿐이긴 해도 그 몇 마디가 전부 나쁜 얘기였지.

“그 백작 나이가 예순? 아니, 일흔쯤 되었는데. 대뜸 내게 둘째 아들과 혼인하라고 명했어요. 나보다 열네 살 많았던 사람이었죠.”

세레나는 고개를 저었다.

“⋯⋯말도 안 되는 소리네요? 그래서요?”

“그래서 거절했더니, 이번엔 백작 본인이 직접 나서서 ‘그렇다면 나와 혼인해라’라고 하던데.”

세레나는 영웅이고 대마법사였으나, 이 중 ‘대마법사’는 정식 인가를 받기 전까지 공식적인 호칭은 아니었다. 대마법사는 공작만큼이나 영향을 행사하지만 마탑의 인정을 받고 나서야 가능한 일이었다. 다시 말해 영웅이란 귀족에게는 하잘것없는 명예직이었으며 그들에게 세레나는 그저 한미한 남작가의 딸이었을 것이었다.

“음⋯⋯ 지금 여기서 제게 이 말을 해주고 계시다는 건, 그 제안을.”

“거절했어요. 근데 거절해도 알아듣지 못하는 것 같기에.”

세레나의 머리칼이 한들 흔들렸다.

“별채 하나를 부쉈어요.”

지나치게 담담한 목소리에 잠시 잘못 들었나 했다. ⋯⋯별채? 그 별채가 공작저에 있는 그런 별채를 말하는 거겠지?

귀족의 저택은 작위와 지위, 재산에 따라 올라갈수록 커진다. 대백작이라 했으니 대공저만큼은 아니어도 별채가 아주 컸을 것이다. 나는 눈을 깜빡였다. ……이 언니 스케일이 왜 이래.

"그렇게 부수고 나니 약혼이 취소됐어요. 아쉽게도 작위가 높은 남자가 청혼할 시엔 작위가 낮은 여성 스스로 거절이 어려운 관행 때문에."

"으음, 그래서 부수셨군요."

"네. 맞아요. 본채도 부숴주겠다고 하니 그제야 물러나더라고요."

"만약 물러나지 않았다면……."

"부쉈죠?"

대마법사의 요건은 담담하게 큰일을 행하는 담력인 걸까. 이 큰일이 조금 미친 짓이더라도 무던하게 행하고 통보하는? 그런 거면 난 못할 것 같은데. 갑자기 대마법사가 되는 것에 회의감을 느꼈다. 나는 정상적인 사고로 살아온 사람인데 괜찮을까.

실없는 생각을 이을 만큼 조금 당황스럽긴 했다. 물론 동시에 세레나가 처치한 상황은 시원시원했지만.

"어째서인지 그날 이후로 그런 소문이 돌았어요. 나와 대공, 리녹 이베르크의 신혼여행이다, 곧 결혼한다…… 같은."

"아……."

"실제로 부수는 동안 대공은 아무것도 하지 않았는데 말이에요. 아니다. 오히려 잘 피해서 부수라고. 말과 기사들이 다치면 가만두지 않을 거라 했나."

"……그래요?"

"네."

어쩐지 갈수록 대화 내용이 이상한 곳으로 튀는 것 같다는 생각을 하면서도 멈추지 못했다. 묘하게 빨려드는 느낌이었다.

"쉴 새 없이 돌아다닌 것으로 기억해요. 아주 바쁘게."

꼿꼿한 자세에서 눈만 굴리던 세레나가 덧붙였다.

"이 퍼레이드는 사실 리녹 이베르크, 아니, 대공이 제안한 것이었으니까요."

그 말에 나는 멈칫했다.

"대공님이 제안하다니요?"

"찾을 것이 있다던데."

나는 이 답을 알고 있었다.

"……그 찾을 것이 뭐였나요?"

답을 알면서 묻는 질문이었다. 이미 그레이가 내게 이야기해 주었으니까. 그 퍼레이드는 오직 나를 찾기 위해 시작한 것이었다고.

"글쎄, 저는 잘은 모르지만 이런 이야기는 들은 적 있는데."

나는 연이어 떨어지는 세레나의 입술만 빤히 쳐다보았다.

"리녹 이베르크, 대공은 첫키스를 한 대상이 어디에 있든 찾아낼 수 있다고."

세레나의 눈이 반짝거렸다.

"대신에 일정 거리 이상 가까워야 가능하다고요."

키스? 나를 찾을 수 있었다고?

"도와줄 수 있느냐고 하기에 궁금해서 하겠다고 했어요."

세레나가 자세를 천천히 느슨하게 풀어냈다. 꼬았던 다리를 펼쳤다가 이번엔 반대쪽 다리를 올리며 팔짱을 꼈다.

"그때 대공님이 어떤 부탁을 했는데요?"

"멈춘 도시마다 일정 조건의 사람을 찾아 달라 하던걸요."

그녀가 말한 일정 조건이란 갈색이거나 주황색 머리카락, 녹색 눈이거나 붉은 눈, 그리고 평균 이상의 키와 작은 키……. 언니와 나의 특징이었다.

"그때 저는 이건 범죄가 아니냐고 타당한 지적을 했던 것 같은데. 그랬더니, 그러더라고요. '차라리 범죄자가 되겠다'고."

세레나는 그때의 기억을 떠올리는지 탁자를 톡톡 두드렸다.

"정점에 올라선 사람은 둘 중 하나에요. 좋든 싫든 범죄자가 될 기로에 서거나, 이미 범죄 하나둘쯤은 아무렇게 저지른 사람이거나."

세레나는 그녀 자신도 국가가 금지한 땅에 들어가거나, 금지한 사항들을 어기며 몇 번이고 들락날락했다며 가볍게 고백했다.

"그런데 완전히 타인을 위해 범죄자가 되겠다는 모습이 신선하잖아요. 황실이 시키는 대로만 하던 사람이."

세레나의 나지막한 목소리가 이어졌다.

"나는 그와 오랜 동료로 지냈지만 그는 한 번도 내게 부탁을 한 적이 없었어요. 그래서 대체 누군지 대가로 알려달라고 했더니 한마디도 하지 않다가."

눈을 움직이던 세레나가 내게 시선을 고정했다.

"평생 찾지 못하면 앓아 죽을지 모른다고."

"……."

세레나가 웃으며 "그러니 궁금하잖아요."라고 덧붙였다.

"세상 사람들이, 그리고 황실마저 나와 리녹 이베르크의 관계를 오해하지만. 당사자만은 알고 있었어요. 나와 그 사람은 그럴 생각이 전혀 없다는 걸."

세레나가 턱을 짚었던 손을 테이블에 내려놓았다.

"오해를 사면서도 찾고 싶은 것이 있다는 그의 열망이 내 호기심을 부추겼어요."

나는 마침내 어째서 책 속과 다르게 퍼레이드가 등장했는지 알 수 있게 되었다. 그것은 원작이 완전히 붕괴되었다는 소리이기도 했다. 나는 탄탄하던 이야기가 붕괴되는 바로 그 지점에 서 있었고.

눈을 뜨자 선량하고 아름다우며, 세상에서 가장 해사하게 웃는 얼굴이 있었다.

"난 홀가분해요."

여자 주인공의 입술에서 전혀 예상치 못한 말이 튀어나왔다.

"오랫동안 그러더군요. 나는 마법사인데, 마수를 베어도 공적이 쌓여도 그 뒤에 나오는 소리는 '당신은 최고의 신붓감이다.'였죠."

세레나의 헐렁한 로브가 바람에 한들거렸다. 로브에 새겨진 큼지막한 문양은 그녀의 마법 수준을 표시한 것이었다. 줄이 굵고 많을수록 강한 마법사라는 증거였다. 세레나의 것은 손바닥이 들어갈 만큼 굵고 커다랬다.

"늘 마법과 이것이 무슨 연관일까 생각했어요."

세레나의 찻잔 속 차는 조금도 줄어 있지 않았다. 김이 사라진 찻잔에 세레나가 손을 가져다 대자, 잠시 뒤 모락모락 김이 피어오르기 시작했다.

"마력이 일정 이상의 거대한 수준이 되면……. 본능적으로 운명이 느껴져요."

"예지 같은 건가요?"

"아니요. 그렇다기 보단, 아, 어쩌면 이렇게 될지도 모르겠다 싶은 감이랄까. 리녹 이베르크를 처음 보았을 때 그런 생각을 했어요."

세레나의 눈은 웃고 있었지만 잠시 건조하게 보인 것 같았다.

"나랑 같은 사람이구나."

세레나가 리녹과의 첫 만남 시기를 알려주었다. 리녹이 기억을 잃기 전이었다.

"그래서 어쩌면 비슷하기에 평생을 함께할지도 모르겠다는 운명적인 생각을 했어요. 이성적인 판단은 아니었죠. 마법사로서의 감이었으니까요."

세레나가 자신의 머리를 톡톡 두드렸다.

감. 비합리적인 말이었지만 이해했다. 나 또한 감에 의존하여 거짓말처럼 일들을 맞춘 적 있었으니.

"그런데 우습게도 이런 생각은 그가 기억을 잃고 사라졌다가 돌아왔을 때 달라졌어요."

세레나가 웃음을 머금었다.

"아니, 당연한가? 다른 사람이 되어 돌아왔으니까."

세레나는 얼굴에 더욱더 청명한 미소를 품고 나를 응시했다.

"그래서 에이미가 어떤 사람인지 궁금했네요."

나는 이제야 하늘처럼 파란 두 눈에 담긴 감정을 명확하게 인지했다. 무엇인지 알 수 있었다. 호기심이었다.

"그와 같은 사람도 변한다는 사실이 흥미로웠어요. 그게 참 힘든 일이거든요."

커다란 두 눈이 나를 관찰하듯 담았다. 그녀가 테이블에 팔을 기대며 말했다.

"변해 버린 리녹 이베르크와 나는 앞으로 절대 교차할 일이 없을 거예요. 이전의 그라면 모를까. 지금의 그는 사고방식부터 달라졌으니까요."

세레나가 무엇을 말하고 싶은 것인지 알 것 같았다. 그러니까 기억을 잃기 전의 리녹은 책 속에서 미친 광증을 앓던 대공이었고, 세레나가 알던 모습은 이쪽이었다. 그러나 기억을 잃은 뒤 나를 만나고 돌아온 그는 달라졌다는 거였다. 냉혹하며 광기에 물든 대공이 아닌 지금의 모습.

하기야 상실을 겪은 자와 그렇지 않은 자는 다를 수밖에 없다. 남자 주인공은 책 속에서처럼 첫사랑의 죽음을 겪지 않았으니까. 그 말인즉, 세레나는 이전 리녹의 모습이 아니라면 흥미가 느껴지지 않는다는 말이겠지.

그럼에도 세레나의 말에서 풀리지 않는 의문이 있었다. 세레나가 리녹과 같은 사람이라고? 그녀가 말한 리녹이 기억을 잃기 전의 책 속 미친 대공이라면······. 세레나와 같을 수가 없었다. 그녀는 선량한 대마법사이며 자신의 희생을 자처하는 영웅이었으니까.

하지만 여기에 대해서 묻기도 전에 세레나가 먼저 화제를 전환했다.

"너무 많은 이야기를 했죠? 이상하게 술술 흘러나오게 되네. 대공이 말한 당신의 느낌이 이런 느낌이었나 봐요."

"······대공님이 어떻게 말하셨기에."

"바라만 봐도 보고 싶은 사람이라던데."

"······."

붉어질 것 같은 기분에 나는 손등으로 얼굴을 가렸다. 대체 퍼레이드를 하면서 무어라고 한 거야. 이젠 놀람보다 민망함이 앞섰다.

"뭐든 해주고 싶고, 털어놓고 싶었다고."

세레나는 어쩐지 마지막 구절이 자기에게도 조금 느껴지는 것 같다며 미소했다.

"아무튼 간에 이런 얘기를 꺼내려던 게 아닌데."

나는 그 말에서 흠칫했다. 이게 본론이 아니라고? 눈을 크게 깜빡였다. 주인공 언니, 지금 많은 말씀을 하지 않았나요?

"하려던 얘기로 돌아가서, 내가 제안한 건 생각 있어요?"

"제안? 아. 설마 강해지고 싶냐고 물었던······."

"네. 그거요."

세레나가 기쁘다는 듯이 활짝 눈을 휘었다. 휘어지는 모양새가 버들가지처럼 낭창낭창하고 청초했지만. 그 말의 의미는 얼굴과 전혀 달랐다.

"*······세레나 님 취미이십니다. 누군가를 강하게 만드는 것을 좋아하십니다······.*"

그레이의 말이 스쳐 지나갔다. 아니. 이 언니, 취미도 너무 영웅스러운 것 아닌가. 어쩐지 조금 전의 세레나의 말이 믿기지 않았다. 어딜 봐서 책 속 대공의 냉혹한 모습이 있는 건데?

세레나가 웃고 있는 모습은 냉정함과는 전혀 달랐다. 저 생글생글 웃는 얼굴도 이미지를 흐트러뜨리는데 한몫하겠지만.

"생각 없어요?"

생각? 생각이야······. 당연히 충분하다 못해 넘치지. 그렇지 않아도 슬슬 베이커의 수업에서 벽에 가로막힌 기분을 느끼던 참이었다. 평범한 마법을 쓰는 베이커와 고대 주문을 쓰는 나의 방식은 너무나 달랐다. 베이커 스스로도 기본적인 것 외엔 어찌 가르칠 도리가 없다고 시인했다. 결국엔 독학이 유일한 방법이란 소린데, 갈 길이 머니 갑갑한 일이었다.

세레나는 내 침묵을 어찌 받아들였는지 내게서 시선을 떼어내고는 잠시 방 안을 둘러보았다. 그러더니 다시 내게로 고개를 돌렸다.

"내키지 않아요?"

아. 그건 아닌데. 난 고개를 가로저었다.

"그건 아니에요."

좋은 일이긴 한데, 그레이가 했던 말이 마음에 걸렸던 참이었다. 나를 마수 구덩이에 던지는 것은 상관없지만…… . 나는 내가 자칫 위험에 빠지면 이성을 잃고 날뛸 사람을 두 사람이나 알고 있었다. 아니, 아니지. 세 사람인가…… . 곰곰이 고민했다. 어머님도 왠지 가만히 안 계실 것 같고. 자만은 아니지만 왜인지 그럴 것 같은 느낌이든 달까. 내 감은 꽤 정확한 편이었다.

언니나 리녹이 함께 날뛰는 데, 어머님까지 방관하면 누가 말린단 말인가. 책 속 주연들이 서로 싸우는 일은 아니 될 말이었다. 그게 무슨 막장이냐고.

"흐음, 그럼 이건 어때요?"

세레나가 팔짱을 낀 채 고개를 좌우로 살짝 흔들었다. 흥겨운 그 모습마저 청초하게 보였다.

"에이미도 고대 주문을 보유하고 있잖아요."

나는 고개를 끄덕였다. 이미 문양을 보인 시점에서 숨길 순 없었다.

"당신이 하고 싶은 일은 뭔가요?"

"제가 바라는 일이 있을지 어찌 아세요?"

"모든 마법사는 가슴에 소망을 품으니까요. 마력의 발현은 거기서부터 시작되지요."

그 순간만큼은 세레나가 위엄 넘치는 마법사처럼 보였다. 그런 그녀를 보며 숨을 삼켰다. 어디까지 솔직해져야 하나? 그러나 여기까지 온 이상 뒤로 뺄 수는 없었다. 나는 승부수를 던지는 기분으로 솔직해지기로 했다.

"내가 마법사가 된 이유는 하나예요. 나는."

입술을 꾹 깨물었다.

"리녹의 고대 주문을 풀고 싶어요."

세레나의 눈이 크게 깜빡였다. 웃는 얼굴 외에는 거의 표정의 변화가 없던 그녀였다. 이내 다시금 밝은 웃음으로 돌아왔지만. 나를 보는 시선이 조금 달라졌음을 느꼈다.

"도와줄까요?"

예상치 못한 답에 이번엔 내가 할 말을 잃었다. 도와주다니?

"방법을 알아요."

이 다음에 나온 말은 나를 더욱 기함하게 했다.

'아니, 안다고? 마법을 풀 방법? 그럼 알면서 왜 시도 안 한 건데?'

그런 얼굴로 그녀를 쳐다봤기 때문일까. 그녀에게서 금방 답이 튀어나왔다.

"알지만, 나는 실현 못하는 방법이니까."

그녀가 호기심 어린 얼굴로 나를 응시했다.

"당신이라면 될지도 몰라요."

나는 입술을 달싹였다.

"어떤 방법이기에……."

그러자 그녀가 나를 빤히 쳐다보면서 입술을 끌어올렸다.

"누군가를 진심으로 사랑하는 사람만이, 가능한 방법이라 하더라구요?"

그녀의 말에 원작 이야기를 떠올렸다. 책 속의 세레나도 리녹을 진심으로 사랑하게 되고 리녹의 마법을 푸는 방법을 찾아 마법을 풀어냈다. 그렇다면 지금의 세레나는 방법은 알지만 실행할 수 없게 된 걸까?

정확히 어떻게 바뀌었는지 확신할 수 없었다. 그러나 분명한 것은 알고 있다고 말하는 세레나의 얼굴이 거짓 같지는 않았다는 점이었다.

"저기 세레나 님. 이 순간에 그게 어떤 방법인지도 궁금하지만 그 전에 혹시, 세레나 님은 그 방법을……."

"써봤죠."

막힘없는 대답이 세레나에게서 흘러나왔다.

"방법을 아는데 마법사로서 어찌 도전해 보지 않겠어요?"

어쩐지 세레나의 자세가 조금 전과 비교해 느슨해진 기분이었다.

"그런데 실패했죠."

그녀는 가벼이 말했지만 내용은 결코 가볍지 않았다.

"시도하는 데만 온갖 귀중한 재료가 들어가는데, 아까운 재료만 날린 셈이 되었어요. 덕분에 수중에 남아 있는 게 아무것도 없었죠."

"이런……."

"그것보다도 시도하면서 리녹 이베르크와 사이가 더 안 좋아졌던 것 같고. 아. 그러고 보니 이때부터 날 더 안 좋아했나?"

대체 어떤 시도를 했기에? 원작에서 세레나가 어떤 방법을 썼는지는 책의 마지막 부분에서 커다란 줄기로만 나올 뿐, 재료라던가 이런 것들은 세세히 서술되어 있지 않았다.

이쯤 되면 세레나가 리녹과 어떤 시도를 했을지 매우 궁금해졌으나 세레나는 방법에 대해 말하는 대신 손대지 않은 찻잔을 톡 건드렸다.

"그래서 받아들일 건가요?"

세레나는 찻잔이 식으면 끓이고, 다시 식으면 끓이는 행동을 반복했다. 이것이 세 번쯤 되었으니 세레나랑 꽤 오랫동안 대화를 했단 소리다.

만약 이곳에 오기 전에 세레나를 만나 제안을 받았다면 여지없이 오케이라 했을 거였다. 다만 그레이와 첼시의 이야기를 듣고 난 시점이라 조금 망설여지긴 했었다. 하지만 받아들이는 것 말고는 없는 듯했다. 눈앞의 짧은 길을 두고 멀리 돌아갈 필요는 없으니까.

"그럼 황실이 마법 생물을 습격하고 있다는 건가요?"

"예, 그렇습니다."

현재 리녹이 하얀 산맥에 가게 된 연유. 로테는 아직 황실이 이러는 이유에 대해서는 명확히 밝히지 못했다고 전했지만.

"……하지만 짐작 가는 것은 있습니다. 마법 생물은 거대한 마력을 품은 생물. 아마도 황실이 원한 것은."

황실이 원하는 것은 거대한 마력. 다시 말해 책 속처럼 황실이 이곳 이베르크를 덮쳐올 날이 얼마 남지 않았다는 소리였다. 그 기간이 좁혀오는 탓에 초조함을 느끼던 차였고. 세레나의 제안은 반갑게까지 느껴졌다. 무엇보다 선량하고 강하며 정의를 지켰던 그녀의 제안이라면. 조금 힘들어도 견딜 수 있지 않을까.

"좋아요."

나는 세레나가 제안한 방법을 시도해 보는 것에 동의했다. 그렇게 끄덕인 순간이었다. 세레나가 상체를 꼿꼿하게 세웠다. 이내 자리에서 일어난 그녀가 테이블을 짚었다.

"좋아요. 그럼 강해지는 것이 먼저겠네."

"……네?"

나는 눈을 깜빡이며 반문했다.

"방금 저는 훈련이 아니라…… 방법을 시도해 보겠다고 한 게 아니었나요?"

난 훈련받는다고는 안 했다. 차마 이렇게 말은 하지 못하고 돌려 말했다. 그러자 세레나가 생긋 웃으며 단호하게 일축했다.

"지금 상태로는 시도 못 해요."

나는 얼굴을 살짝 찡그렸다.

"제가 약해서요?"

"아니요, 미숙해서."

세레나가 손을 살짝 흔들었다. 신기하게도 허공에 떠오른 찻잔과 접시들이 테이블 한곳에 몰렸다.

"당신은 숨 쉬듯이 마법을 써야 해요. 타고난 재능에 비해 잘 쓰지 못하는 느낌인데. 그렇죠?"

그렇긴 했다. 그리고 어쩔 수 없는 일이었다. 나는 내게 이런 재능이 있다는 것도 얼마 전에 알았는걸. 보통 마법사 훈련생은 어린 시절부터 시작하기에 나이가 들어 각성한 사람 중에는 강력한 마법사가 탄생하지 않는다는 것이 정설이었다.

"일어나요. 가죠."

"네? 어딜 가요?"

세레나가 웃자, 웃음과 동시에 내 몸이 허공으로 휙 떠올랐다. 그대로 일으켜 세워지나 싶더니, 발끝이 들렸다. 리녹이 나를 안아 올리는 것과는 다른 기분이었다.

"잠깐, 잠깐 내 발로 걸을게요."

"이쪽이 편하지 않나요?"

편하겠습니까? 인간은 이족보행 동물이거든요. 다급한 마음에 고개를 저었다. 서서 가고 싶다고요.

그러자 동시에 내 손등에 하얀 문양이 떠오르더니 허공을 배회하던 발이 바닥에 닿았다. 그 순간 세레나의 눈에 이채가 스쳤다.

"좋아요. 그럼 이대로 가요."

"그러니까 어딜요?"

당황스러운 내 음성에 산뜻한 목소리가 돌아왔다.

"지팡이도 잡은 김에 흔들어야죠."

"어…… 지금 당장 훈련하러 간다고요?"

저 주인공 언니, 저희 이제 막 이야기를 꺼낸 것 아닌가요. 세레나는 밝게 끄덕였다. 빠를수록 좋지 않나요? 이렇게 물으면서.

뭐, 그건 그렇긴 한데…… 원작으로 알긴 했지만 그녀의 실행력에 얼떨떨할 지경이었다. 결국 나는 그녀를 따라나섰다. 그렇게 따라나서면 될 줄 알았는데, 그녀가 돌연 멈춰 섰다.

"일단 준비부터 해야겠네요."

바깥과 나를 한번 번갈아 보던 세레나가 고개를 끄덕였다.

"하루 뒤에 이야기할까요?"

하기야 슬슬 석양이 지고 있었다. 우리는 다음날에 뭔가 더 해보기로 결정하고, 방을 나섰다.

이후 복도로 나오니 로테가 기다렸다는 듯이 우리를 식당으로 안내했다.

△

다음 날.

나는 세레나와 넓은 공간에 마주 섰다. 내가 오게 된 공간은 연무장처럼 탁 트여 있었지만 연무장보다는 좁은 곳이었다. 이곳은 마법사를 위한 공간으로, 주로 베이커가 이용하거나 오래전에 어린 리녹이 이용했던 곳이라고 했다. 나는 신기한 눈으로 천장을 올려다봤다.

'보호 마법이 걸려 있다고 했지.'

공간 전체에 무너지지 않게끔 마법을 걸어두었다고 하는데, 이를 보니 언니랑 리녹을 여기서 싸우게 했어야 했나 싶기도 했다. 로테가 정원 수복을 진행하며 살벌한 표정을 하던데 말이지. 저택의 재정을 책임지는 이라 그런지 남다르게 다가왔던 모양이다.

그리고 아무래도 로테는 세레나를 많이 경계하는 듯했다. 이곳에 들어가기 전에도 로테가 감히 조언해도 되겠냐며 말을 덧붙였으니까.

"아가씨, 세레나 님의 말씀을 모두…… 수용하실 필요는 없으십니다."

무엇 때문에 그러냐고 물었더니 할 말이 많다는 얼굴로 고개를 저었지.

"처음엔 가볍게 한번 볼까요?"

세레나가 빙글 등을 돌렸다. 그녀는 아무것도 쥐지 않은 손을 내게 흔들었다. 오른손뿐 아니라 왼손도 텅 비어 있는 그녀는 그저 로브만 걸친 채 편안히 서 있었다.

"어떤 마법을 주로 사용해요?"

"글쎄요. 눈과 얼음?"

가벼운 차림의 세레나에 비하면 나는 손에 든 것이 많았다. 한 손에는 긴 마법 지팡이를, 다른 한 손에는 하양이를 안고 있었으니까.

"조금 의외네요. 아, 혹시 지금 생각나는 마법을 하나 보여줄래요?"

"어떤 것이든요?"

"네. 기왕이면 공격 마법으로요."

세레나의 말에 나는 하나를 떠올렸다. 공격 마법, 공격 마법…….

이내 손등에 하얀 문양이 떠오르고 눈을 감았다가 떴을 때 수많은 얼음 화살이 허공에 만들어져 있었다.

세레나는 놀라지 않고 얼음 화살을 유심히 응시했다.

"이게 다인가요?"

"네?"

"더 만들 수 있어요?"

세레나의 진지한 물음에 나는 일단 끄덕였다. 이 정도로는 전혀 힘들지 않았으니까. 나는 하양이를 고쳐 안으며, 더 많은 화살을 상상했다. 이후로 세레나의 "더, 더, 더욱더."를 들으며 만들어내고 또 만들어냈을 때, 정신을 차려보니 무수히 많은 얼음 화살이 공간 한가득 꽉 채워져 있었다. 소름이 쫙 돋았다. ……이걸 내가 다 만들어 냈다고?

"음, 대충 알았어요."

"뭐…… 뭐를요?"

"에이미의 마법과 문제점을요."

세레나가 밝게 웃으며 손뼉을 쳤다. 하얀 손에 시선을 주더니 이내 그녀의 검지가 나를 가리켰다. 정확히는 내 품에 안긴 하양이를.

"소모되는 마력은 거기 계약한 마법 생물 펜릴이 나누고 있는 거죠? 여기에 문제가 있는 것 같아요."

"문제라니요?"

문제는 둘째 치고 화살만 만들었을 뿐인데 그게 보인단 말이야?

"에이미가 가진 고대 주문의 장점은 캐스팅할 시간도, 입으로 시동어를 외울 필요도 없다는 점인 것 같네요. 근데 마력을 쓰는 방식이 비효율적이야."

"……어떤 점이요?"

"그러니까 이런 거예요."

세레나가 손을 휘젓자 그녀의 앞에 활활 타는 화살이 등장했다. 나와 다르게 붉은 불꽃으로 된 화살이었다.

"가령 이 화살을 하나 만드는데 드는 마력이 100이라면, 에이미는 여기에 120, 200까지를 넣어서 만들고 있다고 보면 돼요. 잉여 마력의 부담을 펜릴이 함께 지고 있고. 하지만 이런 식이라면 빨리 지치겠죠?"

"아, 그건……."

그랬다. 언니와 첫 대련에서도 단시간에 힘을 전부 쓰고 앓아누웠으니까.

"그리고 화살을 만들고 남은 마력은 그대로 허공에 흩어져요. 결국 100 이외의 마력은 아깝게도 공기 중으로 사라졌다는 이야기이고."

"……효율적이지 못하네요."

세레나의 말 그대로였다.

"네. 그렇죠."

그녀가 산뜻하게 대답해 주었다.

"에이미라면 몰라도 펜릴은 이를 알고 있었을 듯한데. 물론 에이미가 안고 있는 펜릴은 아주 어린 것 같지만.”

세레나가 고개를 갸웃했다.

“펜릴과 같은 고등 마법 생물은 본능적으로 마력을 쓰는데 능하니까 모를 리가 없는데…….”

그녀의 말에 나는 하양이를 내려다봤다. 시선을 느꼈는지 하양이가 눈을 반짝 깜빡이더니 꼬리를 마구 흔들었다. 벌어진 입이 꼭 웃는 것 같았다.

“거기다 왜 그런 모습인가요?”

“그런 모습이라뇨?”

“아뇨. 펜릴은 사람의 형상을 할 수 있을 텐데.”

아. 그녀의 설명에 스쳐 지나가는 것이 있었다. 분명 보기는 했다.

“한 번 보기는 했는데.”

“문제는 그거네요. 소통이 전혀 되고 있지 않은 것.”

“소통?”

세레나가 끄덕이며 나와 펜릴을 동시에 가리켰다.

“네. 소통을 하세요. 이베르크의 고대 주문을 풀기 위해서는 아주 많은 마력이 들 거예요. 이런 식의 낭비로는 둘 중 하나가 살아남지 못할걸요.”

“아…….”

언니, 살벌한 소리를 너무 부드럽게 하는 것 아닙니까? 세레나의 경고에 나는 꿍 숨을 흘렸다. 순간 등줄기가 오싹오싹했으니까.

“소통이라면, 사람의 형태를 할 수 있게 하는 것을 말하는 걸까요?”

“네. 보통은 그렇죠. 아직 생각을 전달할 만큼 크지는 않은 것 같고.”

세레나의 고개가 모로 쓱 기울어졌다.

"펜릴 쪽이 사람의 언어를 쓸 수 있게 하는 수밖에?"

나는 하양이가 잠시지만 어린아이가 되었을 때를 떠올리며 말했다.

"음, 그게 한 번 그렇게 한 적 있는데……. 그때 사람 언어를 힘들어하던데요."

"혹시 그때 완전한 인간의 형상이었어요?"

"네? 아, 그랬던 것 같은데."

가물가물한 기억을 떠올리며 고개를 주억였다.

"꼭 완전하지 않아도 괜찮아요."

세레나가 보여주겠다며 손을 흔들자, 이내 그녀의 밑에서 캉캉, 울음소리가 들렸다. 시선을 내리자 은빛 여우가 있었다. 세레나가 처음 등장할 때 안고 있던 여우였다.

"이쪽은 벨. 내 마력을 형상화한 아이예요."

세레나는 하양이와는 다른 존재지만 비슷하게 보여줄 수는 있다며 은빛 여우를 안아 들었다.

"보세요."

그녀가 중얼거리며 마법을 쓰자, 세레나의 목에서 낯선 문양이 휙 떠올랐다. 그리고 세레나의 품에 작은 아이가 안겨 있었다.

쫑긋.

남색 머리칼을 가진 아이의 형상이었지만, 은빛 여우 귀가 있고 엉덩이 쪽에서 탐스러운 꼬리가 살랑살랑 움직였다.

"세레나."

아이가 또박또박 발음했다. 그리 말하며 끔뻑이는 눈은 짐승의 것처럼 세로로 긴 동공을 품고 있었다.

"보았죠?"

세레나가 내게 해 보라는 듯이 고갯짓했다. 이미 해 봤으니 방법은 알 거라며.

'아니, 해 보라고 해도……'

뺨을 긁적이고 싶었지만 지팡이와 하양이로 꽉 차 있어 불가했다.

'그러니까 저런 모습이란 말이지?'

일단 해 보자는 생각에 무심코 형상을 떠올릴 때였다. 내게 화답하듯 손등에서 새하얀 빛이 터지더니 팔 쪽이 묵직해졌다. 눈을 감았다가 뜬 자 품에 새하얀 머리칼이 가득 찼다.

호수처럼 파란 눈동자를 가진 남자아이가 눈을 깜빡이며 안겨 있었다. 은을 녹여낸 듯 흐른 은발이 깔끔하게 잘려 있었다. 나는 곧 리녹의 머리스타일과 비슷하다는 사실을 알아차렸다.

남자아이의 은발 사이로 삐죽 튀어나온 강아지, 아니, 늑대 귀가 보였다. 허벅지를 톡톡 두드리는 것은 꼬리인 것 같고. 눈동자도 지난번과 다르게 짐승의 것처럼 아몬드형의 세로가 긴 동공이었다.

"……하양이?"

"예이미!"

나를 본 아이가 방싯 웃었다.

"예이미!"

방긋 웃은 아이가 뺨을 비볐다.

"어, 하양아? 자, 잠시만."

"예이미! 예이미!"

확실히 지난번보다 또렷하고 확실한 발음이었다.

"예이미! 좋아해. 나 조아해!"

머리카락이고, 쫑긋 선 귀고, 모두 뺨에 비벼졌다. 부드러운 감촉이 좋긴 한데 재채기가 나올 것 같았다. 그러자 잠시 떨어진 하양이가 나를 보더니 고개를 갸웃했다.

"나 조아해? 예이미?"

"어……."

……안 좋아할 수가 없을 것 같은데? 이를 어쩌나 싶어 세레나 쪽을 보았는데, 저쪽에도 반짝반짝한 은발이 있다. 그녀가 눈부신 얼굴로 밝게 웃었다.

"진도가 쑥쑥 나가네. 그 상태로 한번 진행해 볼까요?"

"네? 뭘 진행해요?"

"뭐긴요."

세레나가 아이를 내려놓았다. 조그만 여자아이가 다시 은빛 여우로 돌아왔다.

"대련이죠?"

"대련이라니……."

"실전에서 알 수 있는 것이 많아요, 에이미."

……혹시 저희 언니랑 아는 사이세요? 어쩐지 마인드가 같은 것 같은데. 아니면 강한 사람들의 마인드는 비슷한 걸까.

줄곧 느슨해져 있던 세레나의 자세가 바뀌었다. 그저 한 발짝 내게 다가온 것뿐인데도 위압감이 느껴졌다. 세레나의 걸음과 동시에 바닥에 붉은 불이 일어났다. 허공에 있던 내 화살들이 순식간에 녹아들었다.

"제 수식어는 네 원소이지만, 사실 불을 좋아해요."

세레나의 옆으로 도깨비불과 같은 붉은 덩어리들이 둥둥 떠 있었다. 나를 보던 세레나가 한번 웃더니 목을 쓸어내렸다.

"처음이니까."

그녀가 가진 문양에서 빛이 나는가 싶더니 빛이 세레나의 몸을 덮었다.

"나는 이 모습으로 할게요."

빛이 사라진 뒤로 세레나는 처음 만났을 때처럼 조그만 소녀의 모습이었다.

"이쪽이 마력을 쓰는데 제한되거든요. 그리고 음, 단점도 있고."

"단점요?"

"끝나고 알려줄게요."

세레나가 손을 휘저었다. 분명 어려졌건만 긴장은 그대로였다. 쉽게 이길 수 있을 것 같다는 생각이 들지 않았다. 침을 꼴깍 삼키는데, 하양이가 내게 매달렸다.

"예이미! 때려? 때려?"

아이가 내게 손을 내밀었다. 응? 설마 이 손으로 치겠다고?

"직접 치려고?"

"쳐? 직접? 뭐야?"

"아니야."

이 솜방망이로는 안 될 것 같아. 나는 고개를 젓고는 하양이의 손을 그대로 잡았다. 일단 해보자.

"마법을 쓰면서 펜릴과 소통해 보세요."

"알았어요."

언니랑 할 때처럼 하면 뭐든 되지 않을까? 그렇게 자세를 잡고 다시 정신을 가다듬을 때였다. 쾅. 문이 열렸다. 굳게 닫혀 있는 문이 활짝 열리고, 그 사이로 오후의 태양이 마구 쏟아졌다.

자박자박. 걸어오던 걸음이 중간부터 빨라졌다. 가벼운 발소리. 그리고 뛰어온 소년이 내 앞에서 멈췄다.

"에이미."

어린 리녹이었다. 나는 갑작스럽게 등장한 낮의 리녹에 놀라 눈을 깜빡였다.

"녹……. 아니."

당황했지만 이내 한 손에 있던 지팡이를 바닥에 내려놓고 하양이도 함께 내려놓았다. 그러고는 꼬박 반달 만에 보는 아이에게 인사했다. 더는 녹스가 아니었다.

"리녹."

약속은 지켜졌으니. 아이가 눈을 크게 떴다. 그러고는 울 것 같이 얼굴을 흐렸다가 내 품으로 파고들었다.

"약속 지켰다. 그렇지?"

나는 떠나지도 않았고 여기 남았어. 그리고 네 이름을 불렀어. 품으로 파고든 조그만 몸을 꼬옥 안아 주었다. 부드러운 머리칼을 손으로 쓰다듬어 주면서. 그렇게 한참을 안고 있었을까. 아이가 천천히 고개를 들었다.

"그런데 에이미."

"응?"

"뭘 하고 있었어?"

나를 보던 눈동자는 초롱초롱하기 그지없었다. 내게서 쉽게 대답이 흘러나왔다.

"으음, 그냥…… 훈련?"

"훈련?"

"응. 마법 배우는 중이었어."

낮의 리녹이 내 어깨에 뺨을 한번 비볐다가 표정을 가다듬었다.

"쟤가 괴롭혔어?"

리녹은 세레나를 바라보고 있었다.

"안 괴롭혔는데?"

아이 모습의 세레나가 선뜻 대답해 주었다. 그러나 아이는 이를 들은 체도 하지 않고 불퉁한 표정으로 내게 말했다.

"쟤 싫어."

한순간이지만 아이의 표정이 밤의 모습처럼 서늘해졌다.

"때려 줄까?"

훈련은 내가 받기로 했는데, 덤비는 것은 꼭 어린 리녹이 할 것 같은 기세였다.

"아냐. 때리지 마."

일단 얼른 고개부터 저었다. 리녹부터 말려야겠다는 생각이 들었으니까. 아무리 비틀어진 원작이래도 두 사람이 싸우는 것까지는 보고 싶지 않다. 더구나 작아진 세레나와 작은 리녹이라니…….

한숨을 살짝 내쉬었다. 댁들이 때릴 곳이 어디 있어. 물론 두 사람이 이루 말할 수 없이 강하다는 것은 알지만. 현재 겉모습들은 톡 치면 날아갈 것 같은 귀엽고 가녀린 어린아이였다. 애들 싸움을 어찌보고 있겠냐고.

"세레나 님은 날 괴롭히지 않았어."

"곧 괴롭힐지도 몰라."

뭘까. 이 뿌리 깊은 믿음은. 리녹의 커다란 눈은 확신으로 가득 차 있었다.

"때려⋯⋯."

"아니야. 아니, 괜찮아."

리녹의 눈을 내 손으로 가렸다. 그럼에도 자꾸만 세레나 쪽을 노려보기에 취한 조치이긴 한데.

"음, 리녹."

나는 리녹의 눈을 가린 채 쪼그려 앉아 또박또박 말했다.

"정말이야. 세레나 님은 아무것도 하지 않았어."

이렇게 눈을 가리는 것은 밤의 리녹이 종종 하는 행동이었는데, 나도 모르게 따라 하게 된 것 같다. 무의식중에 자연스럽게 나온 걸까? 그가 내게 했던 행동을, 내가 다시 어린 그에게 하고 있다는 것이 신기했다.

"⋯⋯정말?"

"응. 정말."

아이의 자그만 손이 내 손을 붙잡았다.

"그리고 이렇게 오랜만에 보는데 나 안 반겨줄 거야?"

나는 살그머니 손을 들어 올렸다. 그리고 나를 물끄러미 보는 리녹의 눈과 마주했다.

"나만 봐줘."

그러고는 방긋, 아주 밝게 웃었다.

"약속도 지켰잖아. 응?"

날 빤히 본 지 몇 초도 되지 않아 아이가 끄덕이더니 폭 안겼다. 슬쩍 보았더니 금방이라도 울 것 같은 얼굴이었다. 나는 자그만 어깨를 안아 주었다가 이내 등을 토닥여 주었다.

내려놓았던 하양이가 옆에서 고개를 갸웃하더니, 얼른 달려왔다.

하양이가 신난 듯이 내게 뺨을 마구 비볐다.

"예이미! 예이미!"

"하양아?"

어어. 잠깐만. 하양아? 그렇게 밀면……. 아니, 왜 이렇게 힘이 강한 건데?

"예이미! 논다?"

"아니, 아니아니. 노는 거 아니……."

"논다!"

햐양이가 방실 웃었다. 상기된 뺨은 정말 몹시도 사랑스러웠지만. ……잠시만 그거 아니야. 아니라고. 하양이가 마구 얼굴을 비빌수록 몸이 점차 뒤로 밀려났다. 절대 아이가 낼 수 있는 힘은 아니었다.

콩.

결국, 하양이의 무시무시한 힘에 밀려 엉덩방아를 찧었다.

"아이고……."

내게서 앓는 소리가 나오자 하양이와 리녹이 멈칫했다. 눈앞에서 은색 귀가 쫑긋 움직이더니 이내 추욱 처졌다.

"예이미…… 아파? 아파?"

"으응? 아냐. 아냐아냐."

눈앞에서 울먹울먹하는 푸른 눈을 모른 척할 수 없어서 애써 아프지 않은 척했다. 소리는 콩, 하고 났으나 의외로 심한 고통이 저릿저릿하게 등줄기를 타고 전해지고 있었다.

이건 하양이의 힘을 간과한 탓이었다. 저렇게 어린 모습인데도 힘이 장난이 아니었다. 하지만 이야기했다가는 엉엉 울어버릴 것 같았다. 괜찮아. 꼬리뼈쯤이야. ……좀 없어도 살 수 있지 않을까. 문제는 리녹인데…….

어느새 리녹이 세레나에서 타깃을 바꿔 하양이를 응시하고 있었
다. 꽤나 사나운 눈빛으로. 솔직히 이제까지 낮의 리녹은 아주 순한
인상이라 생각했는데, 이 모습을 보고 있으려니 밤의 리녹이 자연스
럽게 겹쳤다. 하기야 동일 인물인데 어디 가겠어.

하양이는 귀랑 꼬리가 달린 아이가 된 것이 익숙하지 못한지 제대
로 서지 못했다. 나를 붙잡고 서거나 살짝 비틀거린다고 할지. 그런
터라 하양이를 한 손에 들어 올리고 나머지 손은 리녹의 손을 붙잡
았다.

"리녹, 세레나 님에게 너무 그러지 말아."

리녹이 시선만 올려 나를 향했다. 방금 전 세레나와 하양이를 본
시선은 온데간데없이 온순했다.

"그러지 마?"

"응. 조금만 부탁해도 될까? 이제 저분은…….'

가만 보니 밤 쪽 뿐만 아니라 낮의 리녹 쪽도 퍽 세레나를 달가워하
지 않는 눈치다. 이런 식이면 매번 충돌이 일어나지 않을까? 걱정이
들었다. 그렇기에 그러지 않았으면 하는 마음에 충동적으로 뱉었다.

"내 스승님이야."

그리 말하며 세레나를 흘끗 보았더니, 동그랗게 뜨인 눈이 보였
다. 세레나가 눈을 크게 깜빡였다.

"스승님?"

"응. 선생님."

으음, 일단 마법을 가르쳐 주기로 했으니 틀린 말은 아니다. 강하
게 만들어 주겠다고 했으니. 베이커도 내게 선생님이긴 했지만 아무

래도 그는 이론을 가르쳐 주는 것에 그쳤다. 특유의 능글능글한 성격 탓에 티는 잘 나지 않았으나 나를 대할 때 가끔 조심스럽기도 했고. 오히려 수업 내용만 보면 세레나 쪽이 이 호칭에 가까울 법했다.

나는 세레나를 향해 코를 찡긋하며 웃었다. 입을 맞춰 달라고 입 모양으로 속삭이면서.

"더는 수업이 어려울 것 같죠?"

내 말에 세레나는 나와 내게 안긴 아이들을 번갈아 보고는 고개를 끄덕였다. 무언의 긍정이었다.

"일단 나갈까요?"

"네. 그런 편이 좋겠네요."

아직 이 공간에는 세레나가 다루는 불이 일렁거리고 있었다. 세레나가 불을 끄기 위함인지 손을 들어 올렸다. 그러나 그녀가 손을 휘두르려 할 때였다. 눈앞에서 불이 휙 일시에 꺼졌다.

나는 고개를 돌렸다. 낮의 리녹이 찡그리며 세레나를 보고 있었다. 방금 느껴진 마력의 흐름을 느낀 바로는 리녹이 저 불을 꺼버린 듯했다.

"불 켜지 마. 위험하잖아."

누가 들어도 차갑고 뾰족뾰족 날이 선 말투였다. 그러면서도 리녹은 꼭 붙잡은 내 손을 놓지 않았다. 세레나는 이쪽을 쳐다보더니 이내 볼을 부풀……. 응? 볼을 부풀렸다고? 다시 보니 그 표정은 어디에도 없었다. 대신에 그녀는 환하게 방긋 웃었다.

그녀가 손을 허공에 휘저었다. 동시에 발을 구르자, 꺼졌던 불이 살아났다.

"켜졌는데?"

세레나가 더욱 밝게 웃었다.

"꺼."

불이 다시 사그라졌다.

"내 불인데."

"내 집이야."

……저기, 두 사람 뭐 하시는 건지.

황당하기 그지없었다. 아니, 언니를 처음 봤을 때도 이 정도는 아니었던 것 같은데. 낮의 리녹이 이렇게까지 사납게 나오는 건 처음 보았다.

인격마저 어린아이가 되는 낮의 리녹이야 그렇다고 치고, 세레나는 왜 맞춰 주고 있는 건데? 그것도 안 좋은 쪽으로다가.

나는 두 사람을 바라보며 이것만은 알 수 있었다. 밤 쪽도 밤 쪽이지만…… 낮 쪽은 세레나와 사이가 더욱 좋지 않구나. 오히려 밤 쪽이 그나마 이성은 있었구나 싶은 기분이다. 낮 쪽은 어린 리녹이라 그런지 호불호가 더욱 뚜렷했다. 장난으로라도 동료라고 하지 못할 기세였다.

그 후로도 켜졌다 꺼지기를 반복하던 불은 결국 얼음에 의해 강제로 얼려지고 떨어져 쨍그랑 부서졌다.

"그만."

당연하겠지만 불을 얼린 장본인은 나였다.

"안 나갈 건가요?"

두 사람의 시선이 내게로 몰렸다. 나는 퍽 난감하게 웃으며 손을 내저었다.

"안 올 사람은 여기 있어요."

나는 나갈 거야.

흡사, 쉽사리 마트에서 볼 수 있는 풍경이 겹쳐 보였다. '○○이는 여기서 살아. 엄마는 갈 거야.' 그러나, 이내 고개를 흔들었다.

등을 돌리고 몇 초도 지나지 않아 작은 발소리가 쪼르르 나를 쫓았다. 그것도 두 사람분의 발이. 등 뒤로 나를 쫓는 발소리가 무척 귀여웠으나 문득 헛웃음이 나왔다.

"……셋?"

수련장을 나오자, 우리를 기다리고 있던 로테가 있었다. 로테는 우리를 바라보다 말고 멈칫한 기세였다. 저 중얼거림이 선명하게 들렸다. 그는 어째서 사람이 셋으로 늘었냐는 얼굴이었다. 정확히는 왜 어린애가 셋이냐는 얼굴 같은데. ……하하하. 그걸 내게 물어도.

이어 로테의 정중한 시선은 아이가 된 세레나에게 닿았다.

"세레나 님께서 저 모습인 이유는 익히 짐작이 됩니다만."

아무래도 이런 모습의 세레나를 처음 본 건 아닌 모양이었다. 짐작이 된다고? 이유가 궁금했으나 서서 할 얘기는 아닌 듯했다.

"로테 씨, 이쪽은 하양이에요."

"아. 펜릴입니까?"

그때였다. 얌전히 내게 안겨 있던 하양이가 귀를 쫑긋 세웠다.

"로테! 로테! 에이미 때렸다!"

"……응?"

하양아? 내가 무어라 할 새도 없이 터진 말이었다. 로테마저 살짝 당황한 순간, 리녹의 고개가 홱 치켜들어졌다.

"때려?"

"아니, 아닙니다. 각하!"

로테가 얼른 고개를 저었다.

"봤다!"

"하양아, 로테 씨가 언제 날 때렸……."

"말로 때렸다! 예이미 그랬다!"

……아. 순간 생각나는 것이 있었다.

"아이고. 말로 때려라, 때려."

하양이를 갓 데려왔을 무렵, 로테에게 이런저런 이유로 한 번씩 심술 아닌 심술에 당하다 보니 그렇게 내뱉은 적이 있었다. 내게 로테란, 말로는 못 당할 인간이니. 당시 내게 하양이는 말 못하는 반려견, 내지는 애완동물 느낌이었던지라 혼잣말로 중얼거린 것이 없잖아 있었다. 근데, 이걸 기억한단 말이야?

"때리지 않았습니다!"

로테가 거세게 고개를 저었다. 나는 그사이를 자연스럽게 끼어들었다.

"그럼요. 때린 건 아니죠."

"보십시오, 아가씨께서도."

"대신 마음의 상처를 받았다고 할까."

"상처를 받았…… 예?"

로테는 얼른 고개를 돌렸다. 무슨 소리냐는 듯한 얼굴에 나는 눈을 휘어 보였다.

"로테 씨."

나는 재밌다는 얼굴로 씩 웃었다.

"내가 살던 곳에 이런 말이 있어요. 매듭은 묶은 자가 푼다고."

나는 굳이 오해를 풀어주지 않은 채로 장난스레 웃어 보였다.

"자업자득이라 생각해요."

그 말에 좀처럼 표정 변화가 없던 로테의 눈썹이 쑥 올라가며 억울한 표정을 지었다. 리녹의 서늘한 시선을 받는 그는 최애를 잃은 덕후 같았다. 하지만 당장 항변할 시간이 없음을 알았는지, 그는 리녹의 따가운 시선을 견디며 얼굴을 쓸어내렸다.

사이 나쁜 앙숙이 바나나 껍질을 밟고 엉덩방아를 찧으면 이런 기분일까. 울 것 같은 얼굴을 보는 게 즐거웠다고 하면 내가 너무 나쁜 사람이려나. 그러게 평소에 구박을 덜 했으면 좋잖아. 나는 예법을 배울 때 교육을 빙자하여 은근히 괴롭혔던 것을 아직 잊지 않았다.

"로테 씨, 조용한 곳으로 안내 좀 해주세요."

내 말에 로테가 준비하겠다며 끄덕였다. 억울함을 지우지 못한 채로. 잠시 후, 우리가 안내받은 곳은 정원 한쪽 고요한 정자였다. 한때 어머님이 계셨던 서쪽 탑과 가까운 정원이기도 했다. 그러고 보니 여기서 대공 기사단 기사님을 따돌리고 탑에 다녀오곤 했지? 새록새록 기억이 떠오르는 곳이었다.

로테는 날이 좋으니 안쪽보다는 외부가 나을 거라며 짧은 시간 안에 근사한 다과상을 준비했다. 이런 걸 보면 참 유능한 사람인데, 그 주둥이만 좀 어떻게 할 순 없는 걸까. 해주고도 욕먹는 사람이 있다면 로테일 것 같았다.

"날이 좋네요."

따뜻한 차가 담긴 컵을 감싸 쥐며 세레나가 흥얼거리듯이 말했다.

"그러게요."

어쨌건 그림같이 아름다운 하얀 정자에 쪼르륵 앉긴 했는데 희한하게도 나 말고는 전부 어린아이라는 것이 묘하다면 참 묘했다.

……가만 보니 이게 무슨 상황인 걸까.

처음 오자마자 세레나를 잔뜩 경계했던 리녹은 이젠 한곳만 지그시 응시하고 있었다. 리녹의 시선 끝에는 내게 안긴 하양이가 있었다. 시선으로 구멍을 낼 수 있다면 하양이의 뺨에 구멍이 숭숭 났을 것 같은 집요한 시선이었다.

"으음, 리녹? 왜 그래?"

하양이 뺨 뚫어지겠다. 장난처럼 덧붙이자 리녹의 시선이 내게로 돌아왔다. 이를 표현하자면 울망울망하고 물방울이 일렁거리는 느낌이었다.

"계속…….."

"응?"

잠시 시선을 깔았던 아이가 손을 꼼지락거렸다. 이내 다시 시선을 들어 올렸다.

"계속…… 안고 있을 거야?"

리녹의 시선은 하양이를 안고 있는 손에 있었다. 이를 눈치챈 나는 하하하, 헛웃음을 지으며 하양이를 옆에 내려놓았다. 하양이를 안고 있었던 건 아까 말했듯 아직 이 몸에 적응하지 못해 잘 서지 못해서였다.

"이제 됐지?"

내가 묻자 리녹의 얼굴이 조금 펴졌다. 그 사이 옆자리에 내려놓아진 하양이가 고개를 갸웃했다. 나는 테이블에서 과자를 하나 짚어 하양이에게 건네주었다. 과자를 입에 문 하양이의 눈이 동그래졌다.

"예이미! 맛! 마시써! 기뻐?"

"응? 기쁘냐고?"

화아아. 볼이 잔뜩 빨개진 하양이가 눈을 반짝반짝하게 빛내며 마구 끄덕였다.

"죠아해!"

어찌나 초롱초롱한지 푸른 눈동자에서 별이 튈 것 같았다. 나도 모르게 소리 내어 웃었다.

"내가 좋다는 거야, 쿠키가 좋다는 거야?"

"예이미!"

하양이가 얼른 쿠키를 내려다 놓고 내 어깨에 뺨을 비볐다. 자꾸 뺨을 이렇게 비비던데 이건 늑대의 습성일까? 머리를 쓰다듬어 주자 기분 좋다는 듯이 꼬리가 살랑살랑 흔들렸다. 그러다 마구 빨라졌다. 프로펠러처럼 움직이는 꼬리는 여전하구나 싶었다.

세레나는 맞은편에서 우리의 모습이 흥미롭다는 듯 구경하고 있었다. 캉캉. 그런 세레나의 옆에서 울음소리가 들렸다. 어느새 세레나의 은빛 여우가 그녀 옆에서 우아하게 꼬리를 흔들고 있었다. 세레나는 우리를 흉내 내기라도 하듯, 은빛 여우를 옆에 데려다 놓고 쿠키를 건네주었다.

그녀는 반짝이는 눈으로 이렇게 하면 되냐는 듯이 나를 보았다.

……아니, 왜 그렇게 보는 거죠? 어쩐지 육아 교실이 된 것 같은 느낌을 지울 수가 없었다. 그러나 나는 모른 척, 조금 민망하고 어색하게 웃으며 쿠키를 하나 더 집어 들어 이번엔 리녹에게 건넸다.

"리녹, 이 쿠키 제일 좋아하지? 오늘도 맛있더라."

하양이에겐 손에 쥐여 주었다면 리녹에겐 직접 먹여주었다. ……왠지 이렇게 차이를 둬야 할 것 같았다. 다행스럽게도 리녹이 볼을 발긋 물들이더니 이내 입안에 넣고 입술을 우물우물 움직였다. 어쩐지 세상을 다 가진 기분이긴 하네. 왜 이 순간 첼시의 말이 떠오르는지 모르겠다.

"아가씨! 귀여움은 세상을 지배합니다!"

정말 실없는 소리라 생각했는데…… 사실인 것도 같고.

리녹이 과자를 다 먹은 것 같아 다른 것을 집어 드는데, 문득 내게 마구 몸을 비비던 하양이가 고개를 빼꼼 내밀었다. 하양이는 리녹 쪽을 보고는 귀를 쫑긋 세웠다. 그러더니 동그란 눈매를 감을 듯이 휘며 활짝 웃었다.

"흉님!"

리녹이 움찔했다.

낮의 리녹은 귀엽고 사랑스러운 모습과 다르게 어떤 행동이든 거침없는 느낌이었다. 물론 나와 관련된 일이라면 조심스럽게 눈치를 보곤 했으나 그 외에 일에는 무심하거나 휙휙 해치우는 느낌이었다. 예를 들면 언니와 살 때 빨래를 홀로 접거나, 그릇을 치우거나, 대공저에서 아주 가끔 커다란 책을 볼 때가 그러했다.

그런데 지금 리녹은 어느 쪽도 아니었다. 오히려 아이의 눈동자가 잠시 흔들린 것도 같았다. 하양이가 부른 시점부터인 것 같은데.

"흉?"

마침 하양이가 한 번 더 그를 불렀다. 의문을 표현하듯이 은색 귀가 쫑긋쫑긋 움직였다. 조그마한 고개를 갸웃한 하양이가 확신한 듯 눈을 반짝이며 소리를 조금 높였다.

"형님!"

……형님? 지금 형님이라 한 것 같은데. 조금 뜬금없는 호칭이라 생각했다. 낮의 리녹이 조금 왜소한 일고여덟 살 아이 외양이라면

하양이는 기껏해야 세 살, 많이 봐줘야 네 살쯤의 외양이었다. 외양만 보면 리녹이 형 소리를 들어도 이상하지 않긴 한데…… 굉장히 자연스럽다는 느낌인데?

그사이 내 옆으로 삐죽 고개를 내밀었던 하양이가 행동을 몸소 실천했다. 의자에서 혼자 내려가지 못해 낑낑대더니 내 몸을 블록 넘듯이 타고 올라서는 내 무릎 위에서 날 보긴커녕 리녹 쪽의 의자 손잡이를 잡고 눈을 반짝반짝 빛냈다. 그러더니 조그만 손을 들어 올려서 가슴을 콩콩 두드렸다.

"형님? 접니다!"

엉덩이의 꼬리가 프로펠러처럼 마구 흔들렸다. 어찌나 빠르게 흔들리는지 본의 아니게 꼬리에 얻어맞는 모양새가 되었다. 찰싹찰싹 소리가 날 만큼 흔들렸으니 말이다.

아야. 아야. 아파. 나는 이걸 잡아야 하나 말아야 하나 하는 표정으로 쳐다봤다. 이어진 하양이의 환한 웃음과 함께 하양이의 귀가 거의 누울 듯 젖혀졌다. 리녹이 움찔하더니 몸을 살짝 뒤로 뺐다. 그러거나 말거나 하양이의 조그만 손은 내 옷을 잡아당겼다.

"예이미! 예이미!"

"으응?"

"형님! 형님!"

손가락으로 열심히 가리키며 말을 하는 걸로 봐서는 뭔가 하고 싶은 말이 있는 것 같은데, 빨라서 알아듣지 못했다. 리녹은 여전히 경계 어린 눈으로 하양이를 바라보고 있었다. 굳이 표현하자면 경계심 강한 늑대가 눈앞에서 펄쩍펄쩍 뛰는 아기 강아지를 어쩔 줄 모르겠다는 듯 쳐다보는 느낌이었다. 아니. 사실 따지고 보면 리녹도 강아

지나 마찬가지니까 강아지 둘인가…….

그나저나 하양이는 왜 형님이라고 부르는 거지? 줄곧 나랑 다닌 하양이가 리녹의 이름을 모를 리가 없었다. 내 이름을 바로 부른 걸 보면 리녹 이름도 바로 부를 수도 있을 텐데.

더구나 여기는 친혈육이 아닌 이상 형님, 누나라는 호칭보다는 이름이 보편화 되어 있었다. 물론 하양이가 사회에 대해서 알 리 없지만. 하지만, 그렇다면 이름을 불러야 하지 않나?

"으음, 하양아. 왜 리녹을 형님이라고 부르는 거야?"

하양이가 고개를 갸웃했다.

"형님?"

"응. 형님."

은색 귀가 쫑긋 움직였다가 이내 커다란 푸른 눈이 깜빡거렸다.

"형님은 형님……. 해야 한다! 예이미! 따르랬다!"

하양이가 해맑게 웃었다.

"따라?"

뭘 따른다는 건지 막 반문하려 할 때였다. 나는 눈을 동그랗게 떴다.

"어어?"

하양이의 몸이 허공에 붕 떠올랐다. 황급히 잡으려 하기도 전에 휙 내 품에서 떨어졌다. 나는 바로 범인을 알 수 있었다. 어린 리녹이 못마땅한 얼굴로 자신이 한 일을 바라보고 있었으니까.

"어머나."

어느새 뺨에 손을 괴고 구경하던 세레나가 감탄사를 토해냈다. 아니, 감탄하지 말고 좀 도와주세요. 예?

선명하게 느껴지는 마력의 흐름은 분명 리녹의 것이었다. 그러고 보니 오뚝이 백작을 처치할 때도 이렇게 막 물건을 띄웠었지? 아직까진 위험한 느낌이 들지 않았지만 일단은 말려야 할 것 같았다.

"리녹?"

나의 부름에 맑은 자색 눈동자가 나를 향했다. 나를 보았지만 잠시 그는 어찌할 바를 모르는 시선이었다.

"⋯⋯에이미."

리녹이 입술을 열다 말고 꾹 다물었다.

"나 쟤 싫⋯⋯."

"형님!"

분명 싫다고 말을 하려 했던 것 같은데. 하양이가 더 빨랐다. 하양이는 허공에 둥둥 뜬 것이 무섭지도 않은지 떠오른 그 상태에서 밝게 미소했다. 그러고는 뿌듯한 얼굴로 조그만 손을 주먹 쥐어 보였다.

"형님, 저 왼손운 잡지 않았습니다!"

그러고는 내 오른팔만 붙잡았다며 오른 다리도, 왼쪽 다리도 잡지 않았다고 덧붙였는데⋯⋯. 이게 무슨 소리야? 내 팔다리랑 무슨 상관이라고?

허공에 뜬 하양이의 꼬리가 마구 움직였다. 붕방붕방. 먼지떨이로 대신 써도 되겠다 싶을 만큼 빠르고 신나게 움직이고 있었다.

잠시 할 말을 잃은 리녹은 이내 나를 쳐다봤다. 어떡하면 좋냐는 시선에 나는 웃음을 꾹 참았다.

"리녹."

나는 웃음기를 가라앉히며 그를 불렀다.

"하양이를 내려줘."

"⋯⋯."

"응?"

리녹은 시선을 떨어트렸다. 하양이는 여전히 허공에 둥둥 떠 있었다. 조금 전에 리녹이 하려다 가로막힌 말은 하양이가 싫다는 말이었겠지. 나는 리녹이 그 말을 한 이유도, 할 때의 기분도 이해할 수 있을 것 같았다.

"염려되는 거지? 음, 내가 하양이를 더 좋아할까 봐?"

아이의 조그만 어깨가 잠시 잘게 떨렸다.

나도 어렸을 적에는 언니가 나보다 주워 온 아기 동물들을 더 사랑하는 것 같아서 속상해했다. 그때의 나는 정말 어린 아이였고, 그런 내 눈에는 언니가 갑자기 나타난 웬 쬐끄만 동물만 사랑할 것 같았다.

리녹에게 손을 뻗자 피하지는 않았다. 나는 새하얀 뺨에 손을 가져다 댔다. 그러고는 붙잡은 채로 눈을 마주했다.

"리녹, 내가 하양이를 좋아한다고 해서 리녹이 싫어지는 건 아니야."

"……식으면."

"식는 건 더더욱 아니고."

옆에서 하양이는 이해하지 못한 것처럼 눈을 끔뻑였다. 나는 그런 하양이의 머리를 한번 쓰다듬고는 말했다.

"세상 누구를 데려와도 리녹을 이길 수는 없을 거야."

이미 내게 세상을 주고 나를 전부로 여기는 사람을 누가 이길 수 있을까.

"제일 좋아하니까."

나는 환히 웃었다.

"……정말?"

"응. 나 약속 잘 지킨 것 봤지? 떠나지 않고 네 곁에 남았잖아."

작게 속삭이자 아이의 눈동자가 잘게 흔들렸다. 빛을 받아 보석처럼 투명한 자색 눈동자는 떨림마저 어여뻤다.

"그리고 음, 하양이는."

귀를 살살 만져 주자 하양이가 낑낑대며 뺨을 발그레 물들였다.

"가족이야. 리녹."

"……가족?"

리녹은 이해하지 못한 듯이 고개를 비스듬히 기울였다. 마치 처음 듣는 단어라는 것처럼.

하양이가 사실 이전까지는 애완동물이나 반려동물의 느낌이 강하긴 했는데……. 이 모습을 두고 반려동물이라 하기엔 좀. 그리고 난 반려동물도 가족이라 생각하니까 상관없겠지? 좋은 게 좋은 거라고 나는 빠르게 생각을 마친 뒤에 웃음을 보였다.

"응. 가족."

어린 리녹은 모친인 선대공비님과 재회했지만 그럼에도 아이에겐 생소한 개념일 터였다. 결핍된 것이 쉽게 충족될 수가 있을까. 적어도 난 되리라 생각하지 않았다. 만약 돌아가신 부모님이 갑자기 살아서 등장한다고 한들 내가 하루아침에 언니처럼 부모님을 사랑할 수는 없는 것처럼. 세상에는 시간이 필요한 개념이 있는 법이었다. 그리고 어린 리녹은 발걸음을 뗀 어린아이였고.

나는 이해하면서도 동시에 이해하지 못한 얼굴을 한 아이의 모순을 수긍했다. 그렇기에 더는 어떤 말도 붙이지 않고 넘어갔다. 일단은 하양이가 허공에서 내려왔으니. 더는 터치하지 않기로 했다. 처음부터 너무 많은 것을 넣으려고 하면 안 되는 거니까. 다음은 리녹의 몫이니까.

나는 바닥으로 내려온 하양이를 원래 자리로 돌려놓는 대신에 리녹의 앞에 앉혔다. 테이블 위에 걸터앉아 리녹을 마주하게 된 하양이는 기뻐 보였다. 리녹은 다시금 살짝 굳었지만.

보면 볼수록 정말 귀엽네. 나는 왜 사진기가 없나 한탄했다. 정말이지, 전투 마법이 아니라 이것부터 배웠어야 한다고 후회하면서.

물론 여기에만 시선을 빼앗길 때가 아니었다. 일단 하양이가 형님, 형님 하는 이유는 조금 뒤에 듣기로 하고…… 나는 그대로 고개를 돌렸다. 그곳에는 지금까지 빤히 구경하던 세레나가 있었다. 눈이 마주치자 세레나가 눈동자를 깜빡였다.

아이의 얼굴에 성숙한 표정이라는, 조금 어울리지 않는 조합은 이내 웃음 속에 가려졌다. 확실히 어린 얼굴로 웃어 보이니 영락없는 어린아이였다. 더구나 장미로 가득한 정원이 뒷배경이 되어 세레나를 더욱 싱그럽게 만들어주는 것 같았다.

"끝났어요?"

끝났냐고 묻는 음성은 천진난만하기까지 했다.

"으음, 끝났다기보다는……."

나는 그냥 작은 헤프닝이죠, 하고는 배시시 웃어 보였다. 그러자 세레나는 어린 대공이 이렇게 빠르게, 그것도 폭주 직전의 위험 없이 넘어간 것은 처음이라며 잠시 놀란 모습을 보였다. '폭주 직전'이라는 단어에서 세레나가 보아왔을 모습이 상상되었다.

"그나저나…… 세레나 님은 어째서 아직 어린아이의 모습이세요?"

불편하지 않은가? 현재, 세레나는 작아진 모습에 알맞게 옷도 줄어들었지만 아이에게 치렁치렁한 옷이라 조금 불편할 것 같았다. 더구나 보폭도 좁아지고 의자는 크게 느껴질 거고.

"그 모습으로 불편하지 않으세요?"

이런 내 말에 세레나는 흐음, 하고 소리를 내었다.

"불편하냐고 묻는다면, 그렇긴 한 것 같아요."

그녀가 산뜻하게 말했다. 아이가 되어 음성이 더욱 청아해진 느낌이었다.

"왜 원래 모습으로 돌아오지 않으냐면…… 안 한다기보다는 못한다에 가까우려나?"

"네? 못한다니요?"

이게 무슨 소리야. 눈을 크게 끔뻑였다. 절로 입술이 벌어지는 얘기였다.

"흐음, 이걸 설명하려면 내가 어째서 처음 이 모습을 하게 되었는지부터 거슬러 올라가야 해요, 에이미."

그렇지 않아도 나도 궁금하던 참이었다. 원작에는 이런 이야기가 없었는데 어째서 세레나가 어린아이 모습으로 굳이 변신하는지 궁금했으니.

"꽤 오래전 이야기예요. 적어도 최소 3년은 지난 이야기려나? 나는 리녹 이베르크에게 자신의 고대 마법을 풀어줄 수 있겠냐는 질문을 들었어요. 어찌 보면 거래고 의뢰였을 수도 있겠네요."

세레나가 마법사들은 종종 이렇게 의뢰를 받기도 한다며 덧붙였다. 원작에서 세레나가 리녹의 마법을 풀어주는 것은 맞았지만 거기선 괴로워하는 리녹을 보던 세레나가 자진해서 나선 것이었을 텐데. 이런 점마저 다르구나 싶었다.

"이베르크의 고대 주문을 풀려고 시도했다는 건 이미 밝혔죠?"

"네."

"그래요. 그 시도를 하기 전에 말이에요. 나는 저 마법을 이해해 보려고 했거든요. 이것도 그 방법의 일환이었어요."

"······어린아이가 되는 것이요?"

"네. 한 번 되어봐야 느낌을 알지 않겠어요? 거기다 대공은 기억까지 몽땅 잃고 그때의 나이와 인격에 갇혀 버리니까요."

나는 순간 이걸 어린 리녹과 듣고 있어도 되는가 싶어 리녹을 쳐다봤다. 그러나 어린 리녹은 뜻밖에 태연한 표정이었다.

"괜찮을걸요? 이런 말은 아주 많이 들었을 테니."

세레나는 내 고민을 일축하며 다시 설명했다.

"고대 주문은 특히나 시행자의 상태와 의식을 반영해요. 마법을 이해하기 위해서 그와 같은 상태가 되어볼 필요성을 느꼈죠."

······아니 그렇게까지. 나는 그래서 효과는 있었냐고 조심스럽게 물어보았다.

"고대 주문을 이해하는 데 도움이 되었느냐······. 도움이 되었죠. 일부를 이해할 수 있었으니까."

세레나가 잠시 입술을 오물거렸다.

"하지만 결론적으로는 실패했죠. 나는 리녹 이베르크의 마법을 풀지 못했으니까요."

"그 방법을 쓰지 못해서요?"

세레나가 가벼이 고개를 끄덕였다. 이쯤 되면 그 방법이란 것이 정확히 무엇을 말하는지 궁금해질 지경이었다.

"방법은 조금 뒤에 말을 하기로 하고 이 얘기부터 마무리하자면. 나는 이때 리녹 이베르크의 고대 주문을 이해해 보려다가 치명적인 단점을 얻었어요."

나는 멈칫했다.

“치…… 명적인 단점이라뇨?”

“그게 지금 이거예요.”

세레나가 검지로 자신의 가슴을 톡톡 두드렸다.

“웬만해서는…… 리녹 이베르크가 어린아이의 모습일 때 나도 어린아이의 모습을 해야 한다는 점이죠.”

“……네? 어째서요?”

“금제를 걸었어요. 사실 한 10년쯤은 걸릴 줄 알았는데, 우연히 실마리를 빨리 깨우치는 바람에……. 방법이 실패했지만 한 7년쯤 남았나 그럴 거예요.”

“저, 잠시만, 금제. 금제라는 건 마법사 몸에 부담을 주는 제약 아니에요?”

“네. 대신 주문은 더욱 강해지고.”

나는 입을 뻐끔뻐끔 움직였다.

“아니, 그렇게 태연하게 답변하실 게 아닌 것 같은……. 아무튼 그래서 지금 어린아이 모습에서 원래대로 돌아오지 않는 거라구요?”

“네.”

상큼하게 대답하는 세레나에게 할 말을 잃었다.

내가 금제에 대해 아는 이유는 간단했다. 나와 리녹을 대공저에서 습격했던 오뚝이 백작이 금제에 걸린 희생양이었으니까. 일반인이 암살자급의 신체를 갖게 될 정도로 강력해지지만 이후 신체가 망가지는 위험한 주문. 베이커의 말로는 전쟁통이나 급한 상황일 때 자기희생 주문을 외우는 마법사들 또한 많이 쓰기도 한다고 했다. 물론 세레나야 타인에게 건 것도 아니고 자기 몸에 건 데다, 아주 강하기에 이런 마법으로 몸이 상하지 않을 가능성이 컸지만.

"그거, 풀 수는 없는 거예요?"

"풀려면 풀 수는 있지만 반발이 심해요. 아, 마력의 반발은 알죠?"

"네……."

방금 말했듯이 시간을 정하고 건 주문이기에 억지로 풀려 하면 세레나에게 좋지 않다는 얘기였다. 나는 옆 목을 긁었다. 어찌 받아들이면 좋을지 알 수 없었다.

"아니, 그런데…… 왜 그렇게까지."

그 말에 세레나는 스스럼없이 대꾸했다.

"궁금하잖아요?"

그녀의 머리가 옆으로 툭 기우는 것과 함께 은실 같은 머리카락이 사르르 떨어졌다.

"세상을 쉬이 얻을 수 있을 만큼 강대한 마력의 소유자가 낮이면 어린아이가 된다. 기억도, 인격도 나이에 갇혀 버린 채 세상을 보게 되면 어떤 기분일까."

세레나에게서 리녹의 삶이 흘러나왔다.

"아이가 된다는 건 어떤 기분일지 궁금했어요. 으음. 리녹 이베르크가 변한 이유를 찾을 수 있을까 싶기도 했고."

"네?"

세레나가 고개를 흔들었다.

"마지막에 말한 건 가벼운 호기심이에요. 어쨌거나 음. 호기심, 의문. 이게 이유겠네요."

여름 볕처럼 환히 웃은 세레나가 양손 깍지를 끼며 푸스스 눈을 휘었다.

"인간은 호기심의 숙주라잖아요?"

……언니만 그런 것이 아닐까요?

책 속의 호기심 많던 세레나의 성격을 생각하면 이해 못 할 일은 아니었다. 설마 아이가 되는 것이 어떤 기분인지 궁금하다는 이유로 자신의 몸에 주문까지 걸 줄은 몰랐지만.

"여기에 대한 건 더 있지만 잠시 미뤄두기로 하고. 대공까지 다시 돌아왔겠다. 본격적인 이야기부터 해볼까요?"

"본격적인 이야기요?"

세레나가 웃으며 깍지를 풀어냈다. 자그만 손가락이 툭 샐러드 볼을 건드리자, 신기하게 숨이 죽어 있던 샐러드가 방금 막 따기라도 한 듯 파릇파릇해졌다. 숨 쉬듯 신기한 마법을 사용한 세레나가 말했다.

"마법을 푸는 방법, 이게 제일 궁금할 텐데."

그녀는 내 집중하는 얼굴을 느낀 듯했다. 신기하게도 세레나의 시선은 나와는 나이 차이가 그리 많지 않은 사람이라고 하기에는 깊고 맑았다. 어린아이의 모습이기에 더욱 이질적이었다.

이내 세레나는 천천히 손가락을 펼쳤다.

"세 가지."

자그만 입술이 열렸다.

"이 마법을 풀기 위해선 세 가지 시련을 거쳐야 해요."

"시련?"

잘못 듣지 않았다는 양, 세레나가 끄덕여 보였다.

"네. 시련."

어쩐지 그 두 글자를 말하는 세레나의 얼굴이 반짝 빛이 나는 것 같았다.

"에이미는 뭐든 할 수 있나요?"

그 순간 왜인지 펜릴의 음성이 떠올랐다.

"너는 각오가 되었나?"

여기서 한 발짝 내디딘다면 드디어 내가, 내 힘으로 리녹의 굴레를 벗겨줄 수 있구나. 나는 그 어느 때보다 환하게 웃었다.

"그 '뭐든'에 내가 할 수 없는 것은 없을 거예요."

어떻게든, 무엇이든 할 테니까.

"말해줘요."

나는 세레나의 시선을 오롯이 응시했다.

"각각의 시련이란 무엇이죠?"

세레나는 그런 나를 물끄러미 바라보다가 툭 돌을 던졌다.

"말해주는 것은 어렵지 않아요. 하지만 괜찮나요?"

"무엇이요?"

"만약 정말 마법이 풀리면, 눈앞의 아이 모습은 사라질 텐데."

그녀가 던진 돌에 잔잔하던 가슴에 파문이 일었다. 나는 잠시 아무 말도 하지 못했다. 어린 리녹의 모습이 사라지는 것. 세레나의 말에 생각하지도 못한 허를 찔린 기분이었다. 아니, 알고 있었으나 그동안 줄곧 생각하지 않으려고 했던 것이기도 했다. 굳이 지금 당장은 생각하고 싶지 않았던 현실.

이를 미뤄둔 이유는 줄곧 당장 그의 마법을 풀 수 있을지, 없을지 미지수였기 때문이었다. 그러나 가닥이 잡히자 미뤄두었던 숙제가 와르르 몰려드는 느낌에 차마 어떤 말도 할 수 없었다. 세레나는 말없이 내 대답을 기다리고 있었다. 나는 그녀가 기다리고 있다는 것을 알면서도 말을 하지 못했지만.

오히려 머뭇거렸다. 아니, 지금 그 말을 할 타이밍인가 하는 생각이 들기도 했다. 당장 어린 리녹이 듣고 있는데. 생각이 거기까지 미치자 나도 모르게 눈을 돌렸다. 그저 살짝 돌렸을 뿐인데 나는 금방 아이와 눈이 마주쳤다.

아이는 이미 나를 올려다보고 있었다. 그 눈을 보는 순간 나올 듯 말 듯 했던 말이 쏙 들어가는 것 같았다. 어린 리녹은 뜻밖에 담담하고도 태연한 눈을 하고 있었다. 나를 바라보며 무언가 간절히 바라는 눈을 하다가도 이내 사라진 것처럼 보였다. 저 눈을 보면서 무슨 말을 할 수 있을까.

사실 나는 단 한 번도 언급한 적 없지만 언니와 이런 이야기를 한 적 있었다.

"에이미. 대공님에게 걸린 마법이 저주와 같은 마법이라 했잖니?"

"그렇지."

그건 내가 리녹으로부터 도망친 뒤 산 밑 마을에서 함께 살 적에 나온 말이었다. 언니는 왜인지 그 어느 날 문득 리녹에 대해 말을 꺼냈다. 그동안 우리 자매에게 금기시된 이름이었는데도. 언니는 돌연 꺼낸 이름을 언급하며 잠시 가늠할 수 없는 표정을 했다.

"그럼 언젠가 그 마법이 풀리면…… 어린 녹스는 사라질까."

그날 나는 무어라 대답했더라. 잘은 생각나지 않았다. 그때까지는 원작대로 이어질 것이라 생각했으니까. 아니, 사실 비겁하게도 원작이라는 기둥에 모든 생각을 맡겨 버린 채 애써 생각하지 않으려 했던 것들이었을지도.

언니는 이것을 알고 물었던 걸까. 이 순간 그날 언니의 질문이 다시 떠올랐다. 다시 만난 언니는 이에 대해 묻지 않았었다. 하지만 그 날과 같은 생각을 했을까? 만약 리녹에게 깊은 감정을 가지지 못한 채로 흘러갔다면 나는 그저 언젠가 그가 행복해졌으리라 믿었을 것 이다.

눈을 꾹 감았다. 미뤄놓았던 과제가 몰려오는 기분은 형언할 수 없이 아연했다. 눈을 뜨자 다시 나를 바라보는 한 쌍의 눈동자가 보 였다. 티끌 없이 깨끗한 자색 눈동자, 누구보다 밤하늘과 달이 잘 어 울린다고 생각했던 눈동자가 한낮의 태양을 담고 나를 바라보고 있 었다.

나는 손을 뻗었다. 양손이 어린 리녹의 귀로 올라가 소리를 막아 주었다. 조금 전에도 마땅히 이렇게 해야 했는데. 나는 입술을 꾹 깨 물었다. 세레나의 말이 틀린 것은 아니었다.

"틀린 말은 아니에요."

짚고 넘어가야 하는 일이었다. 마법을 풀어주고 싶다. 하지만 나 는 상처에 무뎌지고 체념하는 시선을 그냥 두고 갈 수 없었다.

"낮의 리녹이 사라지는 것을 가벼이 여겨서 마법을 풀고자 하는 것은 아니에요."

귀를 가렸지만 소리는 고스란히 들릴 터였다. 나는 마법으로 충분 히 들리지 않게 할 수 있었지만 그러지 않았다. 리녹의 매끄러운 시 선이 그대로 느껴졌다.

"세레나 님의 말처럼 한 번쯤 생각해 봤어야 할 이야기지만, 저는 명확하게는 생각해 보지 않았어요……. 미뤄두고 싶었는지도 몰라 요……."

말을 잠시 흐렸다가 고개를 들어 올렸다.

"그런데 한 번쯤……."

낮게 숨을 내쉬었다.

"이렇게는 생각했어요. 선택의 기회는 공평해야 하지 않을까요."

알고 있었으나 잠시만 하고 미뤄뒀다는 건, 생각을 하지 않았다는 소리가 아니다. 마음 한구석에서는 한 가지 답을 내려놓고 답을 유보하고 있었던 것.

"세레나 님께서는 마법을 풀어내면 한쪽이 사라진다고 하셨는데."

고개를 들어 올렸다. 눈이 어느 때보다 또렷했다. 원작만 읽은 채 그를 만나기 전의 나라면, 어쩌면 조금 전에 세레나가 말한 뉘앙스와 비슷한 생각을 했을 것이다.

낮과 밤이 나뉜 남자. 마법이 풀리면 자연스럽게 한쪽은 사라진다. 그렇다면 사라진 쪽은 가짜이며 남은 것이 진짜인가? 리녹을 만나기 전의 나라면 그렇다고 말했을지도 모르겠다. 그러나 지금은…….

"사라지는 쪽 또한 리녹이에요."

아이를 깊이 마음에 담은 지금, 나는 그렇게 말할 수 있을까? 아니. 없었다. 낮의 아이 또한 리녹이었다. 신기루 같은 환상이 아니라, 갈망하고 소원하고 바라지만 그것이 서툴러 체념이 익숙하고 그래서 안타깝고도 설움을 절로 느끼게 하는 존재. 울어야 할 때도 울음을 몰라 터트리지 못하던 아이. 아이가 리녹이었고, 리녹이 아이였다.

"모순이네요."

세레나는 내 말의 허점을 정확히 짚어냈다.

"그렇다면 에이미는 마법을 풀지 않을 건가요?"

"아니요."

나는 고개를 흔들었다.

"풀 거예요."

원작이 비틀어진 지금, 나는 원작의 주인공을 대신해서 리녹의 마법을 풀어낼 것이다. 그가 평생을 차고 있던 굴레였으니까.

"다만, 방법을 알아보고 나서 시도를 해보겠다는 말이었어요."

"그 말은 무슨 뜻이죠?"

"마법을 풀겠지만 억지로 행하지는 않겠다는 얘기예요. 리녹의 의지에 따르겠다는 말이었어요."

그래. 어떤 어려운 일이 있더라도 나는 반드시 시련인지 뭔지를 이겨내고 방법을 손에 넣을 거다.

"하지만 방법을 알더라도 시련을 모두 견뎌 시도할 수 있는 순간이 오더라도."

짧게 숨을 삼켰다.

"눈앞의 리녹이 원하지 않는다면 나는 거기서 멈추겠다는 얘기예요."

밤의 리녹은 반복해서 여러 번 마법을 벗어나고 싶다는 의사를 강력하게 비쳤다. 그렇다면 아이는? 한 번도 표현한 적 없었다.

나는 천천히 아이의 귀에서 손을 떼어냈다. 그저 살짝 막은 것뿐이니 내 말은 듣고자 하면 전부 들렸을 것이었다.

"리녹의 생이니까요."

리녹의 삶은 리녹의 것이었다. 평생 운명에 휘둘린 안타까운 아이에게, 가엾은 남자에게. 구원이라는 무기로 그를 휘두를 생각은 추호도 없었다.

"죄송하지만 세레나 님, 오늘 대화는 여기까지 해도 될까요?"

나는 그리 말하며 상체를 일으켜 세웠다. 예법에 맞는 행동은 아니었지만 세레나도 나도 아랑곳하지 않고 행동하고 있었다. 세레나는 알겠다는 듯이 자그만 머리를 까딱 움직였다. 어느새 은빛 꼬리를 흔드는 여우가 그녀의 어깨 위에 앉아 있었다. 캉. 늘어지게 하품을 하면서.

"그럼 먼저 가 볼게요."

나는 하양이를 품에 안고 리녹의 한 손을 잡았다. 이곳에 올 때 모습 그대로 고개를 숙였다.

"가기 전에, 첫 번째 시련은 말이에요."

세레나가 낭랑한 목소리로 나를 붙잡지 않았으면 그대로 정자를 나섰을 터였다. 나는 아이들을 안고 붙잡은 채 고개를 돌렸다.

"무닌과 후긴의 깃털을 얻는 것이에요."

세레나의 자그만 입술에서 튀어나온 생소하고도 낯익은 이름에 잠시 멈칫했다. 확실히 생소하지만 익숙했다. 곱씹던 나는 바로 떠올렸다. 무닌과 후긴. 불 까마귀 형태의 마법 생물이었다. 동시에 펜릴이 내게 이리 언급했었지.

"오래전 내 짝을 데려간 황실이 무닌과 후긴까지 건드렸다고. 이대로 가다간 이베르크도 그들과 충돌을 피할 수 없을 거다."

여기서 이 이름이 왜 나오는 거지?

"제가 잘못 들은 게 아니라면, 뭔가를 가져오는 것이라고요?"

"네 맞아요."

세레나가 짧고 간결하게 수긍했다.

"세 가지 시련이란, 사실 세 가지 무언가를 얻는 것이에요."

"무언가요?"

"정확히는 마법을 푸는데 필요한 재료들이죠."

세레나가 방긋 웃었다.

"저 역시 시련을 거쳐 이 재료들을 얻은 것이거든요. 말했듯이 마법을 풀려고 시도했다가 전부 잃었지만."

"그럼 지금은 아무것도 없으시겠네요."

"네."

"제대로 알아들었어요."

그녀는 박수를 쳤다.

"그렇다면 시련이란, 재료를 가진 이들에게서 얻어 내는 건가요?"

세레나가 끄덕였다.

"그렇다면 첫 번째가 무닌과 후긴이라는 불 까마귀인 것이고?"

"하얀 산맥에 살죠."

하얀 산맥. 하양이의 부친인 펜릴이 살고, 불의 까마귀가 살며, 언니가 지금 조사차 나간 곳이기도 했다. 그리고…… 리녹이 며칠 전에 다녀온 곳이기도 하지?

자그만 손이 꼼지락거렸다. 리녹이었다. 나는 리녹을 흘끗 보았다가 고개를 끄덕였다.

"알았어요. 이 얘기는 나중에 다시 할 수 있을까요?"

"그래요. 어차피 하얀 산맥 깊숙이 들어가는 데에는 이베르크의 허가가 필요하니까요."

세레나의 자그만 손가락이 어린 리녹을 가리켰다.

"그나저나 저 모습의 대공이 얌전한 건 처음 봐요."

"처음 보다니요?"

"글쎄요. 이 정도 시간이면 음……. 뭐가 날아와도……."

휙.

세레나의 말과 동시에 무언가 허공을 휙 날았다. 은빛 여우가 우아하게 테이블로 내려왔다. 여우의 긴 주둥이에는 얇은 스푼이 물려 있었다.

"이렇게요."

세레나는 태연하게 웃었다. 그리고 저 스푼을 마력으로 던졌을 리녹은 살짝 인상을 썼다.

"나를 좋아하지 않거든요."

"어……. 이유가. 왜……?"

"글쎄요. 마력 좀 정돈하라고 구덩이에 던져서인가."

"네?"

"아. 서로 동의한 일이랍니다."

동시에 여우가 또 다른 스푼을 잡아챘다. 이어 허공에 빵이며 접시들이 떠올랐다.

"대가로 약도 만들어줬는데 이런 대우라니."

세레나가 방긋 웃고는 손을 짧게 휘저었다. 허공에 불이 떠올랐다. 이내 리녹이 눈을 찌푸리자 모조리 사그라들었지만.

'……아무래도 동의는 세레나만 한 것처럼 보이는데.'

두 사람 사이에 어떤 일이 있었는지 정확히는 짚을 수 없지만 대충 짐작은 갔다. 그레이와 첼시가 해주었던 설명 덕택이었다. 강하게 만드는 취미 안에 어린 리녹도 있었던 거야? 좀 아연하고 어처구니없긴 했다. 아니, 던지다니. 던질 데가 어디 있다고?

어쨌거나 세레나가 원작에서처럼, 아니, 아는 것보다 더욱 행동력 강한 성격이란 건 알겠다. 그나저나 이 사람들 정말 숨 쉬듯이 마법을 쓰네. 나는 잠시 질린 듯이 휙휙 포크와 스푼이 날아가는 광경을 쳐다봤다.

"약이 맛없는 건 내 탓이 아니잖아요?"

"억지로 이상한 걸 집어넣었어."

"아. 그건 그렇게 하면 효과가 좋을 것 같아서?"

"나가."

파아앗. 리녹이 화르륵 타오른 세레나의 불꽃을 전부 꺼트렸다.

"내 집에서 나가."

촛대가 장난 아닌 진도로 흔들렸다. 의자마저 휘청거리다가 허공
에 떠오르려 하던 순간, 나는 얼른 리녹의 손을 잡아당겼다. 그리고
서둘러 남은 불꽃을 내 얼음으로 꺼트리고는 그를 데리고 자리를 피
했다. 슬슬 느껴지는 마력의 흐름이 장난 아니었기 때문이다.

나는 밤보다는 낮의 리녹이 세레나와 훨씬 사이가 좋지 않다는 사
실을 한 번 더 주지했다. 그리고 그 책임이 아무래도 세레나 쪽에 있
다는 것 또한 잘 알겠다. 원작과 같으면서도 미묘하게 다른 느낌을
주는 세레나에게 묘한 기분을 느꼈다. 책 속보다 더 강하고 더 엉뚱
하며, 더욱 행동이 앞서는. 그러면서도 묘한 기분이 함께 드는 사람.

이제부터 적응해야 할 일이겠지만 당장은 낯설었다. 이거 정말 적
응 안 되네. 나는 아울러 이 묘한 기분이 세레나 주변에 넘실거리는
거대한 마력 때문이라는 것을 알아차렸다. 이래서 자꾸 긴장하게 되
는 건가. 확실히 베이커가 마력을 느끼는 감각이 놀라울 정도로 증
진되었다고 말하긴 했다.

멈춰 섰을 때는 어느새 저택의 서쪽 문 근처였다. 어린 리녹과 있
을 때는 기사단이 근처에 잘 오지 않았기에 넓은 길목에는 나와 리
녹 둘뿐이었다. 하양이는 어느새 품에서 새근새근 잠들어 있었다.

하늘은 주홍빛을 그리고 있었다. 시간을 가늠해 보다가 천천히 고개를 내렸다. 시선이 향한 곳엔 그림같이 예쁜 얼굴이 있었다. 석양이 그려낸 그림자를 고스란히 받아낸 아이의 얼굴이 나를 향했다. 마치 내 시선을 알아차린 것처럼. 조금 전 심기가 불편한 얼굴로 세레나에게 스푼을 날렸던 얼굴은 어디에도 없었다.

그제야 '망나니는 이쪽이셨습니다.'라는 로테의 말을 제대로 이해할 수 있었다. 내가 보지 못한 이면에는 이런 일들이 있었구나. 새삼 까무러치게 놀랍다거나 꺼려지는 것은 아니었다. 사실 나는 아이가 당장 까칠하게 나오더라도 사랑스럽게 볼 터였다. 이미 빠져 버렸으니까. 다만, 새록새록 드러나는 모습은 내게 다른 감상을 불러일으켰다.

원작은 세레나와 리녹, 정확히는 밤의 리녹, 대공 모습의 리녹에게 집중된 채로 진행되었다. 그렇기에 나는 그가 낮에는 어린아이가 된다는 것과 아름다운 미모를 지녔다는 것을 알았지만 속속들이 알지는 못했다.

원작 작가가 영리했던 걸까? 아이에게 이입했다면 저주는 영영 풀리지 못했을 테니까? 석양이 드리우는 하늘 아래서 나는 입술을 달싹였다. 아이는 가만히 나를 기다려 주었다.

"에이미."

잠시간 침묵 뒤에 아이가 나를 부르고서야 나는 입술을 떼어냈다.

"리녹."

"……응."

"리녹은 지금 리녹에게 걸려 있는 고대 주문에 대해 잘…… 알아?"

잠시 나를 물끄러미 보던 아이가 시선을 아래로 향했다. 그러고는 천천히 끄덕였다. 숨을 참는 시간이 잠시 흘렀다.

"그럼 리녹은 이 고대 주문을 풀고 싶어?"

조심스럽게 떨림을 누르며 질문을 던졌다. 나는 사실 답을 예상하고 있었다. 아니, 내가 아이의 입장이었어도 당연한 대답이 나왔을 것이다.

동굴 속 가장 고귀한 자수정같이 찬연한 눈동자는 고요히 석양을 담은 채 살짝 움직였다. 흔들림도, 떨림도 없었다.

"풀고 싶어."

아이가 여느 때보다 또랑또랑한 목소리로 말했다.

"에이미, 나는 마법을 풀고 싶어."

석양을 등지며, 아이가 눈을 휘었다. 나는 아무 말도 하지 못했다.

왜?

묻기 전에 아이의 시간은 이미 끝나 버렸으니까.

△

밤이 깊도록 나는 잠을 이루지 못했다. 아니, 이룰 수 있을 리가 없었다. 여러 가지가 뒤죽박죽 섞여 뇌 속을 둥둥 부유했다.

사실 내 삶은 아주 단순했다. 환생을 기억하기 전에는 하루하루 언니와 즐거운 일상을 보내는 데에 집중했고, 환생한 뒤에는 언니를 살리는 데에만 집중했으며. 리녹을 만난 뒤로…… 도망가는 데에 집중했다. 최종적으로 나는 그를 사랑하게 되었고, 이 사랑에 충실하게 되었다.

이처럼 나는 단순했고 결정한 것에는 온몸을 부딪쳤다. 내가 한 행동은 늘 내가 납득하고 고민한 결과였다. 그래서 이해할 수 없는 문제에 부딪히면 더욱 고민했다. 왜? 어째서일까? 왜 낮의 리녹은 마법을 풀고 싶다고 했을까? 내가 아이라면 풀고 싶지 않다 말했을 텐데. 아니, 땡깡이라도 썼을 거다. 하지만 아이가 보였던 시선은 체념과는 달랐다.

가지 말라고 나를 붙잡던 날처럼 결연하던 시선. 상처에 무딘 얼굴이었다면 차라리 그러지 말라고 붙잡았을 텐데, 그러지 못한 이유가 그 시선에 있었다. 그래. 지금 나를 바라보는 이 시선.

"이제야 나를 바라봐 주는군."

턱을 괴고 있던 리녹이 툭 말을 던졌다. 아하하 웃는데, 허벅지 위에서 뭔가 툭 떨어졌다. 한 페이지도 넘어가지 않은 책. 그제야 나는 내가 책을 펼친 채로 멍하게 있었음을 알았다.

리녹이 나를 빤히 보더니 입술을 부드럽게 열었다.

"……부인께서는 무슨 고민이 이리 깊어 이 밤에 나를 외롭게 만드시는지."

"……책 대사 따라 하지 말랬죠."

리녹이 피식 웃었다.

"그럼 나를 외롭지 않게 만들어줄 생각은 없나."

그의 손끝이 내 손바닥을 지분거렸다. 농밀한 손 움직임에 볼이 발긋 달아오르다가 이내 멈칫했다. 슬그머니 손을 물려 꼼지락거리자 리녹의 시선이 따라붙는 것이 느껴졌다. 의자에서 일어난 리녹이 천천히 다가와 한쪽 무릎을 접었다.

"무슨 고민인가?"

신기하게도 리녹은 내가 그리 크게 티를 내지 않았음에도 거짓말처럼 알아차렸다. 고민의 깊이까지도.

나는 이내 입술을 열었다. 숨기고 싶은 생각은 없었다.

"오늘 세레나 님께 리녹의 고대 주문을 푸는 방법에 대해서 들었어요."

리녹의 눈이 커졌다. 그동안 리녹은 내가 고대 주문에 대해 찾아보는 것이 내가 가진 고대 주문을 공부하기 위함이라고 여겼을 터였다.

"리녹, 나는 당신의 마법이 풀렸으면 좋겠어요."

하지만 난 줄곧 이렇게 생각해 왔다. 나는 리녹의 손을 찾아 쥐었다.

"내가 당신의 마법을 풀고 싶어요."

리녹은 잠시 말이 없었다. 잠시 허공을 향하던 눈이 나에게 금세 돌아왔다.

"세레나 히아신스가 무어라 했지?"

화가 난 느낌은 아니었다. 리녹은 아주 차분하게 내게 묻고 있었다.

"리녹의 마법을 풀기 위해서 세 가지 시련을 겪어야 한댔어요."

그리고 그 세 가지 시련라는 것이 리녹의 마법에 쓰이는 가장 중요한 재료를 가져오는 것이라는 것도.

"그중 첫 번째 시련이 무닌과 후긴의 깃털을 얻는 것이었어요."

"안 된다."

"네?"

단호한 그의 음성에 놀라 눈을 깜빡였다.

"미안하지만 에이미. 나는 반대하겠다."

눈을 들어 올리자 차갑고 단단한 얼굴이 보였다. 빈틈이 들어갈 구석 하나 없는. 나는 리녹의 이런 얼굴을 아주 많이 봐왔다. 그를 처음 만났을 때였다. 숲속 집에서 처음 보았던 얼굴이 이러했다.

"······안 된다, 에이미."

그러나 달랐다. 그때와 다른 점이 있다면, 차갑기만 했던 이 얼굴에 한기만 스며있는 게 아니라 다른 것이 함께 담겨 있다는 점이었다. 나는 잘 알았다. 서늘하고 담담한 표정만 지을 줄 알았던 남자는 눈썹 하나만으로, 속눈썹을 미세하게 깜빡이는 것만으로 수많은 감정을 표현할 수 있는 사람이라는 걸.

애정은 관찰에서부터 시작되었다. 그를 향해 돋아난 마음은 내가 알지 못했던, 내가 지나쳤던 것들을 하나씩 알아차리게 했다. 그렇기에 나는 이토록 단호한 그의 음성에도 금방 침착함을 되찾을 수 있었다. 아울러 차분하게 묻는 것도 가능했다.

"왜요?"

"······."

"왜인가요?"

내 목소리는 다정하고 상냥했다. 오직 리녹을 향해서만 나오는 목소리기도 했다. 사람들이 흔히들 착각하는 것이 내가 가진 색 때문인지 내가 사근사근하고 친절할 것이라 생각했다. 하기야 내가 봐도 내 낯은 퍽 따뜻해 보이긴 했다. 언니를 닮은 눈꼬리는 크고 살짝 처져 있었으니까.

하지만 나를 알게 된 이들은 얼마 가지 않아 내가 은근히 하고픈 말을 가감 없이 한다는 것을 알게 되었다. 탄시즈를 처음 만났을 때도, 스스로를 황태자라 말했던 그 앞에서도 다른 진료가 있어 바쁘다고 했던 것처럼.

"저는 리녹이 생각하는 걸 그대로 설명해 주길 바라요."

나는 리녹의 손가락을 잡고 내 손을 걸었다. 조금 전 리녹은 단호히 말하고서도 잠시 나의 시선을 마주하지 못했다. 말을 꺼내고서도 내 신경을 쓴 것이겠지.

그는 늘 그랬다. 혹시라도 내 의사에 반하는 일을 하게 되면 새끼 낳는 반려 앞에서 서성이는 늑대처럼 어쩔 줄 몰라 했다. 타인의 눈에는 보이지 않겠지만 이제 나의 눈에는 선연하게 보였다.

"그렇게 해주실 거죠? 응? 당신은 해줄 거잖아요"

나는 말을 덧붙이며 그와 시선을 마주했다. 그는 넝쿨처럼 엮이고 교차한 시선마저 피하지는 않았다.

"하아."

교차 끝에 숨을 토해낸 리녹이 고개를 숙였다. 그가 나를 잡아당겨 내 어깨에 머리를 비볐다. 커다란 짐승이 애교를 부리는 듯한 모습에 나는 살살 그의 뒷머리를 쓰다듬었다.

"……나는 네게 정말 못 당하겠다."

목덜미로 더운 숨이 쏟아졌다. 그 덕에 리녹의 말이 아닌 숨에만 신경이 쏠렸다. 엄한 생각이 들었지만 모른 체했다.

'지금 심각해. 착한 생각. 착한 생각. 착한 생각……. 나는 침착한 여성이다……'

나는 속으로 '나는 셔츠 밑으로 드러난 새하얀 목을 보면서 아무 생각도 하지 않았습니다'라는 생각을 잠시 반복했다.

리녹은 그 후로 잠시 내 목에 날숨을 뱉다가 천천히 고개를 들었다.

"무늬과 후긴의 깃털이라 했지?"

"네. 맞아요."

나는 흐트러진 리녹의 앞머리를 붙잡아 넘겨주었다. 그는 그런 내 손을 잡아 짧게 입을 맞췄다. 그러더니 잠시 망설이는 기색으로 눈을 떨어트리더니 이내 숨을 내쉬었다.

"불 까마귀의 깃털은 손을 대는 순간 잡은 자를 활활 태워 죽이는 물건이다."

"……네?"

그 말에 각오했던 나조차도 멈칫할 수밖에 없었다. 리녹의 마법 해방 재료가 살상용이라니?

"타 죽지 않고, 깃털을 온전히 얻기 위해서는 무닌과 후긴의 시험을 통과해야 하는데…… 그 까마귀들은 포악하고 교활하다, 에이미."

"펜릴과는 다른가요?"

마법 생물이라고는 펜릴을 본 것밖에 없으니 자연스럽게 그 늑대를 표준으로 생각했다. 리녹이 그렇다고 말하며 끄덕였다.

"마법 생물은 외형, 즉 생김새가 똑같은 짐승의 본능을 그대로 따른다. 갯과이자 늑대의 모습을 한 펜릴은 자연스럽게 우직함과 맹약, 충성스러움의 상징이 되었다면. 무닌과 후긴은 까마귀이지."

"아……."

이솝 우화를 떠올렸다. 그 속에 까마귀는 영리하거나 영악하거나 혹은 교활한 동물로 나오곤 했지. 그럼 무닌과 후긴의 성질은 까마귀의 것 그대로, 리녹이 말한 대로일 테고. 리녹에게 확신하듯 되묻자 맞다는 대답이 돌아왔다. 나는 리녹이 말을 하기 전에 먼저 입을 열어 말했다.

"시험이란 게 어떤 건가요?"

"듣지 못했나?"

"네? 아, 음. 네에."

리녹이 살짝 이를 갈았다. 눈에 떠오른 분기는 세레나를 향한 것인 듯했다.

"오래 산 마법 생물이란…… 인간의 한계를 시험하길 좋아하지. 목숨을 걸고 응하는 시험이다, 에이미."

리녹의 진지한 표정에 덩달아 나도 진지한 표정을 지었다. 다시 말하자면 직접 가서 깃털을 뽑아도 목숨이 위험하고, 정당하게 시험을 치루더라도 목숨을 걸어야 한다는 소리다. 어느 쪽이든 목숨이 간당간당한 일. 리녹의 말하는 바는 충분히 알았다. 왜 단호했는지도.

달리 생각해 보면 당연한 일이었다. 리녹에게 걸린 고대 주문은 이 원작을 꿰뚫는 가장 커다란 사건이었다. 동시에 이 세계관에서 가장 강력하게 시동된 주문이었지. 이런 것이 쉽게 풀린다는 것이 말이 안 되긴 했다.

'……여태까지 상황이 순조롭게 풀리긴 했지.'

평범한 줄 알았던 내가 거대한 마력을 보유한 재능의 소유자였다거나, 대마법사가 될지도 모를 수식어라거나. 하지만 이것들이 가능성을 시사했다면 세레나가 제시한 것은 정확한 방법이었다.

"리녹, 세레나 님이 당신의 마법을 풀어주려고 시도한 적이 있죠?"

"……."

리녹은 말을 하지 않았지만 움찔한 것으로 충분한 대답이 되었다. 불 까마귀의 깃털에 대해 잘 아는 것만 봐서도 그가 세레나의 시도에 도움을 주었을지도 모르는 일이었다.

"무닌과 후긴의 깃털에 대해서도 그때 아신 건가요?"

"그건 오래전부터 알고 있었다."

그는 고개를 내저었다.

"이베르크 일원이라면 산맥의 '관리자'로서 하얀 산맥에 있는 마법 생물에 대해 기본적인 것들은 숙지해야 했으니까. 대면하는 것 또한 마찬가지지."

대면이라 하면 무닌과 후긴을 만난 적 있는 걸까? 리녹의 태도는 꼭 직접 만나본 뒤에 질색하는 태도 같았다. 리녹은 말하기를 꺼릴지언정 거짓은 말하지 않는 사람이었다. 그가 직접 겪어본 것이라면 더할 나위 없이 정확한 얘기일 터였다. 물론, 그렇다고 해서 결심한 것이 쉽사리 바뀌지는 않았지만.

"리녹."

나는 바로 앞에 있던 그의 뺨의 감싸 쥐었다. 그의 시선이 느릿하게 나를 향했다. 살짝 경직된 근육이 그의 긴장을 알려주는 것 같았다.

"나는 리녹에게 걸린 마법을 풀어주고 싶어요."

리녹의 몸이 다시 한번 멈칫했다.

"이게 지금 내가 바라는 것이고, 내 소원이야."

무닌과 후닌 깃털에 관한 이야기에 묻혀 빠르게 스쳐 지나간 것과 다르게, 내 말이 그에게 또박또박 박힌 것처럼 보였다. 나는 그가 눈을 피할 새라 자색 눈동자를 똑바로 마주했다. 걱정한 것이 무색하게 리녹은 다가온 시선을 피하는 사람이 아니었다.

"……위험해."

눈앞에서 머리 색과 같은 검고 길며 섬세한 속눈썹이 느릿하게 움직였다. 짐승처럼 날것에 가까운 시선, 유리처럼 섬세한 생김새를 가진 리녹은 깜빡임마저 예술처럼 승화했다.

"세상에 대가 없는 일은 없어요, 리녹. 모든 대가에는 위험이 따라요."

이는 내가 오랜 시간 도망자 생활을 하며 터득한 것이기도 했다. 쭉 나를 집요하게 볼 것 같던 그의 시선이 잠시 아래로 떨어졌다.

"네가 위험해질 일이라면 시작부터 하지 않는 것이 맞다."

나는 리녹의 모습을 한참 바라보다가 그의 뺨을 꼬옥 쥐었다가 놓았다.

"그럼 리녹이 함께 가면 되잖아요?"

떨어지는 내 손을 붙잡던 리녹이 그대로 멈췄다.

"뭐?"

"리녹이 날 거기에 데려가 주세요."

나는 또박또박 말했다.

"그리고 시련 내내 함께 있어 주면 되잖아요."

리녹이 모두 제대로 똑똑히 듣길 바라며.

"나와 뭐든 쭉 함께하고 싶다면서요. 리녹과 함께라면 어디든 위험하지 않을 거라 생각해요. 저는 더 이상 짐이 아니에요."

"짐이라 생각하지 않았다."

"네. 알아요. 하지만 줄곧 난 그렇게 생각했어요. 하지만 지금은 조금은, 약간은 달라졌다고 생각해요."

가슴에 손을 얹고 잠시 옷자락을 구겼다가 고개를 들어 올렸다. 하고 싶은 말은 따로 있었다.

"그리고 리녹은…… 누구보다 그 마법을 풀고 싶어 했잖아요?"

나는 아직 낮의 리녹의 의사를 완전히 전해 듣지 못했다. 아마 아이의 결정에 따라 무언가 바뀔지도 모르지만 결정을 듣기 전에 준비하는 것 정도야 괜찮지 않겠냐 싶었다. 지금 내가 하는 것은 준비였다.

"……"

리녹은 말이 없었으나 나는 찰나간 흔들리는 그의 시선을 보았다. 그를 너무나도 잘 안다. 적어도 밤의 그가 이 마법을 푸는 것을 평생 염원했다는 것도. 리녹은 정말로 이 마법에 의해 삶이 제약된 굴레에서 벗어나고 싶어 하는 사람이었다. 이것만은 내가 뒤틀어 버린 이야기에서도 원작과 다르지 않았다.

"내게 가능성이 있대요. 세레나 님이 실패했던 마법을 완성할 가능성."

내가 완성할게요. 아니, 그 방법을 찾을 가능성이라도. 이것이 비틀려 버린 이 세계에 대한 나의 속죄이며, 당신이란 독배를 기꺼이 마셔 버린 대가였으며, 바라 마지않는 당신의 행복이기도 했다.

바닥으로 떨어졌던 리녹의 시선이 올라왔다. 야성인 듯, 정제된 듯, 달빛으로 일렁이는 시선을 바라보며 나는 리녹이 결정했음을 알았다. 그리고 그 결정이 긍정적일 것이라 믿어 의심치 않았다.

"아니."

그의 입술이 떨어지기 전까지는.

"가지 마라, 에이미."

두 번째로 들었을 때야, 비로소 잘못 듣지 않았음을 알았다.

"아니, 안 된다."

"네? 어째서요?"

나는 떨어지지 않는 그의 손을 떨칠 경황도 없이 붙잡힌 채 당황을 그대로 드러냈다. 왜?

"마법에 걸린 몸이 저주스럽다면서요. 고대 마법을 푸는 것이 당신 평생소원이었잖아요!"

"아니."

리녹이 고개를 저었다. 그러고는 붙잡고 있던 내 손을 입술로 가져갔다.

"이 세상에…… 너보다 중요한 건 없어."

잠시 멈췄던 그의 눈꺼풀이 서서히 올라갔다. 그의 입술에서 나올 말의 종류를 알 것 같은 기분. 나는 기이한 기시감이 들었다.

그는 눈을 지그시 감았다.

"나는……."

숨을 삼키고 터져 나오는 목소리.

"마법을 풀지 않아도 좋다."

오래전, 밤의 숲에서 기억을 찾지 않겠다던 그와 겹쳐 보였다.

"아니, 어째서……."

나를 걱정하는 것이 이해 가지 않는 건 아니었다. 아니, 충분히 이해했다. 하지만 무모하게 혼자 가겠다는 것이 아니었다. 대마법사인 세레나의 방법이란 보장이 있으며, 세계관 최강자인 그가 함께였다. 더구나 나 또한 약하지만은 않다. 언니마저 내가 어디 가서 쉽게 죽지는 않을 거라는 말을 하고 떠났다고.

그리 말을 하려 할 때였다.

피잉.

"에이미!"

눈앞이 핑 돌았다. 선을 뽑아낸 기계처럼 몸이 그대로 허물어졌다. 단단한 가슴에 머리를 박고 으으, 숨을 내쉬었다. 이건 힘을 무진장 많이 썼을 때 상태인데. 언니와 대련하던 날에도 딱 이러했다.

그러고 보니 세레나와 대련 아닌 대련을 하며 많은 힘을 썼던 기억이 났다. 피곤한 것도 당연한 일인데……. 아, 그래도 여기서 눈이 감기면 안 되는데. 그러나 깜빡이는 눈 위로 커다란 손이 덮였다.

"일단 쉬지. 자는 것이 좋겠다. 에이미."

리녹이 어르듯 속삭였다. 나만이 들을 수 있는 낮고 다정한 목소리로.

"나중에 이야기하지."

나는 수마에 잠겨 들면서 입술을 깨물었다.

'거짓말. 나중에 이야기해도 답은 똑같을 거잖아.'

눈에 쌍심지, 아니, 불을 켜도 모자랄 판국에 애석하게도 눈이 스르륵 감겼다. 두고 봅시다. 내가 그 예쁜 입에서 승낙을 받고 만다. 다음 밤에 쏟아내겠다고 결심하면서.

△

쾅. 쾅쾅.

쾅!

다음 날 대공가 기사들을 위한 거대한 연무장에는 정체를 알 수 없는 거대한 굉음이 요란하게 울렸다. 정체를 알 수 없는 굉음의 정체는 다름 아닌 에이미였다. 에이미가 만들어낸 거대한 얼음 화살들이 '벽'에 수없이 꽂혔다.

이 '벽'이란, 세레나가 에이미에게 만들어 준 것이었다. 오늘 오전, 잠시 대공령의 마도구 상회에 다녀오겠다며 저것을 만들어 주고 갔다. 다시 말해 잠깐의 훈련용이었다.

지켜보던 대공가 기사들은 저마다 감상을 담은 채 에이미를 지켜보았는데 대체로 어찌할 바를 모르는 얼굴이었다. 그중에는 그레이도 있었다.

"언제부터야?"

그는 첼시에게 물었다. 대공저 내에서 에이미의 호위를 담당하는 첼시라면 언제부터 저리 행동하고 있는지 알 터였다.

"좀 됐어. 오전부터?"

"아니, 안 말리고……."

"말려? 훈련하신다는데 왜?"

첼시가 고개를 갸웃했다. 하기야 그 말도 옳긴 했다. 다만 얼음을 만들어내는 에이미의 표정이 아주 살벌하다는 것이 문제라면 문제였지.

'……저런 표정은 처음 보는데.'

그레이의 고개가 돌아갔다. 그레이가 알기로 에이미는 3년 만에 다시 만나 짐처럼 들려 갈 때에도 침착했던 사람이었다. 대공저를 탈출할 땐 어땠는가. 이토록 침착하고 차분한 탈출이 또 있나 싶었다. 생각보다 평정을 잘 잃지 않는 것처럼 보였는데, 오늘 모습은 조금 이상하긴 했다.

그런 뜻으로 그레이가 다시 한번 첼시를 쳐다보자 첼시가 어깨를 으쓱였다.

"내가 무어라 하겠어?"

그녀는 그러고는 고갯짓을 했다.

"더구나 대장님도 가만히 계시는데?"

첼시가 고갯짓을 한 방향에는 어린 리녹이 얌전히 앉아 있었다. 리녹은 에이미와 그다지 떨어지지 않은 곳에 앉아 있었는데, 얼음 파편이 날아올 때마다 반투명한 푸른 막이 막아주었다. 어려진 그가 다칠까 봐 에이미가 만든 것이었다.

'……누가 저 아가씨를 막 마법을 배운 이라 생각할까?'

그레이는 압도적인 재능에 경이로움을 느끼곤 했다. 때로는 눈을 내리는 풍경 속 거대한 얼음 화살을 보며 오싹하기도 했다. 그도 그럴 것이, 아주 놀라울 만한 성과였다. 베이커는 에이미의 성취를 두고, 이것이 알려진다면 마법계 전체를 뒤흔들 일이라 했다. 마법을 전혀 알지 못하던 이가 몇 달도 안 돼서 상위 마법사를 상회하는 수준이라니 하면서. 이건 그레이뿐만 아니라 마법을 잘은 알지 못하는 기사들이 봐도 대단하다고 생각했다.

쾅! 쾅쾅!

"으아! 진짜!"

물론 지금은 왜인지 그 대단함을 전투적으로 발휘하고 있지만.

"……야, 그레이. 저기서 평정을 유지하시는 어린 대장님도 대단하신 것 같은데."

"……그러게."

어린 리녹의 옆에는 자그만 인영이 하나 더 앉아 있었다. 에이미로부터 저 아이가 새끼 펜릴, '하양이'라는 것을 최근에 막 전달받은 바였다. 첼시는 양손 엄지와 검지로 사각 프레임을 만들었다. 그러고는 에이미와 하양이, 어린 리녹을 담았다.

"키야, 완벽한 조합이다."

"조합이고 뭐고…… 왜 저러시는지 정말 몰라?"

"모르는데. 뭐가 문제야? 문제가 있었으면 어린 대장님이 나서고도 남았을걸."

"첼시, 왜 이렇게 무신경해? 에이, 아니, 아가씨가 평소랑 다르시잖아. 평소랑."

"네가 지나치게 섬세한 거야. 아가씨가 굳이 말을 안 하시는데 꼬치꼬치 캐묻는 게 좋은 자세겠어? 넌 간이 왜 이렇게 작아? 아…….
갖다 팔아서 없나?"

"매번 갖다 파는 게 누군데!"

그레이의 울상에 첼시가 눈썹을 찡그렸다. 그때였다. 실랑이하던
두 사람이 약속이라도 한 듯 고개를 돌렸다. 쾅쾅. 울려대던 소음이
멈췄다.

"아, 끝났나 보다."

"어라, 대장님이 달려가시려나 본데?"

에이미가 잠시 멈추자마자 기다렸다는 듯 어린 리녹이 일어났다.
그보다 먼저 쪼르르 달려가는 인영이 있었다. 하양이가 에이미에게
덥썩 안겼다. 아니, 작아서 다리에 찰싹 달라붙는 것에 가까웠다. 에
이미는 이제 뒤뚱거리긴 해도 잘 걷는 하양이를 보면서 웃음을 터트
렸다.

그와 동시에 그레이의 시선은 어린 리녹을 향했다. 그런 에이미와
하양이를 물끄러미 바라보며 조심스레 자신의 손을 내려다보는 자
신들의 작은 주군을.

그레이의 표정이 흐려지던 찰나였다. 에이미가 거짓말처럼 고개
를 돌리더니 팔을 뻗었다. 어린 리녹이 망설이자, 에이미는 망설이
지 않고는 직접 다가갔다. 아이가 스스로 에이미에게 포옥 안기기까
지는 수초도 걸리지 않았다. 리녹의 뺨이 복숭앗빛으로 물들었다.

"야, 너는 평생 저런 광경을 볼 수 있으리라 생각했냐?"

그레이가 살짝 눈을 굴렸다. 그는 자신의 표정이 지금 첼시의 표
정과 다르지 않으리라 생각했다.

"……아니."

"기분이 묘하네."

첼시의 말에 공감하는 바였다. 그레이는 표현이 서툴러 이 마음을 말로 꺼내지 못할 것 같다고 생각했다. 이 순간 그들이 공통으로 느끼는 감정은 줄곧 이 대공저에서는 느끼지 못했던…… 따듯함. 온기였다. 그레이는 아주 잠시 겨울이 사계절 대부분을 차지하는 이 곳에 봄을 몰고 온 듯한 따뜻함에, 그녀가 봄을 몰고 오는 사람이라고 생각했다.

"야, 난 우리 기사단 놈들이 아가씨한테 말 한번 걸어보려고 끙끙대는 이유를 알겠다. 안 그래?"

"뭐……. 그렇지."

"아아. 저렇게 무방비하게 웃는데 뺨 한번 찔러보면 안 되나."

"……대장님 칼에 찔려보려고?"

"농이지, 농. 죽을 일 있냐."

첼시가 아쉬운 소리를 뱉었다.

"아이고 우리 대장님 얼굴에 꽃이 핀다 펴."

그레이는 활짝 웃는 에이미와 그런 에이미를 나비처럼 쫓는 어린 주군을 바라보며 시선을 아래로 두었다. 대공가 기사단은 오랫동안 리녹을 보필했기에 가끔은 그의 미래를 그리기도 했다. 물론 예측하는 건 감히 해선 안 될 일이긴 하지만 그럼에도 생각했던 선택지 중에는 그들의 주군이 강력한 대마법사 세레나와 언젠가 결실을 이루지 않을까 생각한 것도 있었다. 항상 황실의 미움을 받아온 리녹과 마찬가지로 사교계 및 귀족 사회에서 이레귤러인 세레나는 정치적으로든 처지로든 뜻이 통하는 부분이 많았다.

어차피 상류 사회에서의 약혼과 혼인이란 정략에 가까웠다. 다시 말하자면 좀 더 단단한 계약과 같은 것. 그렇기에 언젠가 두 사람이 함께 서 있더라도 이상한 풍경이 아니리라고 생각했던 때가 있었다. 그들의 주군이 밤의 숲에서 실종되기 전까지는.

"첼시 씨, 그레이 씨! 아, 셰드 경도 계셨네요."

생각에 잠겨 있던 중, 에이미가 그들 쪽으로 걸어왔다. 조금 전까지 살벌한 표정으로 과녁을 두드리던 사람처럼은 보이지 않았다. 그러나 자세히 보면 영 심기가 불편해 보이긴 했다.

"안 불편하십니까?"

셰드가 물었다. 에이미는 제 품을 한번 보고서는 씩 웃었다. 디아나가 머무를 때 그레이와 첼시, 셰드는 에이미의 대련 상대를 해주었다. 그 덕에 에이미는 세 사람과 좀 더 가까워질 수 있었다.

"네, 그리 무겁진 않아요."

에이미는 힘든 기색을 숨기며 안겨 있던 어린 리녹을 다시 한번 고쳐 들었다.

"리녹이 안겨서 걷는 기분을 느껴보고 싶다고 해서요."

그런 에이미의 다리 옆에는 에이미의 옷자락을 꼬옥 쥐고 그녀의 뒤로 살금 숨은 채 눈을 끔뻑이는 하양이가 있었다.

"하양이가 어제랑 다르게 잘 걷기도 하고."

"그렇군요? 그나저나 아가씨, 오늘은 왜 이렇게 심기가 불편하셨나요?"

그레이가 어처구니없다는 시선으로 첼시를 쳐다봤다. 물론 첼시는 언제나 그렇듯 가볍게 이를 무시했다.

"아, 음······. 티······ 났어요?"

에이미가 동그란 눈동자를 데굴 굴렸다.

"아가씨, 일단 외람되지만 손 한번 잡아 봐도 됩니까?"

"……네?"

추근거리는 귀족 남성 같은 모습에 이번엔 셰드마저 어처구니없다는 시선을 보냈다. 물론 첼시의 손은 다른 이에게 저지당했다. 어린 리녹의 서늘한 눈이 첼시를 향했다.

"건드리지 마."

"넵."

첼시는 얼른 납작 엎드렸다. 물론 에이미를 바라보며 손이 간질간질했다. 에이미는 첼시의 기준으로 작은 뱁새 같은, 아무튼 귀여움의 최고봉이었다. 곱슬곱슬한 머리칼도, 온전한 태양빛 같은 머리칼의 색도. 에이미는 언제나 가감 없이 "아하하. 우리 언니가 더 예뻐요." 라고 말하곤 했으나, 디아나의 미모는 첼시도 인정하는 바였어도 자매는 결이 달랐다.

"아무튼 손은 농이었고…… 큼큼. 어째서 심기가 불편하신가요? 혹시 밤의 대장님과 싸우셨습니까?"

첼시로서는 그저 으레 던지는 농에 불과했다. 그러나 다음 순간 에이미가 보인 반응에 세 사람은 곧바로 눈치챘다.

"싸우긴요."

에이미는 활짝 웃었지만 그 표정은 심상치 않았다.

"저랑 리녹 사이에 싸움이 되겠어요?"

그 말은 짐짓 여러 의미로 들릴 수 있었다. 우리가 화목하니 싸움을 하겠느냐부터, 사랑하는 사이인데 왜 싸우겠냐, 그리고…… 걔랑 나랑 수준 차이가 있는데 싸움이 되겠냐까지…….

생글생글 웃는 에이미를 바라보며 첼시가 팔꿈치로 그레이를 툭

툭 쳤다.

[야, 저거 그 누구냐, 디아나 씨가 처음에 지었던 표정 아니냐?]

[다 들려, 조용히 해.]

대공가 기사들은 입을 다물고도 소통이 가능한 특수한 기술을 사용할 수 있었으나, 그들 중 누구도 이것이 심야 작전 외에 이런 식으로 쓰일 줄은 몰랐다. 그렇다고 해도 에이미는 아무것도 듣지 못했으니 반응을 보이지 않았지만.

"……에이미, 화났어?"

"응?"

에이미가 살래살래 고개를 저었다.

"아니, 리녹에게는 화나지 않았어."

방싯 웃으며 건넨 그 말의 이면은 둔한 그레이조차 알 수 있었다.

"저, 그런데 어린 리녹에게 밤의 리녹 얘기를 하곤 하나요?"

"예? 아 예. 그렇긴 합니다. 아무래도 좀 오래되었으니까요……."

이건 어쩔 수 없이 자연스러운 일이었다. 에이미의 얼굴에 잠시 안타까운 표정이 스쳤지만, 이내 리녹에게 돌아갔을 때는 싹 지워져 온데간데없었다.

"리녹, 조금 전에 물었잖아. 낮의 리녹이 좋은지, 밤의 리녹이 더 좋은지."

……끄덕.

언제인지 몰라도 어린 리녹이 그리 물은 듯했다. 아까 에이미가 마법을 멈추자마자 쪼르르 달려가 무언가 속삭인 게 이것이었을까?

'……저, 저런 질문을.'

그레이는 괜스레 긴장되는 기분에 슬그머니 시선을 굴렸다. 어린 리녹의 자색 눈동자가 보석처럼 반짝거렸다. 에이미는 그런 아이의 뺨에 코를 비볐다.

"나는 낮의 리녹이 더 좋아."

"……나?"

"응."

"……정말?"

잠시 망설이던 어린 리녹이 이내 커다란 눈을 들어 올렸다. 햇빛에 매끈한 윤기가 감도는 흑발이 살짝 흔들렸다.

"응. 정말이야."

"……."

"난 거짓말 안 해. 리녹에게는 더더욱. 널 아프게 하는 건 싫거든."

에이미는 아이를 바라보며 밤의 모습을 떠올렸다. 에이미는 리녹을 사랑했고, 사랑하는 만큼 그의 외골수적인 면을 잘 알았다. 그렇기에 불쑥 말하고 말았다.

"근데 고집쟁이는 싫어."

"싫어?"

"응. 싫어."

아이의 얼굴이 갸웃 기울어졌다. 뜻을 알 수 없는 에이미의 말에 의문이 들었지만 이내 지워졌다. 어린 리녹이 에이미의 머리칼을 꼬옥 붙들고 눈을 빤히 응시했다. 알아달라는 듯이.

"……나 고집 없어."

에이미가 푸흡, 웃음을 터트렸다.

"아냐. 리녹은 있어도 돼. 내가 말하는 건 쓸데없는 고집이거든."

에이미는 코를 찡긋하며 이른 봄 제일 먼저 고개를 내민 푸릇한 새싹처럼 활짝 웃었다.

"낮의 리녹이 더 좋아."

그 모습을 바라보던 기사 세 사람은 등에서 식은땀이 주르륵 흐르는 걸 느꼈다.

[야, 야야. 이거 대장님은 모르시겠지?]

[모, 모르시겠지. 기억하지 못하시니까.]

적어도 세 사람은 밤의 리녹이 눈앞의 에이미에게 최고가 되기 위해서 어디까지 할 수 있는지 아는 사람들이었다. 그들의 대장은 심지어 같은 사람인 낮의 자기 자신에게도 질투하는 미친 인간이었다. 아니, 마음 하나 얻겠다고 이 세상 전부를 대공령으로 만들려 했던 인간 아닌가.

[일단 기억 못 하시겠지.]

[그치? 야. 셰드 네가 말하는 건 그나마 신뢰가 간다! 저놈이랑 다르게!]

[내가 어때서!]

말이 없던 셰드마저 입을 움직이지 않고 말하는 것에 동참했다.

[중요한 건, 앞으로도 영원히 모르셔야 한다.]

나머지 두 사람이 약속이라도 한 듯 진지하게 고개를 끄덕였다.

"……그래서 밤의 대장님과 무슨 일이 있었다는 건데?"

그레이가 의문을 느끼고 저도 모르게 소리 내어 말했다. 그 말에 첼시의 타박이 돌아왔다.

"야. 그걸 모르냐?"

그레이가 눈을 끔뻑이자 첼시는 눈앞에 하트를 만들더니 반을 휙 쪼갰다. 그녀는 확신하듯 말했다.

"부부 싸움이지."

"아하!"

막 끄덕이려던 그레이가 멈칫했다.

"……부부야?"

"부부 아닌데요."

대답한 사람은 에이미였다. 언제부터인지 그녀가 두 사람을 못마 땅하게 보고 있었다. 부루퉁한 에이미의 표정을 보며 그레이가 힉 어색하게 웃었다.

"……곧 되시지 않나요? 하, 하하하."

"예비랑 정식은 다르죠."

그렇게 말하는 에이미도 이미 답은 알고 있다는 표정이었다. 그레 이는 그 모습을 보며 끄덕이고 말았지만.

△

"아, 피곤해."

밤은 빠르게 찾아왔다. 낮의 리녹과 어제 들었던 이야기에 대해서 더욱 자세히 이야기 나눠보고 싶었으나, 세레나가 생각보다 빨리 돌 아온 터라 진득하게 대화를 나눌 새가 없었다.

"에이미가 내가 제일 좋대."

"대단합니다, 형님!"

아니, 사실 한마디로 세상을 얻은 듯 좋아하는 아이에게 어째서 너는 마법이 풀리길 원하느냐고 묻는 것이 아이에게는 달가울 일이 아닐 것 같았다.

"형님 조눈 몇 본? 몇 본이에입니까?"

그저 내가 본 것이라고는 높임말이 서툴러 엉망인 말투를 쓰는 하양이에게 어린 리녹이 망설이다가 말을 건네는 모습이었다.

"······열두 번째는. 너 시켜 줄게."

맥락상 내가 좋아하는 사람의 순위인 것 같은데······. 어째서 내 감정인데 미리 정해졌는가는 둘째 치고 왜 하양이가 열두 번째냐 물었더니.

"에이미가 좋아하는 열한 번째까지······."

말을 끝까지 못 하고 눈치를 보며 눈이 초롱초롱해졌다.

"······안 될 건 없는데. ······언니 자리는 내줘."

이렇게 답변하는 수밖에 없었다. 결국 치열하게 고민하던 리녹이 언니에게 무려 다섯 번째를 양보했다.

"에이미, 나! 욜두 본째다!"

"······그래, 그래."

숫자를 알긴 하는 걸까. 하양이의 해맑은 얼굴을 쓰다듬어 주며 우리의 대화는 거기서 끝이었다. 돌아온 세레나와 훈련이나 여러 가지 설명을 들으며 시간을 보냈으니까. 그동안 세레나에게 넌지시 물어보기도 했다.

"무닌과 후긴을 보러 가는 길에 리녹 이베르크와 함께 가면 어떻겠냐고요? 당연히 좋죠. 좀 더 수월하게 얻지 않을까요?"

세레나는 흔쾌히 답변했다. 대답의 내용 또한 나쁘지 않았다. 세레나의 '수월하다'가 어느 정도의 범위인지는 몰라도 어쨌거나 나 혼자 가는 것보다는 낫다는 얘기였다.

그렇다면 리녹이 직접 재료를 모으면 되지 않을까 하는 생각이 들었지만 세레나가 그건 안 된다고 했다.

"하얀 산맥의 관리자는 시험을 치를 수가 없어요."

그 스스로는 재료를 모을 수 없다. 이건 아마도 원작 혹은 세계관 자체가 리녹 스스로 마법을 풀 수 없게 만든 제약인 듯했다. 다행스럽게도 도움을 주는 것까지는 막을 수 없었다.

골똘히 고민하던 중에도 손은 부산스럽게 움직였다. 그때였다. 달칵 문이 열리나 싶더니 열린 문 사이로 커다란 인영이 들어왔다.

"리녹."

나는 성큼성큼 들어오는 리녹을 바라보며 미소했다.

"왔어요?"

왜인지 그는 잠시 멈칫했으나 아주 잠깐이었다. 이내 걸어오면서 단추를 하나씩 풀어냈다. 회의하고 온다더니 꽤 길어진 모양이었다. 셔츠를 풀어내는 그를 보다 말고 나는 마지막 옷을 내려놓았다. 리녹은 내 옆에 놓인 커다란 가방을 응시하며 의아한 표정을 보였다.

"에이미, 그건 뭔가?"

"아."

손가락이 가방을 톡톡 두드렸다.

"별거 아녜요."

그리 말하고는 침대에서 일어나 가방을 들어 올렸다. 생각보다 무겁지는 않네. 나는 성큼성큼 걸어 문을 향했다. 문고리 앞에 왔을 쯤 가방을 내려놓고 등을 돌렸다. 여전히 리녹은 얼떨떨한 얼굴이었다.

"리녹, 내가 말이죠. 열심히 생각해 봤어요."

"생각?"

"어떡하면 리녹을 설득해 함께 불의 까마귀 깃털을 구하러 가나

하는 생각요.”

“말했지 않나. 나는 마법을 풀 생각이 없다고…….”

“거짓말.”

그의 어깨가 굳었다.

“평생 염원이 그렇게 쉽게 하루아침에 사라진다고요?”

그걸 내가 믿을 수 있을까? 아니. 진심이 아니다. 거짓은 아니겠지만 얄팍하게 가려진 진심이 아래 있을 거라고.

“……평생 염원인지 에이미 네가 어떻게 알지?”

진지해진 내 말투에 따라 리녹의 말투도 한껏 진지해졌다. 리녹의 목소리는 진지해질수록 차가워지는 편이었다.

‘내가 당신을 모를까.’

속으로 중얼거리고는 눈을 들어 올렸다.

“모르죠. 내가 모르는 리녹의 삶이 어땠을지 나는 짐작만 할 수 있을 뿐이니까.”

“…….”

“하지만 나를 붙잡으며 스스로의 몸이 저주스럽다고 한 것은 잊지 않았어요.”

나는 자연스럽게 쪼그려 앉아 가방 손잡이를 매만졌다. 매끄러운 가죽의 감촉이었다.

“리녹이 내 말을 들을 생각이 없어 보여서 화가 났어요. 벽을 부수고 또 부수는데 화가 안 풀리더라고.”

“벽?”

“그다음에는 리녹을 설득할 말을 생각해 봤는데, 생각이 잘 안 나더라고요.”

나는 쪼그려 앉은 채 눈만 들어 올렸다. 달빛이 비치는 창문을 배경으로 서 있는 리녹은 퍽 근사하긴 했다. 그대로 눈을 감았다.

"솔직히 이해는 해요. 반대로 생각했다면 리녹이 사지로 들어가겠다는데 나라도 뜯어말렸을 거야."

눈을 뜬 나는 리녹을 오롯이 응시했다.

"그런데 리녹 당신은 갔었잖아요."

내 언니가 죽을지도 모르던 날. 당신은 수많은 적이 있던 숲으로 망설임 없이 달려갔다. 당신 혼자서는 역부족임을 익히 알면서도.

"내 언니를 살리기 위해서 당신이 달려가는 건 되고 왜 나는 안 돼?"

결국 당신은 죽을 뻔했고, 내게 있던 기이한 마법이 아니었다면 분명 죽었을지도 모른다. 그리고 그날, 내 평생 염원이었던 언니가 살아남는 일이 이루어졌다. 그렇기에 염원을 이루어주고 싶은 건데. 왜, 나는 안 돼?

나의 진지한 얼굴은 언제 그랬냐는 듯 푸스스 웃음기를 머금었다.

"이렇게까지 말해도 내가 아는 리녹이라면 안 된다고 말하겠죠?"

리녹의 결연한 눈동자는 변함없었다.

"그리고 고집이 세고, 무언가를 오래 숨기지 못한다는 점 또한 그렇지."

이베르크는 하나같이 고집불통이라고 하신 어머님의 말이 문득 스쳐 지나갔다. 그 말 그대로긴 하네.

"말했듯 나는 아직 리녹을 완벽하게 설득할 말을 찾지 못했고요. 고민하긴 했는데, 시간이 부족한가 봐요. 그리고 리녹과 단둘이 있다 보면 생각이란 걸 하기가 어렵긴 해요. 쳐다보기에 정신이 없으니 말이죠."

장난치듯이 덧붙이고는 나는 일어나 탁탁 무릎을 털었다.

"에이미, 어딜 가는 거지?"

그제야 이상하게 돌아가는 분위기를 눈치챈 리녹이 물었다. 그가 움직이기도 전에 내가 휙 등을 돌린 것이 먼저였다.

"각방 써요."

나는 리녹을 보며 생긋 웃었다.

"뭐?"

"각방 쓰자고요."

나는 할 말 다 했다.

"생각할 시간이 필요해요. 아. 오해하진 마시고요. 설득할 방도를 생각해 보겠다는 거니까요."

아직 설득할 방도는 못 찾았고, 어떻게든 가야겠고. 리녹이 눈앞에 있으면 생각에 집중하기 힘들다. 그러니 결론은 각방 쓰자.

나는 내 할 말만 마치고는 가방을 들었다. 문고리까지는 바로 앞이었다. 문이 열렸을 때였다. 탁. 눈앞에서 문이 닫혔다. 나는 놀라지 않고 문을 닫은 팔을 응시했다. 리녹은 팔로 나를 가두듯 문을 누르고 있었다. 당연하겠지만 문은 당겨도 열리지 않았다.

"……대체……. 어딜 가려고?"

리녹에게서 낮은 듯 끓는 목소리가 흘러나왔다.

"날 두고."

본능적으로 장난 아닌 음성에 움찔했지만 잠시였다.

"저, 리녹……. 도망가는 거 아니에요. 약속했잖아요. 다신 그러지 않겠다고."

도망갈 거였으면 리녹이 올 때까지 기다리지도 않았다. 그런데 우리가 같은 방을 쓰기로 약속한 건 아니다.

"그냥 다른 방을 좀 쓰며 신중하게 생각 좀 해보려고 해요."

"……못 보내."

지금 이 음성이 용암이라면 부글부글 끓고 있을 것이다.

"……에이미."

"……."

"가지 마라."

애절한 음성에 나도 모르게 움찔했다. 아니, 옆방에 가는 거래도? 리녹은 내 어깨를 잡고 조심스럽게 나를 돌렸다. 나는 그의 손에 몸을 내주면서도 고개를 숙였다.

"……방은 여기에도 있다."

"리녹이 옆에 있으면 한눈 팔려서 안 돼요."

그리 말하면서도 리녹을 쳐다보지 않았다. 꼭 가야 하냐고 그의 숨소리가 말하는 것 같았다. 리녹의 팔이 어디에도 못 가게 나를 가두고 있었지만 그가 초조해하는 것이 느껴졌다. 말했듯 그를 불안하게 하려는 것이 아니라 그저 생각할 시간이 필요했다. 물론 여기에 조금 야속한 마음이 없다고는 하지 않겠다.

한숨을 한 번 쉬고는 손을 뻗었다. 여전히 시선을 아래에 두고 있어 그가 보이진 않았지만 손은 무심히 그의 팔을 만졌다.

"에이미, 나는 마법을 풀지 않아도 괜찮다. 진심으로……."

안심한 듯 흘러나오는 말은 끝까지 이어지지 못했다. 내 손이 그의 입을 가로막았으니까.

"그만."

나는 고개를 숙인 채 눈을 꾹 감았다.

"그렇게 말하지 말아요."

침묵이 흐를 새도 없이 리녹이 내 손을 잡아 떼어냈다.

"에이미, 나는 진심이다."

눈꺼풀에 힘이 들어갔다. 그래. 진심이겠지. 그가 거짓을 뱉을 리는 없다. 누가 진심인 거 몰라서 이러는 줄 알아?

"나는!"

고개를 홱 들어 올렸다. 부글부글. 끓어오르는 물은 그에게만 있는 것이 아니었다.

"나는 당신이 하나씩 포기하는 게 싫어요. 알아?"

리녹은 아주 가까운 거리에 있었다. 손을 뻗어 바로 그의 옷자락을 꽉 쥘 수 있을 만큼.

"왜 나를 사랑하는 것이 당신에겐 하나씩 포기하는 것이 되죠?"

입술을 꾹 깨물었다.

그가 주는 녹아내릴 듯한 말들에 심장이 녹진하게 흘러내린 적이 있었다. 하지만 그러면서도 이상하다 여겼던 점들.

"내가 대공가를 원한다고 했더니 아주 쉽게 포기했죠? 내가 반역자라고 했을 때는? 함께 반역자가 되겠다고 했어."

"에이미, 그건."

"내 언니가 성을 걱정했을 때는 너무 쉽게 당신 성을 포기해 버렸잖아요."

싫었던 건 아니다. 어느 누가 그 황홀한 고백을 거부할 수 있었을까? 다만 염려가 되었다. 가지고 있는 것을 너무 쉽게 포기하면서 내가 그의 세상이라고 말하는 그가.

"왜 가지고 있던 것들을 아무렇지 않게 놓아요? 리녹은 이것들을 쉽게 손에 넣었어요?"

아니란 걸 안다. 당신이 얼마나 불길같이 맹렬히 달려왔는지.

"아니잖아요. 소중하지 않은 건 아니잖아……."

원작을 읽은 나는 리녹이 얼마나 치열하게 대공의 자리를 차지했
는지, 이후로도 어떤 시련을 겪었는지, 그 자리를 유지하는 데에 얼
마나 고난을 겪어야 했는지 알았다. 끝끝내 독하게 자리 잡아 포기
하지 않고 대공좌를 지킨 사람이었다. 그가 엮어낸 땅, 그의 기사단,
그의 성. 소중하지 않을 리 없었다.

"이것들을 나보다 아껴달라는 게 아니에요. 당신과 당신이 일구
어온 당신 인생을 나만큼이나 아껴달라는 얘기예요."

나는 리녹을 사랑하지만, 그를 사랑해서 언니를 포기할 수는 없
었다. 사람이라면 응당 단 하나만 유일할 수는 없을 것인데. 나는 그
점이 가슴 아팠다.

"나한테는 내 소망만큼 당신의 소망도 소중하단 말이에요."

고개를 들자 눈에서 눈물이 방울방울 떨어졌다.

그냥 이 황홀한 사랑을 그냥 가만히 받고만 있어도 될 거였다. 이
상한 점도 그저 모르는 척 안주하면서 잠시만 넘기면 되었을 텐데.

'하지만 그럴 수가 없어. 어느 날 나를 위해 자기를 내버리면 어쩌
나 덜컥 겁이 나서.'

뚝뚝. 뺨을 타고 눈물이 떨어졌다.

"에이미."

"갈래요."

"가다니, 어딜?"

"멈추세요. 더는 오지 말아요."

리녹이 멈칫했다. 리녹은 내가 더는 가까이 오지 말라고 한 덕에

나를 붙잡지도 못하고 끙끙댔다. 커다란 덩치의 남자가 이러지도 저러지도 못하는 것이 조금 웃음이 나긴 했다. 하지만 거기까지였다.

"각방요. 농담 아니었어요."

뺨을 쓱쓱 닦아냈다. 여기서 끝낼 거면 시작도 안 했지. 리녹이 당황하거나 말거나 문을 잡아당겼다. 문은 다시 닫혔지만.

"비켜주세요."

한번 튀어나온 눈물은 쉬이 정리가 잘 되지 않았다. 아이고 불편하네, 이거 참. 눈물을 닦아내며 중얼거렸다.

"에이미, 날 봐라."

차마 닿지 못한 손이 내 뺨 바로 옆에서 멈췄다.

"봐주면 안 되겠나."

이어 들려오는 그의 목소리. 눈물이 쏟아지는 뺨에 손을 대지 못하니 리녹에게서 더욱 초조한 음색이 튀어나왔다.

"잘못, 잘못했다……."

반쯤만 고개를 들면 그의 입술이 보였다. 리녹이 입술을 깨물었다. 흐려진 그의 표정이 마치 버림받은 아이처럼, 그래, 꼭 울 것 같은 낮의 그와 겹쳐 보였다.

"……울어도, 욕을 해도 내 앞에서 해주면 안 되겠나?"

커다란 남자가 거짓말처럼 허물어졌다. 이에 나는 눈물도 멈추고 눈을 깜빡일 수밖에 없었다. 잠시만. 잠시만. 운다고? 정말?

"제발."

"리녹."

"제발……."

나는 그대로 멍하니 시선을 들어 올렸다. 그제야 어긋났던 시선이 맞물렸다. 긴 속눈썹이 한번 움직이자, 그림처럼 눈물이 흘러내렸다. 이 순간이 실로 꿈인가 싶었다.

"······아니, 저. 진짜 도망가는 거 아닌데."

"네가 없인, 하룻밤도 보내기 싫다."

"아니, 옆방에 가는 거래도······."

"······날 데려가라."

우는 것도 욕 나오게 아름다운 남자가 자기 얼굴을 감싸 쥐었다. 보이기 싫다는 듯 얼굴을 돌렸지만 이미 모두 본 뒤였다.

"고개 들어봐요, 리녹."

그의 뒷목을 부드럽게 쓸며 속삭이자, 그가 천천히 머리를 들어 올렸다. 나를 놔주지 않겠다는 듯 손은 내 팔뚝을 아프지 않게 잡고 있었다. 늘 빨개지고 초조해지는 쪽은 나였던 것 같은데, 반대가 된 느낌이 조금 생소했다.

"울지 마요. 응?"

그의 손을 잡아주자, 그가 그제야 안심한 듯 내게 몸을 파묻었다. 그가 내 어깨에 이마를 묻자 절로 몸이 뒤로 밀린다. 금세 등이 문에 밀쳐졌다. 아주 커다란 짐승이 제가 어린 짐승인 줄 알고 머리를 파묻으려고 하는 느낌이었다.

나는 그의 체온에 몸을 내주면서도 한 손으로는 뺨을 긁적였다. 그러다가 이내 날숨을 내뱉었다. 맨살에 내 숨이 닿아 그가 움찔하는 것도 같았다.

"저 위험해지려고 가려는 게 아니에요. 당신을 곤란하게 하려는 것도 아니고. 저한테 많은 걸 해줬잖아요."

"······."

리녹의 손이 팔뚝에서 내려와 허리를 휘감았다.

"그래도 네가 위험해지는 게 싫다."

나는 그의 팔에 순순히 이끌려가며 그의 살갗에 머리를 기댔다.

"고집쟁이."

그의 마음은 안다. 하지만 나도 그 고집쟁이 한번 시켜줘.

"나도 당신에게 주고 싶어요. 하게 해줘요."

잠시 말이 없던 리녹이 말했다.

"……세상은 주는 것이 당연했다."

다소 두서없는 말이었으나 단박에 이해했다. 모든 걸 주니 너는 그저 받기만 하면 되는데 왜 그걸 하지 않느냐는 말.

나는 알려주고 싶었다.

"그렇다면 이제 받는 것에도 익숙해지시면 되겠네요."

그리 말하며 나는 그에게 살짝 입술을 맞췄다. 나를 보느라 허리를 숙이고 있어 가능한 일이었다. 그리고 답변은 입술로 찾아왔다.

"……가지 않을 거지?"

손톱만큼의 틈을 둔 그가 숨소리와 함께 속삭였다.

"글쎄요? 아, 알았어요. 농담이야. 무슨 말을 하겠어요. 가면 그냥 두지 않을 얼굴인데."

"옆방도 멀어."

"……리녹 걸음으로는 세 걸음 차이일 텐데요?"

"멀어."

그가 잠시 사납게 우짖는 듯 잘근잘근 짓씹어 말하다가 이내 눈꼬리를 살짝 늘어트렸다. 그저 눈꺼풀을 내리뜬 것만으로도 처연한 얼굴에 시무룩한 표정이 스쳤다.

"그래도 간다면……."

"간다면요?"

"이불 들고 쫓아가겠다."

그가 진지하게 읊조렸다. 나는 잠시 이불을 들고 옆방까지 졸졸 쫓아오는 그를 상상하다 푸흡 숨을 터트렸다. ……여기서 어린애로 바꿔서 상상하면 정말 최고의 그림이 될 것 같은데. 바꾸면 화내겠지? 응. 화낼 거야. 나는 얌전히 상상만으로 끝내고는 알겠노라 끄덕였다.

"든든해서 좋네요."

"든든하다니?"

나는 씩 웃으며 그의 목 뒤로 팔을 둘렀다.

"내가 어딨든 리녹이 와줄 테니까요."

이어 달콤한 입맞춤이 내려앉았다. 입술이 열리며 파고드는 리녹의 것은 사탕이 녹아내리는 것처럼 달짝지근했다.

흐으, 조금만, 천천히……. 가녀린 신음이 새어 나왔다. 뱀처럼 교묘히 휘감기던 팔이 풀려난 것은 그즈음이었다.

"하아, 에이미……."

"……리녹?"

손이 엄한 곳에 들어오려는 것 같은데요.

"잠시만요. 저 내일 훈련. 잠깐만 훈련 있다니까요?"

훈련을 위해서는 체력이 필수였다. 그러니까 밤에 낭비해서는 안 된다고…….

"에이미, 곁에 있어 줄 건가?"

"네! 네네! 있어 줄게요. 있어 줄 테니 잠시만."

"만져도 되겠나?"

"아니……!"

나는 그에게 받는 기쁨을 알려준 대가로 그날 침대에서 다신 일어날 수 없는 벌 아닌 벌을 받아야 했다.

다음날. 나는 세레나에게 리녹이 함께 무닌과 후긴의 깃털을 얻으러 갈 것이라 전했다.

"알았어요. 그런데 에이미 어디 아픈가요?"

"아뇨."

나는 딱 잘라 말했다. 세레나가 고개를 갸웃했다.

그냥 허리가 조금 부서질 것 같고 다리가 후들거리고 그렇네요. 차마 이리 말하진 못하고 얼버무렸다. 맨정신으론, 일어나서 걷는 게 힘들다는 말은 못하겠다. 이것도 마법을 써서 나아진 거란 말도.

"……에이미 힘을 빼는 것이 좋겠다."

이상하게도 이런 둔통은 마법으로도 낫지 않더라. 아니면 내 상처는 내 마법으로 낫지 않는 건가? 이 부분은 내 상처에 써보지 않아서 모르겠는데…….

"어쨌거나 얘기가 잘 된 모양이네요."

세레나의 그 말에 나는 헛웃음을 지었다. ……너무 잘 돼서 아침에도 나오지 못할 뻔했죠.

아무튼, 그렇게 상황이 일단락되었다 여겼을 즈음이었다. 누구도 생각지 못했던 소식이 대공저에 들이닥쳤다.

"대장, 대장!"

소식은 리녹과 함께 있던 밤에 들려왔다. 막 침실로 들어온 리녹에게 어젯밤은 너무 하지 않았냐고 뭐어라 하려던 때였다. 급히 문이 열리더니 로테가 우리를 소환했고, 이내 응접실에서 얼굴이 낯선 기사를 하나 보게 되었다. 소식은 먼지투성이 기사의 손에 들려왔다.

"화…… 황실이 하아, 군대를 이끌고 오고 있습니다!"

응접실에는 채 사람이 모이기 전이었지만 주요한 인물은 거의 다 있었다. 그들 모두가 그대로 굳었다. 나 또한 마찬가지였다.

"이베르크 영지로 말인가?"

이베르크 대공이 다스리는 대공령은 아주 넓었다. 개중에서도 핵심은 바로 이 도시. 이베르크 영지였다. 나라로 예를 들자면 수도, 심장부.

기사는 얼른 고개를 저었다.

"목적지는 하얀, 하얀 산맥입니다. 하지만……."

"바로 옆이군."

리녹의 말대로였다. 하얀 산맥과 이베르크 영지는 멀리 떨어지지 않은 곳에 있었으니.

"언제 방향이 바뀔지 모른다."

리녹의 나지막한 말에 기사가 고개를 한번 끄덕였다.

"목적은…… 최근 하얀 산맥에서 수상한 거동이 있었다는 익명의 고발이 있었다고. 가문의 이름을 건 고발이었기에 황실도 무시할 수 없이 움직인 것이라 합니다."

"가문 명은?"

"아킬…… 아킬라우스입니다."

"대공령 내의 영지로군요."

이어 말한 이는 줄곧 침묵하고 있던 로테였다. 다른 이들과 마찬가지로 심각한 표정이었다.

"배신이군요."

로테는 지긋지긋하던 낯으로 고개를 살짝 내저었다. 대공령 내의 영지는 당연하겠지만 대공 이베르크에게 충성을 맹세했다. 그런 대공령 내의 가문이 거론되었다는 건, 그들이 황실에게로 넘어갔다는 소리. 다시 말해 로테의 말처럼 배신 행위였다.

"그런데 조금 이상합니다. 황실은 전쟁을 불사하려는 걸까요? 이제 와서 시도하기엔 좋은 방법은 아닙니다. 저희 세력이 결코 뒤처지지 않으니 말입니다. 잃는 것이 많을 텐데요."

리녹은 말이 없었다. 그사이 조금 늦게 그레이가 도착했고 새로 온 이들에게 상황을 전했다.

"하얀 산맥에서 황실 기사단이 활동했다지."

"네, 각하. 낯선 침입자인 척 위장했지만 정황이 드러났지요."

"펜릴의 이야기로는 하얀 산맥에 마수가 급증했다더군."

리녹의 설명을 찬찬히 듣던 나는 멈칫했다. 리녹의 이야기 속 갑자기 기하급수적으로 늘어난 마수. 군집 무리가 아닌데 군집하는 마수. 그리고 떼거지로 이동하는 마수……. 모두 내가 아는 어떤 사건과 연결되었다. 이건 그러니까 영웅 세레나와 영웅 대공, 두 영웅이 마수의 왕을 쓰러트린 것에서부터 시작된 일이다.

마파(魔波). 마수의 왕이 생겨날 때에 일어나는 거대한 들끓음. 마수들이 개체가 기하급수적으로 급증하며 더욱 난폭해지는 효과를 낳는 끔찍한 현상.

두 사람이 마수의 왕을 베어내며 이것은 잠잠해졌지만 원작에서는 두 사람이 간과한 점이 있었다. 이미 생성된 마수 중에서 마수의 왕과 비슷한 능력을 갖춘 세 마리의 마수가 탄생한다는 점. 이를 휘하 군단장이라 불렸다. 원작에서는 이 세 마리의 마수가 하얀 산맥에 나타났었다.

"군단장이네요."

문을 열고 들어온 이가 리녹의 말을 맞받아쳤다. 은발이 살랑 흔들렸다.

"급해서 '귀'부터 내보냈어요."

캉캉.

어느새 내 발밑에서 은빛 여우가 짖고 있었다.

"대공, 우리가 놓친 군단장이 하얀 산맥으로 간 것 같은데."

어떡할 것이냐는 세레나의 시선이 리녹을 향했다.

"황실의 군대가 이베르크에 들어오게 할 수는 없다. 우리가 먼저 친다."

"뭐. 뒤처리라 생각하면 되겠네요."

은여우를 품으로 들어 올린 세레나가 고개를 끄덕였다.

"언제 방향을 바꿔 이 대공성으로 향하지 모르니 말입니다."

이어진 로테의 낮은 말로 리녹이 서두르는 이유를 알 수 있었다. 하얀 산맥으로 가기 위해서는 대공령을 지나가야 한다. 아무리 황실이라 하여도 리녹의 허락이 필요한 일. 길을 빌려 달라는 말속에 어떤 뜻이 담겨 있을지 모를 일이었다.

"기사단을 전부 소집해."

"예. 빠르게 준비하겠습니다."

오랜 시간 전쟁과 마수잡이에 동원된 이들답게 대공저 사람들은 당황하는 일 없이 민첩했으며 손발이 척척 맞았다.

"저, 대장……."

이때 먼지투성이로 소식을 전했던 기사가 조심스럽게 말했다.

"이건 아직 완전히 정확한 소식은 아닌데, 아무래도 군대를 이끄는 총사령관이 황태자인 것 같습니다. 직접 이끌고 오는 것 같다고……."

그 말에 한창 지시를 내리던 리녹이 멈칫했다. 리녹은 잠시 생각하는가 싶더니 살짝 머리를 움직였다.

"……알겠다."

기사에게 답변한 리녹이 몸을 휙 돌려 성큼성큼 걸어왔다. 갑작스럽게 가까워지는 리녹을 보며 눈을 크게 떴다. 하도 로테가 급해 보여 나도 모르게 경황없이 함께 달려오긴 했는데, 끼어들 틈이 없어 구석에 조용히 있던 참이었다. 내가 있는 구석에서 멈춘 리녹이 나를 물끄러미 내려다봤다. 아, 할 말이 있는 거겠지?

"에이미."

"네."

리녹이 허벅지 위에 놓인 내 손을 잡고 자연스럽게 상체를 기울였다. 나와 눈높이를 맞추기 위해 생긴 그의 버릇이었다. 내 손을 잡고 눈을 맞춘 그가 그다운 덤덤한 표정으로 입술을 열었다.

"함께 가겠나?"

그 순간 바람이 부는 듯한 착각이 일었다. 아니, 이건 숲속의 그를 보는 것 같은 착각이었을 것이다.

"함께 가겠나?"

그때 그는 마물이 도사리는 숲으로 함께 가자고 말했다. 그때와 지금의 그는 아마 모습도, 생각도 다르겠지만. 어쩌면 그때부터 시작된 나의 오지랖이 사랑이 되고 말았으니.

"저를 여기 두고 가지 않고요?"

"황태자가 군대를 이끌고 있다면, 이 저택이든 나와 하얀 산맥이든 위험한 것은 마찬가지겠지."

"누가 이끄느냐의 차이가 클까요?"

"황태자는 마법사니까."

그가 잠시 시선을 내렸다.

"놈이 직접 나선다면 변수가 많아질 테지. 아울러 내가 너와 떨어지고 싶지 않군."

그가 작게 속삭이며 손을 뻗었다. 리녹의 손이 내 머리칼을 잡아 귀 뒤로 넘겨주었다. 나는 그의 커다란 손이 행하는 이런 접촉들이 너무나도 좋았다.

"넌 말하지 않았나. 어느 쪽이든 위험하다면, 함께 위험한 쪽을 택하겠다고."

"당신이 지켜주니까요?"

그가 손끝에 입술을 맞췄다.

"목숨을 바쳐."

그의 손을 붙잡으며, 나는 나만의 다짐을 해야 했다. 하얀 산맥에 나타난 세 마리의 마수 군단장. 그리고 갑작스럽게 진군하는 황실의 군대. 이건 이 원작 후반부에서 가장 중요한 이야기. 리녹의 '폭주'와 이어지는 이야기였다. 나는 리녹의 손을 꼬옥 붙잡으며 고개를 갸웃했다.

책 속에서 리녹은 하얀 산맥에 발생한 마수 군단장을 세레나와 함께 처리한다. 그리고 대공저로 돌아와 거대한 습격을 받고 폭주 하게 된다. 그런데…… 원작에서도 탄시즈가 군대를 이끌었던가?

'탄시즈는 발을 빼기 위해 작전에 적극적으로 나서지 않았던 것으로 기억하는데.'

무엇보다 조금 이상했다. 원작에서는 리녹이 예상치 못한 습격을 당한 것으로 나온다. 다시 말해 황태자의 군대는 리녹에게 움직임을 들켜 좋을 것이 없었다. 은밀히 움직여도 모자랄 형국에 이렇게 전부 알려지다니.

탄시즈라면 대공가 기사단에게 들키지 않고도 움직일 수 있었을 텐데. 원작에서도 그리했던 것 같고. 대놓고 드러내더라도 확실히 성공시킬 자신이 있다는 걸까. 아니면 내가 모르는 방법이 있다거나……. 같으면서도 미묘하게 달라진 이야기에 미간을 살짝 찌푸렸다.

어쨌거나 중요한 건. 리녹이 마수를 잡는 것과 습격을 받게 되는 게 자명한 일이란 거다. 바로 그때, 리녹이 입술을 축이며 생각에 잠긴 나를 이끌어냈다. 그의 손이 나를 한 번 더 잡아당겼다. 고개를 드니 그가 나를 그윽하게 바라보고 있었다. 눈이 마주치자 보일 듯 말 듯 입꼬리가 움직였다.

"함께 가 주시겠습니까, 부인?"

"함께 가 주시겠습니까, 레이디."

이어진 그의 말로 나는 리녹 또한 숲속의 일을 떠올렸다는 것을 알았다.

"제 책 좀 읽지 말래도요."

그때 레이디 어쩌고 하는 대사도 내 방에 있던 책을 읽고 했던 거였지? 나는 절레절레 고개를 흔들며 웃고 말았다.

그의 손을 잡고 기꺼이, 하고 말하기까지는 오래 걸리지 않았다.

△

하얀 산맥으로 떠나기까지는 약간의 준비 기간이 필요했다. 스틸라 공작령으로 떠날 때도 느꼈지만 준비 속도가 상당히 빨랐다. 다만 다른 점이 있다면 공작령으로 출발할 때보다 더욱 촘촘하게 준비한다는 느낌이랄까. 나는 이런 준비가 3일 안으로 끝날 수 있구나 하는 경이로움을 느꼈다.

"준비엔 이골이 난 인간들이니까요."

첼시가 가볍게 말했다. 이미 측근들끼리는 역할 분담이 끝난 참이었다. 저택은 로테와 베이커 그리고 기사단 중에서는 셰드 경이 남아 지키기로 했다나. 나머지 떠나는 이들의 역할은 전력을 다해 빠르게 군단장을 쓰러트리는 것이었다.

"그래도 빠른 것 같아요. 신기하달지."

"매번 하던 일이 마수 때려잡는 거잖아요."

원작에서 전투가 어땠더라. 나는 결과를 떠올리고 퍽 입술을 살짝 내민 표정을 지었다. 고민에 잠겨 있는 사이 누군가 손등을 톡톡 두드렸다.

"아가씨?"

"아. 잠깐 생각에 빠져서…… 왜 그래요?"

현재 나는 첼시를 쫓아 기사단이 준비하는 것을 옆에서 구경하던 참이었다. 첼시는 나를 저택에서 나를 호위하는 역할이었기에 마땅히 내 곁에 있어야 하지만 일손이 필요한 터라 이렇게 함께 나와 돕고 있었다. 나는 옆에서 얌전히 앉아 있었고.

그리고 이런 내 옆에는 어린 리녹과 하양이가 차례로 쪼그려 앉아 있었다. 그것도 내가 앉은 모양을 똑같이 따라 한 자세로. 심지어 턱을 괸 것도 같았다. 꼭 마트료시카 같네. 왜, 인형 속에 똑같은 인형이 여러개 겹쳐 있어 점차 작아지는 인형 말이다.

조금 전 이 모습을 처음 본 첼시가 여기가 천국이냐며 외치던 모습이 잠시 스쳤지만 고개를 흔들었다.

"아. 아가씨가 잠시 심각한 얼굴을 하셔서요. 혹시나 어디 불편하신가 싶었죠."

"아녜요."

나는 어깨를 한번 으쓱해 보이고는 첼시에게 시선을 주었다. 때마침 첼시가 창대 50개 묶음을 들어 올려 옆으로 전달했다. 그러고는 나를 보다 말고 짝 손뼉을 쳤다.

"아 참. 이걸 말씀 안 드렸네. 아가씨 내일쯤에 저택에 마법사님이 한 분 더 올 거예요."

"마법사님이요?"

이미 저택에는 베이커가 있지 않나? 리녹이 더 충원하려고 불러들인 건가 싶었다.

"아. 베이커 씨처럼 전투 마법사는 아니고 이론에 몹시도 해박한 분입니다. 이전에 대장님이 급하게 불렀다는데…… 이제야 답을 준 모양이더라구요."

아. 첼시의 말에 문득 떠오른 것이 있었다.

"이론에 몹시도 해박한 괴짜 마법사입니다. 아마 대공님의 이번 일에도 조언을 해줄 수 있을지도 모릅니다."

경매장에 다녀왔을 때, 몸은 어린아이지만 속에 든 것은 밤의 리녹인 상태가 되었을 때 로테가 했던 말이었다. 그때 뭐라고 했더라.

베이커보다 마법 실력은 현저히 떨어지지만 이론만은 천재적이라도 했나? 보통은 베이커가 마법진을 맡고 자문은 그 사람이 했었다나?

첼시에게 되묻자 그녀가 맞다고 수긍해 주었다. 아무튼 그 사람이 오나 보네. 가물가물한 기억을 되새긴 나는 고개를 끄덕였다.

그사이 창대를 전부 옮긴 첼시는 다음 상자를 뒤적이고 있었다. 그런데 이번엔 옮기는 대신 한참을 뒤적거렸다. 마침 리녹이 내 옷자락을 쥐기에 내 앞에 앉게 한 나는 조금 뒤에 첼시가 꺼낸 것을 바라봤다.

"짜잔. 아가씨 이게 뭔지 아시나요?"

첼시가 앞에서 병을 살랑살랑 흔들었다. 목이 긴 짙은 보랏빛 병이었다. 띠지가 둘러져 있었지만 첼시의 손에 가려 보이지 않았다.

"글쎄요, 그게 뭔데요?"

"아주아주 귀한 술이요."

술? 알코올? 그걸 왜 이 여정에 들고 가는 건데? 의아하게 생각했다가 곧 생각을 고쳐먹었다. 러시아 같은 곳에서는 독한 술을 마셔서 체온을 유지한다던데 그런 것일까. 내가 의견을 말하자 첼시가 깔깔 소리 내어 웃으며 그건 아니라고 말했다.

"이건 불의 까마귀에게 선물하는 용이에요."

"선물요?"

"네."

"불의 까마귀 영역을 지날 일이 있으면 언제나 준비하는 것이기도 하고요."

듣자 하니 불의 까마귀, 무닌과 후긴은 술을 좋아한다고 했다. 그중에서도 대륙 최고로 취급되는 귀한 술들을 아주 좋아한다고.

"그냥 넘어가도 상관없지만 이렇게 쥐어줘야 성질을 부리지 않거든요."

첼시는 리녹이 하얀 산맥의 관리자로서 산맥 어디든 자유롭게 다닐 수 있지만 이처럼 영역 주인들의 요구를 들어주기도 한다고 설명했다.

"요약하자면 이건 대륙에서 최고의 술. 황금을 주고도 못 마실 술이란 거죠."

흘끗 보니 첼시가 뒤적인 박스 가득 똑같은 병들이 보였다. 그렇게나 귀한 술이라고? 호기심이 생겼다.

"그리고 멋진 대장님께서는 항상 이 술의 아주 약간의 양을 기사단에게 허락하시고요."

"술을 준다고요?"

"네. 아, 마침 점심시간이네요."

첼시가 손을 내밀었다.

"함께 가실래요?"

호기심이 생긴 나는 걸음이 느린 하양이를 안고 한 손에는 리녹의 손을 붙잡은 채 첼시의 뒤를 따랐다.

"리녹, 힘들진 않아? 안아 줄까?"

"아. 그럼 제가 대장님을."

"싫어."

리녹이 단호하게 거절하고는 나를 보며 고개를 저었다.

"괜찮아. ……에이미 힘들잖아."

"응? 아니야. 나 힘센걸."

나는 씩 웃고는 손을 쥐었다가 폈다. 이내 손등에 익숙한 흰 문양이 그려졌다. 그리고 리녹의 몸이 둥실 떠올랐다.

"어때, 힘세지?"

세레나의 마법을 보며 몇 번 연습했더니 익숙해져 있었다. 그대로 리녹을 내 앞에 띄운 채 안는 것처럼 팔을 둘렀더니 리녹이 뺨을 살짝 물들였다. 기쁜 듯이. 그렇게 우리는 다시 걸었다.

첼시가 나를 데려온 곳은 기사단 연무장 옆 2층 정도 크기의 건물이었다. 연무장에 비해 상대적으로 작아 보였는데 들어가 보니 크기가 꽤 컸다. 여러 문중에서 가장 큰 문을 열자 모여 있던 수많은 기사가 보였다.

"어라, 첼시 부대장!"

"왔습니까?"

평소 위계가 느슨한 건지 기사들이 자유롭게 손을 흔들었다. 그러다가 나와 눈이 마주쳤는데 왜인지 손을 흔들던 그대로 딱 얼어붙었다. 하하하. 어쩐지 즐거운 시간을 방해한 것 같은 미안한 마음에 고개를 꾸벅 숙이고는 얼른 시선을 틀었다.

식당인가. 공간 가득 고소하고 감칠맛 나는 냄새로 가득했다. 이건 고기를 구울 때 나는 냄새 같은데. 주린 배가 꾸르륵 소리를 낼만큼 먹음직스러운 향기였다. 식당 제일 끝에는 또 다른 문이 있었는데 저쪽도 출입문인지 활짝 열린 문 뒤로 바깥이 보였다. 그리고 장작불 위에 거대한 냄비를 젓고 있는 기사와 바로 옆에 익숙한 얼굴인 그레이가 있었다. 첼시가 내게 윙크하며 자연스럽게 다가갔다.

"그레이, 내 몫은 있냐?"

"어? 첼시. 이제 온 거야? 어디 있다…… 히익! 아가씨?"

막 대답하며 고개를 돌린 그레이가 나를 보며 소스라치게 놀랐다.

"야! 이런 곳에 아가씨를 모셔오면 어, 어떡해?"

"왜, 내가 못 올 곳으로 모셔왔나."

"아니, 귀하신 곳에 누추한 분이."

"너 반대로 말했다?"

"어? 헉."

그레이가 얼른 입술을 합 다물었다. 그러고는 날 보며 오해라며 고개를 흔들었다.

"으음. 미안해요, 그레이 씨. 누추한 사람이 귀한 곳에 와서."

"아…… 아닙니다!"

"누추한 사람이지만 한 그릇 얻어먹을 수는 있겠죠?"

"물론이죠! ……예?"

그레이만 보느라 몰랐는데, 옆을 보니 무슨 고기인지는 몰라도 거대한 고깃덩이를 굽고 있었다. 고기에서 떨어지는 윤기 있는 기름을 본 순간 참을 수·없이 배가 고파졌다.

"저걸 보니 그냥 갈 수는 없을 것 같아서요. 나도 끼워줘요."

"네? 하지만 그럴 수는……. 아가씨 일은 허락, 허락을 받아야……."

"허락요? 리녹의 허락 말예요?"

"네? 네네."

내겐 귀한 것만 주라는 지시가 있었다나. 나는 고개를 돌렸다.

"야 대체 뭐가 문제냐? 그 명을 내리신 대장이 여기 함께 있는데."

"그러게 말이에요. 리녹."

나는 품에 안고 있던 리녹을 바라봤다.

"나 여기서 먹어도 돼?"

장난스럽게 웃으며 물었다. 아이가 잠시 모락모락 김이 피어오르는 냄비를 보더니 끄덕였다.

"에이미가 바라는 건 다…… 해도 돼."

"……라는데요?"

무한한 대장 사랑 그레이가 이 말에 토를 달 리가 없었다.

그렇게 식당 한구석을 차지하게 된 나는 리녹, 하양이와 나란히 앉았다. 이어 그레이가 가져온 접시들이 차곡차곡 식탁에 놓였다.

'와, 엄청 많네.'

누가 옷자락을 잡아당겼다. 하양이였다. 하양이의 눈이 별을 콕 박은 것처럼 반짝거렸다.

"예이미, 코기! 코기!"

"응. 많이 먹어도 돼."

하양이의 머리를 쓰다듬어 주는데 첼시가 다가왔다. 맞은편에 털썩 앉은 첼시 앞에도 음식이 한가득이었다. 첼시는 날 보더니 손을 흔들어 보였다. 그녀의 손에는 아까 보았던 병이 들려 있었다.

"한잔하실래요?"

……네? 낮술이요? 나는 저 멀리 푸른 하늘을 보았다가 다시 술병을 보았다. 다시 봐도 푸릇한 한낮인데…….

"저, 근무 중에 마셔도 되나요?"

"에이. 이 정도론 취하지도 않는걸요. 출정 이틀 전까진 대장님도 허락하세요. 힘든 여정을 떠나니까요."

첼시의 말에 나는 납득하고 고개를 끄덕였다. 여기에 기사단은 낮과 밤으로 교대 경계를 서기에 이런 자리가 밤낮 구분이 없다는 말이 덧붙여지자 의문은 사라진 뒤였다.

'……그나저나 왜들 저렇게 쳐다보고 있는 걸까?'

내 주변으로 둥글게 폴리스 라인이 세워진 듯, 기사들이 가까이 오지 못한 채 접시를 들고 서성이고 있었다.

"근데 왜 다들 가까이 오지 못하고 저러고 있어요?"

"눈치 보이는 거죠."

언니와의 대련을 시작하며 기사단 몇몇과도 말을 텄지만 그레이나 첼시같이 부단장들에게 한정되어 있었다. 그러니 나는 여전히 대부분의 기사단원과는 말을 나누지 못한 상태였다.

"언제 불벼락이 튈까 무서운데 아가씨에게 말은 걸어보고 싶고."

이런 말을 들어서인지 옹기종기 모여 있는 이들이 달리 보였다. 아니, 정말 여긴 갯과만 모였나? 아까부터 초롱초롱한 시선이 신경쓰이긴 했는데. 이젠 저 뒤로 흔들리는 꼬리가 보이는 느낌이다.

"이쪽으로 편히 앉으시라 하세요."

"괜찮으세요?"

"네."

나는 첼시에게 채워진 잔을 받으며 생긋 웃었다.

"같이 떠날 사이잖아요."

내 허락이 떨어지기 무섭게 잽싸게 긴 테이블이 채워졌다. 물론 테이블이 수용할 수 있는 인원의 한계가 있어서 앉지 못한 사람도 있었지만.

'이 와중에 리녹의 옆자리는 비어 있네.'

무섭긴 무서웠던 모양이다.

"뭐 어쨌거나. 건배는 많은 사람이서 할수록 좋잖아요."

내 제안에 하나둘씩 눈치를 보더니 잔을 들어 올렸다.

챙!

거대한 맥주컵, 또 누군가는 글라스, 나무 컵과 머그잔이 뒤섞인 건배였다. 이 건배 뒤로 경직된 분위기가 자연스럽게 풀렸다.

"아, 안녕, 안녕하십니까?"

"네. 안녕하세요."

어린 리녹의 눈치를 보면서도 하나둘씩 말을 걸어왔으니까.

"야, 봤냐! 인사를 받아주셨다!"

"비켜, 인마! 내 차례야!"

······조금 부담스럽긴 하지만.

흘끗 리녹을 보자 리녹은 내 옷자락을 꾹 쥔 채 미간을 살짝 찌푸리면서도 기사단을 막지는 않았다. 왜인지 그 점이 뭉클해서 나는 손을 톡 대고는 아이의 미간을 살살 풀어주었다. 리녹의 표정이 순식간에 풀어졌다.

이후 대체로 리녹의 눈치를 보긴 했으나, 쭈뼛쭈뼛 혹은 더듬더듬 말을 걸어왔는데 모든 이가 그런 건 아니고 예외도 있었다.

"와! 와! 아가씨! 안녕하세요!"

부스스한 금발에 동그란 눈동자. 낯익은 얼굴이었다. 언제였더라 대공가로 가는 마차에서 내게 말을 걸었던 이였다. 그래, 쌍둥이 형제. 이후론 통 보지 못했었지?

"안녕하세요, 란트 씨였죠?"

"와, 기억하시네요? 멋지다!"

"야, 란트, 비켜봐. 안 보이잖아."

쌍둥이 형이라던 룬트가 란트의 머리를 밀며 나타났다. 그는 동생보다는 조금 차분하게 인사했다. 그래 봐야 지나치게 활발하고 반짝거리는 눈동자였다는 것은 다르지 않았지만.

"룬트 씨도 안녕하세요, 그때 한 번 뵙고는 통 못 뵈었네요?"

장난치듯 웃으며 덧붙이자 쌍둥이가 서로의 얼굴을 쳐다봤다.

"음, 그건요."

"저 둘이 나무 뒤에서 아가씨를 훔쳐보다가 걸렸거든요."

"아! 첼시 부단장. 내가 말하려 했는데!"

"그러다 대장에게 걸려서 접근 금지 처분을 아주 강력하게 받은 놈들이에요."

첼시가 웃으며 태연하게 말했다. 쌍둥이가 입술을 삐죽이며 항의 했지만 첼시는 귓등으로도 듣지 않는 듯한 얼굴이었다.

그렇게 한차례 실랑이가 지나고 자리는 자연스럽게 무르익었다. 나 또한 자연스레 오가는 잔을 받아 몇 번이고 홀짝였고. 홀짝인다 고 했으니 하는 말인데, 최고라던 술은 정말로 향기로웠다. 입술에 꽃을 머금은 기분이라 할지. 청량한 과일 향과 섞여 달콤하면서도 목 넘김이 알싸한 것이 딱 내 취향이었다. 그러다 보니 거절하지 않 고 조금 과하게 먹었나 싶긴 했지만.

어느새 리녹과 하양이는 내 허벅지를 베고 나란히 잠들어 있었다. 하양이는 둘째 치고 리녹이 잠들다니 별일이네. 거기다 이 소란스러 움 사이에서 잠이 든 게 신기했다.

"어린 대장님은 원래 잠이 많으세요."

"아…… 정말요?"

첼시가 끄덕였다. 나보다 훨씬 많이 마신 것 같았는데 첼시의 얼 굴은 멀쩡했다.

"아가씨가 오고 나서는 거의 사라졌지만 원래는 주무시던 게 일 상이었으니까요. 아무래도 사람이 하루아침에 변하기는 힘들죠. 제가 보기엔 안심하고 잠드신 것 같기도 하고."

"안심요?"

"음, 이젠 아가씨가 잠든 사이에 떠나지 않으실 걸 아니까요?"

첼시의 말에 나는 난감하게 웃었다. 맞는 말 같았으니까. 잠든 아이의 머리를 부드럽게 쓸어내리다가 남아 있던 잔을 비웠다.

"그런데 아가씨, 실례지만 주량이 어떻게 되세요?"

"주량요? 음…… 취해본 적이 없는데."

컵을 내려놓는데 첼시가 묘한 표정을 지었다.

"정말이에요."

나는 묵어 있던 기억을 끄집어냈다. 언니나 린네와 술을 마셔보기는 했지만. 별다른 얘기는 듣지 못했으니까.

"우리 이쁜이이이, 술은 취할 때까지 마시는 게 아냐. 응?"

"알았으니까. 얼른 자."

"꺄하하하. 우리 에이미는 취하면 안 되지! 암!"

"……린네도 얼른 자고요."

오히려 언니랑 린네가 취한 걸 챙겨는 봤지.

"오, 그럼 별다른 술버릇이 없으신 건가요?"

"그런 것 같아요."

나는 뺨을 한번 툭 두드렸다.

"우리 에이미 취했을 때? 그냥 우리 에이미였지."

"그래?"

"응. 별건 없었지만……"

그때 언니는 잠시 말이 없었다. 이내 평소처럼 웃었다.

"어디 가서 취하진 말아. 알았지?"

"에이. 내가 취할 일이 뭐가 있다고."

한 번 정도는 취한 적이 있었지만 언니와 린네 둘 다 웃기만 했을 뿐 별말 없었던 걸로 봐서는 버릇이 없었겠거니 했다.

그렇게 첼시와의 대화가 일단락되고 그 뒤로도 남은 고기와 술 외에도 가벼운 탄산 맛이 나는 음료들을 섞어 마셨다. 옆에서 정신없이 말을 걸고 호쾌한 웃음이 이어지니 이리 즐거울 수가 없었다.

'흐응. 재밌다. 산만한 건 좋아하지 않지만 이런 건 괜찮네.'

그렇게 눈앞에서 웃고 있는 그레이의 얼굴을 보는데 눈이 가물가물 감겼다.

"어? 아가씨……."

"야, 누가 아가씨 독한 술……."

"얼굴 빨개……."

일시에 모든 소리가 멀어지고 나는 자연스럽게 팔을 굽혀 식탁에 늘어졌다. 기울어지는 내 몸을 보며 경악한 눈을 본 것 같았지만……. 몰라, 졸려. 그대로 눈을 감았다.

"으으……."

툭툭. 누군가 나를 조심스럽게 흔들고 있었다. 나는 억지로 눈을 떴다. 그리 오래 눈을 감은 것 같진 않은데, 얼마나 시간이 지난 걸까. 눈을 뜨자 커다란 리녹의 모습이 보였다. 으음. 아직 낮일 텐데 꿈을 꾸고 있나?

고개를 들었지만 좀처럼 초점이 잡히지 않았다. 몸이 무겁고 시야가 어지러웠다. 제자리에서 50바퀴는 돈 기분.

"……에이미."

어쩐지 리녹의 목소리가 평소보다 낮은 것 같다. 리녹은 모르겠지.

저렇게 낮게 끓는 목소리를 흘릴 때 가끔 아주 야릇하게 들리는 걸. 물론 침대에서의 얘기지만. 아니다. 정확하게는 벗었을 때…….

"에이미, 그만."

리녹의 목소리가 아주 가까이서 들렸다. 입을 떼어내려 했지만 커다란 손에 막혀 열리지 않았다.

"……지금 소리 내어 말하고 있다, 에이미."

나는 고개를 갸우뚱했다. 응? 뭐를요? 뭘? 뭘 말하는 걸까? 나는 더듬어 리녹의 손을 떼어내고는 얌전히 식탁에 내려놓았다. 그의 등 뒤로 총총 수놓아진 별이 참 어여뻤다. 그의 눈처럼. 가끔 보석 같아서 가지고 싶어.

"하……. 에이미. 그러니까 지금 네가 속마음을 전부 입으로."

"리녹, 안아 주세요."

"……."

나는 팔을 뻗으며 활짝 웃었다.

"얼른. 응?"

리녹의 말은 더 이어지지 않았다. 왜인지 낮게 숨을 내쉬는 것 같았지만. 착각인가. 느끼지 못할 만큼 정신이 아득했다. 그의 몸이 선선히 내게로 굽혀졌다.

얼굴이 가까워진 순간 나는 평소처럼 그의 목 뒤로 팔을 감지 않았다. 대신 휙 그의 양 뺨을 붙잡았다. 쪽. 말랑한 감촉이 그대로 느껴졌다. 고개를 한껏 꺾어 입술을 맞추고는 배시시 웃었다.

"속았지."

리녹이 입술을 깨무는 것 같았다. 나는 고개를 갸웃했다. 이상하네.

"왜 키스 안 해줘요? 원래 이 타이밍에 와야 하는데?"

리녹은 자제력이 좋은 편은 아니었다. 그러니까 평소에 말고, 어디까지나 단둘이, 그것도 침대를 앞둔 상황에서 말이다. 그러니까 얼른 휙 잡아서 입을 맞춰줘야 하는데? 아니면 침대로 안아서 데려가려나.

이내 어지러운 시야가 휙 뒤집히더니 그가 나를 식탁에 앉혔다. 리녹이 어딘가를 노려보는 것 같았는데······. 그건 잘 모르겠고. 나는 눈앞에 보이는 리녹의 단추를 하나씩 풀었다.

"······리녹, 침실에서 왜 옷을 입고 있어요?"

"여긴 침실이 아니다, 에이미."

"에이. 거짓말."

그러고는 리녹을 올려다보며 웃었다.

"이거 침대잖아요."

나는 바닥을 탁탁 두드렸다. 왜인지 침대가 아니라 식탁처럼 생긴 것 같지만 착각이겠지.

"그건 식탁이다······."

"응? 식탁이 왜?"

"그러니까 네가 앉은 게."

"식탁이 왜 침실에 있어요?"

"······아니다."

리녹이 얼굴을 거칠게 문질러 내렸다. 그것도 단추를 풀던 내 못된 손을 한 손으로 붙잡으며.

"떽. 놔줘요."

"······난 어린애가 아니야, 에이미."

"알죠. 알죠!"

나는 리녹의 한 손에 양손이 붙잡힌 채로 활짝 웃었다.

"내가 벗겨줄까요?"

눈을 깜빡이고 시야가 어지러웠지만 리녹이 어깨가 딱딱하게 굳었다는 건 알 수 있었다.

"단추 세 개 남았는데……."

손이 느슨해진 틈을 타서 슬그머니 양손을 빼냈다. 이내 다시 부드럽게 잡혔지만.

"에이, 부끄러워하기는."

짓궂게 말하고는 그의 어깨에 머리를 기댔다.

'아. 뺨이 뜨거워. 목도 뜨겁고, 뺨도 뜨겁고, 손도 뜨겁고.'

리녹이 살갗이 차갑게 느껴질 정도였다. "조금만, 조금만 더."를 외치며 열이 오르는 이마를 어린애처럼 비비다가 눈을 감았다.

그 광경을 한동안 경악한 채 보고 있던 수많은 시선을 전혀 느끼지 못한 채로.

△

에이미의 손이 툭, 아래로 떨어졌다.

색색. 대공가 기사단 정예가 모인 자리. 고른 숨소리만이 장내를 울렸다. 이처럼 많은 이가 몰려 있건만 그 누구도 숨소리조차 내지 못했다.

아니, 각자가 잘못을 저지른 개처럼 저마다의 개집을 찾으며 끙끙거리기 바빴다. 눈알을 굴리는 것에도 소리가 있다면 쉴 새 없이 들려오며 시끄러웠으리라. 심지어 첼시와 그레이마저 눈을 얼른 눈을 피하기 바빴으니 말이다.

하아. 거칠게 숨을 내쉰 리녹이 이를 악물고는 머리를 쓸어 올렸다.

"……다."

새파랗도록 서늘한 그의 시선이 살벌하게 제 기사단을 훑었다. 시선을 받은 기사는 백이면 백, 고개를 떨구고 어깨를 떨었다.

"눈 돌려."

누가 뭐라고 할 것도 없이 눈을 깔았다. 모두가 본능적으로 알았다. 여기서 안 깔면 죽는 거야. 죽는 목숨인 거야.

"내 부대엔 제대로 정신 박힌 인간이 없는 모양이군."

바닥을 뚫고 갈 듯 낮게 깔린 목소리에 누군가 눈을 질끈 감았다. 참으로 오래간만에 듣는 주인의 목소리.

"대, 대장님!"

리녹의 시선이 돌아가기 무섭게 그레이가 얼른 소리를 높였다.

"알아서 시행하겠습니다!"

"……"

"다 엎드려!"

그렇게 식당에는 아니 땐 거친 숨소리가 울렸다. 자진해서 얼차려를 받았기 때문이었다. 한데 부대낀 강아지 무리처럼 덩치 큰 남녀가 낑낑대며 얼차려 하는 동안.

저벅저벅. 주인의 걸음이 멀어졌다. 그러나 주인이 사라졌음에도 그 누구도 안심하지 못했다. 기사단은 리녹이 완전히 사라진 뒤에야 한 명씩 자리에서 일어났다. 그중에서 가장 먼저 일어난 첼시가 양손으로 얼굴을 부여잡았다.

"아……. 엿 됐다."

첼시의 말처럼 잘못돼도 아주 크게 잘못된 상황이었다. 첼시의 손

사이로 신음이 샜다. 변명을 해보자면 그녀는 정말로 몰랐다. 중간까지는 그 누구도 몰랐으나 그들의 '아가씨'는 아주 한참 뒤에야 얼굴에 열이 오르는 타입이셨다. 다시 말해 취하는 동안 그 누구도 몰랐다는 것이다.

얼굴을 막 비비던 첼시가 눈을 가늘게 좁혔다.

"야, 누가 일어나래."

"네, 네?"

강하지만 상대적으로 온유한 성격인 그레이가 부대장이라면, 첼시는 그레이의 성격을 채워주며 기강을 잡는 역할을 하는 이였다. 그리고 첼시는 리녹이 사라진 자리에서 해이해진 기강을 바로잡기로 했다. 이건 절대 내가 몰랐으면 너들이라도 알았어야 했다는 식의 화풀이가 아니었다. 그저 대장이 미처 끝내지 못한 일을 마무리하는 것이다.

"야, 야야. 똑바로 굴러. 좌로! 우로! 똑바로 못하나?"

쉴 새 없이 구르고 또 구르는 광경은 강아지가 낑낑, 깽깽, 외치는 장면이나 다름없었다. 외치는 첼시나 구르는 기사단들이나 착잡하긴 마찬가지였다. 그리고 그 옆에서 그레이가 울먹이며 얼굴을 감싸 쥐었다.

"……난 죽고 싶지 않아."

△

등으로 닿는 익숙하고도 푹신한 감촉에 눈꺼풀을 들어 올렸다. 아니, 눈이 저절로 뜨인 것에 가까웠다.

'으음. 아직 밤이네.'

어지러웠다. 누가 날 쥐고 마구 흔드는 기분이었다. 속에서 거친 파도가 이는 것 같고 연이어 찾아오는 멀미와 구토감까지.

'제대로 취했네.'

그제야 나는 내가 취했다는 걸 깨달았다. 이제야 깨달은 건, 이 몸으로 취한 것이 처음이기 때문이었다. 이젠 아득한 전생의 기억은 되짚어봐도 희미했으니까. 아무튼 취한 걸 알았지만 좀처럼 움직이기는 싫었다. 그렇다고 취기를 벗어날 수 있던 것도 아니라, 어지럽기는 하고 알딸딸하기도 했다.

"무울……."

타는 듯한 갈증에 더듬더듬 손을 뻗을 때였다. 누군가 옆에서 움직이는가 싶더니 나를 안아 들어 올렸다. 머리가 잠시 지끈했지만 이마로 닿는 서늘한 감각에 그대로 눈을 감았다.

"컵을 쥘 수 있겠나."

당연하겠지만 나를 안아 올린 사람은 리녹이었다. 리녹의 어깨에 머리를 비볐다. 눈앞에 컵이 아른거렸다. 잡고 싶은 마음은 굴뚝같은데 컵이 두 개로 보였다가 테두리가 물렁해지며 번진 것처럼 흐리게 보였다.

"……못 쥐겠는데."

작게 중얼거리고는 얼굴을 부여잡았다. 얼굴이 뜨거웠다.

"못 쥐겠어요, 리녹. 컵이 자꾸 움직이잖아요?"

"움직이지 않고 있다, 에이미."

"아닌데. 움직이는데?"

나는 컵을 쥔 리녹의 손을 잡고 컵을 유심히 바라봤다.

"봐요. 움직이잖아."

역시 움직인다. 잘못 본 게 아니야. 리녹이 옆에서 작게 숨을 내쉬는 것 같았다.

"……그러니까 움직이는 건 네 얼굴……."

리녹이 막 기우는 컵을 잡았다. 아, 내가 놓쳤구나?

"하아. 에이미. 실례하겠다."

"네?"

이어서 리녹의 손이 움직였다. 물기를 머금은 촉촉한 입술이 내 입술을 꾹 눌렀다. 자연스럽게 벌어진 입술 사이로 물이 흘렀다. 시원한 물줄기를 꼴깍꼴깍 삼켰다. 이어 그렇게 한 컵을 모두 비우자 입술이 떨어졌다.

"뭐야. 누가 물을 이렇게 줘요?"

"목이 마르다고 하지 않았나."

처음으로 한 스킨십이 아니었지만 그런데도 이런 건 다른 것에 비해 부끄럽다고 할지. 취기로 열이 오른 뺨이 더욱 붉어지는 느낌이었다.

"큰일이다."

나는 눈을 크게 깜빡였다. 두서없는 생각이 휙휙 오갔다. 언니 얼굴이 왜 떠올랐지? 아…….

"언니가 술 많이 마시지 말랬는데……."

뺨을 벅벅 문지를수록 열기는 더욱 커지는 기분이다. 이러다 이성을 놓겠는데 정말. 지금도 아슬아슬한 것 같았다.

리녹의 단단한 허벅지에 앉아 잘게 뜨거운 숨을 내쉬는데 문득 느릿한 시선이 느껴졌다. 살그머니 고개를 들자 리녹이 턱을 괴고 나를 바라보고 있었다.

"왜 그러세요?"

"아무것도 아니다."

"아무것도 아닌 게 아닌 것 같은 걸요?"

그의 턱을 자연스럽게 잡았다.

"말해봐. 얼른요, 응?"

원래 리녹은 좀처럼 대답을 피하는 법이 없었다. 깜빡이 없는 도로 주행과 꽉 찬 직구가 그의 수식어 아니겠는가. 빤히 쳐다보는 내 시선을 못 이긴 것인지 리녹이 나지막하게 뱉었다.

"정말 아무것도 아니다."

아무것도 아니긴. 지금 이 시선으로는 아무것도 아닌 말도 달콤하게 들리는걸. 리녹의 손은 내 손가락을 가져와 살짝 깨물었다가 놓았다.

"아무것도 아닙니다, 부인."

혀가 손끝을 간질였다가 떨어졌다. 나는 취중에도 기가 차서 허, 웃음을 내쉬었다. 분명 헛웃음을 지으려고 했는데 배시시 웃음이 튀어나왔다. 저 얼굴이 잘생겨서인가.

"자꾸 존댓말 그렇게 써먹을래요?"

"써먹는다면?"

"이런 식이면 나도 확."

"확?"

말 끝을 되풀이하는 그에게서 답지 않은 옅은 짓궂음이 느껴졌다.

"말을 까는 수가 있어요?"

"깐다? 아……. 반말 말인가."

그가 끄덕였다.

"해 주면 좋겠군."

리녹이 턱을 괸 채 나른하게 고개를 기울였다.

"궁금한데."

내 입술에는 조금 전 그가 내게 주었던 물기가 아직 묻어 있었다. 그것이 거슬렸는지 리녹이 나를 안았던 팔을 잠시 풀고는 입술을 길게 문질렀다. 도르륵. 턱에 맺힌 물방울이 흘러내렸다. ……왜 쓸데없이 야릇한 건데.

"네가 날 함부로 부르는 것도."

그러나 이내 나를 그윽하게 보는 리녹의 모습을 보며 고개를 저었다. 리녹을 흉내 내듯이 눈썹을 꿈틀거렸다.

"안 해요, 누구 좋으라고."

그의 가슴을 살짝 밀었지만 밀려날 리 없었다. 오히려 그의 팔에 달려 폭 안겼다. 거참 단단하기도 하지. 누구 가슴이기에. 나는 매끄러운 살갗을 톡 건드리다 말고 대뜸 입술을 열었다.

"리녹, 나는 리녹 가슴이 참 좋아요."

리녹이 잠시 황당해하는 것 같았다.

"……네가 말을 하니 딱히 건전하게 들리지 않는군."

나는 눈을 깜빡였다.

"당연하죠? 건전한 소리 아닌데?"

"……."

그의 가슴에 뺨을 문지르다 말고 거기에 나는 푸흐 숨을 내쉬었다. 습관처럼 품을 만지는데 안겨 있어야 할 어린 리녹도 하양이도 없었다.

"왜 그러지?"

품을 마구 뒤적이는 내가 이상했는지 리녹이 물었다. 나는 바로 대답하지 못하고 울상을 지었다. 찡그릴수록 눈앞이 더욱 어질해지고 아찔했다.

"없어요……."

"없다니?"

"내 귀염둥이……. 리녹이랑……."

리녹의 몸이 잠시 굳었다.

"네 리녹은 여기 있을 텐데."

"말고요."

귀여운 거요. 귀여운……. 정신이 조금씩 멀어졌다가 돌아왔다가를 반복했다. 얼른 고개를 휘젓자 조금 돌아오는 것 같았다. 나는 확신했다. 그래. 나는 제정신이야. 술에 취한 사람이 으레 그러하듯 홀로 정상이다 과신하는 줄도 모르고.

"작고 귀여운 리녹이요. 리녹."

"에이미."

리녹이 잠시 사납게 나를 불렀다가 이어 자신의 미간 사이를 꾹 눌렀다.

"……나도 리녹이다."

잠시 회한과 애절한 음성이 스쳤다가 평상시처럼 돌아온 것 같았다.

"나는 귀엽지 않나?"

"네. 귀엽지 않아요."

"……."

"농담이에요. 농담."

낮도 밤도 다 귀엽지. 웃음이 튀어나와 소리 내어 웃었다. 나는 상체를 바로 세워 리녹의 가슴을 쭉 밀었다.

"에이미."

그가 내 손을 잡았다.

"나 한번 해보고 싶었어요."

"……뭐를 말인가?"

"리녹."

나는 바로 아래, 리녹이 앉아 있는 침대를 가리켰다.

"여기 누워."

"…….."

"……하고 말해보는 거요?"

그러자 신기하게도 지금까지 단단하던 몸이 어처구니없이 허물어지는 것이 느껴졌다.

정신 차렸을 때 리녹은 침대에 누워 있고, 나는 그의 허리 위에 가볍게 앉아 있었다.

"……단추가 세 개, 남았네요?"

단추가 풀리는 소리가 파고들었다. 이내 그의 셔츠가 모두 벗겨졌다. 평소 같으면 얼굴을 살짝 붉히고 말았을 텐데 그러는 대신 나는 그의 얼굴을 유심히 바라보았다. 시야가 가물가물한데도 잘생겼네. 하기야 미남은 추상화로 그리더라도 잘생겼을 거야.

달빛이 그의 몸에 빛을 조각조각 새겨 넣고 있었다. 새삼 그의 유려한 몸에 감탄하면서 홀로 고개를 끄덕였다.

"참 이렇게 잘생기고 멋진 사람인데."

"……사람인데?"

리녹의 반문에 나는 그의 양 뺨을 가볍게 잡았다.

"매번 넌 네 할 말만 하고 말이야."

"너?"

"응. 너."

그의 뺨을 잡은 채 웃었다.

"싫어요?"

"……미치겠군."

리녹이 뺨 위의 내 손을 겹쳐 잡은 채 눈을 잠시 감았다. 파르르 떨리는 눈꺼풀이 그대로 보였다.

"에이미 그만. 나는 술에 취한 사람을 덮치고 싶지 않다."

"아, 그럼 내가 덮치면 되겠네요?"

"……에이미."

"농담이에요. 농담."

소리 내어 웃고는 그의 몸으로 푹 엎어졌다. 단단하면서도 부드러운 몸은 이불 대용으로도 좋았지만, 베개로도 딱인 것 같아.

늘어지게 하품하며 느릿하게 입을 떼었다.

"……난."

잠꼬대하듯이 목소리는 아득하게 느껴졌다.

"난 당신이 더 솔직해졌으면 좋겠어요."

"난 언제나 솔직하다."

"하지만 당신의 고대 마법에 대해서 어떻게 생각하는지 자세히 털어놓은 적은 없잖아요?"

나는 그의 가슴에 턱을 얹은 채로 눈을 감았다. 이대로 잠이 쏟아질 것 같은데.

잠시 침묵하던 리녹의 목소리가 그의 가슴을 둥둥 울렸다.

"……낮의 나는 네게 무슨 얘기를 하지?"

그가 처음으로 내게 낮의 이야기를 물은 것도 같았다. 하지만 애석하게도 나는 그의 이야기를 반도 알아듣지 못했다.

"낮의 당신은……."

귀엽고 안타까우며 내게는 아픈 손가락과 같은 당신의 어린 시절이죠. 하고자 하는 말은 웅얼웅얼 채 나오지 못했다.

"너무 좋아요……."

마지막에 리녹이 무어라 더 말을 한 것 같았지만 수마에 빠져든 나는 한마디도 듣지 못했다.

하지만 그 깊은 울림만은 귀에 남았다. 적어도 평소처럼 낮의 자신을 질투하는 듯한 그런 음성은 아니었다.

△

색색.

편안히 잠든 에이미를 바라보며 리녹이 그녀의 머리를 쓸어내렸다. 그는 문득 생각했다.

"낮의 나는……."

아주 강렬하게.

"어떤 모습이지?"

낮을 기억하고 싶다.

낮 동안 잊은 기억을 되찾고 싶다.

△

눈을 떴을 때 눈이 부시도록 빛이 망막을 가르고 들어왔다. 동공
으로 쏟아지는 햇살이 뜨거운 여름 작렬하는 태양처럼 느껴졌다.

'으으, 목말라.'

어지럽고 머리가 쪼개질 듯이 아팠다. 몸은 또 왜 이렇게 욱신욱
신한지. 그러고 보니 술을 너무 많이 마시면 다음 날 몸이 욱신거리
기도 한다던데. 조금만 더 잘까……. 베개에 머리를 열심히 비비던
나는 불현듯 홱 고개를 들어 올렸다.

'맙소사.'

손등으로 입술을 가렸다. 어제 일이 선명하게 떠오른 탓이었다.

"으으……."

놀란 덕인지 어지럼증이 가셨다. 아니, 어지럼증이 문제가 아니
었다. 잠시만 내가 어제 뭘 했더라. 기다려 봐. 별거 하진 않았을 거
야…….

다행스럽게도 기억이 없는 건 아니었다. 완전히 다는 아니어도 드
문드문 기억났으니까.

'리녹이랑 함께 있을 때 했던 말은 조금 흐릿하긴 한데…….'

그러나 잠시 후, 하나하나 반추해 보던 나는 얼굴을 쓸어내렸다.

'……차라리 잊는 게 낫겠어.'

리녹에게 이런저런 말들을 했던 건 괜찮았다. 그 정도야 조금 부
끄럽기는 해도 욕망에 솔직한 거였으니까. ……한데 그게 나랑 리녹
둘만 있던 자리가 아니라면.

'안 돼!'

으아아! 이불에 누운 채로 얼굴을 부여잡았다. 나는 로잘린이 들어와 씻는 것을 돕고 옷을 갈아입혀 줄 때까지 얼굴을 들지 못했다. 어제 내 추태를 방을 지키던 그녀들이 봤을지도 모른다. 평소에 내가 침실에 들어가기 전까지 앞을 지키니까.

"아가씨, 입맛이 없으세요?"

"으응? 아니. 아니에요. 조금······."

로잘린이 걱정스럽게 보았지만 나는 그녀의 눈을 마주칠 자신이 없었다. 로잘린이 가져온 간단한 아침은 먹는 둥 마는 둥 가져올 때와 거의 다르지 않은 상태로 남겼다. 그렇게 식사를 물리고 차를 홀짝이는 동안 문이 열리고 로테가 들어왔다.

"좋은 오전입니다, 아가씨."

로테가 한 손에 접시를 든 채로 정중히 허리를 숙였다. 그의 시선이 흘끗 창문을 응시했다.

"아. 오전은 아니군요."

"······네. 그렇죠?"

"가끔은 늦도록 누워 일어나고 싶지 않을 때가 있는 법이지요. 각하께서는 이른 아침부터 기상하셨지만 말입니다."

······저거 존경하는 각하님은 일찍 일어났는데 넌 오후가 되도록 늘어지게 잤다고 비꼬는 거겠지?

"늦잠이 불만이면 말을 해요."

"그렇게 말하지는 않았습니다. 제가 어찌."

"그 모습이 더 얄미운 건 알죠?"

"그런 의도는 아니었습니다만, 거슬리셨다면 어떤 벌이든 달게 받겠습니다."

보일 듯 말 듯 웃는 로테를 보며 나는 고개를 절레절레 흔들었다. 듣다 보니 이제 기분도 안 나쁘네. 로테는 태어날 때도 "어머니 생각보다 오래 걸리셨군요?"라고 할 인간 같았다.

인간이 원래 이렇구나 하고 생각하면 이제 절로 이해가 된달지. 미운 정도 정이란 건지 몇 달 사이에 로테와 나의 관계는 이 정도로 변화해 있었다. 적어도 비꼬기를 장난처럼 주고받을 수 있는 관계랄까.

"저한테 이러시면 안 되죠. 내가 로테 씨를 얼마나 도왔어요?"

"염려 마시지요. 언제나 성심성의껏 아가씨를 모시기 위해 애쓰고 있습니다."

로테의 눈이 희미하게 휘었다. 그러고는 다가와 접시를 내밀었다. 접시 위에는 자그만 컵이 있었는데 컵 안에 푸른 액체가 찰랑거렸다. 무엇이냐고 묻자 숙취 해소제란다. 여기에도 이런 게 있구나 싶으면서도 조금 아연한 표정으로 접시를 바라봤다.

"고마워요."

물론 마신다고 해서 즉각 효과가 도는 건 아닌 듯했다. 마시고 막 머리를 부여잡는데, 누군가 열린 문 사이로 고개를 내밀었다.

"반가워요, 에이미."

찰랑, 긴 은발이 허공에 나부꼈다. 밝게 웃는 세레나가 그 자리에 있었다. 그것도 오늘도 어린 리녹처럼 작은 모습으로.

"어…… 좋은 아침이에요, 세레나 님."

나는 빈 컵을 든 채 가볍게 고개를 숙였다. 세레나가 종종걸음으로 들어와서는 나를 유심히 응시했다.

"훈련할 때처럼은 부르지 않나요?"

"네? 아……."

세레나가 리녹의 마법을 푸는 것을 도와주기로 한 뒤로 나는 내내 세레나에게 일정한 훈련을 받고 있었다. 이것도 일종의 배움이라 생각해 훈련 때만 스승님하고 장난스럽게 불렀는데. "나…… 제자는 처음이에요." 하고는 세레나가 여느 때보다 밝게 웃었다. 커다란 눈을 반짝이면서. 하필 작은 모습으로 그리 했기에 귀여움이야 두말할 것도 없었다.

"스…… 승님?"

"좋아요. 앞으로도 그렇게 불러주세요."

"어, 음 그럴까요?"

어려운 일은 아니니 얼른 고개를 끄덕였다. 세레나의 큰 눈이 반으로 접혔다.

"그런데 세, 아니, 스승님. 여긴 어쩐 일이세요? 아……."

말하다 말고 머리가 지끈거려서 말을 멈췄다. 그러자 세레나가 고개를 갸웃했다.

"왜 그래요?"

"으으, 숙취예요."

말하기 부끄럽긴 했지만 어차피 몰골이 말이 아닐 테니. 나는 앓는 소리를 내며 털어놨다.

"숙취? 마법은 쓰지 않나요?"

"아. 그게 제 마법은 저한테 잘 듣지 않는 것 같아요."

정말이었다. 얼마 전에 뜨겁고(?) 찐한 밤을 보냈던 다음날, 허리가 낫지 않은 것도 그렇고, 오늘 역시 숙취가 그대로인 걸 보면.

세레나는 신기하다는 듯이 눈을 깜빡이고는 자그만 손을 뻗었다. 세레나의 손이 이마를 스친 순간 그녀의 목에서 희미한 빛이 흘렀다. 아—. 동시에 머릿속이 개운해졌다.

"아…… 고맙습니다."

씻고 나서도 얼얼했던 몸이었는데, 박하사탕을 머금은 것처럼 기분이 상쾌했다.

"고맙긴요. 통제해 줘야 하는 거잖아요?"

세레나가 방긋 웃어 보였다. 아이의 모습인지라 위엄은 없었지만, 목에서 느껴지는 또렷한 마력이 그녀를 신비롭게 보이도록 했다.

세레나가 그리 말하고는 아, 하면서 고개를 기울였다.

"아. 이렇게 말하면 안 되죠. 제자는 아껴줘야 하는 사람이니까."

나는 고개를 갸웃하면서도 끄덕였다.

"고마워요. 다음에 숙취를 겪으시면 그땐 제가 스승님에게 숙취해소 마법을 걸어주면 되겠네요."

나는 세레나가 했듯이 밝게 웃으며 세레나의 자그만 손을 잡고 악수하듯이 흔들었다. 이에 세레나가 멈칫하더니 잠시 묘한 표정을 지었지만 나타난 것보다 빠르게 사라졌다. 그 자리를 대신한 건 맑은 웃음이었다.

"아, 에이미 그러고 보니 왜 찾아왔느냐 물었죠? 준비가 됐어요. 언제든 출발할 수 있다네요."

"네? 하얀 산맥 말인가요? 벌써요?"

나는 눈을 크게 깜빡였다. 벌써 준비가 끝났다고? 어제를 가만히 떠올렸다. 기사단이 몹시도 열심히 준비하긴 했지만…… 그 사람들, 어제까지 나와 신나는 식사 겸 술을 마시지 않았나?

조금 가물가물하긴 하지만 식탁 위에 수없이 올려진 술병들을 기억했다. 리녹이 주었다는 귀한 술 말고도 엄청 많았지? 그렇게 마시고도 멀쩡하단 말이야?

나는 기사란 생각 이상으로 대단한 사람들이라고 생각했다. 그러고 보면 언니도 숙취는 겪지 않는 편이었다.

"오늘에라도 출발할 수 있다던데, 지금 잠시 지연된 건 누군가 찾아와서라고 하나 봐요."

"누가 찾아와요?"

"직접 가 보시겠습니까?"

대화에 끼어든 것은 지금껏 조용히 서 있던 로테였다.

"각하께서도 그곳에 계실 겁니다."

하긴, 식사 시간이 지나가도록 리녹이 오지 않아서 이상했는데, 누군가를 맞이하러 갔던 모양이었다. ……그런데 어린 리녹은 측근의 말을 듣지 않을 텐데? 그렇다면 자발적으로 맞이하러 갔다는 건데. 그럼 이로 두 가지 사실을 알 수 있었다.

첫 번째는 그 누군가가 어린 리녹이 딱히 경계하는 이가 아니기에 만나고 있다는 사실. 두 번째로는 만나는 자가 리녹의 비밀을 알고 있는 자라는 것. 의문은 곧바로 세레나가 해결해 주었다.

"아. 에이미는 루센을 모르는군요?"

"루센?"

"지금 도착한 마법사의 이름이에요."

아하. 나는 고개를 끄덕였다. 마법사 하나가 대공저에 온댔지? 그 마법사 이름이 루센인 모양이었다.

어느덧 집무실 문 앞에 도착해 있었다. 늑대가 새겨진 문이 활짝 열렸다. 막 방 안으로 들어선 나는 그대로 멈췄다.

'……이게 무슨 광경이야.'

도도도 내게 달려올 리녹을 상상했으나 눈앞에는 상상했던 것과 전혀 다른 풍경이 펼쳐져 있었다.

챙. 허공에 떠 있던 포크가 맹렬하게 날아갔다. 무언가인가에 튕겨 나가고는 바닥에 다시 떨어졌지만, 이미 방 안의 물건들이 허공에 둥둥 떠 있었다. 방 안 가득 풀린 강대한 마력은 분명 리녹의 것이었다.

"내 몸에 손대지 마."

방 중간에서 어린 리녹이 잔뜩 찡그리면서 숨을 토해냈다. 화를 내는 것처럼.

"리녹?"

나는 얼른 리녹에게로 달려갔다. 중간에 허공에 뜬 물건에 부딪혔지만 아픔을 느낄 새도 없이 무릎을 굽혔다.

"왜 그래? 무슨 일 있었어?"

얼른 쪼그려 앉아 손을 잡자 리녹이 나를 보고 놀라 바라보는가 싶더니 울먹이기 시작했다. 커다란 눈에 눈물이 가득 차오르는 것을 본 순간, 멀지 않은 곳에서 누군가 부스럭 움직였다.

"……아야야……."

뒤집어진 소파 아래서 누군가 빠져나왔다.

"아픕니다, 대공 각하……."

소파 밑에서 빠져나온 것은 마른 체구의 남자였다. 남자가 얼굴까지 가린 후드를 벗겨냈다. 긴 갈색 장발이 미역처럼 주르륵 흘러내렸다. 남자는 비틀비틀 일어나서는 그나마 멀쩡한 벽을 짚어 몸을 지탱했다.

"너무하시지 않습니까……. 저는 약을 드렸을 뿐인데요……."

나도 모르게 리녹을 쳐다봤다. 어린 리녹은 이를 드러낸 강아지처럼 사나운 표정을 숨기지 않았다.

"맛없어!"

그 순간 웃음이 튀어나올 것 같았지만 꾹 참았다. 아니, 그 말이 이렇게 심각하고 사나운 표정으로 나올 말이 아닌 것 같은데.

고개를 돌리다가 리녹의 멀지 않은 곳에서 인간 모습으로 네발로 서서는 캉캉 짖는 하양이를 발견했다. 넌 왜 거기 있니?

"형님 개로피지 마라!"

남자의 고개가 돌아갔다. 남자는 그 말을 들은 게 분명했지만 하양이를 바라보고는 표정의 변화 없이 이쪽으로 돌아왔다. 전체적으로 행동이 느릿느릿한 남자였다. 꼭 나무늘보처럼.

"아가씨는 손님이십니까……? 잠시만 붙잡고 있어 주시면 감사하겠습니다……."

"네? 저요?"

남자가 비틀비틀 다가왔다. 영 믿을 만한 모습은 아닌지라 나는 리녹을 꽉 껴안고 여차하면 그 마법사를 후려 팰 생각으로 문양을 일으켰다.

"아야……. 너무 아프네……."

그러나 남자는 다가와서 아무것도 하지 않았다. 대신에 어린 리녹의 손끝을 잠시 잡았을 뿐이었다. 그 순간이었다.

파아앗.

남자의 뺨에서 익숙하고도 낯선 문양을 보았다. 저건 고대 글자? 내 손등이나 세레나의 목에 새겨진 것과 비슷해 보였지만 무언가 이상했다. 왜냐하면 남자의 뺨에는 문양의 '반쪽'만 새겨져 있었으니까.

눈을 다시 떴을 때 어깨 위로 두툼한 감촉이 느껴졌다. 익숙한 느깜에 얼른 고개를 들자, 밤의 리녹이 있었다. 잠시만, 밤의 리녹?

"안녕하십니까…… 큰 각하."

남자가 뒤로 물러났다.

"이쪽이…… 이야기하기 편하시겠지요……."

남자의 **뺨**에 그려진 반쪽짜리 문양은 언제 그랬냐는 듯이 사라진 뒤였다.

"……루센."

리녹이 나를 끌어안은 채로 남자의 이름을 불렀다. 남자도 그 목소리를 들은 듯 느릿하게 허리를 숙였다. 어딘가 어설픈 인사였다.

"각하의 조언자, 고대 주문 전문 마법사 루센 인사드립니다."

느릿하던 말투가 아주 조금 빨라졌다.

"리녹……. 이게 어떻게 된 거예요? 왜 밤의 당신이……."

리녹이 얼떨떨해하는 내 어깨를 한번 토닥이고 끌어안았다. 괜찮다는 듯이.

"……일시적인 거다."

"예……. 채 30분도 되지 않지요……."

남자가 끄덕였다.

"제가 가진 고대 주문은 무엇이든 일시적으로 제자리로 돌려놓는 마법이니까요……."

루센이란 마법사는 다시 느린 말투로 돌아와 설명했다. 나를 보는 것으로 보아 일부러 설명을 해준 느낌이었다.

"거기다 '반쪽'짜리라 지속 시간도 짧고……."

잠시 리녹을 향했던 어두운 고동색 눈동자가 나를 멍하니 담았다.

"음…… 말씀 들었습니다. 아가씨께서 밤낮의 모습을 바꾸실 수 있다지요……?"

이전에 리녹이 알맹이는 밤의 모습인 채로 겉모습만 아이 상태일 때 저 사람을 불렀다고 했었나. 모든 사정을 아는 눈치였다.

"세레나 님의 시도 이전까지는 제가 대공 각하의 저주를 푸는 방법에 제일 근접 했었지요……. 모두 실패했지만……. 사정은 편지로 모두 건네받았습니다. 아가씨께는 새로운 가능성이 보입니다……."

"루센, 너를 부른 건 더는 그걸 묻기 위함이 아니다."

리녹이 내 앞으로 나서자 루센의 모습이 더는 보이지 않았다. 나는 리녹의 팔뚝을 잡고 고개만 삐죽 내밀었다.

"그럼……. 무엇을 위해 부르셨습니까? 각하를 위해…… 달려왔습니다만……."

"보통 2주 거리를 한 달 걸려서 와놓고는 '달려왔다'고 표현하지는 않을 텐데?"

"……순간이동 멀미가 심합니다……."

루센이 온순하게 대답했다. 그러고는 나무늘보의 움직임처럼 비틀비틀 소파에 앉으려는 듯 뒤로 물러나는가 싶더니 쿠당탕, 앉기는커녕 넘어졌다.

"아야야……."

바닥에 소리 내며 넘어진 루센이 머리칼을 쓸어 올렸다. 지켜보고 있던 나는 그저 황당했다. ……분명 바닥에 아무것도 없는 것 같은데. 왜 넘어진 거지?

"그럼 각하, 제게 용건을 말씀해 주십시오……. 뭐든 성심껏…… 임하겠습니다."

그런데 이상한 건 이 방에 있는 누구도 신경을 쓰지 않는다는 점이었다. 아주 당연한 일인 듯이. 리녹은 로테와 세레나, 그리고 함께 들어온 시종과 기사들을 보고는 말했다.

"······에이미를 제외하고 전부 나가 있도록."

리녹의 말에 세레나를 포함한 모든 이가 방을 나섰다. 세레나는 살짝 아쉬운 얼굴이긴 했으나 루센과 간단한 인사를 나누고 그대로 나갔다.

텅 빈 방에는 자잘하게 흩어진 물건과 나와 리녹, 그리고 루센만 있었다. 중요한 이야기를 할 것 같은데, 리녹이 어째서 여기 나를 둔 것인지 모를 일이었다.

"하아, 루센. 너를 부른 용건은 이미 해결됐다."

"아하······."

"네가 늦기도 하였으니 말이지."

"저어 느린 것이 아니라 멀······."

루센의 느릿한 항의는 이어진 리녹의 단호한 말에 묻혀 버렸다.

"오늘 중으로 하얀 산맥으로 출발할 예정이다."

오늘 중으로? 그 말에는 나도 놀랐지만 일단 얌전히 듣고 있었다.

"출발하는 여정에 너도 함께하도록."

"예······ 그리하겠습니다······."

갑작스러운 명에 당황할 법도 한데 루센은 당연하다는 듯이 고개를 끄덕였다. 오히려 익숙한 일처럼 보이기도 했다.

"그리고."

이어 말을 꺼내던 리녹이 그답지 않게 말을 잠시 흘렸다. 그러더니 이내 고개를 들었다. 내 손을 더듬어 찾던 리녹의 손이 내 손을 꽉 쥐었다.

"내가…… 낮의 모습을 기억할 방도가 있나?"

뜬금없는 리녹의 말에 놀라 얼른 그를 쳐다봤다.

"되도록 완전히 기억할 수 있으면 좋겠군."

기억을 하고 싶다고? 지금까지 그런 말은 하지 않았잖아……. 그 순간 흐릿한 기억이 하나 떠올랐다.

"나는 귀엽지 않나?"

나는 단단한 옆모습을 쳐다봤다. 설마 아니겠지? 내 생각이 지나친 걸 거야. 설마하니 낮의 자신이 어떻게 귀여웠는지 알고 싶은 거겠어. 아무래도 술이 덜 깬 모양이라 생각하며 얼굴을 문질렀다.

……설마. 진짜 아니겠지. 요즘 생각이 지나친 것 같다. 고개를 절레절레 흔들며 다시 눈을 들어 올렸다.

"방법……. 방법이 없지는 않습니다."

"그게 뭐지?"

루센이 멍한 눈을 한번 비볐다. 졸린 것처럼 반쯤 감겨 있던 눈이 이전보다 더 뜨였다.

"말씀드린 적 있지 않습니까? 각하께서 낮의 그 모습도 자신이라 인정하시면 됩니다."

"……."

조금 더 또렷한 눈으로 돌아온 루센이 대꾸 없는 리녹을 바라보며 이어 말했다.

"지금까지 각하께서는 사실, 그 모습은 본인이 아니라고 부정해 오시지 않으셨습니까."

"……."

"인정하시면 됩니다. 낮의 모습도 결국 각하시라는 것을요."

루센의 말을 들으며 뒤가 얼얼한 기분이 들었다. 한 번도 생각해 본 적 없었다. 낮도, 밤도 같은 리녹이다. 나는 의심해 본 적 없다. 이것은 내게 당연한 이야기였으니까.

그랬구나. 깨닫고 말았다. 그동안 리녹은 낮의 자신을 부정해 왔고 그래서 기억을 하지 못했다는 것을. 혼란에 사로잡힌 사이, 루센이 말했다.

"아울러 낮을 기억하시면 그 복잡한 고대 마법 풀이에 한 발짝 다가가실 겁니다. 자유로운 몸으로 말입니다."

나는 빠르지 않은 시선으로 루센을 훑었다.

'자유로운 몸?'

느릿하고 차분한 어투로 이어지는 말의 내용은 결코 차분하거나 가볍지 않았다. 아주 희미하지만 가벼운 고양감이 느껴졌다. 마치 리녹이 이리 물어서 기쁘다는 듯이.

조금 전에 그가 말하길 세레나 이전에 리녹의 마법을 푸는데 가장 근접했던 사람이라 했었다. 그 말인즉 리녹은 그동안 세레나와 했던 방법 말고도 수많은 방법을 행해 왔으며, 여전히 밤낮이 다른 모습은 그 모든 마법이 실패했음을 증명하는 것이었다. 잠시 아득한 안타까움을 느꼈다가 이내 정신을 차렸다.

우아한 태피스트리 앞에 선 느릿한 몸짓의 마법사는 리녹을 향해 짧게 목례했다. 자신의 말을 다 했음을 알리는 것처럼. 그런 그 앞에서 고요한 침묵을 잇던 리녹이 고개를 돌렸다. 오전의 햇살이 그의 얼굴을 비추고 있었다. 반만 빛에 푹 잠겨 살짝 그림자에 잠긴 얼굴. 생각에 잠긴 듯 표정 없는 낮이라 어떤 생각을 하는지 알 수는 없었다. 다만 그의 얼굴 위로 미묘한 복잡함이 스쳤다가도 얼음 호수 같은 고적함이 함께 스쳐 갔다.

"루센, 문을 열어라."

이어 그의 지시에 따라 루센이 마법으로 문을 열었고 밖으로 물러나 있던 이들이 들어왔다. 나는 그들이 원활히 이야기를 할 수 있게 슬그머니 방 한쪽으로 걸음을 옮겼다. 리녹은 돌아온 이들에게 가타부타 긴말을 하지 않았다.

"이 시간 이후로 루센도 합류할 것이다."

"예, 각하."

로테와 다른 이들이 대답하며 고개를 숙였다. 리녹은 잠시 창문 밖의 먼 풍경을 보는가 싶더니 짧게 말했다.

"빠르게 출발한다."

모여 있던 이들이 일사불란하게 흩어지며 방을 나섰다. 어쩐지 나만 따로 외떨어진 섬이 된 것 같은 기분을 지울 수 없었다. 뻘쭘하고도 어색하게 뺨을 긁적일 때, 막 마지막으로 빠져나가는 기사들 틈에서 이쪽으로 걸어오는 리녹이 보였다. 그가 향하는 방향은 내 쪽이었다. 내 앞에서 걸음을 멈춘 리녹은 손을 뻗어 자연스럽게 내 뺨을 쥐고 엄지로 살살 만졌다. 그 느낌이 간지러워서 웃음이 날 것 같았다.

"출발이 생각보다 빠르네요."

이런저런 할 말이 많았지만 어쩌다 보니 가장 중요하지 않은 말부터 튀어 나갔다.

"빠르게 돌아와야 하니까."

"그건 그래요."

"불편한가? 시간이 필요하다면 늦출 수 있다."

"으응. 그렇진 않아요."

나는 피식 웃으며 어깨를 으쓱해 보였다.

"아시다시피 전 도망자 출신이라, 급한 출발에도 정말 익숙하거든요."

방 한편에는 언제나 짐이 싸여 있었다. 언제 어디서나 미련 없이 떠날 수 있도록. 그런 짐이 없는 생활은 여기서가 처음이었고. 그저 이만큼의 대인원이 출발하는 여정 준비가 빨라서 놀랐을 뿐이다.

그에게 이렇게 설명하며 리녹의 손 위로 내 손을 겹쳤다. 리녹이 곧잘하는 행동을 따라 한 것이었다. 그러나 리녹과 달리 손을 감싸긴커녕 손등에 올리는 것에 그치고 말았다.

'조금 우스꽝스러운 모양새일지도 몰라.'

그리 생각하며 웃음을 터트렸다. 리녹은 그동안에도 나를 그윽하게 바라보고 있었다. 햇살이 그의 눈동자 안에서 촛불처럼 일렁거렸다. 빛 덕분인지 차갑던 눈동자가 따뜻하게 보였다.

하기야 줄곧 서늘하게 느꼈던 건 이 눈동자를 밤에 자주 보았던 탓도 있을 거였다. 그렇게 시선을 마주하는 동안 리녹이 천천히 고개를 내렸다.

"에이미."

입술이 맞닿았다. 가볍게 스치고 지나간 입맞춤이었다.

"태양 아래서 보는 너도 아름답군."

"네?"

입술을 사이에 두고 그가 숨소리같이 속삭였다.

"그럼 밤에 보도록 하지."

리녹이 천천히 눈을 감았다. 동시에 그의 몸에서 갈색 빛이 새어

나왔다. 그의 신형이 점차 작아졌다. 눈을 깜빡였다가 뜨자 자그만 아이가 있었다. 어린 리녹이 눈을 천천히 떴다. 나는 반가움과 안타까운 마음으로 리녹을 반기려다 말고 누군가와 시선이 마주쳤다.

그는 아직 이 방에 남아 있던 마법사 루센이었다.

"아⋯⋯."

루센도 내 시선의 의미를 눈치챈 듯, 눈을 한번 느리게 굴렸다.

"⋯⋯아무것도 못 봤습니다⋯⋯."

⋯⋯방에서 전부 나간 것 아니었어? 절로 다리에서 힘이 빠졌다. 둘만 있을 때는 과감할 수 있었지만, 보는 눈이 있다면 달랐다. 아무리 가벼운 입맞춤이었다고 해도. 리녹은 몰랐을까? 아니. 몰랐을 리가⋯⋯. 자긴 사라지면 그만이라 이거지.

스르륵 주저앉아서 손바닥으로 얼굴을 쥐었다. 바로 며칠 전 술을 마시고 행했던 일도 있고, 아니, 그 일 때문에 얼굴이 더 달아오르는 느낌이었다.

"에이미?"

어린 리녹이 내 어깨를 살짝 흔들었다. 손가락 사이로 걱정이 가득 담긴 커다란 눈이 보였다.

"⋯⋯왜 그래? 아파?"

잠시 목소리를 가다듬을 동안 리녹의 고개가 빠르게 다른 곳을 향했다. 아이의 눈이 가늘게 좁혀진 것은 순식간이었다. 순진했다고는 믿기지 않을 정도로 사나움이 확 드러났다. 리녹의 감정 기복에 따라 물건이 슬슬 들썩거렸다.

"쟤가, 괴롭혔어?"

나는 깜짝 놀라 자그만 손을 붙잡았다.

"아니야, 아니야!"

"……아니야?"

고개를 갸웃하는 아이에게 얼른 끄덕여 주었다. 그러자 아이는 금세 온순한 얼굴로 돌아왔다.

"그냥…… 뺨이랑 입술이 조금 간지러워서 그래."

"……간지러워?"

"응."

누가 입술로 때리고 도망갔거든. 그게 너라고는 말을 못 하지만. 나는 아무렇지 않다고 덧붙이며 어색하게 웃어 보였다. 그러나 리녹은 나를 빤히 보다가 눈을 깜빡였다.

"간지러운 것도 아픈 거야?"

"어음, 아닐걸? 아니, 그런가……."

어렴풋이 읽었던 책을 떠올렸다. 자극의 대부분은 통각의 일종이라고 한 것 같았는데. 어째서 지금 엉뚱하게도 이런 책이 떠오르는지 몰라도, 어쩐지 아이에게 올바른 지식을 주입해야 한다는 의무감에 사로잡혀 머리를 뒤적일 때였다. 뺨으로 새가 쪼는 듯 가벼운 감촉이 스쳐 지나갔다.

"아프지 마, 에이미."

"어, 어어? 리녹?"

"……누가 이렇게 해줬던 것 같아."

나는 그대로 멈칫했다. 내 뺨에 입을 맞췄던 아이는 내 손을 잡고 눈을 살짝 접어 웃었다.

"이제 안 아파?"

"어……."

……한 번만 더 해주면 알 것 같은데.

하지만 이 말은 어쩐지 순진한 애를 놀리는 말 같아서 차마 하지 못했다. 바로 그때, 무언가 품속으로 쏙 달려 들어왔다.

"예이미!"

커다란 부피에 놀란 것도 잠시, 익숙한 목소리에 미소가 먼저 피어올랐다.

"하양아."

"예이미! 히잉, 모미 움직이지 안아따."

하양이가 귀를 축 늘어트린 채 짧은 발음으로 열심히 설명했다. 아마도 조금 전까지 마법에 묶여 있다가 막 풀린 모양이었다.

'그래그래. 무서웠지?'

하나하나 들어주며 머리를 쓰다듬어 주었더니 이내 귀가 다시 쫑긋 솟았다. 하양이는 눈을 감을 듯이 휙 접고는 온몸을 다해 내게 마구 비볐다.

"예이미! 조아!"

하양이를 안아 주기에 앞서, 리녹을 흘끗 살폈으나 의외로 그는 얌전했다. 마치 어느 영역은 인정하겠다는 듯이.

"리녹?"

"에이미……."

어쩐지 생각에 빠진 표정이었다.

"왜 그래?"

"……이상한 것이 머리에 떠올라서."

"이상한 거? 어떤 거?"

나도 모르게 진지하게 묻자 아이가 고개를 저었다. 잠시 기다리자

잘 모르겠다는 답변이 이어 돌아왔다. 내 부름에 고개를 돌렸지만 생각에서 완전히 빠져나온 얼굴은 아니었다.

"기억나면 말할게."

"응. 얘기해 줘."

그 순간, 하양이가 루센을 향해 이를 드러냈다.

"나뿐놈! 나뿐 인간!"

"꺅, 하양아 무는 거 아니야!"

나는 얼른 말렸다.

"아. 안 돼! 지지! 지지야!"

그렇게 하양이를 달래는 것을 끝으로 우리는 두 시간 후 하얀 산맥으로 출발했다.

△

하얀 산맥으로 가는 여로는 보통 대공저에서 순간이동 마법을 사용해 가장 북쪽으로 이동한 뒤, 경계까지는 직접 이동해야 했다.

"순간이동에는 힘이 많이 들기에 평소에는 직접 가는 편이지요."

기사단은 북쪽까지 이동도 말을 타고 가는 경우가 많다고 했다. 하지만 이번은 사안이 사안이다 보니 북쪽까지는 모두 순간이동 마법을 이용했다.

평소라면 조금 무리였을지도 모르나 우리 중에는 대마법사가 있었고, 마력으로만 따지면 둘째가라면 서러울 마법에 걸린 대공님도 있었으며, 햇병아리지만 마력만은 장난 아닌 나도 있었다. 덕분에 우리는 순식간에 북쪽에 도착할 수 있었다.

나는 까마득한 눈 봉오리를 보며 눈을 깜빡거렸다.

"와……. 가까이서 보니 더 높네요."

하얀 산맥은 이름 그대로 꼭대기부터 산의 반쯤이 새하얀 눈으로 가득 덮인 산맥이었다. 하얀 고깔을 거꾸로 뒤집어 놓은 듯 뾰족하기도 했다. 저 하얀색은 눈 덮인 나무 말고도 흰 나무가 있기 때문에 하얗게 보이기도 하는 거라고.

우리가 들어가는 입구는 산맥에서 서쪽에 해당된다고 했다.

"멋지지요? 저도 처음에는 그리 생각했습니다. 처음 들어가는 신입 단원들도 항상 놀라곤 하지요."

내게 꼭 붙어 있던 첼시가 신나서 재잘재잘 설명했다. 안쪽은 신기하게도 추운 공간과 아닌 공간이 나뉘어 있어서 아닌 곳으로 가면 굳이 두껍게 입지 않아도 된다고 했다.

"무닌과 후긴 영역을 지나치는 이유가 이 때문입니다. 불새의 둥지 근처는 눈이 덮여 있음에도 춥지 않거든요."

"불새요?"

"아. 저희끼리 부르는 명칭입니다. 불의 까마귀이니 불새 아니겠습니까?"

"아하. 그렇긴 하네요."

첼시가 생긴 것도 그리 생겼다며 형상을 허공에 그렸다. 그녀의 손짓을 알아듣지는 못했지만 예의상 끄덕여주었다. 첼시는 주로 하얀 산맥에서 머물며 이런저런 일들을 해서 그런지, 확실히 산맥에 대해 많은 것을 알고 있었다.

불새라. 나도 모르게 라미아스 문양을 떠올렸다. 그러고 보니 가문의 문양도 붉은 새이긴 했다. 언젠가 언니에게 이 새는 어떤 새냐고 물었을 때 언니도 잘 모르겠다고 했었다.

가문의 생존자가 둘밖에 없는 탓에 우리는 가문에 대해 모르는 것이 많았다. 예를 들면 돌연변이의 정확한 유래라거나……. 아니, 나는 아예 모르는 수준이었으니 언니가 아는 게 다라고 봐야 할 거다.

생각을 하다 말고 앞을 바라본 나는 낯익은 두 사람이 붙어 있는 조합을 발견하고는 묘한 표정을 지었다.

"저, 첼시."

"네?"

"……저 두 사람은 왜 사이가 좋지 않은 거죠?"

내가 목격한 것은 똘똘 뭉친 거대한 눈덩이가 세레나에게 날아가는 장면이었다. 세레나는 손을 휘젓는 것만으로 리녹이 보낸 눈덩이를 간단히 녹여 버렸다.

쾅.

그 뒤로 리녹이 날린 돌이 와그작 쪼개지고, 가루가 되고, 세레나가 피운 불 위로 눈덩이가 쌓였다. 참고로 둘 다 어린아이의 모습이라 위화감이 대단하면서도 한편으로는 저 모습이 익숙했다.

말리지 않느냐고? 글쎄, 이곳에 도착하기까지 이틀. 그 이틀 동안 수십 번 반복된 일이었다.

"리, 리녹 그만! 스승님도 그만하세요!"

"에이미, 쟤가 나빠."

"난 아무것도 하지 않았는데?"

"에이미, 옆에 붙어 있지 마!"

"으음, 그럼 대공도 내 제자 옆에 붙어 있지 말아요."

"내 에이미야!"

"자, 잠깐!"

말려도 그때뿐이고, 두 사람은 시선만 마주하면 마주하기 무섭게 마법을 써댔다. 다행인 건 거짓말처럼 사람이 다치지 않았다는 거다. 게다가 기사단들은 매우 익숙한 일인지 몸을 피하는 데에는 도가 텄더라.

"아가씨, 이런 말 조심스러운데 말이지요……. 아가씨가 계시면 더 심하게 다투시는 것 같습니다. 정확히는 대장님 쪽이요."

첼시의 조언을 받아들여 난 따로 떨어져 있기로 결정했다. 리녹은 신기하게도 어린 모습으로는 앞에 나서지 않을 줄 알았는데, 온몸을 가리는 검은 망토와 로브를 걸치고 가장 앞서서 무리를 이끌었다. 아주 익숙하다는 듯이. 그 모습을 보고 있노라면 아이의 몸으로 견뎌왔던 그의 세월이 뒤로 비치는 듯했다.

"으음, 언제부터냐고 물으시면 사실 처음부터 좋지는 않았어요."

"그래요?"

"네. 그때는 서로가 서로를 싫어하는 느낌이라고 할지……. 좀 두 분이 비슷한 느낌이었거든요. 대장님이야 황실에 미움받기가 둘째 가라면 서러울 정도였고…… 세레나 님도 크게 환영받는 느낌은 아니었거든요. 이를테면, 동족 혐오?"

첼시가 턱을 짚고 고개를 갸웃했다.

"그러다가 이래저래 황제가 둘을 엮어서 매번 마수잡이를 보내니까 억지로라도 동료가 된 느낌이죠."

"동료요?"

'저 모습이?'

리녹은 나무를 뿌리째로 뽑아 세레나에게 던지고 있었다. 내가 그들을 향해 눈짓하자, 첼시가 유쾌하게 웃었다.

"사이 나쁜 동료? 아. 사실 어린 대장님은 저 정도는 아니었는데 말이죠……. 어린 대공님이 저렇게 마력으로 이것저것 들었다 놓고 잘 부수지만, 이전엔 저만큼도 어려웠거든요. 저게 세레나 님이 나서서 도와주신 뒤에 가능해졌는데……."

첼시가 말을 하다 말고 곤란하다는 듯이 말을 흘렸다.

"그 과정이……."

"아하……."

자연스럽게 그레이의 이야기를 떠올렸다. 누군가를 강하게 만드는 것이 세레나 취미라고 했나? 수단과 방법을 가리지 않는댔고. 나는 알 만하다는 듯이 끄덕였다.

"사실 세레나 님은 수년을 보아온 분이지만 속을 잘 모르겠어요."

첼시는 그리 말하며 다투는 이들을 응시했다.

"우리 대장님은 알기 어려운 사람은 아니에요. 말 그대로 늑대 같은 양반이니, 좋고 싫음이 분명하고 아닌 건 죽어도 아니고."

그녀는 그리 말하며 자신의 식견이 부족한 걸지도 모른다고 덧붙였다.

"그래서 제가 아가씨 옆에 붙어 있는 거예요."

"'그래서'로 연결이 되지 않는 것 같은데요?"

"아. 대장님이 명하셨어요. 어떤 일이 있어도 아가씨 옆에 붙어 있으라고 말이지요. 세레나 님이 아가씨를 강하게 만들겠답시고 언제 어느 구덩이에 던져 놓을지 모르는 일이니."

"아…… 하하하."

에이, 설마 진짜로 그러겠나.

하지만, 첼시의 눈은 한없이 진지했다. 그사이 세레나와 리녹의 다툼은 소강상태에 접어들어 잠잠해졌다. 물론 주변은 난장판이 된 지 오래였다. 초토화된 풍경 사이로 세레나가 이쪽으로 걸어오는 것이 보였다.

"에이미."

그녀가 반갑게 손을 흔들었다.

"스승님, 오셨어요?"

"이제 하얀 산맥 안으로 본격적으로 들어갈 거예요. 대공과 앞으로의 여정을 이야기하고 왔거든요."

"……이야기요?"

그 모습이 이야기하고 온 거라고요? 하고 싶은 말이 많았지만 그냥 삼켰다. 저 뒤에서 리녹이 세레나의 뒤통수를 노려보고 있었다. 내가 얼른 손을 들어 리녹에게 양손을 흔들자 아이의 표정이 누그러졌다.

"조금 과격한 마법이 오간 건 신경 쓰지 말아요. 대공도 나도 사람을 다치지 않게 하기로 약속했으니까요."

세레나가 바닥을 한번 보더니 이내 고개를 들며 웃고는 중얼거렸다.

"그게 옳은 일이니."

"아하하. 네……."

걸어왔다고 표현했지만 사실 세레나는 걸었다고 표현하기엔 다소 어울리지 않긴 했다. 왜냐면 그녀는 자신의 여우를 거대한 크기로 만들어 복슬복슬한 털에 엉덩이를 걸치고 있었으니까. 사실 이걸 보고 신기한 한편, 하양이가 아주 커지면 저렇지 않을까 생각하기도 했다.

"음, 저 조금 우려되는 부분이 있는데 저희 좀 더 서두르지 않아도 되나요?"

우리의 여정은 아주 빠른 편이었지만 그럼에도 염려되었다. 황태자의 군대가 시시각각 이베르크로 오는 중이니. 이만한 속도도 불안하게 느껴지는 것이 사실이었다.

"황실의 군대가 걱정되어서 그러나요?"

"네. 혹시나 그쪽도 순간이동 마법을 사용하게 되면 빨리 도착할 것 같아서요."

가장 걱정되는 부분은 이점이었다. 우리가 이 북쪽에 빠르게 도착한 것처럼 탄시즈의 군대도 순간이동 마법을 사용하면? 적어도 정예병만 이베르크 영지에 먼저 도착한다고 해도 문제일 거였다.

"그 점은 걱정하지 않아도 될 거예요. 황실과 대공가는 몇 대 전에 순간이동에 대한 불가침 조약을 맺었어요. 다시 말해 황실의 군대는 순간이동을 이용해서 침입이 불가하단 말이에요."

세레나가 가볍게 손을 흔들자 허공에 지도가 떠올랐다. 커다란 후라이팬 같은 모양의 제국 대륙이 한눈에 보였다.

"수도와 대공령 사이는 이렇게나 멀고, 양측 다 순간이동이 불가하지요. 만약 이를 강행하려고 해도 방법은 없어요. 이베르크와 황실 사이의 중간 영지 이상으로는 이동할 수단이 없으니까요. 더구나 이 중간 도시에서 대공령까지는 다시 한 달쯤 걸려요. 괜히 북쪽 구석 영지가 아니지요."

세레나의 말에 첼시는 황실에 대한 불만이 많아 보이는 얼굴로 고개를 끄덕였다.

"이 여정의 목표는 '군단장'의 사냥이지만…… 사실상 더 중요한 건 귀환 시기일 거예요."

첼시가 혀를 차며 "고생 한번 힘들게 시키는군요"라고 덧붙였다. 세레나의 시선을 따라 지도를 한참 응시하던 나는 고개를 천천히 들었다.

"그러니까 정리하면 우린 한 달 내로 대공령으로 돌아가야 한다는 얘기예요."

세레나가 지도를 빤히 바라보다가 고개를 갸웃 기울였다. 그녀의 손가락이 잠시 지도 한 곳을 쭉 훑었다.

"확실히 우리가 돌아가기 전에 여기 '이베르크 성'이 함락된다면. 손쓸 틈도 없이 곤란해지겠지만요."

세레나의 의미심장한 말에 괜스레 어깨가 떨렸다. 그녀가 의도하고 말을 한 것인지 알 수는 없지만 의외로 원작은 세레나가 말한 것처럼 흘러갔다. 이베르크 영지는 황실의 군대에 치명적인 일격을 받게 되니까.

그녀가 말한 것처럼 성이 함락되는 것은 아니지만 리녹의 진영에 커다란 구멍을 뚫어놓는 결과가 되었다. 리녹이 상처 입고 굳건하던 대공가 기사단 전열이 흐트러질 정도로. 어쨌거나 나는 그 결과를 막기 위해 이 자리에 있는 거고.

'폭주'가 절대 오게 해선 안 돼.'

원작에서는 아마 시간 내로 도착하지만, 기습을 받게 된다. 기습은 말 그대로, 상대의 방심을 노리는 것이니 내가 알고 있는 이상 대비는 어렵지 않을 거다.

나는 지팡이를 꾹 쥐었다가 놓았다. 리녹이 내게 빌려주듯 건넸던 지팡이는 어느새 내 것이 되었다. 돌려주려고 했더니 리녹이 사용하라며 완전히 넘겨주었으니까.

"특이한 지팡이네요?"

세레나의 말에 상념에서 깨어났다. 한 꺼풀 벗겨진 듯 또렷해진 시야 속, 세레나가 지팡이를 신기하게 올려다보고 있었다. 지팡이는 현재 조그마한 그녀의 신장보다 훨씬 컸다. 세레나를 따라 나의 시선도 내 지팡이를 향했다. 내 키만큼이나 크다고 해야 할까. 아니, 지팡이의 막대기 부분만 해도 머리까지 왔으니 보석 부분을 포함하면 실제로 더 클 거다.

"게다가 끝에 달린 건 굉장히 커다란 마석이고."

지팡이 끝에는 보석이 허공에 둥둥 떠 있었다. 보석의 색은 겨울 하늘을 닮은 서늘한 하늘색이었다. 얼음 같은 색 속에서 오묘한 하늘빛이 반사되곤 했다. 허공에 둥둥 뜬 보석 말고도 옆에 잘게 늘어진 보석은 좀 더 진한 푸른색이었고, 이 보석을 감싸듯 날개 형상을 한 은이 보석을 향해 뻗어 있었다. 총평을 하자면, 우아하고 멋스러운 형태였다.

확실히 이렇게 자세히 볼 겨를은 없었다. 하루가 멀다하고 훈련이니 대련이니 굴러다녔으니.

"어디에서도 보지 못한 형태예요. 적어도 요즘 시대 것은 아니겠네요."

"그래요?"

세레나가 끄덕이며 가장 꼭대기 허공에 둥둥 뜬 보석을 가리켰다. 보통의 마법사는 지나치게 큰 마석을 사용하지 않는다고.

"한계 이상의 마력을 다룰 수 없을 테니까요. 신기하네. 이건 에이미처럼 마력이 많은 사람을 위해 만들어진 것 같아요."

그 말에 나는 리녹이 내게 이 지팡이를 줄 때를 떠올렸다.

'이거⋯⋯. 분명 이베르크의 비밀 서재에서 가져온 거라고 했지?'

비밀 서재에서 가져온 걸 이렇게 줘도 되냐고 기함했었지. 적어도 그 고대 주문 자료가 잔뜩 있는 비밀 서재에서 나온 지팡이라면 가문의 보물쯤 될 거라 생각했으니까.

'실제로 그쯤 되지 않을까⋯⋯.'

하양이의 기억에서 엿본 경험으로 말하건대, 이건 굉장히 중요한 물건이 맞을 거다. 무려 초대 대공이 쓰던 물건이니까.

지팡이를 가볍게 흔들자 자그만 보석이 부딪치며 맑은 풍경 소리를 냈다. 세레나는 아주 호기심 어린 얼굴로 지팡이를 보았다. 한번 들어보겠냐고 권하자 망설임 없이 받아들었지만 이내 지팡이 무게에 낑낑대며 비틀거렸다.

콰당.

결국은 몸이 기우뚱 넘어가고 말았다. 세레나가 바닥에 넘어진 채 눈을 깜빡였다.

"헉, 괜찮으세요? 이게 왜 이러지? 내가 들 땐 가벼웠는데⋯⋯."

"괜찮아요."

세레나가 내가 다시 든 지팡이를 보며 코를 살짝 찡그렸다.

"그 지팡이에 마법이 걸려 있거나, 에이미가 무의식중에 마법을 쓰고 있는 것 같아요."

"어떤 마법이요?"

"가벼워지는 마법 말예요."

그녀의 말에 지팡이를 휘휘 저었지만 내게는 무게가 전혀 느껴지지 않았다. 묘한 기분이긴 했다. 이제야 깨달았으니까. 나는 일단 지

팡이를 기둥에 세워 놓고 세레나에게 손을 내밀었다. 그런데 세레나
는 내 손을 멀뚱하게 쳐다보기만 했다.

"스승님? 안 일어나세요?"

세레나가 그제야 반응을 보였다.

"……아. 잡으라고 뻗은 거였나요?"

"네? 네. 당연하죠."

아이의 눈꺼풀이 움직였다. 팔랑. 어린 나비의 날갯짓처럼 느린
움직임이었다.

"그렇구나. 이런 일은 처음이라 당황했네요."

"처음이요?"

"네."

세레나가 소녀의 모습으로 나를 올려다봤다.

"나는 넘어질 일이 없었으니까요."

"아…… 그럴 리가요? 스승님도 사람인데. 실수도 하고 음…….
넘어질 수도 있지 않을까요?"

"미숙할 때를 말하는 건가요?"

소녀가 차분한 눈으로 물었다. 늘 생각하는 건데 어려지면 눈도
속도 전부 어려지는 리녹과 다르게 세레나의 눈빛은 다 큰, 혹은 많
은 것을 알아버린 어른의 것이었다. 어리지만 시선 속에 산전수전
모두 겪은 여자가 담긴. 가끔 그 점에 괴리감이 느껴질 때가 있었다.
지금처럼.

내가 끄덕이자 소녀는 눈을 휘며 입술을 열었다.

"내가 미숙할 때에는 옆에 아무도 없었어요."

씁쓸하게 느껴지는 내용과 다르게 맑고 청아한 목소리는 오히려

틈이 맞지 않는 퍼즐처럼 불편함을 느끼게 했다.

그녀는 뛰어난 재능이 있단 이유만으로 아주 어린 시절부터 마탑에서 지내야 했다. 가족들은 그녀를 외면했다. 이후에도 여성 대마법사로서의 그녀의 삶은 휘광이 일었다. 그녀의 가문과 아비는 늘 그녀를 헐값에 팔려고 했으며, 상류 계층은 그녀를 배척했다.

외로움을 알고 차별을 겪었으며, 그럼에도 세상의 폐단 속에서 선량함을 잃지 않은 그녀. 그래서일까, 이 순간 기묘한 안타까움을 느꼈다. 마물을 베며 수많은 이들을 구했을지도 모를 영웅이 누군가 뻗은 손을 붙잡는 것을 어색해하는 반응 때문이었을 거다.

나는 느리게 건넨 손을 망설임 없이 붙잡아 일으켰다.

"그럼 앞으로는 제가 일으켜 드려야겠네요."

"에이미가요?"

"네."

나는 조그만 손을 꼬옥 쥐었다가 놓았다.

"기왕 제자 들인 거, 공짜 인력이라 생각하고 부려주시면 감사하구요."

세레나에게 밝은 웃음이 절로 튀어나왔다.

"이것도 인연이잖아요? 스승님과 제자."

나는 그 무엇도 느끼지 못한 척 웃어 보였다. 언젠가 나에게 내 부모님이 계시지 않는 것으로 상상의 나래를 펼치며 연민을 건네던 사람을 만났던 때처럼. 잘 알지 못하면서 섣불리 동정하는 것은, 오히려 배척하는 것과 다를 바 없었다. 이는 나의 개인적 경험에서 비롯된 생각이기도 했다.

"아. 다시 출발하겠네요."

그리 멀리 떨어지지 않은 곳에서 산맥의 결계를 해제하는 리녹이 보였다. 리녹 혼자서라면 괜찮지만 이 인원을 모두 데려가려면 필수라고 했나? 아이는 오래전 도서관에서 책의 마법을 해제할 때처럼 허공에 뜬 마법진에 손을 가져다 댔다.

휘이잉. 아지랑이가 바람과 함께 푸른색으로 일렁이며 아이를 감쌌다. 공기마저 달라진 마력의 밀도가 그를 신비롭게 보이게 했다.

한참을 바라보고 있는데, 문득 얼굴에 닿는 시선이 느껴졌다. 고개를 돌리자 세레나가 날 바라보고 있었다.

"스승님? 왜 그러세요?"

세레나가 미소 짓는 얼굴 그대로 고개를 가로저었다. 그녀의 얼굴에서 천천히 미소가 사라졌다.

"그냥 알 듯 말 듯해서요?"

"무엇이요?"

"글쎄요……. 리녹 이베르크가 나와 달라진 이유랄까요?"

처음으로 미소를 거둔 얼굴은 신기하게도 어린 리녹과 닮아 있었다. 혈육이라도 된 양 이목구비가 닮았다는 것이 아니다. 오후의 빛이 아롱진 얼굴은 전에 리녹에게서 언뜻 보았던, 체념 섞인 피로감이 스쳐 지나간 얼굴이었다. 표정이 사라지고 인형처럼 느껴지는 얼굴. 그러나 소녀는 언제 그랬냐는 듯이 방긋 웃어 보였다.

"갈까요?"

내게 청아한 목소리로 물으면서.

"어린 대공 쪽이 결계를 열었으니 조금 상태가 불안정할 거예요. 가서 봐야겠네."

자박자박. 세레나가 나보다 앞서 결계가 열린 곳으로 향했다. 그녀의 등을 바라보다가 문득 나는 어처구니없는 의문을 떠올렸다.

생각해 보면 세레나에게도 과거와 상처가 있었는데 원작은 그녀를 지나치게 밝고 선량한 사람으로 그리지 않나? 그렇다면 그녀 또한 원작과는 다른 모습으로 이 자리에 있는 걸까?

원작을 생각할수록 잘 맞지 않는 홈을 이어붙이는 기분이 들었다. 하지만 의문은 다시 이어진 여정으로 인해 오래가지 않았다.

"아가씨!"

"아, 네! 갈게요!"

우리는 그렇게 산을 걸어 이틀 후.

불새의 둥지, 즉 무닌과 후긴의 영역에 도착했다.

△

"와."

나는 연신 고개를 이리저리 돌려 둘러보기 바빴다. 그도 그럴 것이 몸에서 따끈따끈한 열감이 느껴질 만큼 공기가 훈훈한데 주변엔 여전히 눈이 도처에 존재했으니까.

"정말 신기하네요. 따뜻해."

"그렇죠?"

옆에서 첼시가 첫 재롱 잔치에 나간 딸을 보듯 나를 보고 있음을 알았지만 구경을 멈출 수가 없었다. 후후 불면 부는 대로 나오던 입김도 사라진 지 오래였다. 모두 따뜻한 털 망토를 벗고 있었다. 신기한 것은 바닥엔 눈이 쌓여 있는데, 타닥타닥 나무 위에서 타고 있는 불꽃들이었다.

"예쁘지요?"

"네. 불이 나무 위에 핀 꽃 같아요."

첼시가 옆에서 바로 저게 불새의 영역이란 증거라고 말해주었다.

"산맥 안쪽까지 들어가기 가장 좋은 루트지요. 그래서 대장님도 불새와는 되도록 좋은 관계를 유지하려 하시고요."

리녹은 하얀 산맥의 관리자로서 산맥 내에서 인간이 할 수 있는 관리, 즉 마법 생물 간의 다툼을 중재하거나 마수와 마물의 개체 증감을 관리했다. 특히 마수 사냥은 그의 주 업무로서, 대공기사단 일부가 일 년 내내 이곳에 상주하는 이유기도 했다. 첼시는 산맥 거주팀을 이끌던 부대장이기도 했고, 그래서 산맥 곳곳에 대해 아주 잘 알았다.

"첼시는 그럼 불새, 아니, 무닌과 후긴을 직접 본 적도 있겠네요?"

"네. 물론이죠. 직접 술을 건넨 적도 있는 걸요."

그렇게 말하며 목 끝을 긁적였는데, 그리 말하는 첼시의 표정은 좋지 않았다.

"표정이 왜 그래요, 첼시?"

"아……. 솔직히 좀 그런 게 있습니다. 그 불새는요."

"그런 거?"

"으음, 보시면 아실 건데. 아니, 아가씨는 볼 일 없으시려나요."

첼시가 무언가 설명하려고 애를 썼지만 알아들을 수는 없었다. 결국 첼시가 자신의 뺨을 감싸 쥐고 "저주받은 표현력!"이라고 외치며 자조할 쯤, 일행이 멈춰 섰다.

앞을 바라보자 거대한 동굴이 보였다. 동굴 바로 옆에는 버드나무와 비슷하게 생긴 나무가 흐드러져 있었다. 리녹과 세레나가 서 있는 곳 바로 앞까지 긴 잎이 늘어져서 살랑살랑 흔들렸다.

"여기서 만나는 거예요?"

"네? 아 네. 맞아요. 술을 두고 가면 음, 그대로 길만 열릴 때가 있고. 내킬 때는 나오기도 해요."

내킬 때? 고개를 갸웃했다가 이내 첼시의 옷자락을 잡았다.

"우리도 가까이서 봐요."

첼시는 영 내키지 않은 기색이었지만 내 표정에 못 이겨 걸음을 옮겼다. 앞으로 가던 중에 그레이와 시선이 마주쳤지만 그레이도 잠시 놀랄 뿐 제지하지는 않았다. 무닌과 후긴이 위험하지는 않은 모양이었다.

그렇게 막 앞으로 가서 어린 리녹의 어깨를 잡을 때였다. 쿠르릉. 땅이 흔들렸다. 손가락을 그대로 접고 다른 손으로 바로 옆에 있던 첼시의 옷을 붙잡았다. 나를 보호하려 뻗은 첼시의 팔 밑으로 거대한 눈동자를 본 것 같았다.

그러나 그것도 잠시, 뭔가 보았다고 생각했던 자리에 깃털이 흘러내리고 있었다. 허공에 떨어지는 깃털은 불꽃으로 화르륵 산화해 그대로 사그라졌다.

깃털이 사라진 자리엔 커다란 남자가 서 있었다. 팔랑거리는 옷자락은 꼭 도포 자락같이 소매통이 넓고 발목까지 내려오는 긴 천으로 이뤄져 있었다. 마치 고대 그리스의 복식같이 브이 홈으로 파여 맨 가슴이 그대로 보였다.

나는 눈앞에 보이는 남자의 형상에 눈을 깜빡였다. 잘못 본 것이 아니었다. 남자는 분명 바로 앞에 있었다. 눈 깜짝할 사이에.

[왜 이리 소란스러운가 했더니.]

붉은 장발을 가진 남자는 머리를 부드럽게 쓸어 올렸다. 붉은 머리 곳곳에 금빛이 섞여 있었다. 그리고 눈을 떠 나를 바라보는 눈동자는 신기하게도 검은색과 금색이 오묘하게 섞인 색이었다. 이런 걸 오드아이라고 하던가?

[귀한 손님이 왔군그래?]

언젠가 한 번 들어본 펜릴의 음성처럼 머릿속을 둥둥 울리는 낮고 부드러운 음성이었다. 펜릴의 소리와 다르게 노래를 부르는 듯 감미로웠다.

불꽃이 수놓아진 듯 붉은 무늬가 새겨진 옷은 팔랑거릴 때마다 자그만 불꽃이 뚝뚝 떨어졌다. 설명하지 않아도 이 남자가 무닌과 후긴 중 하나라는 건 충분히 느낄 수 있었다. 그런데 왜 나만 이 남자 앞에 끌려왔는지는 알 수 없었지만.

"에이미!"

슬쩍 돌아보자 경악 반, 당황 반으로 내쪽을 보는 눈이 느껴졌다. 그리고 심상찮은 마력을 피워 올리는 어린 리녹까지.

남자는 옷에서와 마찬가지로 손의 살갗에서도 불꽃이 뚝뚝 떨어졌다. 그러나 손이 닿았지만, 전혀 뜨겁지 않았다. 남자가 그대로 내 손을 들어 올린 채로 리녹을 향했다.

[선지자로군.]

그 목소리는 아주 작아 바로 옆에 있던 내게만 들렸다. 남자는 그대로 고개를 들어 올렸다.

[대공, 이쪽도 내게 주는 선물인가? 즐겁게 받지.]

남자의 입술이 부드러이 올라가며 내 손등을 향했을 때였다. 눈앞에서 남자의 모습이 씻은 듯이 사라졌다. 그리고 그 자리를 커다란 검이 횡으로 갈랐다.

"……씹어 먹어도 시원찮은 소릴 하는군. 언제부터 내가 사람을 바쳤지?"

밤의 리녹이었다. 한 손에 검을 쥔 채 내 어깨를 감싼 리녹이 한곳을 살벌하게 응시했다. 살짝 시선을 돌리자 뺨에 문양이 그려진 루센이 숨을 몰아쉬고 있는 것이 보였다. 모습을 바꾼 거구나.

리녹이 바라보고 있던 자리에 불꽃이 사람 크기만큼 확 일어났다가 사라졌다. 그 자리에 다시 남자가 나타났다.

촤르륵.

남자가 나타나기 무섭게 바닥에서 나타난 검푸른 마법진과 쇠사슬이 남자를 옴짝달싹 못하게 묶었다.

[이런, 너무한데. 관리자의 권한을 남용하고 있지 않나, 이베르크.]

남자가 쇠사슬을 보더니 곤란하다는 듯 눈을 찡그렸다.

"이쪽은 네가 건드려도 될 사람이 아니다, 무닌. 내게 했듯 장난질 친다면 이번에야말로 권한을 사용하겠다."

[그건 그만두면 좋겠군. 이쪽도 사정이 그리 좋지 않아서 말이지.]

남자가 천천히 손을 들어 올려 보였다. 이에 남자를 구속하고 있던 쇠사슬의 숫자가 줄어들었다. 남자는 완전히 사라지지 않은 쇠사슬을 보며 헛웃음을 지었다.

[다 안 풀렸잖아, 대공.]

그러나 이미 리녹은 남자 쪽을 향해 시선을 조금도 주지 않은 상태였다.

"에이미, 손수건은 필요하지 않나? 물은?"

"네?"

리녹은 내 손에 시선을 빼앗긴 뒤였다. 정확히는 저 남자가 잡았던 손. 리녹이 당연하다는 듯이 눈을 느리게 깜빡였다.

"씻어야 하지 않은가."

"아…… 닿은 손을요?"

리녹이 거세게 끄덕였다. 그러고는 이를 갈며 남자를 노려보는데, 이 순간 리녹에게 귀와 꼬리가 있었다면 분노를 드러내듯이 빳빳하게 서 있을 것 같았다. 그는 할 수만 있다면 전신 소독을 시켜주고 싶은 얼굴이었다.

나는 잠시 얼떨떨하게 그를 보다가 얼음을 일으켜 물을 만들었다. 리녹은 그 물에 기어이 손수건을 적셔서 닦고 나서야 살짝 표정을 풀었다. 남자는 쇠사슬에 묶인 채로 기가 막힌다는 듯이 이쪽을 바라보고 있었다.

[거, 내가 이래 봬도 정화의 불을 다루는 무닌이다. 더럽지 않다만?]

"오염된다."

[이거. 이거 가만 보니……. 네 할아비보다 중증이로구만?]

남자가 턱에 손을 가져다 댄 채 혀를 찼다. 그러고는 아직 자신의 목을 감싸고 있는 쇠사슬을 쥐고 흔들었다.

[매력적인 인간을 만나 호감을 표현했기로서니, 이런 대우는 너무하지 않은가?]

"……봉인되기 전에 할 말은 그뿐인가?"

[……닥치라는 말을 박하게도 하는구나. 싹퉁머리 없는 놈. 내가 네 할아비의 할아비의 할아비 되는 인간이 기어 다니던 적부터 보았다!]

"인간으로 치자면 네 나이의 인간이 에이미에게 그딴 식으로 접근하는 걸 흔히 범죄라고들 하지."

리녹이 차갑게 일갈하자 남자가 더욱 이상한 표정을 지었다.

[살다 보니 네가 이리 길게 말하는 걸 다 보는구나. 네가 그 이베르크가 맞느냐? 아들놈인가?]

리녹은 말이 없었다. 대신 남자를 거머쥔 쇠사슬의 개수가 늘어났다.

[알았다! 이익, 이 성질머리 같으니. 같은 놈이 맞구나!]

남자가 소리를 질렀다. 그러고는 시선이 나를 향하는 것 같았다. 인간의 것이 아닌 길쭉한 동공이 가늘게 좁혀졌다. 이와 동시에 리녹이 나를 끌어안았다.

"쳐다보지 말지?"

[이 독한 집착과 독점욕은 선대와 다를 바가 없구나. 초대와 똑같아!]

의도치 않게 다시 한번 이베르크 가문력을 알게 된 나는 리녹의 품에서 어색하게 웃었다. 분명 한 번쯤 보고 싶었던 불새, 불의 까마귀인데 위엄이란 찾아볼 수 없는 만남이 되어버렸다 생각하면서. 뭐랄까, 리녹이 무닌을 취급하는 방식이 어쩐지 익숙하다고 할지.

[악! 악! 쇠사슬 좀 줄이거라! 무겁다!]

……왜 펜릴의 코를 때리던 내 모습이 생각날까.

[무닌이다.]

잠시 후, 실랑이 끝에 모든 사슬에서 벗어난 남자가 예의 낮고 감미로운 목소리로 인사했다. 그러나 조금 전에 보인 모습으로 인해 이미 위엄은 저 멀리 날아간 뒤였다.

"에이미 라미아스예요."

이거 나한테 인사한 거 맞는 거겠지? 살짝 옆으로 둘러봐도 무닌의 시선은 오직 내게로만 꽂혔다. 내게 한 게 맞는 모양이었다.

날이 살짝 저물어 일행은 무닌의 둥치 근처에서 하룻밤을 보내기

로 결정했다. 듣자 하니 이렇게 머문 일이 많다고 한다. 오늘도 머물
예정이었고.

[첫 만남부터 보기 좋지 않은 모습을 보였군.]

무닌이 양쪽 색이 다른 눈동자를 느리게 깜빡이며 말했다. 신기하
게도 금색 눈동자에선 검은색 띠가, 검은색 눈동자에선 금색 띠가
만들어지고 사라지기를 반복했다.

[너희 인간 사회에서 남성이 여성의 손등에 입을 맞추는 것을 예
의 바른 인사라 한다지?]

정확하게는 귀족 사회에서 통용되는 예법이지만…… . 난 일단 그
렇다고 고개를 끄덕였다.

"네. 맞아요."

내 말에 무닌이 잠시 손을 뻗었으나 그보다 먼저 내 손을 잡아챈
이가 있었다.

"건드리지 마."

내 손을 꼬옥 쥔 어린 리녹이 사나운 어조로 말했다. 제한 시간이
지나 루센의 마법이 풀린 리녹은 다시 낮의 모습이었다. 해가 막 질
무렵이니 곧 밤의 모습이 되겠지만.

아이는 털이 있었다면 빳빳하게 세웠을 것 같은 잔뜩 경계 어린
모습이었다.

[……성질 하고는. 안 잡는다.]

"쳐다보지도 마."

[네놈들 이베르크의 형질은 약속이라도 하듯이 빼닮는구나.]

무닌이 이미 그 소리는 조금 전에도 하지 않았느냐며 쯧쯧, 혀를
찼다. 리녹이 낮과 밤끼리 서로를 기억 못한다는 걸 아는 듯했다. 조

금 전처럼 리녹을 도발하듯이 행동하지는 않았단 얘기다.

어린 리녹은 금방이라도 다 뒤엎을 것처럼 살벌한 모습이긴 했다. 정확히는 일렁거리는 거대한 마력이.

[마력 좀 줄이거라. 이 산맥의 마력이 전부 관리자의 뜻을 따르는 걸 모르느냐.]

"에이미 쳐다보지 말라니까."

[안 봤다! 네놈을 보고 있지 않느냐!]

무닌이 벽창호가 따로 없다며 미간을 찡그렸지만, 몸은 착실히 우리에게서 두 걸음 떨어졌다.

[나는 네놈이 무서운 게 아니라 쇠사슬이 귀찮아서 움직인 거다. 알겠느냐!]

······왜 저 모습이 내가 때려도 아프지 않다고 큰소리치던 펜릴의 모습과 겹쳐 보일까.

무닌이 크흠 헛기침을 하더니 다시 표정을 가다듬었다. 나를 향하는 시선에 리녹이 움찔했지만, 나는 얼른 리녹을 붙잡아 토닥였다. 가만 보니 남자가 자꾸 나를 보거나 말을 하려는 것이 내게 할 말이 있어 보였다.

[이야긴 들었다.]

"이야기요?"

[그래. 선지자.]

'선지자'란 단어에 잠시 움찔했지만 잠깐이었다.

"죄송하지만 누구에게 이야기를 들었다는 말씀이세요?"

[아. 그 말을 잊었군. 펜릴에게서 들었다. 영역 관리자끼리는 이런저런 이야기를 주고받기도 하지. 그놈 자식 자랑에 네 얘기가 있더군.]

캉캉!

이동하기 편하게 본래의 강아지 형태로 돌아온 하양이가 높게 짖었다. 자기 얘기를 한 걸 알아챈 듯이. 나는 하양이의 배를 받쳐 올려 앞발을 붙잡았다.

파아앗.

곧 손에는 강아지 대신 새하얀 은발을 가진 아이가 안겨 있었다. 사람이 된 하양이가 자그만 손을 치켜들고 무닌을 손가락질했다. 그러고는 다른 손으로 내 옷을 꾸욱꾸욱 잡아당겼다.

"예이미, 저건 나뿐 까마귀다!"

"무닌…… 님을 말하는 거야?"

하양이가 마구 끄덕였다.

"교화란 놈!"

[저놈의 아비가 이상한 걸 가르쳤군. 아니, 아비가 하는 말을 그대로 하는 건가?]

발음이 샜긴 하지만 교활한 놈, 하고 말한 것 같은데 무닌은 그 반응을 순순히 받아들였다.

"틀린 말은 아니군."

낮고도 익숙한 음성에 시선을 틀자, 허리 사이로 단단한 팔이 휘감겼다. 어느새 밤의 모습이 된 리녹이 전보다는 침착하게 앞을 응시하고 있었다.

"까마귀들이 교활하고 간사한 것은 익히 알려진 이야기지."

단단한 가슴이 등 뒤에서 느껴졌다. 따뜻한 품에 상황도 잠시 잊고 노곤하게 늘어지는 기분이었다.

무닌은 이번에도 동요 없이 나와 리녹을 응시할 뿐이었다. 팔을 움직이며 팔짱을 끼자, 긴 소매가 팔랑거리며 물결처럼 흐물거렸다. 그는 낮의 리녹이나 밤의 리녹이나 일괄적으로 자신을 지탄하는 데도 태연했다. 사람 형상을 하고 있지만 인간이 아님을 알려주는 것 같았다.

[너를 꼭 한번 보고 싶었건만, 이베르크가 절대 안 될 일이라 못을 박더군.]

오히려 무닌은 나를 보면서 하고 싶었던 말을 툭 뱉었다. 이리도 태연하니 나도 덩달아 리녹의 눈치를 보다 말고 눈을 끔뻑였다.

"저를요?"

[그래. 이베르크에게 두어 번 뜻을 전달했다. 모두 안 된다고 했지.]

그런 말은 들은 적이 없는데? 하지만 리녹이 그렇게 나온 것도 이해했다. 리녹이 밤낮 할 것 없이 똑같은 이야기를 하는 데에는 분명 이유가 있을 테니까. 그리고 이 까마귀에게 호되게 당했던 일이 있었던 것 같기도 하고.

"저를 왜 보고 싶었는데요?"

[선지자는 나와 같이 오래 산 짐승들에게도 신기한 존재이지.]

무닌이 입술을 끌어당겼다. 그의 소매 끝에서 불꽃이 타닥타닥 튀었다. 그때였다. 주변으로 거대한 불꽃이 일더니 그대로 하늘로 솟구쳤다. 불의 벽은 나와 리녹에게 아무런 해를 끼치지 않았으나 더는 밖이 보이지 않았다.

[운명으로 돌아가는 이 세계에서 유일하게 운명을 뒤집을 수 있는 존재일 터, 어찌 궁금하지 않겠나.]

타닥타닥. 타오르는 불에 갇혀 있으니 불안함이 들지 않을 수는 없었다. 그러나 나를 감싸 안은 손이 작게 토닥였다. 쉬이, 괜찮다고 토닥이듯이. 리녹은 이게 소리와 모습을 차단하는 결계일 뿐이라고 설명해 주었다. 그 말에 나는 안심하고 힘을 뺐다.

[그대는 나와 같은 존재도 평생에 몇 번 보지 못하는 것을.]

암만 신기하다고 해도 그렇지, 그렇다고 사람을 동물원의 동물 취급하듯이 이렇게 가둬야겠냐고. 밤중에 언니의 모습으로 변해서 나타난 펜릴도 그렇고. 오래 산 짐승들은 다 이런 식인가 보다.

불의 벽 때문인지 나는 조금 긴장하고 있었다. 그렇지만 뒤를 든든히 받쳐 주는 리녹 덕에 침착하게 앞을 응시할 수 있었다. 불꽃이 너울너울 춤을 추는 사이에서 불로 만든 것 같은 옷자락이 나풀나풀 흔들렸다.

[선지자여, 내게 필요한 것은 없나? 소원은? 원하는 것이 있다면 말해보라.]

갑작스러운 말이었다. 아니, 물어본다면 갖고 싶은 거야 있긴 한데……. 말을 하려다 말고 멈칫했다.

이렇게 갑자기?

"그건 갑자기 왜 물으시는 건가요?"

[선지자에게 은혜를 베푸는 건 내게도 이득이지.]

색이 다른 눈동자가 가늘게 휘어졌다. 위엄 있는 모습이 사라지고 피에로의 가면처럼 왜인지 야릇하고도 야살스러운 느낌이 드는 미소였다.

펜릴 또한 때때로 무게를 잡으면 긴장감을 자아냈었지. 무닌은 웃고 있는데도 왠지 등골이 오싹했다. 진정하자. 등 뒤로 느껴지는 체온을 믿고 떨림을 가라앉혔다.

"그것뿐인가요?"

내가 알기론 대가 없는 호의는 없다. 그런 호의는 다른 이름을 가졌다. 바로 사랑이다. 하지만 이 상황에서 무닌이 그럴 리 없으니.

[무슨 말을 하는 건가?]

"제게 원하는 것이 있으신 건 아니고요?"

오래 산 짐승도 자주 보지 못하는 것이 선지자라고 했지. 신기함에 그치지 않고 은혜를 베풀고 싶다고 했다. 선지자에게 빚을 지워두는 것이 이득이라면 펜릴도 그렇게 했었겠지. 하지만 그러지 않았다. 어디까지나 추측이지만. 결론은, 내게 은혜를 베풀어 빚을 지워두고 싶은 이유가 있다는 거다.

[오호라.]

턱을 잡은 무닌이 눈을 가늘게 접고 고개를 기울였다.

[머리가 나쁘지는 않구나.]

머리가 있는 사람이라면 조금만 생각해도 나와 같은 결론에 도달할 겁니다. 나는 말없이 눈빛으로 답했다.

[확실히 펜릴로부터 네 이야기를 듣는 순간, 부탁하고 싶은 것이 있었지.]

무닌의 손에서 얇고 긴 파이프가 만들어졌다. 끝이 활활 불타며 연기를 내뿜는 것이, 꼭 담배처럼 생긴 생김새였다. 무닌은 끄트머리를 입술에 물고는 파이프를 까딱였다. 담배 끝에서 연기가 뭉게뭉게 피어올랐다.

[그 얼굴을 보아 네게도 내게 원하는 것이 있는 모양이구나.]

나는 뜻을 숨길 생각이 없었기에 침묵으로 대꾸했다. 피차 서로가 필요한 게 있는 걸 안 이상, 이야기가 빨리 진행되면 좋지. 오히려 아주 오래 산 짐승이라는 무닌에게 필요한 것이 무언인지 궁금할 지경이었다. 그나저나, 무닌이 입에 문 게 정말 담배인지는 모르겠지만 연기가 풀풀 남에도 불쾌한 냄새는 느껴지지 않았다.

[나부터 이야기해 볼까. 맞아. 나는 선지자에게 꼭 부탁하고 싶은 것이 있지.]

무닌이 한 손으로 담배를 잡고 다른 손을 넓게 펼쳤다.

[운명을 뒤집는 선지자밖에 할 수 없는 일이라……. 거기다 목숨을 걸어야 하는 일이니, 네가 되도록 내게 아주 귀한 것을 바라줬으면 하는 마음인데 어떤가.]

연신 휘어지는 눈을 보며 나는 리녹과 대공저 사람들이 줄곧 말하던 '교활하다'라는 말을 떠올렸다. 이상하게 그 말이 딱 어울리는 얼굴이었다.

"거절하지."

리녹이 나를 대신해서 대꾸했다. 그의 분노는 저기 솟구친 불처럼 겉으로 드러나지 않았지만, 깊고 무거운 눈동자가 살벌하기 짝이 없었다.

[거절한다? 반려의 결정을 네가 한 것은 둘째 치고. 내 뜻을 거슬러 좋을 것은 없을 텐데, 이베르크. 너는 내 허가를 받아 내 영역을 지나쳐야 할 텐데?]

"간사하게 혓바닥을 놀리는군. 네 영역을 지나치지 않아도 길은 얼마든지 존재한다."

리녹이 경고하듯 덧붙였으나 이는 나도 알았다. 무닌과 후긴의 영역은 군단장 발견 지역으로 가는 최단 루트였다. 더구나 기후가 온난해 이동하기에는 더없이 좋은 조건이었다. 이곳이 아닌 곳은 굉장히 춥고 땅이 얼어붙어 시일을 다투는 지금의 상황에선 그곳을 시간 내로 빠져나갈 수 있을지가 미지수, 아니, 도박에 가깝다.

　[하지만 내 영역을 통해 가지 않으면 곤란해지겠지.]

　무닌의 눈이 더욱 깊게 휘어졌다.

　[이것만은 네가 관리자의 능력을 발휘하더라도 강제할 수 없는 나의 권한.]

　조금 전 쇠사슬에 묶여 꽥꽥 소리를 지르던 때와는 전혀 다른 모습이었다.

　[그래, 내 영역을 지나고 싶은 이유가 뭐지?]

　"저희는 이 산맥에 있는 마수 '군단장'을 사냥하러 왔어요."

　대답한 것은 나였다.

　[군단장? 아……. 그 최근에 들어온 예사롭지 않은 것들을 말하는 건가.]

　왜인지 무닌은 담배를 문 채 잠시 생각에 잠기고는 이내 시선을 옮겼다.

　[선지자, 네가 날 도와준다면 그 군단장이란 것들의 정확한 위치를 알려주지.]

　"알고 계세요?"

　[막 내 영역을 지났으니.]

　본래라면 군단장 최초 발견 지역에서부터 세레나가 추적 마법을 쓰기로 되어 있었다. 무닌의 말대로라면 시간을 더욱 줄일 수 있는 좋은 기회였다.

　"리녹, 진정하고 일단 들어나 봐요."

　나는 일단 리녹이 움직이지 못하게 그의 손을 꼬옥 쥐고는 무닌을 향했다.

"내게 원하는 것이 뭔데요?"

[내 앞에서도 당황하지 않는 인간은 오랜만이군. 이베르크와 펜릴의 영향인가?]

그리 말하며 무닌이 파이프를 뺄어냈다.

[나는 내 운명으로 할 수 없는 일인 나와 내 짝이자 형제인 후긴을 구해주었으면 한다. 지금 나는 병든 몸이지. 본래라면 이 '오염'을 털어내지 못하고 머지않아 죽을 것이나, 이를 바꿀 수 있는 자인 선지자라면 나를 살릴 수 있겠지.]

한 번에 많은 말이 들이닥쳐서 이해하기 힘들었다. 일단 끄덕이자 무닌이 내게 되물었다.

[네가 내게 원하는 것은 무엇이지?]

"당신의 깃털이요."

이에 무닌의 눈이 잠시 커졌다. 그리고는 나와 리녹을 번갈아 보던 얼굴이 씨익 웃었다.

[아하, 저 고대 주문을 풀 생각인가?]

"맞아요."

[그렇다면 말이 빠르겠군. 아는지 모르나 내 깃털은 규칙에 따라 아무에게나 줄 수 없는 물건이지.]

그건 안다. 세레나와 리녹을 통해 들었던 말이니까. 세레나 또한 어떤 과정을 통해 얻었다고 했다.

[네가 원하는 것은 깃털을 얻기 위한 시험인가?]

"맞아요."

이에 무닌은 턱을 한번 쓸어내렸다.

[흠음, 좋아. 내 너에게 바라는 것이 있으니 그냥 줄 수는 없으나

편법을 알려주마.]

"편법이요?"

[그래. 본래 나의 깃털은 과업을 수행하여 성공하면 얻는 것이지. 이 과업은 단 한 가지로 국한되며, 목숨을 위협할 만큼 위험한 것이다.]

무닌이 나른하게 웃으며 설명했다.

[너에겐 특별히 두 가지로 늘려주마. 대신 목숨을 위협하지 않는 선이 될 것이다.]

감미로운 목소리가 유혹하듯이 줄줄 이어졌다.

[목숨을 잃을지도 모르는 한 가지와 어쩌면 네게 있어 소중한 걸 잃을지도 모르는 두 가지.]

"소중한 것?"

[무엇이 될지는 모른다. 인간에 따라 다양하지 않으냐. 사람에서 부터 아주 자그만 보석이나 옷, 리본 따위이기도 하지.]

무닌의 말을 가만히 듣고 있던 나는 미간을 찌푸렸다. 가만있어 봐. ……이게 누굴 빙다리 핫바지로 아나? 살살 꼬듯이 말을 해서 그 냥 넘어갈 뻔했는데. 결국 무닌이 하는 말은 나는 나대로 그의 부탁 을 들어주며, 과업은 과업대로 이루고 깃털을 가져가란 얘기잖아?

소중한 것이란 무닌의 말대로 아주 범위가 넓다. 다시 말해서 목 숨도 소중한 것 범위에 들어간다는 얘기다. 나는 어처구니없는 얼굴 을 했다. 리녹이 이런 말재간에 넘어갔을 리는 없을 거고. 전에도 깃 털로 뭔가 하긴 했었겠구만? 허. 이거 진짜 교활한 새 새끼네.

"받아들이지 않겠어요."

아니나 다를까, 여유롭던 얼굴이 아주 잠시 굳었다. 나타났던 것 보다 빠른 속도였지만 작게 일었던 균열을 똑똑히 목격했다.

[왜지?]

"대신 이쪽에서 제안 하나 할게."

억지로 제 애를 맡겨두고 튀어버린 늑대 새끼와 다를 바 없다는 생각이 드는 순간, 절로 말도 편히 나왔다.

"목숨을 잃을지도 모르는 한 가지도, 소중한 것을 잃을지도 모르는 두 가지도 거절할게."

[…….]

"대신 아무것도 잃지 않는 세 가지는 어때?"

그야말로 말장난이었다. 하지만 거래에서 우위를 잡기 위해서는 허세를 부릴 필요도 있었다. 이를테면 일단 터무니없는 가격을 부르면 상대가 바라는 가격을 알게 된다는 소리다. 언니에 비하면 미숙하지만 제국 곳곳을 도망 다니며 한두 번 흥정해본 것이 아니다.

"이게 아니면 안 해."

[그럼 너도 곤란해질 텐데.]

"뭐 어때. 설마 죽기야 하겠어?"

상대하기 가장 까다로운 상인은 거래가 바로 종료되더라도 손해 볼 것이 하나 없는 사람이다. 물론 이대로 끝내면 이쪽에 불리하긴 하지만, 내가 보기엔 이 짐승들은 의외의 곳에서 인간을 모르는 모습이 보이곤 했다. 물론 예시는 펜릴 하나뿐이었지만.

무닌의 얼굴에 미세하게 금이 가는 것을 보며 알아차렸다. 우직한 이베르크들만 보았을 무닌에게는 이런 류의 인간이 낯설었을 것이라는.

[원하는 게 뭐지?]

"아무것도 잃지 않고 네 깃털을 얻는 거."

[그럴 수는!]

"그래? 그럼 말고."

[이익……!]

무닌이 파이프까지 없애 버리고는 인상을 와락 일그러트렸다. 후, 길게 숨을 내쉬는 무닌이 작게 중얼거린 것도 같았다.

[후긴의 일만 아니었다면 절대 받아들이지 못할 조건이다. 알겠나?]

"그래? 근데 어쩌나. 이쪽도 조건이 바뀌었는데."

[뭐? 방금 전에는 세 가지면 된다고.]

"방금 전에 승낙하지 그랬어."

[…….]

나는 방싯 웃으며 잔뜩 찡그린 무닌의 모습을 응시했다. 그리고 괘씸함은 괘씸함으로 돌려주는 법이지.

"군단장이 있는 곳까지 직접 안내해 줘. 사실 그게 제일 빠르지?"

[…….]

한참 말이 없던 무닌이 침묵 끝에 쓴 숨소리와 함께 끄덕였다.

[아니, 내 생전 인간을 상대로 이런 거래를…….]

그런 그에게 웃어주었다.

"잘 부탁해?"

그렇게 나는 리녹의 마법을 푸는 첫 번째 재료인 불새의 깃털 말고도 내비게이션…… 아니, 안내자까지 얻어내는 쾌거를 이뤘다. 사실 이건 나와 리녹의 성질을 쑤셔놓은 저 새의 자업자득이었지만. 전혀 안타깝다는 생각은 들지 않았다.

그러게 누가 목숨 가지고 흥정하랬나? 빙글빙글 웃으며 가지고 놀려고 하는 방식이 마음에 안 들었다. 이 새 새끼. 나는 어깨를 으

쓰였다. 사실 세세하게 따져 말하자면, 이것도 내가 선지자이기에
가능한 거래였음을 나도 모르진 않았다.

아마도 급했겠지. 숨기려 했겠지만 사실 저 짐승에게서는 여유로
움 사이로 어딘가 모를 절박함이 엿보였다. 그것은 아마 본인이 직
접 이야기했던 병든 몸이라는 것이나 '오염'에 대한 이야기겠지.

그나저나 대체 선지자가 정확히 무엇이기에 이렇게 나오는 걸까.
오래전에 펜릴에게 설명을 한 번 들었지만, 선지자란 존재가 운명을
바꾼다는 한마디로는 이해되지 못한 부분이 존재했다.

그사이 이성이 돌아온 무닌은 불꽃 너울을 마구 일으키며 소리쳤다.

[이베르크! 넌 대체 어디서 저런 반려를 데려온 것이냐!]

애꿎은 리녹에게 소리를 지르면서. 이놈의 새 새끼, 어디서 리녹
한테 성질이야? 가까이 있었으면 코를 때려줬을 거다. 물론 리녹이
그대로 듣고 있으며 당할 인물은 아니었지만 그것과는 별개의 일 아
니겠는가. 하지만 내게 꼭 얻어내고 싶은 것이 있긴 한지, 무닌은 내
가 째릿 노려보자 한걸음 뒤로 물러났다.

나이가 까마득히 많다는 이에게 할 말은 아니지만 확실히 계산이
빠르고 영리해 보였다.

"저기, 이제 그만 이것 좀 열어주지 그래요?"

불의 벽을 가리키자 무닌은 나른한 얼굴에 인상을 쓰면서도 얌전
히 벽을 없앴다. 벽이 사라진 너머로 별이 쏟아질 것 같은 짙은 밤하
늘이 보였다. 무닌과 이야기를 하는 동안 이렇게 시간이 흘렀나? 멀
리서 야영하던 기사들 몇몇이 달려오는 것이 보였다.

때마침 무닌이 말을 걸어왔고, 나는 무닌과 몇 가지 이야기를 나
눈 뒤 그대로 헤어졌다. 헤어졌다고 해 봐야 무닌은 제 둥지로 가고

나는 야영지로 간 거지만.

이후 수뇌가 모인 자리가 만들어졌다. 나는 세레나에게 모든 이야기를 털어놓았고, 세레나는 고개를 끄덕였다.

"무닌이 말한 기간이 맞아요. 그의 말대로라면 시간 내로 돌아갈 수 있어요."

밤이라 리녹을 따라 원래의 몸으로 돌아온 세레나가 자신의 지팡이를 잡고 허공에 살짝 흔들었다. 빛이 흘러나오며 공기 중에 숫자가 그려졌다.

"불의 까마귀가 반드시 조건을 먼저 이행해야 한다고 말을 했다고 했죠?"

"네."

야영지로 돌아오기 전, 무닌이 나를 붙잡고 한 말이 이거였다. 조건은 원하는 대로 승낙할 테니 대신 먼저 이행해야 한다고.

다시 말해 무닌이 바라는 것을 한 가지 들어주며, 동시에 그가 내리는 과업 세 가지를 함께 수행해야 군단장이 있는 곳으로 안내하겠다는 것이었다.

"말했듯 나쁘지 않은 조건이에요. 군단장의 위치를 정확히 안다고 했다면서요?"

"네. 맞아요."

"만약 내가 추적 마법을 썼다면 일주일에서 보름은 걸렸을 거예요. 음, 이건 이 넓은 곳에서 특정 마수를 찾는 일이기 때문에……저희가 '군단장' 찾는 것에 한 달을 예상한 이유기도 하고요. 추적에 가장 많은 시간이 걸릴 예정이었으니까요."

"그럼 무닌 덕에 바로 찾아내게 되면."

"훨씬 이득이죠."

세레나의 말에 기사 수뇌인 그레이와 첼시도 동의했다. 특히나 산맥 전문가인 첼시가 심히 동의하는 기색이었다.

"아가씨, 무닌이 내건 조건과 과업을 이행하는데 걸리는 시간이……."

"3일요."

"예. 3일이라 하셨는데, 정말 3일 안에 가능하다면 확실히 일행 입장에서 좋은 일이긴 합니다."

무닌이 내건 기간은 3일이었다. 그러니까 3일 안에 내가 무닌에게 바라는 것도 줄 수 있고, 과업도 모두 수행할 수 있어야 한다는 얘기였다. 물론 그는 성공해야 된다고 했었다. 도전하게 해준다고 했지, 깃털을 준다고 한 건 아니었으니.

"음, 확실히 이건 재고할 가치도 없겠네요. 할게요."

깔끔하게 결정을 내렸다. 그렇게 말했건만 좋아할 줄 알았던 그레이와 첼시의 표정이 묘했다. 둘은 서로 눈치를 살폈다.

대표로 그레이가 조심스럽게 말을 꺼냈다.

"저, 아가씨……. 정말 위험하지 않은 겁니까?"

"네. 걱정 말아요. 나도 내 생명은 소중한걸요. 무닌이 약조했어요."

"그럼 다행인데 말입니다……."

"아가씨, 그레이의 걱정도 당연해요. 불새는 워낙 골탕 먹이기 좋아하고 교활하거든요. 최대 피해자가 저희 기사단이니 너무 잘 알기도 하고요."

그레이가 맞다며 얼른 고개를 끄덕였다. 두 사람이 걱정하는 것도 이해하지만 결정을 번복할 수는 없었다. 두 사람도 사정을 알아서 염려는 할지언정 만류는 하지 않는 것이고.

"잘은 모르지만 무닌에게 뭔가 손해 보면서까지 이래야 하는 이유가 있어 보였어요. 그러니 괜찮을 거예요. 어떻게든 과업을 완수해 볼게요."

무닌이 내게 장난질을 치지 않으리라곤 장담할 수 없지만 그러지 않을 가능성이 클 거다. 무닌 입장에서도 절실하게 필요한 게 있어 보였으니. 모든 일에는 반드시 리스크가 따르는 법이다. 이는 줄일 수는 있어도 0으로는 만들 수 없는 것이고.

나는 최소한으로 줄인 가능성을 믿어보기로 했다. 사실 본래라면 가장 반대하고 나섰을 리녹은 내 손을 잡은 채 뚱하니 앉아 있었다. 뚱하다라는 표현은 사실 맞지 않을지도 모른다. 남들이 보기엔 그저 무표정하게 보일 테니까. 그러나 내 눈에는 '뚱함'이 보였다. 잔뜩 뿔난 모습이.

이미 리녹은 한차례 반대했었지만 별다른 대안이 없다는 내 말에 반박하지 못하고 그대로 입을 꾹 다물었다.

"······너무한다. 에이미. 내가 널 이기지 못하는 것을 알면서."

정말로 대안이 없어서가 아니라 나를 결국 이기지 못할 것임을 알기 때문인 것 같았다. 그런 그의 모습을 볼수록 마음이 따뜻해지는 한편 애틋해졌다.

어쨌거나 무닌의 제안에 일행 모두가 떨떠름할지언정 찬성을 표했고, 내일부터 제안을 이행하기로 결정하고 파했다. 회의가 모두 끝난 뒤에도 나는 타닥타닥 타오르는 모닥불 앞에 앉아 있었다. 옆자리에는 리녹이 있었다. 불새의 둥지 근처는 마수를 걱정하지 않아도 되었기에 불침번이 필요 없었다. 이 때문에 기사단들도 오랜만에 피로를 풀 겸 일찍이 잠든 상태였다. 물론, 기민한 이들이니 무슨 일이 있으면 벌떡 일어날 테지만.

텐트까지 꽤나 떨어져 있는데도 아스라한 코골이가 들려왔다. 작게 웃음이 터졌다. 그러자 리녹의 시선이 느껴졌다.

"……잠이 오지 않나?"

"음……. 조금요?"

나는 양손으로 턱을 괴었다.

타닥타닥. 리녹의 뺨 위로 불 그림자가 일렁거렸다. 늘 달빛 아래서 보았던 것과 다르게 불 앞에서의 그도 꽤 근사했다. 이 아름다운 남자에게 무엇이든 어울리지 않겠냐마는.

"리녹, 저 이런 생각을 한 적 있어요."

문득 입술을 열었다. 지금부터 하려는 말은 그리 오래되지 않은 시간 전에 가졌던 생각이었다.

"'내가 이 사람의 마음을 따라잡을 수 있을까?'라고요."

리녹이 설핏 눈썹을 들어 올렸다.

"에이미, 그런 생각을 왜……."

"아뇨, 리녹. 끝까지 들어주세요."

우리의 목소리는 크지 않았다. 이 조용한 풍경 속에 어우러지듯 잔잔했다.

"리녹이 내게 준 마음이 너무 커서 도저히 따라잡지 못할 거라고 생각했어요. 그런데요, 왜일까 문득 지금은 그런 생각이 드네요."

손을 뻗어 그의 얼굴을 감싸 쥐고 말했다.

"아, 쫓을 수도 있겠구나."

미소를 짓는 나를 보며 리녹은 어떤 생각을 했을까. 눈을 깜빡인 순간, 커다란 그림자가 나를 덮쳤다. 단단한 팔이 허리에 휘감기고 빠르고 급하지만 무례하지 않게 입술로 나를 덮고 체온으로 나를 품에 안았다.

눈을 감았다. 안고 있으면서도 사라질까 전전긍긍하는, 나를 곁에 두지 못하면 죽을 것처럼 애달프게 나만 바라보는 남자. 이 남자가 참 사랑스럽다고 생각했다. 당신의 마음을 따라잡고 싶다는 언젠가의 내 소원이 이루어지기까지 단 한 발짝만 앞둔 것 같았다.

"에이미, 텐트로 들어가도 되겠나?"

"……야외에서 하자고요?"

"나는 아무 말도 하지 않았다."

……대공님 말은 그게 그거잖아요. 나는 약간 질린 듯이 그를 보면서도 거절의 말을 뱉지 않았다. 거절을 왜 하겠어. 나야 땡큐지.

"근데, 저 아무리 텐트가 나뉘었다지만."

"방음 마법이 걸려 있다."

"……네?"

잠시만요, 대공님. 당신 어디까지 예상하고 준비한 건데?

"불순한 의도는 없다."

"……거짓말하지 마요. 기척에 제일 예민해야 할 기사들에게 왜 방음 마법 걸린 텐트가 필요한데요."

"……너무 예리하다 생각하지 않나?"

"그러는 리녹은 갈수록 뻔뻔해지고 있다고 생각하지 않아요?"

그의 입술과 따뜻한 체온, 끝으로 짙은 밤하늘을 바라보며 나는 준비성 한번 끝내주는 리녹 때문에 크게 웃음을 터트렸다.

"좋아요."

그의 귓가에 속삭였다.

"가요, 방음 마법 걸렸다는 거기에."

△

"좋은 아침입니다, 아가씨!"

짹짹짹. 산 속에서 울려 퍼지는 새소리는 저택의 것보다 조금 더 청아하고 맑았다. 그런 새소리를 배경으로 그레이가 반갑게 인사하며 손을 흔들었다. 그레이는 어른의 모습인 리녹과 리녹에게 안겨 있는 나를 번갈아 보더니 해맑게 미소 지었다.

현재 어른 모습인 리녹은 내가 민망한 마음에 잠시 모습을 바꾼 것이었다. 그레이는 속도 모르고 해맑게 웃었다.

"아침부터 뜨거우시군요!"

굳이 표현하자면 주군 부부가 금슬이 좋아 기분 좋다는 표정이었다. 하나 나는 편히 웃어줄 수는 없는 처지였다.

"그레이 씨는."

"넵?"

"참 눈치가 없는 것 같아요."

"어, 어째서요?!"

나는 욱신욱신한 허리를 참으며 방싯 웃었다.

"에이미, 그레이에게 아침 훈련을 시키겠다."

리녹이 눈치 빠르게 나섰다. 아니, 이전부터 내 눈치를 보다가 얼른 끼어든 거겠지. 그레이가 "예? 대장님 어째서!"라는 소리를 했지만, 그는 이유도 모른 채 의문의 아침 지옥 훈련을 치러야 했다.

다행스럽게도 조금 뒤에 나타난 첼시는 눈치 빠르게 상황을 알아차리고 그레이를 굴리러 달려갔다. 리녹은 혼이 난 강아지처럼 연신 안절부절 내 눈치를 보았다.

"……내가 적당히 하라고 했잖아요."

"……잘못했다."

사실 함께 즐긴(?) 처지에 잘잘못을 가리는 것도 우습긴 한데, 어제는 리녹이 과했다.

"*에이미, 제발……*"

아주 많이 과했다.

그래. 넘어간 나도 잘못이 있지만, 땀에 젖은 그 모습을 보고 안 넘어가고 배기겠냐고. 나는 대답하는 대신 그의 어깨에 뺨을 묻었다. 사실 아침부터 안겨서 이동하는 이 순간이 창피해 죽을 것 같았으니까.

그런데 어떡해. 지금 걷지도 못할 정도로 다리에 힘이 들어가지 않는걸. 마법을 써봤는데 역시나, 내 몸에는 듣질 않았다.

결국 나는 아침잠에서 깨어난 세레나를 만나 완전히 회복되는 마법을 걸어줄 때까지 어른 리녹을 휠체어 삼아 이동해야 했다.

"에이미, 언제든 아프면 오도록 해요."

"으으……. 감사합니다, 스승님."

"아니에요. 아프게 된 경위를 듣고 흥미로웠어요."

……어린애 얼굴로 그런 말 하지 마세요, 스승님. 그나저나 세레나가 아니었으면 종일 이 상태였겠지. 생각만해도 끔찍하다.

이쯤 되면 텐트는 따로 써야 할까 싶으면서도 옆방에만 가겠다고 하면 안 된다고 눈물을 글썽이는 그를 생각하면 어려울 것 같았다.

[생각보다 결정이 빠르군.]

간단히 아침을 먹은 뒤 나는 곧바로 무닌을 불러내 결정을 전달했다. 어제 다시 답을 주기로 약조했기 때문이었다. 나는 어린 리녹에게 양해를 구하고 어른 리녹의 모습으로 바꾸었다. 협상을 위해서는 도움이 필요했으니까. 기다리고 있었던 듯 둥지에서 금방 나타난 무닌은 조금 놀란 눈치였다.

"빠를수록 좋으니까요."

[그 점은 나랑 일치하는군. 마음에 들어.]

나는 씩 웃으며 어깨를 으쓱였다.

"눈독 들이지 마세요, 쇠사슬에 묶이실라."

[허, 이제 농까지 던지는 것이냐?]

무닌이 헛웃음을 지었다. 그러면서도 색이 다른 눈동자에는 흥미가 어렸다.

[참으로 이상하지, 내 너를 보고 전혀 다른 인간이 하나 떠올랐으니.]

"저를 보고요?"

[아니, 중요한 말은 아니었다.]

무닌이 고개를 한번 휘젓고는 그대로 비스듬히 기울였다. 어느새 그의 손에는 긴 담뱃대가 들려 있었다.

[그래서 결정은?]

"할게요."

사람 형태의 무닌은 리녹만큼 컸기 때문에 나는 그를 올려다봐야 했다.

"오늘부터 당장."

시간이 급했다. 무닌에게 얻을 수 있는 건 빨리 얻고 출발하는 것이 이득이었다.

[시원시원해서 좋군. 좋아, 나도 네가 말한 제안을 밤새 생각해 보았지.]

무닌의 입술에서 담배가 까딱 흔들렸다.

[하나였던 과업이 세 가지로 늘어났으니 말이지. 이렇게 하는 것이 어때? 첫 번째 과업은 내가 네게 바라는 것과 합쳐서 내려주도록 하지.]

"바라는 것?"

[그래.]

나는 미간을 살짝 찌푸렸다. 리녹도 나와 같은 생각을 한 것인지 표정이 좋지 않았다. 하지만 리녹이 나서기 전에 내가 먼저 나섰다.

"분명 내게 목숨을 걸 정도로 위험한 걸 바라려고 했잖아?"

[그러했지. 하지만 어젯밤 내내 생각해 보니 그랬다간 이베르크 쪽이 가만있지 않을 것이지 않나?]

리녹을 한번 담았던 무닌의 눈이 내게로 돌아왔다.

[타협하자는 것이지.]

"그래서 어떤 식이 된다는 거야?"

[이번만은 특별히 한 가지를 허용하겠다. 네가 과업을 수행하는 동안에 조력자의 도움을 허용하지.]

"조력자?"

[그래. 세 가지 과업에서 단 한 명을 골라 도움을 받는 것을 허용하겠다. 그리고 아무것도 잃지 않으리라 약조하지. 단, 두 번째와 세 번째 조력자는 이미 정해진 채로 시작하게 될 거다.]

그렇다면 결국 내가 맘대로 정할 수 있는 조력자는 첫 번째 과업에서뿐이라는 건데…….

무엇도 잃지 않는다는 부분에서 납득하고는 고개를 끄덕였다.

"일단 첫 번째 과제부터 들을게요. 무엇인데요?"

[첫 번째 과업은……. 후. 어제 말한 것과 이어진다.]

까마귀의 말과 동시에 거대한 불길이 솟구쳤다. 리녹이 나를 잡아 당겨 품에 가둔 것과 동시에 그의 팔 사이로 거대한 짐승이 보였다.

눈을 다시 떴을 땐, 불로 만들어진 거대한 까마귀가 있었다. 불이라고 생각했던 것은 까마귀의 붉은 털이었다.

[내 생명을 구해다오.]

"생명?"

무닌이 고개를 끄덕였다.

타닥타닥, 까마귀의 털에서 붉은 불티가 튀었다. 이렇게 거대한 생물을 두고 까마귀라고 할 수 있었던 것은 생김새가 까마귀의 것과 유사했기 때문이었다.

천천히 무닌을 보던 나는 한 곳에서 시선을 멈췄다. 온통 붉은 까마귀의 털이었으나, 단 한 곳만이 새카맣게 물들었다. 이를 인식하는 순간 엄청난 악취가 코를 찔렀다. 하지만 눈앞의 무닌을 생각해 가까스로 코를 부여잡지 않았다. 그건 오물과 비슷한 형태였다. 깃털이 뭉치고 썩어들어 가고 있었다.

['오염'이다.]

"오염? 이걸 오염이라 부르는 거야?"

[그래. 제국의 황실 인간이 내게 저지른 짓이지. 그들은 후긴을 납치하며 내게 치명적인 상처를 남겼다.]

까마귀가 긴 한숨을 쉬었다. 부리 사이로 가득한 이빨이 까드득 갈렸다.

[이 마법은 제국 황제만이 가능한 고대 주문으로 이루어진 것. 나로서는 풀 수 없다. 아니, 이 땅의 마법 생물은 풀 수 없도록 만들어졌더군.]

"인간보다 너희가 강하지 않아?"

[강하지. 그러나 황제가 가진 마법은 특수하다. 오래전, 인간의 제국을 세운 초대 황제가 최초의 마법사였으니.]

황실이 자신들이 강력한 마법사임과 동시에 대대로 강력한 대마법사를 배출한 것은 책 속에서도 나오는 설정이었다. 탄시즈 또한 뛰어난 마법사이기도 했다. 그러나 동시에 시대가 흐르며 약해졌다는 설정 역시 함께였는데…….

[그리고 이상하다. 그들이 이렇게 강할 리가 없는데…….]

까마귀가 그리 중얼거리더니 고개를 가로저었다.

[어쨌거나 나는 이 오염으로 인해 힘을 통제하는 능력을 일부 잃은 상태다. 그렇기에 내 영역 한곳이 잿더미가 되고 있지. 지금은 어떻게든 그 힘을 누르고 있으나, 점점 힘들어지고 있다.]

까마귀는 눈앞에 불로 된 커다란 원을 그렸다. 원 너머로 잔혹한 풍경이 보였다. 아무것도 남지 않은 새카만 땅이었다. 그리고 땅끝에서 새카만 색의 불이 활활 타고 있었다. 함께 지켜보고 있던 세레나는 이것이 먼 곳을 볼 수 있게 하는 마법이라고 설명해주었다.

[네게 원하는 것이자, 첫 번째 과업은 이것이다. 저 불을 끄고 내털 속에 박혀 있을 '가시'를 빼내 주는 것.]

"가시?"

[그래. 이 '오염'의 원인이다.]

까마귀는 황실 기사단이 가시를 박은 순간부터 이리되었다고 말했다.

[나는 많은 편의를 봐주었지. 선지자, 이제 네가 약조를 지킬 차례다. 그리고 과업을 수행해다오.]

금색과 검은색이 보석처럼 콕 박힌 눈동자가 세월이 가득 담긴 위엄을 품고 나를 내려다보았다.

[네 첫 번째 조력자는 어느 인간으로 할 것인가?]

나도 모르게 고개를 돌렸다. 단연 가장 먼저 쳐다보게 된 사람은 리녹이었다. 하지만…….

[그는 안 된다.]

"어째서?"

[그는 네 두 번째와 세 번째 과업의 조력자다.]

사실 불이 활활 타오르는 풍경을 보는 순간부터 생각난 이가 있었다. 리녹은 아니었다. 그저 습관처럼 리녹을 보았을 뿐이었지만 덕분에 예상치 못한 정보를 얻게 되었다.

'두 번째와 세 번째 과업이 리녹과 관련된 것이라는 건가?'

일단 이 얘기는 잠시 접어두자. 나는 고개를 내저으며 시선을 들어 올렸다. 저 풍경을 보며 나는 오직 한 사람을 떠올렸으니까.

이전에 뉴스에서 본 적 있다. 산불을 끄기 위해 반대편에서 산불을 피워내는 것을. 물로 덮을 수 없는 경우에 그리하기도 한다고. 만약 정말로 불이 필요하다면…….

이 과업의 또 다른 주인공에게 손을 내밀었다. 나는 어린 소녀의 모습을 하고, 내 훈련을 돕기 위해 누구보다 강인하고 커다란 불을 불러냈던 그녀를 불렀다.

"스승님."

책 속에서 가장 강하고 아름다운 대마법사. 그녀가 내 옆에 있지 않은가?

"도와주시겠어요?"

세레나의 조그만 고개가 돌아갔다. 화사한 은발이 불꽃을 배경으로 사르르 흩어졌다. 그녀가 커다란 눈을 깜빡였다.

"나와 함께 가겠다는 건가요, 에이미?"

"네. 스승님과요. 함께 가고 싶은데 허락해 주시겠어요?"

나는 웃으며 그녀에게 신사가 레이디를 에스코트하듯이 손을 내밀었다. 그러곤 이 손을 비스듬히 돌려 악수를 하는 모양으로 바꿨다. 그러고는 천천히 표정을 진지하게 바꿨다.

"함께해 주세요. 스승님의 능력이 필요해요."

세레나는 모든 원소를 다루는 대마법사, 특히나 그녀 스스로도 자부하는 불의 마법은 타의 추종을 불허했다. 그 불의 위력을 직접 확인하지 않았던가. 직접 구르면서 말이다. 하지만 세레나는 잠시 대답이 없었다. 바로 대답하는 것까진 아니어도 흔쾌히 알겠노라 할 줄 알았던지라 조금 의외이긴 했다. 놀란 거였으려나?

세레나는 고개를 돌려 리녹을 살짝 응시했다. 그녀의 시선은 금방 내게로 돌아왔다.

"내가 무엇을 도와주면 좋겠어요?"

그녀는 조금 전 무닌이 했던 말을 잊지 않았던 모양이었다. 무닌은 조력자를 허락한다고 했다. 이는 즉 도와줄 사람을, 도움을 허락한다는 것. 세레나가 할 수 있는 일은 무궁무진했다.

"저랑 함께 저 불을 끄러 가요."

그렇게 말하고는 무닌을 쳐다봤다.

[흐음, 정해진 것인가? 의외의 결정이군.]

의외의 결정? 무닌의 말에 고개를 갸웃했다. 무엇이 의외라는 것인지 알 수 없었으니까.

[마법사를 고른 건가. 네 일행 중에는 마법사가 하나 더 있을 터인데.]

아. 루센 씨를 말하는 건가. 일행 중에 마법사는 세레나와 루센, 그 둘이었다.

"그분이랑은 친하지 않아서요."

[그런가? 뭐. 상관없겠지.]

사실이었다. 루센 씨와는 거의 말을 해보지 않았을뿐더러 그의 능력을 잘 알지 못했다. 기왕이면 잘 아는 이와 가는 것이 나았다. 특히나 세레나는 책 속 내용에서 아는 것만이 다가 아니었다. 대련을 거치며 그녀가 어떤 마법을 쓰는지 대략 아는 상태였고.

[좋아, 정해졌다면 바로 저 장소로 보내주겠다. 이동 마법을 사용할 줄 안다면 직접 가도 좋다.]

"아니, 보내줘요."

데려다 준다는데 굳이 힘을 뺄 필요는 없지. 나는 그리 말하고는 리녹을 향했다.

"바로 다녀올게요."

사실 오늘 아침 무닌에게 결정을 통보해야겠다고 결정한 순간 이미 바로 출발할 준비를 갖춘 뒤였다. 시간이 촉박했다. 이 순간에도 탄시즈는 군대를 이끌고 올 것이며, 우리는 군단장을 한시라도 빨리 쓰러뜨리고 귀환해야 했다. 하루라도 지체할 시간이 없었다.

"에이미."

리녹이 손을 잡으며 애처롭게 쳐다봤다. 어디 죽으러 가는 것도 아니건만 그는 떨어진다는 소리를 듣는 순간부터 이 표정이었다.

나는 그의 마음을 이해한다는 듯 팔을 펼쳤다. 내 작은 품으로는 한참 부족한 몸이 내게 안기기 위해 잔뜩 구겨졌다. 마치 아주 커다란 짐승이 아직도 제가 어린 짐승인 줄 알고 안기듯이.

하지만 이런 모습마저도 사랑스러웠다.

"늘 당신이 바깥일을 해왔지만. 오늘은 내 차례네요."

나는 그를 토닥여 주고는 그의 뺨을 쥐었다. 그러고는 사람들의 눈치를 보다 뺨에 촉 입술을 맞췄다. 으, 이런 걸로도 빨개질 것 같아. 화끈거리는 뺨을 잡고 말했다.

"집, 잘 지키고 있어요. 멋지게 해치우고 올게!"

빨개진 얼굴로 이런 말 해봐야 멋지지 않을 것 같지만.

그렇게 고개를 숙일 때였다. 단단한 팔이 허리로 휘감기나 싶더니 입술로 진득한 입술이 내려앉았다. 입술만 닿았다 떨어지는, 얕은 키스였지만 마치 진하게 입을 맞춘 듯한 시선이 나를 담았다.

"얼른 돌아왔으면 좋겠다. 네가 없는 시간은 단 한 순간이라도 견딜 수 없으니."

"아니, 보는 눈이 있는 앞에서는 이런……. 알았어요."

나는 그의 가슴을 꾹꾹 밀어냈다. 갈수록 이 남자가 수치를 모르는 것 같다. 생각해 보니 처음부터 그런 개념이 존재하지 않은 것 같기도 하고.

결국 한참 뒤에야 그를 떨어트릴 수 있었고, 돌아섰을 때 무닌이 담배를 머금고 뻐끔 연기를 뱉었다. "뜨겁군?"이라는 말과 함께. ……하다 하다 까마귀한테까지 뜨거움을 인정받고 싶진 않은데 말이지.

[그럼 함께 서 보거라. 그곳으로 보내줄 터이니.]

무닌이 긴 담뱃대로 한곳을 가리켰다. 나는 마법 지팡이를 꽉 쥐고 세레나와 나란히 섰다.

[불이 완전히 꺼진 순간, 이곳으로 다시 송환될 것이다. 지켜보고 있지.]

이 말은 즉, 지켜는 보겠지만 도와주지는 않는다는 말이겠지?

나는 끄덕였다. 이내 거대한 불길이 눈앞을 덮쳤다. 금방이라도 모든 것을 태울 것 같은 이글이글한 열기에 눈을 꾹 감았다가 떴다.

눈을 다시 떴을 땐, 거대한 대지가 보였다. 놀랍게도 새까맣게 타 버린 대지였다. 조금 전 무닌이 불길 속 화면을 통해 보여주었던 것과 똑같은 풍경이었다. 다만, 옅은 화면으로 보는 것과 직접 보는 것은 천차만별이었다.

매캐한 냄새가 코를 찔렀다. 풀풀, 흘러오는 바람에는 재가 섞여 있었다. 씁쓸할 정도로 아무것도 남지 않은 땅이었다. 바닥을 가득 메운 까만 재 말고는.

겨우겨우 서 있는 나무는 속이 전부 타 버리거나 밑동만 남아 톡 치면 바스러질 것 같았다. 거창하게 말해서 이 땅은 마치, 이 세상의 무덤 같았다.

꿀꺽 침을 삼켰다. 멀지 않은 곳에서 활활 타는 불을 발견했다. 보통의 불과 다르게 새까만 색. 저것이구나. 나는 나도 모르게 지팡이를 꾹 쥐었다.

"대공은…… 말이에요."

"네?"

침묵하던 세레나가 입술을 열었다. 그녀는 나처럼 풍경을 관찰하는 것 같았다. 세레나가 고개를 갸웃했다.

"대공을 보면서 생각난 말이 있어요."

"말요?"

"응. '팔불출'……이 여기에 쓰이는 말인가요? 맞는 것 같은데."

……맞긴 한데. 그게 지금 여기서 이 순간에 나올 말인가요?

"맞긴 한데. 아니, 맞는 것 같아요."

"그렇죠? 용례를 제대로 안 것, 아니, 경험한 것 같아서요."

"스승님, 계속 그런 생각하고 계셨어요?"

"네."

세레나가 그러면 안 되느냐는 듯이 눈을 깜빡였다. 아니, 나는 한참 말이 없기에 불길을 어찌 할까 생각하고 있는 줄 알았지.

"이 작전, 음, 아니, 과업이라 해야 하려나요? 에이미가 주력이 되는 일이잖아요. 에이미의 명을 기다리고 있었어요."

"명이라니요. 명은 아니에요."

"그래요? 그럼 작전이라 해둘까요?"

세레나가 생긋 웃었다. 그러고는 그녀는 자신의 조그만 손을 보더니, "아." 하고 외치고는 이내 마법을 일으켰다. 목 뒤로 하얀 문양이 보이는가 싶더니, 아지랑이같이 하얀 빛이 사라진 자리로 원래 모습으로 돌아온 세레나가 있었다.

"자, 이제 뭘 하면 되나요?"

성인이 된 세레나가 눈을 휘며 물었다. 은은하고 화사한 미소를 바라보다 말고 불길로 눈을 돌렸다. 할 일은 명확했다. 저 불을 끄는 것. 무닌은 단순할 정도로 간단한 과제를 내준 것이나 다름없었다. 그런데 말이지…….

"저, 스승님. 아무래도 제가…… 이 과업을 조금 쉽게 생각했나 봐요."

세레나의 눈이 내게로 돌아왔다. 호기심을 품고.

"왜 그래요?"

"이건……. 너무 넓잖아요!"

그러했다. 우리가 소환된 곳은 아주 거대한 평야였고. 눈앞의 풍경이 아주 멀리까지 보였다. 어둠처럼 새카만 색의 검은 불은 보이는 풍경의 반 이상을 덮고 있었다. 다시 말해, 상상도 못할 넓이를 뒤덮고 있었단 거다. 아니, 이걸 어떻게 다 끄라는 건데?

"말도 안 되는 넓이예요!"

"음, 조금 넓긴 하네요."

"조금이 아니라 많이요."

"알았어요, 에이미의 의견을 따를게요. 많이요."

세레나가 생긋 웃었다. 나사가 하나 빠진 것 같은 그녀의 반응에 나는 얼굴을 쓸어내렸다. 대마법사의 여유인 건지……. 이 스승님, 가끔 해맑다고는 느끼긴 했지만 이런 순간에는 도움이 되지 않았다.

"그나저나 확실히 문제이긴 하네요. 이런 불은 하나하나 꺼서는 끝이 없겠어요."

"제 말이 그 말이에요."

세레나가 한걸음 걸어갔다. 곧 그녀의 지팡이가 하늘로 치켜 올라갔다. 그녀가 무엇을 하는지 몰라 지켜보던 나는 세레나 발밑에서 작은 검은 불을 발견했다. 발로 비비면 끌 수 있겠다 싶은 작은 불이었다.

세레나의 지팡이가 불씨를 콱 찔렀다. 동시에 물이 콸콸 쏟아졌다. 치이이익. 검은 연기가 나며 불이 꺼졌다. 물을 끼얹었으니까 당연한가? 하지만, 그때였다. 타닥타닥! 놀랍게도 사그라든 줄 알았던 검은 불이 다시 몸을 일으켰다. 그러더니 꺼지기 전과 다르지 않게 활활 타올랐다. 세레나는 전보다 더욱 많은 물을 끼얹었고 결국은 불을 완전히 꺼트렸다. 불이 꺼진 자리에 검은 재가 바스러지고 있었다.

"……이거 곤란하네요. 생각 이상으로 마력이 들어요. 그것도 마력을 품은 물로만 끌 수 있겠네요. 마법으로 만든 물요."

"스승님, 그 말인즉……."

세레나가 이를 보더니 작게 끄덕였다.

"저 넓이의 불을 모두 끄려면 아득할 정도의 마력이 필요하겠어요."

물을 만드는 것은 나도 할 수 있었다. 내 호칭은 '눈과 겨울의 마법사'. 다시 말해 눈과 관련한 마법 중 수계 마법도 가능했다. 이것도 세레나에게 배우며 깨우친 것이었지만 어쨌든 얼음을 부수거나 눈으로 물을 만들 수 있어서 다행이었다.

그러나 이 넓은 불을 끄기 위해 얼마나 많은 힘이 필요할지 모를 일이었다.

"잠시만 기다려요."

세레나는 한 번의 시도에 그치지 않고 몇 번의 실험을 더 했다. 나도 그녀를 도와 함께 실험했고, 우리는 몇 번의 시도 끝에 새로운 사실을 깨달았다.

"이 검은 불……. 불로 더 빨리 꺼진단 말이에요?"

"정확히는 맞불이죠."

세레나가 허공에 작은 원을 그렸다.

"무닌의 말처럼 이 공간은 검은 불이 밖으로 빠져나가지 않게 결계로 봉인되어 있어요. 그리고 저 불은 이 공간 안의 마력을 소모하며 모든 것을 태우고 있고요."

"만약 이 공간의 마력을 모두 사용하고 난 뒤엔 꺼진단 말이죠?"

"그렇죠. 문제는 이 넓은 공간의 마력을 모두 쓰는 것보다 무닌의 결계가 먼저 깨질지 모른단 사실이에요."

나는 곰곰이 고민하다 세레나에게 던졌다.

"제가 이 공간 전부에 눈을 내리게 하면 어때요?"

"죽을지도 몰라요."

단호한 대답에 눈을 깜빡였다.

"네?"

"저 불을 모두 진화할 정도의 눈을 만들려면 마력의 고갈로도 모자라 사람이 죽는다는 걸 알게 될 거예요."

······죽는다는 말을 뭐 이리 태연하게 하세요, 스승님.

나는 목 뒤를 괜히 만졌다.

"하지만 무닌은 내게 약조했어요. 이건 절대 제 목숨이 위험할 만한 일은 아니라고."

마법 짐승이 자신의 이름을 걸고 한 맹세였으니 틀림없을 거다. 이건 어길 수 없다고 했으니까. 고로, 불가능해 보이는 이 일엔 분명 방법이 있다는 거다. 아니, 방법이 있을 거야.

"방법이 없진 않겠네요."

이에 세레나가 담담히, 태연하게 말했다.

"어떻게요? 방법이 있나요?"

"그럼요. 마법사는 여기 둘이잖아요. 내가 고갈될 정도로 퍼부으면 가능해요."

"······조금 전에 고갈되면 죽는다고 하지 않았나요?"

"네."

세레나가 생긋 웃었다.

"에이미, 무닌은 당신의 목숨을 보장했지만. 조력자의 목숨을 보장하지는 않았어요. 잊었나요?"

나는 멈칫했다. 하지만 세레나의 말은 사실이었다. 분명 무닌은 그런 말을 한 적이 없다. 퍼즐이 들어맞았다. 아득할 정도의 마력을 퍼부어야 꺼지는 불. 나는 죽지 않지만, 조력자인 세레나의 안전까지는 보장하지는 않는다.

그제야 나는 왜 기사들과 리녹이 그 까마귀를 두고 교활하다고 한 것인지 깨달았다.

"네 일행 중에는 마법사가 하나 더 있을 터인데."

그 말인즉, 어느 쪽이 더 그놈의 입장에서 '쓸모없는'지를 말한 걸까? 여기서 고갈된 상태로 죽으라고?

고대 주문을 소유하는 것의 기본 조건은 마력이었다. 루센 씨도 반쪽짜리나마 고대 마법을 가지고 있었지 않았나. 아니. 아니다. 루센에게 세레나 정도의 마력이 있을 리 없었다. 하지만 완전히 가능성을 지울 수도 없는지라 미간을 찌푸렸다.

'속았다.'

나는 주먹을 쥔 채 이를 갈았다.

"만약 내가 맞불을 놓는다면, 그리해서 저 불과 함께 이 공간의 마력을 모조리 소모한다면, 저 불은 꺼질 거예요."

다시 말해 마력이 산소라면 공간 안에 산소가 모두 고갈될 시 불은 소화된다.

"다시 말해 내 목숨을 걸면 가능하겠네요."

"안 돼요."

나는 세레나의 팔을 붙잡고 고개를 저었다. 그러고는 한숨을 푹 쉬었다. 그래, 어쨌거나 일이 너무 쉽게만 돌아간다고 했어.

"다른 방법을 찾아봐요. 정 안 되면 이 공간에 눈을 내리게 할 테 까요."

공간이 나눠져 있지만 하양이의 마력을 느낄 수 있다. 하양이가 사람이 된 뒤로 나는 하양이가 멀리 떨어져 있어도 큰 마력을 쓸 수 있게 되었다.

"그럼 에이미가 죽을 텐데요? 에이미는 죽어도 괜찮은가요?"

"그럴 리가요?"

내가 앞날이 얼마나 창창한 청년인데. 심지어 나는 죽지 않기 위해 오랜 도피도 해본 일명 '프로 도피러'였다. 언니도 나도 목숨 귀한 줄은 안다.

"그런데 왜."

"스승님도 나도 살 방법을 찾아보면 되죠. 하지만 누군가가 희생할 순간이 올 때, 그건 스승님이 되면 안 된다는 얘기예요."

나는 가슴을 짚었다.

"이건 내 과업이니까요."

그러고는 눈을 반으로 접어 방긋 웃었다. 그래. 이건 내 시험이었다. 결국은 내가 헤쳐나가야 할 일. 책 속의 가장 커다란 문제를 푸는데 이렇게 쉬울 리가 없지.

머나먼 지평선을 응시했다. 활활 타오르는 불. 재밖에 남지 않은 대지. 시선으로 일직선을 긋듯 쭉 멀리까지 보았다. 그렇게 검은 불의 끄트머리를 본 순간 나는 눈을 동그랗게 떴다.

'혹시, 이거라면?'

나는 얼른 세레나의 어깨를 잡았다. "스승님" 하고 외치면서.

"제게 좋은 방법이 생각났어요. 들어보실래요?"

세레나는 내 방법을 듣더니 눈을 동그랗게 떴다.

"과연."

한참을 생각하던 그녀는 천천히 입술을 떼어냈다. 한순간에 그녀의 얼굴에선 그린 듯한 미소가 사라지고 얼음처럼 희고 서늘한 진지함만이 남았다.

"가능성은 있겠지만."

세레나가 고개를 갸웃했다.

"나한테 목숨 맡길 수 있어요?"

바람 한 점 불지 않는 곳이었지만 바람이 이는 듯한 착각이 들었다. 그녀의 긴 머리칼이 고갯짓에 따라 사르르 움직였지만, 눈은 내게서 떨어질 줄 몰랐다. 이 순간 푸른 눈은 나를 한참이나 바라보고 있었다.

"에이미는 조금 이상해요. 죽고 싶지 않다고 하면서 서슴없이 죽을지도 모를 선택을 하겠다고 말을 하고."

관찰하듯이 훑은 눈이 내 얼굴을 뚫어지게 담고 있었다. 나는 이 순간 진지한 세레나의 얼굴에 살짝 감탄했다. 늘 웃고 있어서 몰랐다. 웃는 얼굴과 웃지 않는 얼굴에 갭이 있구나. 물론, 여자 주인공답게 어느 쪽이든 그린 듯 아름다웠지만.

"세레나는 죽고 싶어요? 고갈되면 죽는다면서요."

나는 검은 대지를 가리키면서 고갯짓했다.

"글쎄요……. 죽고 싶지 않아요."

의외로 단호한 대답이 돌아왔다. 세레나라면 이 세상을 위해서라면 혹은 인류를 위해서라면 죽을 수 있다고 말할 것 같았는데. 하기야 여기서 죽기엔 너무나도 아까운 인재였다. 내가 그렇게 두지도 않을 거고.

"좋아요. 그 자세요. 나도 죽고 싶지 않거든요."

나는 한순간도 지체하지 않고 끄덕였다.

"맡길 수 있어요."

그런 세레나에게는 맡길 수 있다.

"내 목숨 맡길게요. 그러니 한번 해봐요."

나를 보던 세레나가 머리를 움직였다. 이어 그녀가 대답하기까지는 그리 오랜 시간이 걸리지 않았다. 우리는 결정한 순간, 바로 행동에 들어갔다.

"이리로 와요."

"네!"

캬! 세레나의 발밑에서 나타난 은빛 여우 벨이 꼬리를 흔들었다. 동시에 땅에서 하얀 빛이 피어올랐다. 발밑이 붕 떠올랐다. 마법진이 움직이며 허공을 부유하는 기분에 살짝 비틀거렸다. 나는 세레나의 옷자락을 잡았다. 그녀의 목에서 익숙하고도 낯선 문양이 빛나고 있었다.

"올라갈게요. 놓지 말아요."

"어어, 스승님……. 조금만 천천, 으아!"

우리를 태운 마법진이 본격적으로 올라가기 시작했다. 발밑이 아득해지고 핏기가 가시는 것 같았지만 애써 앞을 바라봤다. 하…….

고소 공포증이 없어서 다행이다.

눈앞으로 지평선이 펼쳐졌다. 검은 대지와 활활 불타오르는 검은 불. 땅은 어쩌면 허무할 정도로 풀씨 하나 남지 않았음에도 하늘은 새파랬다. 더욱더 높이 올라가자, 세레나의 마법진이 멈췄다. 우리는 까마득한 하늘에서 비로소 불의 넓이를 실감할 수 있었다.

"에이미, 제대로 보여요?"

"네. 보여요."

꿀꺽, 침을 삼켰다. 익히 짐작은 했지만…… 상상 이상으로 넓잖아? 새삼 저 모든 불을 진화하라고 했던 무닌에게 부아가 치밀었다.

"에이미……. 응? 무슨 생각을 그렇게 해요?"

"돌아가면 그 새 새끼…… 털을 모조리 뽑아버릴 생각요."

옆에서 바람 새는 소리가 들려왔다. 눈을 돌리자 세레나가 지팡이를 든 손 그대로 입으로 가져가 웃고 있었다. 늘 보던 그녀의 웃음인데도 왜인지 조금 다르게 느껴졌다.

"에이미는 정말…… 엉뚱하네요."

"감정에 솔직한 거라고 해주겠어요?"

나는 심호흡하고는 세레나의 옷에서 손을 떼어냈다. 가능할지 모르겠지만 최대한 빨리 끝내야겠지. 나는 긴 마법 지팡이를 앞으로 내밀었다.

"준비되셨어요?"

"그럼요. 이미 되었죠."

그녀가 지팡이를 살짝 흔들며 가볍게 웃어 보였다. 아무래도 내가 적응할 때까지 기다려 주었던 모양이다. 역시 영웅 짬밥은 어디 가지 않는다. 나는 마음을 가다듬고 천천히 앞을 응시했다.

"에이미가 말한 작전은 잊지 않았어요. 저 불의 면적이 보이죠? 정확히 감싸야 해요. 그래야…… 마력이 조금이라도 덜 소모될 테니까."

"네. 알았어요."

나는 마법 지팡이를 마법진에 꾹 찔렀다. 손끝이 살짝 떨렸다. 긴장감을 이겨내며 천천히 마력을 일으켰다.

'침착하자, 바라는 거야. 간절히 바라는 거…….'

살짝 들어 올린 마법 지팡이를 그대로 바닥에 콱 내리찍었다.

'지금!'

내 생각에 반응하듯 손등에서 문양이 하얗게 드러났다. 그리고 그 순간이었다.

쿠쿵.

거대한 소리가 울렸다. 대지가 움직이고 있었다. 갈라진 대지 사이로 서리가 얼어붙었다. 쩌적쩌적. 마침내 얼어붙은 땅 사이에서 커다란 얼음벽이 솟아올랐다.

쾅. 쾅!

불을 에워싸듯 솟아난 얼음벽이 서로 부딪치며 거대한 소리를 만들어냈다. 거대한 마력이 쑥쑥 빠져나가는 데 좀처럼 조절하기 힘들었다. 흡, 절로 숨을 들이켰다. 진짜 무식할 정도로 힘을 잡아먹네.

"에이미, 조절해요. 각 마법벽 밀도가 낮으면 안 돼요."

"흡, 네!"

하양이가 깨갱, 소리치는 것이 절로 느껴지는 듯했다. 하지만 멈출 수 없었다. 아울러 눈앞에 벌어지는 광경에 믿기지 않았다.

'지금 정말 이걸 내가 만든 거란 말이야?'

검은 대지 위로 설경같이 드러난 얼음벽들에 절로 아연해지고 말

앉다. 넓디넓은 불 주변을 빙빙 에워싼 얼음벽이었다. 그리고 불길
보다 높은 얼음벽이 곧 완성에 이르렀다.

"하아……."

얼음벽을 만든 것으로 끝난 게 아니였다. 유지가 필수였다. 살짝
숨을 내쉬고는 입술을 열었다.

"준비됐어요."

옆으로 한걸음 다가오는 그녀가 느껴졌다. 세레나가 지팡이를 들
어 올렸다.

"견뎌요, 에이미."

대답할 새도 없이 옆에서 거대한 진동이 느껴졌다. 아니, 그건 나
만이 느낀 기분이었다. 세레나가 일으킨 거대한 마력에 몸이 절로
반응한 것이었으니까.

화르륵! 얼음벽 안에서 붉은 불꽃이 인 것은 그때였다. 검은 불 사
이에서 꽃처럼 피어난 그것이 이내 거대하게 자라나 검은 불을 삼키
기 시작했다.

"벽이 녹아요!"

"흡, 알았어요!"

얼음벽이 사라지지 않게 힘을 집중하며 옆에서 태동하는 기운을
느꼈다. 리녹의 마력이 바닥에 가라앉아 끝을 느낄 수 없는 심해라
면, 세레나의 기운은 맹렬히 쏘아지고 이글거리는 불 같았다.

화르륵! 거대하게 피어난 불꽃이 더욱더 몸집을 불렸다. 내가 만
들어낸 얼음벽 안쪽에는 검은 불과 세레나의 불로 가득 찼다.

"지금!"

"콜록, 네!"

나는 꽉 잡고 있던 마법 지팡이에서 잠시 힘을 뺐다. 그러나 그것도 잠시, 다시 한번 바닥을 내리찍었다. 딸랑. 지팡이의 보석끼리 부딪혀 청명한 소리를 냈다.

쿠쿠쿵! 동시에 얼음벽이 태동했다. 마치 대지의 지반 이동같이 얼음벽이 그대로 가지를 뻗듯 뻗어 나가며 불길이 번지는 공간을 뚜껑처럼 덮었다. 뚜껑이 덮인 공간은 마침내 '밀실'이 되었다. 이제부터 할 일은 그대로 견디는 것이었다. 뜨거운 불길을 견디며 저 얼음벽이 녹지 않도록.

"콜록, 콜록! 콜록콜록!"

숨을 쉬기 힘들었다. 세레나는 어떨지 볼 기회조차 없었다. 몸 안에서 이리저리 날뛰는 마력 때문에 허파가 조여들고 있었다. 이렇게나 거대한 마력을 운용한 것은 처음이었다. 그러나 견뎌야 했다.

나는 오래전 탄시즈가 스틸라 공작령에서 나를 데려갔던 공간을 떠올리려 했다. 현실의 발코니와 똑같이 생겼지만 원래의 공간과 떨어져 있던 또 다른 공간. 그때의 느낌을 떠올리며 그것과 비슷한 느낌을 내달라고 얼음벽에게 간절히 바랐다. 거기에 화답하듯 문양이 더욱 진한 흰빛을 뿌렸다. 핏줄이 곤두서는 느낌이 들었다.

쿵쿵. 심장이 위험할 정도로 빨리 뛰었다.

"에이미! 온도 높일게요. 견딜 수 있죠?"

차분하고도 조금은 서늘하게 느껴지는 목소리가 귀를 파고들었다.

"콜록, 견뎌…… 야죠. 콜록! 해요!"

동시에 투명한 얼음 속에서 날뛰는 붉은 불의 색이 점차 바뀌며 푸른색이 되고 흰빛을 드러내기 시작했다. 동시에 지팡이를 쥔 손에 힘이 들어갔다.

그 순간이었다. 눈앞이 아득해졌다.

'아, 안 돼. 견뎌야 해.'

그러나 나의 간절한 바람에도 눈앞이 가물가물했다. 한계가 느껴져 입술을 깨물었다. 본능적으로 느꼈다. 나의 마력은 저 불이 꺼질 때까지 견딜 수 없다. 세레나의 불을 감당할 수 없다.

"에이미? 얼음벽이······!"

조금만, 조금만 더 강해지고 싶다. 의연한 당신처럼, 언제나 짐을 짊어지고도 견뎌 온 당신처럼. 나는 이곳에 없는 남자를 떠올렸다. 손에서 스르륵 힘이 빠졌다.

"에이미!"

세레나의 음성을 마지막으로 그대로 눈이 감겼다.

눈을 다시 떴을 때 나는 새카만 어둠 속에 있었다.

'여긴 어디야?'

눈을 깜빡이자, 이내 기다렸다는 듯이 공간이 일렁이며 달라졌다.

[율리아, 네 선택은 틀렸어! 틀렸다. 그렇게 만들 거다.]

눈앞에는 리녹이 나이가 들었다면 이렇게 보일까 싶은 성숙한 인상의 남자가 소리치고 있었다.

[너는 세상을 구하기 위해 모든 걸 버릴 셈이야? 내가 그걸 두고 볼 것 같냐고!]

맞은편에 있던 오묘한 갈색 빛깔, 언뜻 오렌지 빛깔 같기도 한 머리 색을 가진 여성이 말했다.

[데런, 네가 보기엔 그럴지도 몰라.]

[나를 버리고?]

초대 대공이 입술을 깨물었다.

[응, 데런. 필요하다면 너를 버리고.]

언젠가 본 적이 있는 이들이었다. 그때는 하양이의 기억을 본 거였지. 하지만 지금은 어째서? 특히나 여성의 녹색 눈동자가 익숙했다. 두 번째로 보니 알겠다. 언니를 닮았잖아?

[널 아껴. 하지만 내 선택은 달라지지 않을 거야.]

초대 대공이 심하게 화를 내는 순간, 눈앞이 가려졌다. 그리고 눈을 다시 떴을 때 대공과 여성의 모습은 사라지고 없었다. 대신 누군가 허공에 둥둥 떠 있었다.

[이런, 누가 날 깨운 건가 했더니, 너니?]

조금 전까지 초대 대공과 있던 여성이었다. 녹색 눈동자가 다정하게 휘어졌다.

[나는 네가 가진 그 고대 마법에 깃든 원념과 같은 거란다. 날 깨운 건 네가 처음이구나.]

"당신은 율리아? 조금 전에 봤던 사람이죠?"

초대 대공이 부르던 이름을 불러보았다. 그러자 그녀가 끄덕였다.

[그래. 내 이름이란다. 율리아 라미아스. 네가 가진 그 고대 마법의 첫 주인이기도 하지.]

라미아스? 그 라미아스? 우리 가문? 나는 눈을 크게 떴다. 하지만 파헤칠 시간은 없었다.

[아이야, 나는 네 열망에 의해 눈을 떴단다. 바라는 것이 무엇이니?]

그 순간, 거짓말처럼 세레나와 불을 끄고 있던 상황이 떠올랐다. 이럴 때가 아니었다. 기회를 놓치면 다음은 없을지도 몰랐다. 아니, 다음이 없는 것이 아니라 시간을 놓칠 거였다.

"가, 강해지고 싶어요."

[이미 너는 강한 것 같구나.]

"더요, 더. 더 많이! 시간이 없어요!"

나는 쫓기듯 소리쳤다. 그러나 그녀는 "그저 그렇구나."라고 말하며 다정한 얼굴에 동요 하나 일지 않았다.

[네가 강해지고 싶은 이유는 무엇이니?]

차분하지만 강인한 눈이 나를 오롯이 응시했다.

이에 나는 "불을 꺼야 한다니까요!" 하고 말을 하려고 했지만 왜인지 목구멍이 콱 막혀왔다. 애써 진정하며 천천히 입술을 벌렸다.

"한 사람을 자유롭게 하고 싶어요. 모든 속박에서 자유로워지고. 행복해지는 모습을 보고 싶어요."

상황이 촉박하건만 내게서는 신기하게도 오랫동안 마음에 품고 있던 간절한 소망이 튀어나왔다.

[한 사람을 위해 대마법사가 되고 싶다는 거니?]

"네. 그래요."

[어째서니? 너는 수많은 사람을 구할 수도, 이 세상 모든 재물을 끌어들일 명예도 얻을 수 있는데.]

"아뇨. 아뇨. 나는 그런 것을 원해서 마법사가 되고 싶은 게 아니에요."

마음은 이리 급한데 왜인지 눈물이 날 것 같았다. 이유는 몰랐다.

"나는, 단 한 사람을 위한 마법사가 되고 싶어요."

내가 가진 간절한 바람은 마법이 되고 힘이 된다.

"그 사람을 구원할 수 있는 힘을 가진 마법사가 되길 원해요. 그 사람을 위해, 강해지고 싶어요."

[잘 들었다. 네가 바라는 길로 갈 수 있도록 도와주마.]

율리아가 웃고는 그대로 희미해졌다. 손등에서 타는 듯한 아릿함이 느껴졌다.

[이 마법의 진정한 주인이 되게 해주마. 받아들인다면 네가 원하는 만큼 강해질 거란다.]

그 순간 펜릴의 말이 스쳐 지나갔다.

"너는 아직 그 주문의 모든 힘을 발휘하지 못하고 있어. 네가 그 주문의 진정한 힘을 이끌어낼 수 있을 때, 너는 무엇이든 할 수 있을 것이다."

힘의 크기와 잠재력을 알지만 사용 방법까지는 알 수 없을 거라는 펜릴의 말. 내게 진정한 주인이 되라고 했던가?

"오래전에 만난 그 마법사는 데런 이베르크만큼이나 뛰어난 인간이었다."

그럼 나는 하양이의 기억에서 보았던 저 여성, 뛰어난 마법사인 초대 대공과 능히 겨루던 율리아의 모습처럼 강해질 수 있는 걸까?

"아마도 그 주문을 위해 시련을 겪어야 할지도 모른다."

"그 시련은 어떻게 겪는데?"

"네가 원한다면 곧 너를 찾을 것이다. 그렇게 만들어진 것이니."

몸이 아릿하게 아팠다. 다시금 숨이 막히고 온몸에서 힘이 빠져나갔다. 손끝에서 단단한 것이 느껴졌다. 마법 지팡이라는 걸 알았다.

[곧 괜찮아질 거야.]

율리아가 다정한 음색으로 속삭였다. 흐릿하던 눈앞이 밝아왔다. 새카만 대지, 사나운 불길에 부서질 듯 연약하게 흔들리는 얼음벽, 숨을 내쉬자 그것이 흔들림이 거짓말처럼 멈췄다.

생각과 동시에 얼음벽이 더욱 단단하게 솟아났다. 숨이 막혔지만,

이상하게도 힘은 솟아났다. 옆에서 율리아의 미소가 느껴졌다.

[대마법사가 된 것을 축하해.]

이내 반투명하던 그녀의 모습이 발밑에서부터 부서지듯이 사라졌다.

[하지만 아이야, 잊지 말렴. 모든 것에는 대가가 있다는 것을.]

그럴 리가 없겠지만 머리를 쓰다듬는 감각이 느껴졌다. 그녀였을
까? 언니와 비슷하게 생겨서는 머리를 쓰다듬는 느낌도 비슷했다.

안압이 터질 듯한 눈을 힘겹게 깜빡였다. 하아, 거칠게 숨을 내뱉
었을 때…….

"에이미."

모든 불이 사그라들었다. 아주 거대한 얼음벽의 돔 안에서.

"불이 꺼졌어요."

세레나의 마지막 한마디와 함께 나는 형편없이 마법진에 주저앉
았다. 쌕쌕, 거센 숨이 규칙 없이 쏟아졌다. 세레나의 얼굴에선 땀방
울이 뚝 떨어졌다. 그녀의 얼굴은 창백했다. 그녀와 나, 둘 중에 누가
더 힘들었다고 딱 잘라 우위를 가를 수는 없겠지만, 둘 다 한계에 이
른 것은 분명했다.

"정말 모두 꺼진 거예요?"

"네. 모두 꺼졌어요."

세레나의 확신이 있고서야 지팡이를 잡았던 손에서 힘이 빠졌다.

"스승님, 우리 둘 다 살았어요."

세레나가 나를 가만히 보다 천천히 끄덕였다.

"우리……. 그렇네요."

최소한의 힘을 사용해 내가 공간을 쌓고 세레나가 그 공간 안에
폭발적인 힘으로 마력을 모조리 소진시켜 진화하는 방법은 성공이

었다. 아니, 나와 위대한 주인공이 만들어낸 기적이었다.

검은 불이 진화된 풍경은 그야말로 장관이었다. 절벽이라 불릴 정도로 거대한 얼음이 여기저기 솟아 있었고, 검은 불을 잡아먹고 남은 세레나의 하얀 불이 치이익 얼음을 녹이면서 눈과 진눈깨비가 되어 내렸다. 찬연한 불이 만들어낸 겨울이었다. 오직 이 순간에만 볼 수 있는 현상에 세레나도 나도 말을 잇지 못했다.

"에이미…… . 이 순간에 미안한데."

감격에 잠겨 있던 나는 눈을 돌렸다. 세레나의 얼굴로 가늠할 수 없는 것이 일렁였다. 그러나 그것은 잠시뿐, 그녀가 생긋 웃었다.

"힘이 빠져요."

"……네?"

그와 동시에 마법진이 기우뚱 기울었다. 세레나가 배를 잡고 유쾌하게 웃었다. 꼭 처음 웃어 본 사람 같이.

"미안해요. 이거, 유지할 기력이 없어요."

"네?"

잠깐만, 우리 아직 까마득한 높이 위에 있잖아. 잠시만!

"아니, 이대로 떨어지면!"

"죽겠죠?"

"그렇게 태연할 문제가 아니잖아요?!"

"음, 그러네요. 에이미는 기력이 남아 있어요?"

당연히 없다! 세레나의 마력을 감당하느라 아주 그냥 혈관의 세포 하나하나 쥐어짰으니까. 재능의 차이인지 세레나는 아직 두 발로 서 있었고 나는 녹초가 되어 쪼그려 앉아 있었다.

"그럼 어떡해요?"

세레나가 맑게 웃었다.

"어떻게든 되지 않을까요?"

아니, 스승님, 당신 왜 그렇게 태연한 건데?

그와 동시에 마법진이 완전히 기울어지고 몸에서 아찔한 부유감이 느껴졌다. 소리 없는 비명이 절로 튀어나왔다. 사람이 놀라면 소리조차 나오지 않는다던데, 내가 딱 그 짝이었다.

떨어지는 순간에도 세레나는 생긋 웃고 있었다.

"이렇게 편하고, 재밌게, 마법을 죽을 만큼 써본 건 처음이에요."

"아니, 그건 좋은데 감탄할 때가 아니잖아, 꺄아아아!"

마법진이 완전히 기울어지고 그대로 허공에서 사라졌다. 다음은 당연하겠지만 추락이었다. 아니, 과제를 완수하면 뭐하냐고. 이대로 죽으면 어쩔 거냐고! 거센 바람 속에서 울상과 사색이 된 얼굴로 바닥을 향해 눈을 질끈 감았을 때였다. 허공에 한줄기 불꽃이 피어올랐다. 새빨간 색이었다.

[이번엔 호의를 베풀도록 하지.]

얄밉도록 태연한 목소리가 들리는가 싶더니 불길이 그대로 우리를 감싸 안았다. 이곳에 왔던 것과 마찬가지로 눈을 감았다가 뜨자, 낯익은 공간이었다. 눈앞에는 붉디붉은 장발을 가진 남자가 담뱃대를 물고 까딱거렸다. 색이 다른 눈동자가 가늘게 휘어졌다.

[첫 번째 과업을 수행한 것을 축하한다.]

나긋이 웃으며 내게로 기울어지는 얼굴을 멍하니 보다 나는 그대로 주먹을 들어 올렸다.

퍽.

경쾌한 소리가 울려 퍼지고, 남자가 제 코를 감싸 쥐었다.

[악! 이, 이게 무슨 짓인가!]

"더 맞을래요? 아니, 더 맞자."

[이, 이러지 마라. 아니, 선지자 네 주먹은 우리도 아프다고!]

응. 그래 아프라고 때리는 거야.

때마침 누군가 쪼르르 달려와 내 허리에 매달렸다. 어린 리녹이 울먹일 것처럼 나를 보고 있기에 나는 잽싸게 손을 가리켰다.

"리녹, 쟤 묶어!"

"응!"

철그렁.

밤의 리녹이 발휘했던 것처럼 쇠사슬이 무닌의 몸을 칭칭 감쌌다. 나는 힘이 없는 몸을 억지로 일으켜 세웠다.

너 이 망할 새 새끼. 일단 좀 때리고 보자.

MY SISTER PICKED UP THE MALE LEAD

그 겨울, 눈아래 고백

XIII

13

그 겨울, 눈 아래 고백

다음날.

나는 말끔히 자고 일어난 얼굴로 무닌을 다시 한번 마주했다. 그리고 내 옆에는 아이의 모습을 한 리녹이 옆에 있었다.

[허, 허어…….]

무닌은 태연한 얼굴을 한 나를 가증스럽다는 듯이 쳐다봤다. 어제 낮, 아니, 해 질 무렵 거대한 불을 끄고 돌아와 정말 쥐 잡듯이 무닌의 머리채를 잡았다. 놀라서 달려 나온 기사단도 사정을 듣고는 누구도 말리지 않았다.

"맞아도 쌉니다!"

세레나는 마법 생물이 고통을 호소하는 것이 신기하다며 호기심 어린 눈으로 구경했다. 덕분에 누구의 방해도 받지 않고 응징했다. 물론, 이것으로도 속이 풀리지 않았지만.

[결과적으로 모두 잘된 일이거늘! 어찌 내게 화풀이를 하였느냐!]

"시끄럽고. 빨리 다음 과업 줘요. 우리 바빠."

무닌이 기가 찬 시선을 보냈다. 그러나 나는 첫 번째 과업 이후 이제 막 나가자는 마음을 먹은 뒤였다. 이 새 새끼가 얼마나 교활해질 수 있는지 알았으니까.

[나는 공명정대하다! 네가 생각한 만큼 파렴치한이 아니란 얘기다!]

"네네. 다음 과업요. 아니 근데, 어디서 새 새끼가 짖나."

[새는 짖지 않는다!]

그러거나 말거나 귀를 후비적거리는 시늉을 했더니 무닌이 이내 한숨을 쉬었다.

[좋아. 다음 과업을 주지.]

그가 한숨과 함께 손을 휘저었다. 그 순간 불꽃이 일어났는데, 이상하게도 나만 감싸는 것이 아닌가. 그리고 순식간에 바로 옆에 있던 리녹이 감쪽같이 사라졌다.

"리녹?"

[잠시 그대만 다른 공간으로 불러들인 것이니. 놀랄 것 없다.]

"무슨 수작이야?"

무닌이 담뱃대를 한번 물고는 까딱 고개를 흔들었다.

[호의를 베풀려는 것이다. 생각 이상으로 수행해 주었으니.]

"호의?"

네가? 전혀 신뢰가 가지 않는 단어였다.

[뭐 듣거나 말거나 알아서 하도록 해라. 나는 말해주었으니.]

"무슨 말을 하고 싶은 건데?"

꼭 서론만 긴 애들이 있다. 가뜩이나 밉상인 얼굴인데, 뜸 들이는 모습이 마음에 들 리 없었다.

[첫 번째 과업에 내 '가시'를 빼내는 것 또한 포함되어 있는 걸 기

억하나?]

"기억해."

[그래. 그건 두 번째 과업 뒤에 뽑아주어도 된다.]

"……고마워 해야 할지 모를 일이네. 그래서?"

어쨌거나 지금 뽑든, 두 번째 과업 뒤에 뽑든 놈에겐 이득이었다. 나와는 크게 상관없는 일이라 살짝 흥미를 잃고 고개를 들었다.

[말했듯이 선지자 너만 이 공간에 불러낸 것은 네게 호의를 베풀려는 것이다. 네 앞으로의 미래를 위해서.]

미래? 그제야 삐딱한 시선을 풀고 미간을 찌푸렸다.

[그전에 얘기해 두자면, 나는 인간이 아니나 인간 세상의 선과 악은 구분할 수 있다.]

"그런데?"

[그녀와 너무 가까워지지 마라.]

대뜸 튀어나온 말에 나는 그녀가 누구인가 잠시 생각해야 했다. 이어 무닌이 "세레나 히아신스"라고 말한 뒤에야 알아차렸다.

세레나? 스승님? 어째서 여기서 스승님 얘기가 나와? 뜬금없이 무슨 소린가 싶었다.

[너와 과업을 함께 수행한 마법사 세레나 히아신스는 인간의 한계를 뛰어넘은 자. 너희의 칭호로는 대마법사라 부르겠군.]

무닌은 차분하게 세레나의 이름을 입에 담았다.

[이 세계에는 운명이란 거대한 강줄기가 있다. 이것은 어찌해도 변하지 않는 것이지.]

갑자기 튀어나온 현학적인 말을 이해할 수 없었지만 일단 들어보기로 했다.

[절대 변하지 않는 운명, 연약한 보통 인간부터 나와 같은 거대한 마법 생물에 이르기까지 한계가 있다는 것은 애석하지만, 그렇다고 한 개체의 운명이 단 하나로만 정해진 건 아니다.]

"몇 가지 갈래가 더 있단 얘기야?"

[그래. 그러나 범위가 있지. 벗어날 수 없는 범위.]

무닌의 고요한 눈이 나를 응시했다.

[선지자, 너는 이 모든 경계를 뛰어넘는 자.]

"하고 싶은 말이 뭐야?"

[운명의 범위가 있다고 하지 않았나. 네가 함께했던 세레나 히아신스는 사실…….]

색이 다른 눈동자가 여태까지와는 다른 위엄을 품고 나를 담아냈다.

[인간 기준으로는 최악의 악당이 될 수도 있던 자였지. 여전히 그녀의 운명에는 이 미래가 존재한다.]

무닌이 선언했다.

△

나와의 개인적인 면담을 끝내고 돌아온 무닌은 아주 빠르게 선언했다.

[두 번째 과업을 주지.]

모두가 모인 자리에서 무닌은 나긋하고도 부드럽게 말을 뱉었다.

[다음 과업은 이베르크와 관련된 과업이다.]

그는 예고했던 대로 두 번째 과업의 조력자를 이베르크로 포고했다. 이미 앞서 얘기했기에 알고는 있었지만, 과업 자체가 리녹과 관련된 것일 줄이야. 그건 몰랐는데.

"이봐요. 이번에도 둘 중 하나가 목숨을 걸어야 하는 과업은 아니겠지?"

[그건 아니다. 내 이름을 걸고 맹세하지.]

이제 댁 이름이 불신의 아이콘 같은데요?

[노골적으로 안 믿는 눈치이군. 하지만 사실이다.]

너라면 믿겠니? 이미 첫 번째 과업으로 톡톡히 대가를 치른 나는 불신이 하늘을 찌르고 있었다.

'대뜸 스승님에게 최악의 악당이라 하질 않나.'

까마귀에게 묻고 싶은 것이 산더미 같았다. 도대체 세레나에 대한 얘기는 뭐며, 이번 과업에선 무슨 꿍꿍이냐고.

하지만 하나하나 세세하게 따질 시간은 없었다. 시간이 촉박하기도 했지만, 저 교활한 까마귀가 친절히 설명해 줄 것 같진 않았으니까. 아울러 항의한다고 과업을 바꿔줄 것 같지도 않고. 그러니 말을 하는 대신 고개를 끄덕였다.

"그런데 내 과업인데 왜 리녹이 중점이 되는 건데?"

[네가 내 깃털을 바라는 이유는 이베르크의 저주를 풀기 위해서가 아닌가?]

"그것과 관련되었다는 거야?"

[그렇다. 이 과업은 기본적으로 네게 '소중한 것'과 연관되어 있지.]

소중한 것. 무닌의 말을 곱씹는 동안 그는 더는 말을 잇지 않았다.

[준비되었는가?]

"준비됐어."

무닌의 담뱃대로부터 뿜어져 나온 연기가 나와 리녹을 에워쌌다.

무닌의 연기는 담배 연기처럼 눈이 따갑지도 않았고 냄새도 독하지 않았다. 아니, 오히려 재와 같이 매캐하다가도 대나무 향처럼 시원하고 청량한 향이 느껴졌다.

[이번 과업은 이베르크에게 '어떤 말'을 듣는 것이다.]

"어떤 말?"

고개를 갸웃했다.

[그건 눈을 뜬 순간, 네 눈앞에 떠오를 것이다. 그리 만들어두지.]

"잠깐. 눈을 뜨면 어디로 가는데?"

[그럼, 눈을 감아라.]

무닌은 첫 번째와 마찬가지로 불친절한 설명, 즉 핵심만 늘어놓고는 그대로 불을 일으켰다. 세레나와 이동할 때는 불 너머에 다른 공간이 있었다면 이번에는 불이 우리를 확 덮었다. 이 까마귀가 눈에 보이는 게 없나? 화상이라도 입을까 봐 황급히 아이 모습인 리녹을 잡아당겼다.

"에이미?"

"리녹, 나 꽉 잡아!"

[다치지 않으니 염려 말도록.]

웃음기 어린 까마귀의 목소리가 귀를 웅웅 울렸다. 그 순간 나를 잡는 자그만 손의 힘이 점차 약해졌다.

[선지자, 나 무닌이 불 말고도 다루는 것이 무엇인지 아나?]

그걸 내가 어떻게 알아? 불이 정신없이 덮치는 중에도 그렇게 중얼거렸다. 거센 바람이 불었다.

['기억'이다.]

뭐라고 하든지 말든지 나는 리녹의 손을 꽉 잡고 밀려나지 않으려

애썼다.

[이건 주요한 '단서'이기도 하니 잘 기억해 두는 것이 좋을 거다.]

짓궂음이 묻은 음성을 끝으로 나는 눈을 꽉 감았다. 눈을 다시 떴을 때, 내 손은 텅 비어 있었다.

"리녹!"

나는 벌떡 자리에서 일어났다. 그러다 말고 긴 옷자락을 밟고 휘청거렸다.

쿵. 아야야. 결국 비틀거림을 이기지 못하고 엉덩이를 찧은 나는 거칠게 머리를 쓸어 올렸다. 뭐야. 머리는 언제 풀린 거지? 하나로 묶어둔 건데.

"왜 이런 옷을 입고 있어?"

놀랍게도 내 옷이 갈아 입혀져 있었다. 간편한 바지와 웃옷 차림의 여행복이 아니라 거추장스러운 원피스였다. 아니, 드레스에 가까운 형태였다. 이런 것을 대공저에서 걸친 적 있었지? 옷감을 만져 보니 대공저에서 만큼은 아니어도 퍽 부드럽다. 꽤 비싸다는 건데.

"이게 대체 무슨 상황이야? 리녹은 어디 갔고?"

그제야 주변을 돌아본 나는 내가 있던 곳이 퍽 넓은 정원이라는 걸 알았다. 하지만 빈말로도 잘 가꿔져 있다고는 못할 꼴이었다. 풀이 마르고 가지가 우그러져 있었다. 곳곳이 관리가 안 된 기색이 만연했다. 을씨년스러운 정원을 한참 바라보며 눈을 살짝 찡그렸다. 잠깐만, 여기…….

"선생님!"

낯선 소리에 고개를 돌렸다. 누군가 이쪽으로 다가오고 있었다. 낯익은 하녀복을 걸친 이는 내게로 달려와 걸음을 멈췄다.

"오래 기다리셨죠, 선생님? 이쪽으로 들어가시면 됩니다."

선생님? 이게 무슨 소리야.

"대공자님께서 이제야 허락을 내려주셔서……. 아참, 선생님. 성함이 무엇이라 하셨죠?"

"네? 아, 저. 에이미인데요……. 저 사람을……."

사람을 잘못 본 것 같다고 말을 하려던 순간, 나는 곧바로 나온 아치형 문에 입을 꾹 다물었다. 멀지 않은 곳에 긴 탑이 있었다. 익숙한 탑의 모양. 맙소사, 여기 대공저잖아?

하지만 기억하는 모습과는 너무나도 달랐다. 로테가 정성을 다해 관리하는 대공저는 결코 이런 모습이 나올 수가 없었다. 군데군데가 허물어진 성벽을 보다 어느새 대공저 안으로 진입했다. 이미 내가 그 '선생님'이 아니라고 변명하기엔 늦은 시점이었다. 막 고개를 들었을 때는 어느 거대한 문 앞에 서 있었다. 문이 열리고 커다란 창문이 보였다.

"아, 마침 왔군요."

낯익은 목소리에 눈을 들자 그곳에 로테가 서 있었다.

'세상에나. 진짜 로테잖아?'

그런데 기억 속 로테보다는 매우 어려 보였다. 거기다 내가 아는 정돈된 표정이 아니었다. 갓 잡은 산짐승을 데려왔나 싶을 만큼 날선 표정이었다. 자세히 보니 로테는 안경을 쓰고 있지 않았다. 게다가 집사복, 즉 양복도 입지 않았고 아래위로 검은색 일색인 편안한 옷을 걸치고 있었다. 언제든 편히 움직일 수 있어야 하는 사람처럼.

"어렵게 데려온 선생입니다. 공자님, 그 문서를 읽으려면 고대 문자를 알아야 하고, 그 문자를 아는 이는 드뭅니다."

로테는 누군가를 열심히 설득하고 있었다. 천천히 시선을 돌렸다.

"다행히도 기적과 같이 평민 중에서 그 문자를 아는 이를 찾지 않았습니까."

등 돌려져 있는 의자를 바라본 순간, 의자가 내 쪽을 향해 돌아갔다. 나는 의자에 앉은 앳된 인영을 보고 눈을 동그랗게 떴다.

"……필요 없다고 했을 텐데."

"아니요. 필요합니다."

리녹이었다. 아니, 리녹이었지만 내가 한 번도 보지 못한 모습이었다. 눈앞의 그는 약 열여섯 살쯤 된, 청년이라기엔 어리고 소년이라기엔 조금 커버린 모습이었으니까. 하지만 햇살에 비친 투명하고 하얀 피부와 보석처럼 일렁이는 선명한 눈동자만은 다르지 않았다. 낮의 아이가 그대로 자란 것 같았다. 인형같이 무표정하고 냉혹한 시선만 제외한다면.

여기서 어째야 하나. 나를 보고도 동요하지 않는 눈을 보아서는 나를 모르는 눈치였다. 그렇지 않고서야 저렇게 차갑게 보진 않을 테니까.

'이게. 과업인 걸까?'

숨죽이고 두 사람을 응시했다.

"헤트롯테."

스르릉. 긴 장검이 순식간에 로테의 목에 겨눠졌다. 리녹은 검을 들이밀고 떨어지는 핏방울을 무심하게 응시했다.

"명령 불복종으로 죽고 싶나?"

"아닙니다. 죽더라도, 그 문서 해독은 꼭 필요한 일입니다. 공자님. 공자님을 위한 일입니다."

로테의 눈은 충정으로 깜빡거리고 있었다. 리녹은 천천히 검을 거뒀다. 검이 있던 자리로 가는 핏줄기가 흘러내렸다.

"어떻게 믿지?"

"실험해 보시지요."

그때였다. 아이답지 않은 냉정한 시선이 내 쪽을 향했다. 동시에 나와 리녹의 시선이 교차했다. 커다란 호수같이 크고 맑았으나, 안쪽으로 담긴 것은 내가 아는 것과는 너무나도 달랐다. 지금 그의 모습은 내가 알던 책 속 공작의 모습과 흡사했다.

툭. 내 앞으로 양피지가 던져졌다. 던져지며 펼쳐진 안쪽에는 글자들이 가득했다. 리녹은 고개를 까딱였다. 자색 눈동자가 무심히 나를 담았다.

"읽어 봐."

나는 일단 차분히 문서를 들어 올렸다. 흡, 심호흡을 했다. 리녹의 손에는 아직 긴 장검이 들려 있었다. 로테의 시선 또한 심상치 않았다. 나는 낯익은 얼굴과 낯선 시선들에서 해방되고 싶다는 생각을 하며 문서를 활짝 펼쳤다.

"……어디를 읽어요?"

"아무 구절이라도 좋습니다."

로테가 대답했다. 대답하면서도 눈썹을 살짝 찡그렸다, 이 상황에서 그런 말을 하냐는 듯이. 나는 다시 숨을 크게 들이마셨다.

[선지자, 나 무닌이 불 말고도 다루는 것이 무엇인지 아나?]

흘려듣듯 넘겨 버렸던 무닌의 말.

['기억'이다.]

왜, 어째서. 내가 이 시간의 대공저로 온 거지.

"읽을게요. '늑대는 가지고 싶은 반려에게 잘해주고 무엇이든지 주려 한다. 이는 반려가 끝내는 헤어 나오지 못하는 매듭이 된다. 늑대의 매듭은 헤어나가려 할수록 더욱 꽁꽁 묶게 한다.'"

응접실에는 한동안 침묵이 맴돌았다. 마침내 고요함을 깨트린 것은 리녹이었다.

"정말이긴 한가 보군."

"네. 그런 것 같습니다."

벌떡 일어난 그가 성큼성큼 걸어왔다. 나와 키 차이가 얼마 나지 않는 소년을 보며, 지금껏 내가 알지 못하는 그의 모습임을 깨달았다.

그 순간, 눈앞이 하얗게 변했다가 갑자기 네모난 칸이 떠올랐다.

[눈을 뜬 순간 네 눈앞에 떠오를 것이다. 그리 만들어두지.]

마치 반투명한 종이 같은 느낌이었다. 이내 그곳에 작은 글씨가 새겨졌다.

「두 번째 과업. 눈앞의 이베르크에게 어떤 말을 들을 것.」

읽는 순간, '어떤 말'이라는 글자가 흐려지고 대신 다른 글자가 새겨졌다. 순간, "미친."이라는 말을 내뱉고 말았다.

「'예쁘다'라는 말을 듣기.」

나는 얼이 빠졌다. 내가 지금 무슨 말을 본 거지? 예쁘다? 이렇게 살벌하게 노려보는 사람에게요? 그가 정확히 몇 살인지는 알 수 없으나 대충 보이는 나이대를 찍자면 열여섯 살, 혹은 열다섯 살 즈음. 다시 보니 나를 보는 얼굴이 살벌함과 동시에 무감각하기만 했다. 나는 이마를 부여잡고 싶어졌다.

'저런 사람한테 대뜸 무슨 말을 받아내라는 건지.'

리녹은 나를 한 번 더 쳐다보더니 미련 없이 몸을 돌려 방을 나섰다.

이어 로테마저도 리녹의 뒤를 쫓아 방을 나섰고, 나는 남아 있던 하녀 언니의 재촉을 듣고 나서야 방을 옮길 수 있었다.

그리고 다음 날. 놀랍게도 여기서도 시간이 흐른다는 걸 알았다.

'시간이 흐른다니. 그럼 바깥의 시간과는 차이가 어떻게 되는 거지?'

주요한 맹점이었다. 여기서 시간을 빼앗긴다면 첫 번째 과업을 하루 내에 해치운 보람이 없을 터였다. 그리 생각한 순간 눈앞에 네모난 칸이 떠올랐다.

「제한 시간은 이곳의 기준으로 한 달. 단, 이곳의 한 달은 현실의 이틀과 같다.」

나는 눈앞에 떠오른 창을 보며 어이가 없었다. 마치 지켜보고 있다는 듯한 상황에 불쾌해졌다.

'⋯⋯이놈의 새 새끼가 누굴 지금 약 올리나. 후. 일단 침착하자.'

일단 바깥의 시간과는 다르게 흘러간다는 사실. 이건 나쁘지 않았다. 더욱이 이곳의 한 달이 현실의 이틀에 해당한다면 그나마 다행인 일이었다. 일단, 내가 성공한다면 말이지.

"차를 한 잔 더 드릴까요?"

나는 고개를 들었다. 내게 말을 건 하녀 언니가 살짝 웃고 있었다. 오늘 나를 이 방에 데려온 사람. 어제 나를 방으로 데려간 하녀 언니와는 또 다른 인물이었다. 그리고 익숙한 얼굴이기도 했다.

"제 이름은 헤렌이랍니다. 앞으로 이곳에 계시는 동안 선생님의 시중을 들 거예요."

현재 대공저의 하녀장, 헤렌이었다. 헤렌 또한 앳된 얼굴로 웃고 있는 것을 보니 기분이 묘해졌다.

"차는 어떠세요."

"아, 한 잔만 더 부탁드려요."

어제 대화로 추측하자면, 지금 내가 맡은 '역할'이란 고대어를 해석하며, 가르치는 가정 교사. 그것도 평민들 중에서 드물게 언어에 탁월한 능력이 있기 때문에 데려왔다는 설정인 것 같은데, 이게 묘하게 내 처지와 내가 가진 능력과도 맞아떨어졌다. 실제 리녹에게 이런 일이 있었는가는 모르겠으나, 아무래도 무닌이 만든 가능성이 높지 않을까?

나는 차를 홀짝이며, 헤렌을 응시했다. 확실히 내가 평민임을 알아서인지 그녀의 태도는 현실에서처럼 윗사람을 대하듯 깍듯하진 않았지만 친절하면서도 정중했다.

"저, 뭐 하나 여쭤봐도 되나요?"

"물론입니다."

나는 찻잔 끄트머리를 만지며 머리를 빠르게 굴렸다.

"제가 이곳으로 워낙 급하게 오게 된 터라 들은 것이 거의 없거든요."

대공저 인물들의 성격상, 가정 교사를 데려올 때 사정을 모두 설명하지 않았을 가능성이 컸다. 어제도 시험하듯 글을 읽게 했던 것만 봐도 그러했고.

"어제 잠깐 뵙긴 했지만 제가 여기서 해야 할 일이 대공자님을 가르치는 일인 것 같은데, 맞나요?"

"네. 맞습니다."

확인 차 물은 질문에 헤렌이 이해한다는 듯 끄덕였다.

"음, 실례지만 대공자님께서는 몇 살이실까요?"

나는 일부러 격식을 차리지 않고 물었다. 평민이라면 이럴 것이 당연할 테니.

"올해로 열여섯 살 되셨습니다."

헤렌은 내가 고위 귀족 저택에 머물게 되어 얼떨떨해한다고 생각하는 듯했다.

"아……. 열여섯 살."

열여섯 살. 원작을 토대로 추측하자면 리녹이 대공위 찬탈을 하는 시기인 듯했다.

'근데 이건, 책에서 나오지 않은 시기잖아?'

리녹은 대공령에서 폭정을 일삼는 부친을 직접 살해하고 대공 자리에 올랐다. 대공위 찬탈. 만약 내가 생각하는 시기가 맞는다면 이 시기는 대공저가 가장 위험한 시기일 테고. 곧 두 세력이 크게 맞부딪칠 예정이었다.

여기까지 떠올린 나는 새삼 대공저가 정돈되지 않은 이유를 알았다. 현재의 유능한 로테와 헤렌이 아직 이곳에서 손을 쓸 만한 상황이 아니였을 테니.

고대 마법은 대공이 된 후에 발현했다. 다시 말해 이 시기는 마법을 겪지 않은 리녹이다. 그리고 나는 이 시기쯤의 리녹에 대해 아는 것이 전무했다.

'아니, 이 새 새끼는 골라도 왜 이런 시기를 골라서 준 거지?'

조금 당황스러웠다. 이제 어떻게 행동해야 하는 걸까. 그저 책 속의 한 줄 문장으로 흘러간 시기다. 나는 이 시간의 그가 무슨 생각을 했을지, 어떤 행동을 했었는지 아는 것이 거의 없었다. 아주 어린 시절이나 대공이 된 이후로는 원작에서 대부분 서술되었기에 잘 알고 있지만…….

만약 무닌이 이것까지 고려한 거라면 환장하게도 탁월한 선택을 한 것이나 다름없었다. 한숨이 절로 나왔다. 그나저나 말이지…….

"대공자님께서 늦으시네요."

수업 시간은 2시였지만 벌써 한 시간이 훌쩍 지나 있었다. 헤렌이
난감한 웃음을 지었다.

"대공자님께서는 항상 바쁘셔서……. 일이 있으신 듯해요."

그리고 그날 리녹은 끝내 응접실에 나타나지 않았다. 다음 날도,
다다음 날도. 그다음 날도 마찬가지였다. 아니, 일단은 님을 봐야 별
을 딸 것 아닌가?

내가 열여섯 살 리녹을 다시 볼 수 있었던 것은 그로부터 무려 3
일이 더 지난 후였다.

"안녕하세요, 대공자님."

나는 일단 리녹을 보며 밝게 웃어 보였다. 얼마나 금 같은 얼굴이
기에 일주일 가까이 보이지를 않았느냐고 쏘아주고 싶었는데, 가만
보니 얼굴이 정말 금 같기는 했다.

삐딱하게 앉은 리녹은 시선을 들어 올렸다.

"……."

와, 삐딱하게 앉은 리녹이라니 신선하긴 했다. 내가 아는 그는 낮
이든 밤이든 습관처럼 허리를 꼿꼿이 펴서 바르게 앉곤 했었다. 거
기다 열여섯의 리녹은 반항이 가득 담긴, 날것에 가까운 시선이었
다. 굳이 비슷한 것을 찾자면 기억을 잃고 숲속 집에서 처음 눈을 떴
을 때랄까? 하지만 그땐 더 침착하고 냉정했다. 정제된 느낌이었지.
지금처럼 날것에 가깝지 않고.

"으음, 수업을 진행하면 될까요?"

"수업?"

리녹이 고개를 까딱 기울였다. 이마를 덮은 결 좋은 검은 머리칼이 흩어졌다.

"수업."

내가 한 말을 되풀이하듯 따라 한 리녹이 눈꼬리를 얇게 접었다. 못마땅한 기색이 역력했다. 지금 수업할 상황으로 보이냐는 표정처럼 보이는데.

"네. 어……. 책을 펼치면 될까요?"

나는 리녹의 머리칼이 듬성듬성하게 잘려 있다는 것을 알았다. 마치 관리가 되지 않은 것처럼. 리녹이 입은 옷도 고급스럽게 보이진 않았다. 이를 보며 나는 지난 일주일간, 이 저택에 머물며 간간이 본 것들을 반추했다.

리녹이 수업을 받으러 오지 않아서 가끔 저택 복도를 걷곤 했고 그곳에서 현재와 아주 많이 다른 것들을 발견했다. 이를테면 살벌함이라거나 싸움이라거나.

뭐. 살벌한 풍경이기는 했다. 저택 곳곳이 부서지거나 여기저기에 돌 부스러기가 굴러다녔다. 이는 낡아서 생긴 흔적이라기보다는 싸움의 흔적 같았다. 자다가도 쾅. 쾅 소리가 나곤 했고 말이지.

나는 늘어놓은 책 중 하나를 짚어 첫 장을 펼쳤다. 수업에 필요한 물건은 대공저에서 모두 구해 주었다. 목차를 쭉 살펴보는데 침묵하던 소년이 입술을 열었다.

"일주일이나 이곳에 머무른 이유가 뭐지? 보기 좋은 풍경은 아닐 텐데."

나는 책을 들다 말고 고개를 돌렸다.

"네? 저기, 수업을 하라고 해서 머물렀는데요……. 무슨 문제가 있나요?"

"그것뿐이 아님을 알고 있다. 이렇게 필요할 때에 거짓말처럼 아무 연고도 없이 고급 인재인 고대어를 할 수 있는 사람이 나타났다? 그것도 평민이?"

"……저어, 저는 그냥 제안받고 온 사람인데요……."

"우습군. 아버지가 보낸 암살자는 아니고?"

……진짜 수업하러 온 건데요. 정확히는 당신에게 '예쁘다'는 소리를 들으러 왔는데요…….

리녹을 잘 알아서일까? 나는 말을 걸다 말고 리녹이 대뜸 검을 들이밀어도 놀라지 않을 수 있었다. 음, 그러니까 이건 일부러 방치했다 이거지? 좀 지켜보려고?

"사춘기인가."

"뭐?"

리녹이 득달같이 고개를 돌렸다. 헉, 뭐야 이게 들렸어? 나는 얼른 아무 말도 안 했다는 듯이 태연히 웃었다. 그런 나를 노려보던 리녹이 검을 꾹 잡았다가 떼었다.

쾅.

……검을 내려놓는 소리가 정말 질풍노도처럼 느껴지는 건 착각인가. 상황을 보니 이번 판은 망하다 못해 암담한 것 같았다. 어째 이번 과업 또한 쉽지 않다.

기억을 잃은 리녹이 고스란히 성장해 여유가 넘치는 '야생 짐승'이었다면, 이쪽은 막 야생에 발을 들여 경계심을 가득 담고 삐죽삐죽 털을 세운 '사나운 짐승' 같았다.

리녹은 입꼬리를 그대로 들어 올렸다. 소년에겐 걸맞지 않은 웃음이었다.

"그 말을 믿어 달라? 검 앞에서도 태연한 평민을 두고 의심하지 않는 것이 이상하겠군."

나는 그제야 돌아가는 상황을 이해했다. 확실히 시기를 추측하자면 의심이 하늘을 찌를 시점이긴 하겠다.

"저…… 그러니까 말씀하신 건 제가 의심스러우신 것이죠? 그래서 수업도 들어오시지 않은 거구……. 그럼 제가 할 일을 다 할 때까지 감시하시겠어요?"

"감시?"

"네. 감시요."

또박또박 말했다. 리녹이 조금 이상한 표정이 되었다가 눈빛으로 반문했다.

"딱 한 달만 머물다 가겠습니다. 한 달 동안 대공자님께서 살아계신다면 저는 결백한 거예요."

"……뭐?"

"감시해 주세요."

찡그리는 리녹의 얼굴을 보며 한 가지를 확신했다. 정 의심스러웠다면 쫓아냈겠지. 무닌이 설정한 상황의 농간인지, 아니면 리녹에게 정말 가정 교사의 능력이 필요한 건지 몰라도 나를 쫓아내지 않았다는 건 나를 의심하면서도 필요한 이유가 있다는 얘기였다.

그렇게 확신하고 다시 막 입술을 떼어낼 때였다.

쉬잉. 리녹이 나를 잡아당기고, 머리카락이 허공에 나부꼈다.

"헤렌! 로테!"

"네, 공자님!"

뺨을 스친 무언가에 놀라 손으로 만지자 축축한 것이 느껴졌다.

"암살자다!"

어디서 나타난 것인지 모를 흑의 남자들이 잔뜩 나타났다. 더 놀라운 건 기다렸다는 듯이 창문이나 문으로 나타난 리녹의 기사들이었다. 그 사이에는 익숙하지만 앳된 얼굴인 그레이와 첼시도 보였다.

"대장!"

"대열을 갖춰!"

숫자는 리녹 쪽이 압도적으로 적었지만 쉽게 지겠다는 생각은 들지 않았다.

"대공자님!"

암살자가 나타난 동시에 검을 뽑아 든 리녹은 많은 사람 사이에서도 누구보다 빠르고 정확하게 암살자를 쓰러트렸다. 그의 앞에 쌓이는 사람의 수만 해도 다른 이들에 비해 압도적이었다. 은빛 사선을 바라보다 천천히 시선을 내렸다. 바닥을 가득 메운 피 웅덩이가 보였다.

상황은 아주 쉽게 끝났다. 마치 기다리고 있었다는 듯이 가볍게 나서서 해치운 리녹 덕에. 고개를 들었을 때, 그와 그의 수하들 중 이 상황에 당황한 이는 아무도 없었다. 그제야 깨달았다. 당신이 무수히 헤쳐온 시간은 이런 시간이었구나 하고.

숨도 몰아쉬지 않는 소년이 가만히 서 있었다. 리녹은 어째서인지 나를 물끄러미 응시하고 있었다. 새카만 머리칼은 피가 물들어 검붉게 느껴졌다. 하얀 뺨에도 알알이 튄 피가 보였다.

하지만 이제 와서 그런 그가 무섭게 느껴지기엔 우리는 너무 많은 시간을 보냈다. 그렇기에 태연한 척 말했다.

"이제 수업하면 될까요?"

아주 괜찮을 순 없어서 살짝 떨리는 손은 뒤로 감추고.

"일단 제가 암살자가 아니란 건 밝혀졌겠다. 그죠."

현실의 그가 나를 보며 가장 예쁘다고 했던 웃음을 지으면서.

조금 전 리녹이 내 몸을 잡아당기지 않았다면 암살자의 단검은 내 목을 그대로 꿰뚫었을 거였다. 실제로 목 가장자리 쪽에서는 피가 묻어 나왔다. 소년 리녹은 천천히 얼굴을 찌푸렸다.

"이 광경을 보고 그런 말을 하다니. 어떻게 되먹은 머리 구조지?"

"저는 오래전에 이런 광경을 본 적 있어요."

그 말에 무어라 하려던 리녹이 입술을 꾹 다물었다.

그래, 나는 이런 광경을 본 적 있다. 그건 리녹이 나를 구하기 위해, 언니를 구하기 위해 만들어낸 풍경이었다.

삐딱하게 나를 바라보는 리녹의 시선이 아주 잠깐 혼란에 잠겼다. 이런 점에서 미숙함이 보이는 그가 신기했다. 아마도 내가 평생 보지 못할 그의 시간이었을 테니까.

아이답지 못한 아이가 소년다운 소년이 되었을 리 없었다. 싱그러움 대신 상처와 무력으로 무장한 소년 리녹. 작은 손에 들린 칼에서는 그가 쥔 무게만큼의 피가 뚝뚝 떨어졌다. 내 눈을 가만히 바라보던 리녹은 이내 눈을 돌려 기사단을 향해 걸어갔다.

"정리해."

"네, 대장!"

내게 아무런 말도 하지 않았지만 알 수 있었다. 그가 잠시간 무언가 느꼈다는 것을.

△

그리고 다음 날. 그가 수업 시간에 참석했다.

"참으로 이상한 성격이군."

맞은편에 앉은 리녹이 또렷한 어조로 말했다. 그에 나는 책을 바라보다 말고 고개를 들었다. 우리가 정상적인 수업을 한 지 딱 3일째 되는 날이었다. 그리고 제한 시간까지 단 보름도 남지 않은 시점이기도 했다.

"무슨 말씀이신가요?"

"그 태연함. 아니, 뻔뻔함인가?"

나는 소년의 말에 미소를 머금었다. 그날 이후로 리녹은 내가 암살자라는 가정은 일단 접어둔 것 같았다. 그러나 그는 여전히 경계를 완전히 지우지 못한 얼굴을 보였다. 뭐 고작 몇 주에 마음을 놓겠냐마는……. 이건 조금은 섭섭한데.

하지만 이를 티내지 않고서 입술을 삐죽이고는 어깨를 으쓱였다.

"넌 이곳에서 일어난 일을 보며 눈 하나 깜짝하지 않았지."

"글쎄요. 산전수전 겪다 보면 그렇게 되던데요."

"……이 저택에서 일어나는 일이 보통 평범한 일은 아닐 텐데."

"그러게요. 더한 일을 겪은 저도 참."

웃으며 고개를 숙이곤 책장을 넘겼다.

"덕분에 애인을 만났으니 괜찮아요. 다 좋은 경험이었죠."

어쨌거나 과업을 위해 가르치는 흉내는 내고 있었다. 이미 그를 가르친 전적이 있었으니 어렵지도 않았고. 그렇게 말하고는 다시 고개를 들었는데, 웬 걸 리녹이 펜을 떨어트렸다. 그는 조금 이상한 표정이었다.

"……연인이 있다고?"

"네. 있어요."

어째서인지 리녹은 살짝 당황 어린 기색이었다.

"개인 정보엔 없는 것으로 나왔는데."

아. 신상 조사했었구나. 하기야 아마 배우자 없음, 연인 없음으로 뜨지 않았을까.

"제 연인……. 음, 이 세상에는 없어요."

말을 하고 보니 좀 이상하다 싶은데. 뭐 상관없겠지. 틀린 말은 아니었으니까. 그러자 리녹의 눈이 아주 살짝 커졌다가 다시 제자리로 돌아왔다.

"그런가. 안된 일이군. 그럼 지금은 혼자라고? 신상 조사에 뜨지 않을 만큼은 오래되었겠군."

"네? 음, 그렇죠."

왜인지 중얼거리는 소년의 입꼬리가 잠시 움직인 것도 같았다. 아니, 이전과 다르게 기분이 살짝 풀린 것처럼 보이는 얼굴이었다.

"이상하게 널 보면 익숙한 느낌이 든다."

"……그거 저 꼬시는 건가요? 그건 곤란한데."

"수업이나 하지."

이런 단호함도 신선하네. 고개를 갸웃하던 나는 리녹의 입술이 다시 한번 움직였음을 발견했다. 오, 웃은 걸까? 오랜 시간 그를 봐온 사람이나 알 수 있을 법한 미묘한 변화였다.

"자자, 네에. 수업할까요? 그럼 오늘은 어제에 이어 다시, 단어로 가 볼게요."

오래전 숲속에서 낮의 리녹을 가르치며 느낀 거지만 그는 조금만 가르쳐 주어도 금방 늘었다. 그건 열여섯의 리녹도 마찬가지였다.

"발음을 조금 천천히 해주겠나?"

"네. 그런데 발음이 중요한가요? 그냥 눈으로 먼저 읽을 수만⋯⋯."

"⋯⋯."

"⋯⋯네. 안 물어볼게요. 다시 발음할게요."

⋯⋯진짜 사춘기인가. 역시나 질풍노도라고 시위라도 하는 듯이 예민하고 사나운 눈이었다. 경계하는 건 여전하네.

그는 하나를 가르쳐 주면 무섭게 외워서 둘을 추측하는데, 금방 원하는 수준까지 도달하겠다 싶었다. 애초에 대공저 측에서 요청한 것도 단어에서 문장 하나 정도 읽을 수 있을 정도면 된다고 했었지?

"다음은 '에스텔라'."

낯익은 단어였다.

"발음이 '에스텔라'라고?"

"네. 이건 공용어로⋯⋯."

"별."

리녹이 삐딱한 고개를 바로 세웠다. 그러고는 내가 알던 자세처럼 허리를 바르게 세웠다.

"그거, 이 단어와 조합하면 이렇게 되던가?"

"아, 그 단어는 '낮'이네요."

소년이 보일 듯 말 듯 웃었다. 수줍음 같기도 짓궂음 같기도 했다. 거짓말처럼 살짝 풀린 얼굴이 믿기지 않았다. 이런 얼굴도 할 줄 알았어? 현실의 그, 그것도 나를 사랑하는 눈을 한 그에게서만 볼 수 있으리라 생각한 얼굴이었다.

"낮별이군."

그 순간만큼은 반항기라던가 사나움이 아주 잠시 가신 것처럼 느껴졌다. 소년치고는 조금 성숙한 팔이 나에게로 뻗어왔다. 소년의 손이 내 머리칼을 잡았다가 놓았다.

"네 머리칼처럼."

그러고는 서서히 고개를 돌려 눈꼬리를 접었다.

"예쁘네."

'……어라? 잠깐만, 저 말 지금…….'

다음 순간, 리녹이 이어 말했다.

"한 달말고 앞으로도 이 저택에 머물 생각은 없나?"

나는 막 생각하던 것을 멈추고 눈을 크게 깜빡였다. 일단 리녹의 말에 대꾸 먼저 해야 할 것 같았다. 하지만, 당황한 나머지 마음에 품었던 말이 그대로 튀어나왔다.

"어…… 절 꼬시는 거예요?"

그러자 그의 얼굴이, 아니, 귀가 발긋 물들었다. 나는 그대가 이대로 부정할 줄 알았다. 한데 그는 붉게 물들이면서도 시선을 나에게로 한데 모았다.

"……그러면 안 되나?"

와. 너무 저돌적인 것 아닌가요? 사람 기분 좋게. 어른 리녹 쪽이 서늘하고 과묵하다면 이쪽은 서늘한 얼굴로 할 말 다 하고, 충동적인 느낌이었다. 체감상 이제 일주일 된 사람에게 이렇게 불쑥 다가오는 것도 그렇고. 그의 미숙함이 한 번에 와닿았다.

나도 모르게 손을 뻗었다. 저 빨개진 귀에 닿기도 전에 손끝이 희미해졌다. 왜 손이 희미해지는 거지?

무어라 말을 하기도 전에 깨달았다. 눈앞에서 하얀 빛이 터지고 있었으니까. 누군가 덥석 손을 잡았다. 희미해지는 내 손을 보며 리녹이 놀란 표정을 하고 있었다.

"이게 대체 무슨. 어디, 어딜 가는 것이지?"

"으음, 염려 마세요."

나는 웃으며 그의 뺨을 감싸 쥐었다. 소년이 움찔하는 것이 느껴졌다.

"집으로 돌아가는 거니까."

정확히는 내가 있어야 할 원래 시간으로 돌아가는 거겠지.

"무슨 말인지 이해하지 못했다! 돌아가다니? 어디로 말이지? 넌 아직 이 교습을."

"괜찮아요. 이미 읽을 줄 알잖아요?"

지나치게 똑똑한 리녹은 단 며칠만으로도 기본적인 것을 깨우쳤다. 이게 진짜 현실에서도 의미가 있는 것인지는 모르겠지만 아무튼 간에 내가 더 도와주지 않아도 할 수 있을 거였다. 할 말이 없어진 리녹은 고개를 숙였다. 이내 사라지는 내 손을 꽉 붙잡았다.

"못 보내, 나는."

"그렇게 초조해할 필요는 없는데."

손을 뻗어 그의 손을 맞잡았다. 소년은 어찌할 바를 모르는 얼굴이었다.

"당신은 무사히 날 꼬셔서 결혼까지 할 거거든요."

"뭐?"

아. 아직 정식 프러포즈도 안 받았는데 이 말은 일렀나? 나는 고개를 숙여 소년의 뺨에 가볍게 입을 맞췄다.

"함께해 주지 못해서 미안해요. 시간이 더 있었다면 좋았을걸. 하지만 당신은 지금 이 시련도 잘 견딜 거야."

눈을 뜨면 당신이 있겠지. 어린 당신도, 열여섯 사춘기의 미숙한 당신도, 너무나도 사랑스럽다. 그의 귀로 작게 속삭였다.

"고마워요. 나한테 반해줘서."

더는 말을 잇지 못했다. 하얀 빛이 눈앞을 가렸으니까. 나는 이것이 무엇을 뜻하는지 알았다.

「'예쁘다'라는 말을 듣기.」

과업의 종료였다.

△

흐음, 이제 현실 시간으로 가는 것만 남았지?

열여섯 살 리녹 앞에서 몸이 희미해지고, 눈을 감았다가 뜨면 다시 현실일 줄 알았는데 눈 뜨니 보이는 것은 깜깜한 어둠이었다. 사방이 어둡고 한 치 앞도 보이지 않는 것이, 마치 모든 공연이 끝나 조명이 꺼진 무대 같았다.

나는 주변을 둘러봤다. 언제 현실로 나갈 수 있나 하고 생각할 때쯤, 몸이 저절로 움직였다. 아, 이제 밖으로 나가는 건가? 까만 공간 속에서 희미한 흰빛이 보였다. 저게 뭐지? 문이잖아? 무어라 할 새도 없이 문이 활짝 열리고, 눈을 뜨자 새로운 공간에 서 있었다.

내 원래 시간은 아니었다. 이번엔 서재였다.

'서재? 이놈의 새 새끼가 일 제대로 안 하나? 설마하니 이게 과업의 연속? 이 새 새끼, 정말 털을 다 뽑아버릴 거야.'

분명 과업은 끝났다. 정확히는 알 수 없지만 그런 감이 강하게 들고 있다. 한데 왜 밖으로 내보내 주지 않는 거야? 책으로 꽉 찬 공간을 한참 보던 나는 움직임을 멈췄다. 근처에서 인기척이 느껴졌기 때문이었다.

파라라락.

종이를 열심히 넘기는 소리가 들려왔다. 나는 책꽂이 옆에 서서 슬그머니 고개만 내밀어 반대편을 응시했다. 이어 나는 눈을 크게 떴다.

'리녹?'

이번엔 어린 모습의 리녹이었다. 낮의 리녹과 같은 나이이거나 조금 더 많아 보이는 모습. 아니, 자세히 보니 키는 조금 크지만 훨씬 마르고 여린 느낌이었다. 다만 웅크린 등이 너무나도 익숙했다.

어린 리녹은 정신없이 책을 뒤지고 있었다. 책장이 파라락 빠르게 넘어가는데도 모두 읽고 있는 것처럼 느껴졌다. 무어라 중얼거리는 것 같아 나도 모르게 가까이 다가갔다.

"……없어."

그러나 가까이 갔음에도 아이의 목소리가 너무 작아 잘 들리지 않았다. 나는 리녹 앞에 쪼그려 앉았다. 책을 바라보던 아이의 손이 파들파들 떨렸다. 이내 아이가 고개를 홱 들어 올리고 나를 보았다. 아니, 나를 보았다고 생각했다. 그러나 자색 눈동자는 바로 앞에 있는 나를 보고도 어떤 동요도 없었다.

"리녹?"

아이를 부르며 손을 뻗자 손이 그대로 통과했다. 이게 뭐야? 다시 한번 뻗자 손이 또 통과했다. 꼭 내가 유령이라도 된 듯이.

'리녹에겐 내가 보이지 않는 건가?'

아이의 눈을 다시 한번 본 나는 흠칫했다. 눈물로 가득한 눈은 이리저리 허공을 헤매고 있었다. 대롱대롱 매달린 눈물은 끝내 떨어질 줄 몰랐다. 마치 눈물을 흘릴 줄 모르는 사람처럼.

"이름."

그 순간 나는 리녹 근처에 펼쳐진 책들을 보았다. 꽃 사전, 나무 이름, 위인전, 그리고 하인과 하녀 그림이 그려진 책. 공통점은 모두 '이름'이 나온 페이지였다.

"왜…… 나만 없지?"

"리녹."

"……악마의 씨앗이라서?"

"리녹!"

눈물로 가득했던 눈이 점차 텅 비어지는 모습을 보며 가슴이 아려왔다. 그제야 깨달았다. 여기는 리녹의 기억 파편 속 하나라는 것을.

무닌의 농간으로 만들어진 공간인 건지, 정말로 리녹의 기억 속에서 가져온 것인지. 그게 뭐든 이 순간만큼은 강렬하게 무닌의 농간이길 바랐다. 하지만 나는 알았다. 실제로 리녹에게 이런 기억이 있다는 걸.

"나는 이름이 없었어……."

"리녹!"

조그만 얼굴을 부여잡고 그대로 웅크린 아이를 붙잡고 싶었다. 아니라고, 네게는 이름이 있다고. 네 곁에 있는 사람도 있다고. 하지만 내 손은 애처롭게도 모두 그의 몸을 통과했다.

아이의 얼굴이 점차 텅 비어 가는데 아무것도 해줄 수 없다는 것이 사무치도록 가슴이 아팠다.

'당신은 이렇게 하나씩 포기했던 거구나.'

마지막으로 뻗었던 손이 희미해다가 사라졌다. 눈물을 흘리지 못한 아이가 눈앞에서 멀어졌다.

눈을 감았다가 떴을 때, 나는 뺨을 가로지르는 눈물을 느꼈다. 대체 밖에는 언제 나갈 수 있는 것인지 나는 새로운 공간에 서 있었다. 이번엔 음습한 공간이었다. 채도가 낮은 빛, 탁한 공기, 녹슨 바닥과 낡은 가구들. 불길한 느낌에 양팔을 꽉 잡고 고개를 돌릴 때였다.

퍽!

등골이 오싹해지는 마찰음에 몸이 그대로 멈췄다.

"개새끼."

솜털이 삐죽 서는 음산한 음성이었다. 나는 눈을 감지 못한 채 눈앞을 멍하니 응시했다.

퍽!

걷어차인 아이의 몸이 뒤로 쓰러졌다. 움직여야 하는데, 그럴 수가 없었다.

"넌 이베르크를 멸망시킬 거다."

머리 색은 다르지만, 눈동자만은 리녹의 것과 같은 남자가 말했다.

"너는 내 자식이 아니다."

냉정하게 일갈한 남자가 다시 한번 어린 리녹을 걷어찼다. 그제야 다리가 홀린 것처럼 움직였다. 달려 나가서 리녹 앞을 막았지만 속수무책이었다. 조금 전과 마찬가지로 남자의 몸은 나를 통과했다.

한눈에 알 수 있었다. 이건 리녹의 과거 기억이고, 저 사람은 리녹의 부친인 전 대공이다. 알고는 있었다. 책에서 리녹이 학대를 받았다고 나와 있었으니까.

펙! 펙!

그렇지만 이렇게 적나라한 상황을, 이런 장면을 생각해 본 적은 한 번도 없었다.

"너 따위가 왜 태어나서!"

어린아이가 체념 어린 얼굴로 맞고 있는 것이. 그 아이가 내가 사랑한 남자라는 것이. 모든 게 믿기지 않을 뿐더러 아무것도 할 수 없는 내 자신이 무기력하게 느껴졌다.

"윽……."

그 순간이었다. 나는 얼른 배를 부여잡았다.

"왜, 배가……."

배가 욱씬거렸다. 마치 한 대 걷어차이기라도 한 것처럼. 동시에 깨달았다. 논리적으로 설명할 수는 없지만 이건 리녹이 느끼고 있는 고통이란 걸.

'이렇게나 아팠던 거였어?'

리녹은 울지도 않고 신음조차 내지 않았다. 이것이 너무나 익숙한 사람처럼.

"……그만."

"너 따위에게 이름을 지어줄 가치는 없다!"

"그만해!"

발밑에서 새하얀 빛이 터져 나왔다. 공간이 퍼즐 조각처럼 부서지고 있었다. 아이를 때리던 전 대공도, 전 대공 옆에서 재밌다는 듯이 웃고 있던 귀족 여성도 모두 함께 쓸어 내려갔다.

나는 쓰러진 아이를 향해 손을 뻗었지만 그보다 먼저 빛이 나를 감싸 안았다. 누군가 내 눈을 가렸다.

[이런, 마력이 요동쳐서 나왔더니. 이건 '기억', 무닌의 짓인가……. 악질이로구나.]

낯설고도 익숙한 다정한 음성. 들어본 적 있는 목소리는 내 고대 마법의 초대 주인이라던 율리아 라미아스였다. 손가락 사이로 얼핏 갈색 머리칼이 보였다.

[아이야, 넌 네 힘으로 바깥으로 나갈 수 있단다. 그리하고 싶니?]

나는 천천히 끄덕였다. 그제야 뺨으로 눈물이 줄줄 흘러내리고 있음을 알았다. 하얀 빛이 펑 터지며 나를 덮쳤다. 이내 내 눈을 가렸던 손이 사라지고 눈을 꼭 감았다.

천천히 눈을 떴을 때, 고요한 숲이었다. 현실이었다. 뉘엿뉘엿 지는 해를 바라보며 남아 있던 눈물이 주르륵 흘러내렸다. 눈앞에는 공터를 뒤덮을 듯 거대한 새가 있었다. 불타오르는 하늘처럼 타닥타닥 타오르는 깃털을 바라봤다. 색이 다른 시선이 느릿하게 깜빡였다.

[이런. 마법에 오류가 있었군.]

나는 커다란 내 지팡이를 짚고 겨우 앉아 있었다. 온몸에 힘이 빠지는 기분이었다.

"너……."

"에이미!"

거대한 까마귀가 시야에서 사라졌다. 나는 시야를 가득 메우는 아이의 얼굴을 본 순간 왈칵 눈앞이 흐려졌다. 내가 어찌할 수 있는 감정이 아니었다.

그동안 이렇게 힘들었던 거였어? 그것들을 버텨온 거야? 그저 읽었다고, 안다고 자만할 수 있는 시간이 아니었다. 터지고 만 눈물은 쉴 새 없이 흘러내리고 뚝뚝 바닥으로 떨어졌다.

"에, 에이미? 에이미? 울어……? 왜, 왜…… 울어?"

바로 앞에서 아이 리녹이 어쩔 줄 몰라 하는 것을 알았지만 눈물이 내 힘으로는 멈춰지지 않았다. 입술을 꽉 깨물어 참았으나 소리가 자꾸만 새어 나갔다.

"에이미! 에이미, 우나? 왜? 누가 울려써!"

사람 모습을 한 하양이가 나를 붙잡고 말똥 같은 눈물을 똑똑 떨어트렸다. 내 옷자락을 붙잡고 이리저리 고개를 돌리고 고사리 같은 손으로 눈물을 닦아냈다. 리녹은 숫제 충격을 받은 표정이었다.

"누가 울렸어?"

아이의 목소리가 낮게 가라앉은 것을 간과하고 나도 모르게 고개를 끄덕였다. 그리고 고개를 얼른 들었다.

"쟤야?"

심상치 않은 기운에 고개를 들었을 때는 이미 늦은 뒤였다.

"저 새끼가, 에이미를 울렸어?"

아이가 평소 절대 쓰지 않을 것 같은 말투는 고사하고, 무시무시한 기운에 울다가 멈칫했다. 낮게 가라앉은 아이의 눈 위로 조금 전 보았던 열여섯 살의 리녹의 얼굴이 겹쳐 보였다. 아이답지 않던 서늘하고 냉소적인 얼굴.

쿠쿠쿵. 땅이 그대로 진동했다. 나무가 뿌리째로 뽑힐 것처럼 흔들렸다. 바로 옆에 있던 나는 느낄 수 있었다. 땅이 태동할 것처럼 움직이는 거대한 마력을.

"……안전할 거라며."

[그건 사고였다, 이베르크. 내가 그리 만든 것이 아니다.]

"결국 거짓말한 거잖아?"

리녹의 주변 모든 물건이 허공으로 떠올랐다. 옆과 뒤로 대기하고 있던 기사단이 필사적으로 제 검을 챙기는 것이 보였다.

휘잉. 마력으로 이루어진 바람이 불었다. 신기하게도 나에게는 어떤 영향도 주지 못했지만, 기사단 중 일부는 압박감에 희게 질렸다.

[안전하게 돌아왔지 않나? 저 인간은 다친 곳 하나 없다!]

쾅! 요란한 굉음이 천지를 울렸다. 자욱한 흙먼지 사이로 커다란 구멍이 뚫려 있었다. 얼마나 깊은지 모를 구멍이었다.

차르릉. 어느새 불새가 사람이 된 채로 쇠사슬에 붙잡혀 있었다.

[이게 무슨 짓이냐!]

"처음부터 마음에 안 들었어. 단지, 에이미가 괜찮다고 해서……."

고개를 숙였던 리녹이 천천히 눈을 들어 올렸다.

"참았던 건데, 다쳤잖아."

마력은 더욱 거세졌다.

"아, 안 돼! 대장님이 폭주를……."

첼시의 나지막한 소리에 그제야 정신이 확 들었다.

'폭주?'

그러고 보니 리녹의 감정이 격해지면 일어난다고 했나? 저택에서 내게 추근거리던 백작을 눕힐 때와는 전혀 다른 마력의 움직임. 내가 알고 있던 폭주의 전조 증상과 비슷했다. 여기서 일어나선 안 되는 일이었다. 그제야 난 사태의 심각성을 깨닫고 지팡이를 짚은 채 자리에서 일어났다.

"네가 에이미를 울려?"

하지만 이미 때는 늦어 아이가 서늘한 시선으로 마력으로 만들어진 거대한 검을 바닥에 내리꽂았다.

쾅! 콰앙!

거센 바람이 일었다. 자욱한 먼지가 눈을 가렸다. 황급히 바람을 헤치고 걸어갔을 때, 쇠사슬에 묶인 무닌이 보였다. 그리고 타닥타닥, 타다만 불꽃이 타고 있었다. 리녹이 보낸 검과 바위 조각들이 바닥에 부서져 있었다. 마력으로 알 수 있었다. 저걸 부순 건 세레나의 불꽃이었다.

"이 정도면 불의 까마귀가 죽거나 크게 다쳐요. 대공."

지팡이를 든 세레나가 쇠사슬에 묶인 무닌을 한번 보고는 말했다.

"무닌이 망가지면 우린 군단장을 잡으러 가지 못해요. 시간이 걸려서 차질을 빚을 거야."

"비켜."

"관리자의 권한을 이렇게 남용한 당신도 무사하지 못할 건데, 비효율적이지 않나요?"

쾅!

세레나의 불꽃과 어린 리녹이 던진 검이 맞부딪쳤다.

"우리 계약에는 어린 당신 쪽이 폭주하는 걸 막아달라는 것도 있었죠."

"비키라고 했어."

리녹이 이를 꽉 깨물었다. 쾅쾅. 연이은 마법이 연쇄적으로 터졌다.

"비켜! 에이미가 울었잖아! 에이미가!"

세레나가 눈을 깜빡였다.

"그러네요. 울었어요. 음……. 왜인지 기분이 좋지 않네요."

그녀가 고개를 갸웃한 순간, 리녹의 몸에도 쇠사슬이 만들어졌다.

리녹의 손목을 억압한 쇠사슬이 그대로 바닥에 꽂혔다.

"그런데 잘은 모르지만 당신이 이렇게 날뛰는 건 에이미가 바라는 일이 아닌 것 같은데, 아닌가요?"

리녹이 잠시 움직임을 멈춘 틈을 타 얼른 달려갔다. 힘이 빠지던 다리가 이 순간만큼은 고맙게도 잘만 움직였다.

"이거 놔! 저걸 죽여 버릴 거야!"

이 순간에도 리녹의 마력이 더욱 거세게 요동치고 있었다. 리녹을 억압한 사슬이 모조리 끊어지기 전에 나는 리녹을 끌어안았다.

"리녹!"

품에서 아이를 떼어내며, 얼른 리녹의 눈을 가렸다.

"나…… 괜찮아. 응?"

이 순간에도 그치지 못한 눈물이 뺨으로 흘렀다. 아이는 멈칫하더니 그대로 내 품에 가만히 안겼다.

"에이미?"

"응. 나야."

아이의 눈을 붙잡고 있는 손에서 축축한 물기가 느껴졌다.

"괜찮아."

나는 자그만 어깨를 붙잡고 토닥였다. 전부 괜찮다고, 나는 울지 않는다고 속삭였다. 아이가 진정될 때까지.

아이의 감정이 잦아들었다고 생각될 때쯤, 품에 있던 아이가 점차 커지는 것을 느꼈다. 이윽고 커다란 손이 내 뺨에 닿아 눈물을 닦아냈다. 내가 눈을 가렸던 곳에는 아이의 얼굴은 없었다. 대신 넓은 가슴이 자리하고 있었다. 눈을 크게 떴다.

'……밤의 리녹?'

반사적으로 하늘을 보니 태양은 온데간데없었다. 저녁이었다.

"에이미."

성인이 된 리녹이 상체를 굽혔다.

"……내가, 괜찮지 않아."

내 눈물을 모두 닦아낸 리녹이 나를 붙잡고 이마를 맞댔다. 그의 손이 잘게 떨리고, 그에게서 옅은 숨이 흘러나왔다.

"……이렇게 낮을 기억하고 싶었던 것은 아닌데."

그 말로 깨달았다. 그가 조금 전 일, 그러니까 아이였을 때의 일을 기억하게 되었다는 것을.

"당신, 기억하는 거예요?"

"저 망할 새 새끼에게 고마워해야 할지, 욕을 해야 할지 모를 상황이군."

리녹이 입술을 비틀었다가 내 몸을 그대로 꽉 끌어안았다.

"……이 세상에서 지워 버리고 싶은 것은 여전하지만."

오싹하도록 살벌한 목소리에 그에게서 떨어져 얼른 그의 팔을 붙잡았다. 재빨리 도리질쳤다.

"안 돼요. 응? 사고라잖아요."

이 순간에 저 망할 새 새끼 따위의 변호를 하고 싶지는 않았지만 리녹을 진정시키는 것이 먼저였다. 성인이 되었음에도 여전히 진정되지 않고 요동치는 마력이 고스란히 느껴지고 있었으니까.

[……그래, 사고였으니 일단 좀 놓아주지 않겠나?]

돌아가는 상황을 깨달았는지 까마귀는 빳빳하던 고개를 얼른 내려 보였다. 확실히 더럽게 약삭빠른 까마귀였다.

[이 건은 진심으로 사과하겠다. 보상도 아끼지 않지.]

좀처럼 제 걸 내어주는 법이 없다던 까마귀에서 보상 얘기를 듣고 나서야 어느 정도 상황이 일단락되었다. 엉망이 된 공터를 정비하는 동안 사람 모습을 한 무닌이 내 옆에서 머리를 거칠게 쓸어 올렸다.

[이번 대의 이베르크는 특히 폭력적이고 난폭하기 그지없군. 선지자, 너는 저런 인간의 반려로 괜찮은 것인가?]

저 말, 내가 두드려 팼을 때도 똑같이 하지 않았던가? 나는 무닌을 한심하게 응시했다.

"내가 이런 조언 잘 안 하는데 말이죠."

나는 그를 위아래로 훑어보며 나지막하게 말했다.

"당신, 밤길 조심하는 게 좋을 걸요?"

[뭐?]

난 고개를 까딱했다. 뒤에서 리녹이 아직 포기하지 않은 사람처럼 눈을 부릅뜨고 있었다.

"이 일이 끝나고 나나 리녹의 손에 조져지지 않게 조심하라고요."

가만 보면 이런 건 언니의 말버릇이 그대로 옮겨온 것 같다. 하지만 하지 않을 수는 없지. 언니가 할 때는 확실히 하라고 했어.

옆에 있던 세레나가 눈을 깜빡이며 고개를 끄덕여 보였다. 그녀가 맑은 웃음을 지었다.

"확실히, 모든 일이 끝나면 쓸모가 없겠네요."

"그렇죠?"

무닌의 얼굴이 새하얘졌다. 솔직히 저 붉은 머리, 아니, 새의 대가리를 보며 대거리를 하고 싶은 마음이 굴뚝같았다. 지금 저 무닌을 향해 입을 벌리면⋯⋯.

"이 시베리아 벌판에서 굴 까먹을 조카 십 색 크레파스 같은 새끼 이런 수박씨 발라먹을 새 새끼!! 너 십 색 볼펜으로 맞아봤냐?"라고 말할 것이다. 멱살을 잡아다 깃털을 죄 뽑아버리고 싶은 것을 참고 있었으니까.

하지만 아직 과업이 한 가지 남았다. 저 새 새끼의 깃털이야 지금도 충분히 뽑을 수 있지만……. 여기에 앙심을 품고 남은 과업에 질 나쁜 장난질을 쳐두면 곤란했다. 게다가 이미 리녹의 살벌한 시선에 까마귀가 눈치를 보는 것이 느껴진다. 이 이상 자극하면 어떤 생각을 할지 모르니, 딱 눈치를 보는 선에서 멈추는 것이 나았다. 그러니까 지금은 말이지.

경고를 톡톡히 해두었다고 생각하고 시선을 돌렸다. 무넌이 쩔쩔매는 목소리로 "선지자? 선지자!" 하고 불렀지만 피곤해서 못 들은 체했다.

"드디어 세 번째 과업이네요."

막사가 다시 쳐지는 것을 보고 있던 세레나가 나지막하게 말했다. 고개를 살짝 돌리자 저녁별 아래 막사 쪽을 빤히 보는 옆모습이 보였다.

"그렇죠? 아, 길었어요."

나는 매끄러운 미인의 얼굴을 보다 끄덕였다. 그러고는 "물론 시간으로는 며칠 되지 않았지만……." 하고 덧붙였다. 세레나는 내 고갯짓을 보며 웃음 지었다.

어쩐지 세레나를 보고 있자니 전보다 그녀가 가깝게 느껴졌다. 말하자면 사선을 함께 넘은 동료? 동지애라고 할지. 죽을지도 모를 위기를 함께 넘기긴 했으니까 맞긴 했다. 그녀를 보며 함께 웃음을 터트렸다. 왜일까, 나를 보는 세레나의 웃음이 전보다 조금 편하게 보였다. 누그러진 느낌이랄까.

"뭐예요. 스승님, 그 눈빛은. 절 너무 대견하게 쳐다보시는 것 아니에요?"

그녀와 내가 만난 지 겨우 한 달도 되지 않았건만 그녀가 친근하게 느껴졌다. 사선을 넘는다는 건 이런 건가 보다. 더구나 세레나는 나에게 깨달음의 기회를 준 사람이기도 하지 않은가.

"대견…… 하게요?"

눈을 크게 뜬 세레나가 천천히 자기 얼굴을 만졌다. 그런 그녀의 얼굴을 보며 나는 웃음을 터트렸다.

"농담이에요, 농담. 스승님이 저를 너무 좋게 쳐다봐 주셔서, 해 본 말이에요."

나는 고개를 기울였다. 달빛이 부서지며 빛을 은은히 반사하는 은 발을 바라보며 세레나의 볼을 쿡 찔렀다.

"이렇게 같이 있는 게 신기하네요. 제가 산 밑 마을에 살았을 때 스승님은 제국에서 가장 멋진 영웅이었거든요."

그렇게 말하고는 잠시 텀을 둔 나는 찬찬히 이어 말했다.

"감사합니다."

"감사요?"

"절 도와주셨잖아요."

난 우리의 첫 번째 과업을 보이듯 지팡이를 살짝 휘둘렀다.

"감사하다는 인사는…… 처음 받아봐요."

"네?"

이게 무슨 소리야. 나는 눈을 동그랗게 떴다. 세레나는 제국의 영웅인데?

"그럴 리가요. 스승님은 영웅이신데?"

"음, 나는 사람들 앞에 나선 적이 없어요. 금지되어 있거든요."

세레나가 고개를 갸웃하더니 이어 설명했다.

"어린 시절부터 마력이 많다고 격리되었어요. 음…… 커서도 다르진 않았던 것 같네요."

"하지만 퍼레이드는 다니셨잖아요?"

"사람들과 직접 마주한 건 아니었죠?"

"그럼 토벌이나 전쟁에서는?"

"나서는 건 대공 쪽이 했어요. 난 그저 웃고 있는 트로피였죠. 내가 나서는 건 금지되어 있었으니까."

세레나는 가볍게 말을 이었다.

"그래서 난 사람들이 줄곧 나를 어찌 생각하는지 몰랐어요. 안다고 해서 달라질 것은 없었겠지만……."

"왜 없어요?"

"나는 귀하게 다뤄져야 할 '무기'이니까요."

그녀의 말에는 언짢음도, 씁쓸함도 느껴지지 않았다. 나는 세레나의 손을 덥석 붙잡았다.

"무수히 많은 사람이 스승님에게 감사함을 느끼고 있어요. 또 많은 사람이 감사와 함께 스승님의 행복을 바라고 있고요."

금지했다는 건, 금지시킨 사람들이 있었다는 것. 세레나를 강제할 정도의 사람이라면 세레나가 소속된 '마탑'이거나…… '황실'.

'음험하고 나쁜 새끼들.'

무닌을 한창 씹던 중이어서인지 절로 험한 말이 생각났다.

"보이지 않는다고, 들리지 않는다고 없는 것은 아니에요. 퍼레이드를 도시면서 무수히 많은 함성을 들으셨죠?"

나는 흥겹던 도시 정경을 떠올렸다. 두 영웅이 온다는 것만으로도 떠들썩했던 축제의 풍경. 기쁨과 행복을 담은 축복과 영웅의 동상을 향한 존경과 감사를 담은 시선들.

"전부 스승님을 향한 거예요."

아주 당연한 것을 알려주는 것이었지만, 이 사실을 알려주고 있는 것이 안타깝게 느껴졌다. 세레나는 표정에 변함없이 눈을 깜빡이다가 입술을 열었다.

"그런…… 가요?"

그녀의 표정이 미세하게나마 변했다. 이제 세레나가 짓는 미소의 미묘한 온도 차이를 알 수 있을 것 같았다.

"그런데 대공은 저 뒤에서 뭘 하고 있는 건가요?"

세레나가 화제를 돌렸다. 세레나의 시선이 뒤를 향하는 것을 보고 나도 뒤를 보았다가 헛웃음을 지었다.

리녹은 나와 한 다섯 걸음 떨어진 곳에 있는 나무에 기대어 멀찍이 등을 기댄 채 앉아 있었다. 장작을 해오던 기사들이 한 번씩 히익, 놀라며 자리를 피했다.

"아, 리녹요……? 음, 무닌의 근처를 오가게 되면 까마귀 털을 모조리 뽑아놓고 싶어진다고 지금 저러고 참는 거래요. 참는 중인거죠. 하하……."

그보다 정확히는 모가지를 뚝 따버리고 싶어 하는 것 같았지, 아마? 물론 이런 날것의 말로는 표현하지 않았지만 내가 느끼기엔 그랬다. 나는 세레나에게 고갯짓했다. 그러고는 그녀의 귓가에 작게 속삭였다.

"그래서 지금 무닌이 제 옆에서 멀리 벗어나지 않는 거예요."

무닌은 나와 몇 걸음 떨어지지 않은 곳에서 담뱃대를 물고 있었다. 여유로운 척 담배를 물고 있지만 흘끗 보는 눈이 어디를 향하는지는 빤했다.

그런 그를 본 세레나가 아하, 하며 알겠다는 시선을 보냈다.

"그나저나 스승님은 이전에 리녹의 고대 마법 푸는 시도를 하셨다고 했는데, 대체 어떻게 하셨어요?"

가만 보니 이 과업들…… 난이도가 미친 것 같았다. 첫 번째는 조력자의 생명을 요구했고, 두 번째는 황당하게도 무려 리녹의 기억 속에 다녀왔다.

두 번째 과업 내용이 어처구니없어서 그렇지, 잘 따져 보면 리녹을 속속들이 알고 그와 적절한 관계를 맺지 못하면 어려웠을 그런 과업이었다.

사실 나야 초장에 운 좋게 무닌을 휘어잡아서 나에게 속된 말로 개이득, 아주 이득인, 유리한 조건으로 협상했었지. 이에 비해 세레나는 그렇지 않았을 터였다.

더구나 그녀는 나처럼 세 가지 과업으로 나뉘어 있지 않았다. 세 개가 합친 난도로 단 한 번의 기회만 주어졌을 것이었다.

"이 과업은 이상해요."

세레나가 내 묘한 표정에 동의한다는 듯 느릿하게 고개를 끄덕였다.

"전에 말한 적 있지만 대공의 고대 마법을 푸는 건 누군가를 진심으로 사랑하는 사람만 가능하다고 했었죠. 보다시피 재료를 모으는 것부터 그러해요."

리녹의 고대 주문을 푸는 데에는 불까마귀의 깃털이 필요하다. 따라서 최종적으로 실패하긴 했어도 재료를 모두 모았던 세레나는 과거 과업에 도전해 성공한 적이 있다는 얘기였다.

"스승님도 과거 과업에 성공하셨던 거죠?"

"네."

"그럼 어떻게 성공을……?"

"저요? 힘으로 때려눕혔죠."

"……네?"

"과업의 큰 틀은 에이미가 하는 것과 다르지 않았어요. 목숨을 걸고 가상의 시간, 가상 세계에서 대공과 마주하고……."

"마주하고요?"

"싸웠죠."

"네……? 제가 아는 과업이랑 다른 데요……?"

"글쎄요, 다른 방법이 있었던 걸지도 모르지만 싸워서 과업을 수행하기는 했어요."

이 세상 최강 먼치킨, 세레나가 가볍게 말했다.

"……이겼다고요?"

"성인 모습인 대공이었다면 어려웠겠지만 마침 아이 모습이더라구요."

"……아하……."

확실히 책 속에서 밤의 모습인 리녹과 세레나는 '누가 더 강하냐'를 따질 수 없을 만큼 호각이었다. 아니, 애초에 로맨스 소설에서 남주가 더 강하냐, 여주가 더 강하냐를 따질 일이 없긴 하지만. 어쨌든, 둘 다 무시무시한 강자였다는 거다.

결국 세레나는 섬세한 감정이 필요한 방법을 택하는 대신에 힘으로 이 과업을 수행해 냈다는 소리인데. ……이게 더 대단한 거 아니야?

"끝내고 나오니, 무닌과 후긴이 뭐 이런 것이 있느냐고 말을 했어요. 아, 이때는 후긴이 함께 있었답니다."

그녀는 '기억'을 주관하는 무닌, '이성'과 '생각'을 주관하는 후긴이 함께 시험을 심사했기 때문에 시험의 형태가 달랐을지도 모른다고 덧붙였다. 확실히 그럴지도 모르긴 한데……. 놀라웠다.

"그때 원래 이 과업을 어찌 해결했어야 했는지, 후긴의 설명을 듣고 깨달았어요. 이 시험의 본질을. 에이미는 과업을 통해 진정 사랑하는 이만이 할 수 있다는 이유를 알게 되었겠죠?"

"……네."

감이 오기는 했다. 나는 리녹의 기억 속에서 리녹을 바라보며 수많은 감정을 느꼈으니까.

"그래서 이 과업이 이상하다는 거예요. 진정으로 사랑하는 이여야 하면서 동시에 아주 강한 힘을 가져야 하는 존재가 풀어야 한다니."

세레나가 천천히 고개를 돌렸다. 푸른색 시선이 뒤에 있던 리녹에게 머물렀던 것도 같았다.

"그러니 무수히 많은 이베르크 가문 사람이 고대 주문에서 벗어나지 못했던 거겠죠."

한들한들, 웃고 있지만 자못 사무적이고 무심한 말투가 이어졌다.

"그런 반려를 가진 이베르크가 어디 있었겠어요."

푸른 눈동자가 내게로 돌아왔다.

"내가 대공과 사이가 나빠졌던 것은 특히나 이 과업 때문이기도 했죠."

"네……."

"그때의 그와 나는 너무나 똑같은 사람이었으니까요."

세레나가 입술을 예쁘게 끌어올렸다.

"이젠 달라졌지만."

역설적이게도 세레나의 설명은 내가 잘 안다고 믿어왔던 이야기, '그녀는 그를 사랑한다'와 다르다. 즉, '그녀가 리녹을 사랑하지 않는다'라는 사실을 알려주며, 동시에 앞으로도 그럴 일은 절대 없으리라고 알려주는 것 같았다.

"스승님은 그럼 리녹이 달라져서 낯설었던 건가요? 아니면 싫었다거나, 기분이 불쾌했다거나?"

"글쎄요……. 아니요? 별생각은 없었어요. 하지만 더는 나와 엮일 일은 없겠거니 생각했었죠."

그녀가 깔끔한 동작으로 어깨를 으쓱였다. 그러고는 고개를 비스듬히 기울이더니 턱을 짚고는 이내 느릿하게 눈을 깜빡였다. 잠시 미소가 사라졌다가 다시 떠올랐다.

"동지를 잃은 기분이기는 하겠네요. 아, 우린 짐승은 아니지만 동족을 잃은 느낌일지도요."

세레나와 과업에 관한 대화는 거기서 끝이었다. 그녀가 경쾌한 음성으로 물었다.

"대공이 저러고 있는 이유는 알겠는데, 언제까지 저러고 있는 건가요?"

"으음……. 그게……."

나는 뺨을 긁적였다.

"실은 리녹이 지금 저와 붙어 있으면…… 으음……. 어. 참을 수 없다고……. 여러모로……."

설명하다 말고 얼굴이 발긋 달아올랐다. 굳이 설명하자니 얼굴이 완전히 빨개질 것 같았다.

"그, 여기서 참을 수 없다가, 밤에……. 네. 그거……."

고개를 갸우뚱했던 세레나가 알아듣기까지는 시간이 오래 걸리지 않았다.

"아하."

바로 그때였다.

"대장님, 막사가 완성되었습니다!"

기사 중 하나가 소리쳤다. 덩치가 커다란 기사가 팔을 휘적이며 소리친 것과 동시에 줄곧 조용히 앉아 있던 리녹이 벌떡 일어나 뚜벅뚜벅 이쪽으로 걸어왔다.

나는 걸어오는 리녹을 바라보며 울지도 웃지도 못했다. 하필 타이밍이 이럴 게 뭐람? 얼굴을 쓸어내렸다.

"……에이미."

다가와 나를 물끄러미 보는가 싶던 리녹이 손을 내밀었다. 두툼하면서도 손가락이 날렵한 리녹의 손을 잡는 순간이었다. 발밑이 붕뜨는 부유감에 나도 모르게 소리를 질렀다. 눈을 뜨자 리녹의 한 손에 휙 안긴 채 눈꺼풀을 깜빡이고 있었다.

"얼른 들어가고 싶은데…… 그렇게 해도 되겠나?"

오랫동안 침묵해서인지 다 쉰 것처럼 낮은 음성이 귀를 파고들었다.

"오늘만큼은 네가 필요하다."

귓바퀴로 느껴지는 뜨겁고 낮은 날숨에 오싹 소름이 돋았다.

"아니, 언제고 아닌 적 없었잖아요. 밤에 놓아준 적도 없었으면서……."

"그럼 오늘은 특히나."

리녹이 투정을 부리듯 내 목덜미에 얼굴을 비볐다. 보드라운 머리칼이 살갗에 마찰되었다. 세레나가 리녹보다 낮은 눈높이에서 앉은 채로 우리를 올려다보았다. 나는 끙, 숨을 내쉬고픈 것을 참으며 입을 열었다.

"알았으니까 얼른…… 가요."

리녹의 머리칼을 쓸어주며 세레나에겐 손을 흔들었다. 그러자 세레나가 웃는 얼굴로 아무렇지 않게 말했다.

"에이미, 허리가 아프면 언제든지 와요."

……아무래도 세레나는 가끔 사회적 소양들은 별천지에 주고 온 사람처럼 구는 것 같다. 여기선 모른 척해야 하는 거 아니냐고.

나는 친절하게 자기 허리를 콕콕 짚으며 말을 하는 어여쁜 스승님을 향해 한숨을 쉬었다.

……스승님, 해맑은 얼굴로 그렇게 말하지 마세요.

△

[좋은 아침이군.]

다음 날, 우리는 아침에 한데 다시 공터에 모였다. 전날 리녹이 깽판을 쳤던 공간 곳곳에는 흔적이 고스란히 남아 있었다. 나는 불퉁한 얼굴로 새 새끼, 아니, 까마귀의 얼굴을 올려다보았다.

애초에 지난 과업의 분노가 쌓이며 저 무닌에게 좋은 감정이 남아 있지 않긴 했으나 이렇게 불만이 가득한 건 직전에 까마귀가 한 요청 때문이었다.

[오늘. 마지막 과업을 하기 전에 일단, 이베르크의 모습을 밤의 모습으로 바꿔보겠나?]

마지막 과업을 위해 모였을 때, 무닌이 인사도 없이 불쑥 했던 말이었다. 그 덕에 나는 어린 리녹에게 부탁해 모습을 변화시켰다. 오늘이 주기의 마지막 날임을 감안하면, 다분히 마음에 들지 않을 요청이었다. 대신 주기가 끝난 하루 중에 반나절을 아이에게 주기로 하긴 했지만. 그래도 마음에 들지 않는 건 않는 거고.

이 상황에서 태연하게 아침 인사를 하는 저 새 새끼가 곱게 보일 리 없었다. 그리고 이런 불만들에는 허리에서 야트막하게 느껴지는 둔통도 있었다. 아니. 분명 세레나가 치료 마법을 걸었는데 왜 살짝 남아 있냐고. 얼굴이 화끈거릴 것 같다.

"좋은 아침이겠어? 빨리 마지막 과업을 줘."

무닌이 담뱃대를 문 채 눈썹을 치켜올렸다.

[갈수록 고얀 말버릇이 툭툭 튀어나오는구나.]

"자업자득이라 생각하진 않고?"

[……소원대로 마지막 과업을 빠르게 시작하지.]

무닌이 담뱃대를 까딱거렸다. 나는 연기가 뭉게뭉게 피어오르는 것을 보며 입술을 삐딱하게 끌어올렸다.

과업에는 조력자가 있었다. 첫 번째는 세레나, 두 번째는 리녹. 마지막 과업도 '조력자'는 리녹이었지?

"시작하기 전에 한 가지만 묻자. 어째서 두 번째도 마지막도 조력자가 리녹인 건데?"

[엄밀히 따지면 두 번째와 세 번째는 다른 인물이지. 두 번째는 낮의 이베르크, 마지막은 밤의 이베르크를 조력자 삼은 것이니.]

아. 그제야 깨달았다. 그래서 리녹의 모습을 바꿔 달라 한 건가?

[질문이 끝났다면 바로 시작하지.]

연기가 손처럼 움직이며 나와 리녹의 사이를 갈라놓았다. 내게서 떨어지는 리녹의 손에 놀라긴 했지만 이내 얌전히 몸을 맡겼다. 제 이름을 걸고 위험하지 않다는 무닌의 말이 들려왔기 때문이었다.

'일단 시험의 과정이라니 지켜봐야겠지?'

시간이 얼마 지나지 않아 연기가 점차 가셨다. 연기가 사라지고 난 뒤에는 깨끗한 자수정 동굴에 서 있었다. 고개를 들자 하늘에서 햇빛이 쏟아졌다. 위가 뻥 뚫리고 안쪽으로 파인 요상한 동굴이었다. 천장에서는 보일 듯 말 듯한 반투명한 벽이 느껴졌다.

'저건 결계인가?'

벽을 따라 천천히 내려온 나는 벽 쪽에 서 있는 기사들과 하양이, 세레나를 보았다.

'뭐야, 이번엔 같이 온 건가?'

나는 눈을 크게 떴다.

'……이게 뭐야?'

[이곳은 과업을 위한 공간이다. 세 번째, 마지막 과업을 설명하지.]

나는 입을 쩍 벌렸다. 그뿐만이 아니었다. 무수히 많은 사람이 눈을 크게 뜨거나, 입을 가리고, 혹은 "말도 안 돼!"라고 크게 소리쳤다. 놀랍게도 모두가 '나', 아니, 나와 똑같은 얼굴을 하고 똑같은 옷을 입고 있었다.

[이베르크의 주인은 여기서 '진짜' 선지자를 찾을 것.]

동시에 '내 목소리'로 수많은 탄성, 간간이 비명 섞인 욕설이 들려왔다. 그리고 무수히 많은 '나'의 시선들이 중간으로 몰렸다. 중심에는 리녹이 홀로 우뚝 서 있었다.

'리녹!'

소리를 치고 싶었지만 이미 많은 '나'가 각기 소리치고 있었다. 무닌은 나를 보지 않은 채 눈을 휘었다.

[선택할 기회는 단 두 번.]

느긋한 목소리가 공간을 갈랐다.

[이번 과업에 제한 시간은 없다. 찾으면 그대로 종료. 그리고……]

무닌이 재미있다는 듯 뻐끔뻐끔 담배를 머금었다가 뱉었다.

[원한다면 기꺼이 힌트를 한 번 주지.]

선심 쓴다는 투에 울컥 욕이 차올랐다.

"이 망할 새 새끼야!"

이건 내가 외친 게 아니었다. 무수히 많은 나가 무닌을 향해 욕을 퍼부었다. 마치 진짜 나처럼.

"내 과업인데 왜 리녹이 푸는 건데!"

그러게 말이야. 쟤는 가짜지만 동의한다.

"그래. 왜 리녹이 나서는 건데!"

가짜들이 참지 않고 많은 말들을 보냈다.

"깃털을 다 뽑아버려!"

"오늘부터 대머리 까마귀 되고 싶냐?"

"너 콧잔등 부어터지도록 맞아봤냐?

"오늘부로 무닌이 아니라 무늬가 되도록 한번 맞아볼 테냐……."

가만, 이건 누가 봐도 내 말투에, 내 마음인데……? 시원하게 터져 나오는 부적절한 말들에 아이러니하게도 속이 시원해졌다. 심지어 시험을 주관하는 무닌조차 질린 듯한 얼굴로 '나'들을 바라봤다.

[……성격들이 아주 똑같군.]

나는 놈을 향해 쏘아붙여 주고 싶었다.

"이 과업은 부적절해! 본래 목적에 맞지 않아!"

또 다른 '내'가 외쳤다. 물론 저것도 가짜였지만 저 말에도 마찬가지로 동의했다. 이 과업은 어디까지나 내가 수행하기로 한 것. 리녹이 나를 찾는 방식은 본래 목적과 맞지 않았다.

물론 이 가짜들의 외침을 그대로 지켜보는 건, 이 항의로 인해 과업의 형태가 바뀌면 나로서는 나쁘지 않은 일이라고 판단했기 때문이었다. 괴롭기는 해도 차라리 두 번째 과업과 비슷한 형태가 나을지도 모르겠다고 생각한 순간이었다.

[과업을 주관하는 것은 나, 무닌이니. 어떤 형태이든 내가 만든 것이라면 상관없다만?]

어느새 무닌이 평정을 되찾은 얼굴로 시선을 굴렸다. 뻐끔. 담배에서 연기가 튀어나왔다.

[번복은 없다.]

그가 부당하다 외치는 '나'들 사이에서 단언했다.

[과업은 이대로 속행하겠다.]

잠시 사위가 조용해졌다. 이내 이전보다 더욱 거센 비난이 '나'들에게서 터져 나왔다. 무닌은 아무렇지 않게 낄낄 웃었다.

……당했다. 이건 무닌이 원한 결과였다. 나를 당황하게 만들고 이 과업은 해결할 수 없다고 여기도록 하는 것. 또한 그럴수록 혼란에 빠지는 나와 리녹, 이것이 그가 만족하는 결과임을 깨달았다.

천장을 바라봤다. 대체 저 결계가 왜 필요했나 싶었더니 마력을 쓸 수 없었다. 아무리 불러도 문양도 지팡이도 나타나지 않았다. 거기다 마력이 차단된 걸 봐서는 결계로 마법을 쓰지 못하게 했고. 제아무리 무닌이라 해도 마력을 구현하는 '나'까지는 만들 수 없던 걸까? 그런 것 같은데…….

[지금 무엇을 하고 있지, 이베르크? 시간은 얼마든지 있지만, 급한 것은 너희 아니었던가? 아. 하긴 하루 정도는 고민에만 써도 괜찮지.]

무닌은 여유롭게 팔짱을 끼고 담뱃대를 까딱거리기까지 해 보였다.

[얼마든지 움직여도 상관없다. 만져도 좋고 말을 해도 좋고.]

그때였다. 침묵을 유지하고 있던 리녹이 천천히 고개를 들어 올렸다.

"리녹, 내가 진짜예요!"

막, 내가 생각하고 있던 말이 뱉어졌다. 내가 뱉은 것은 아니었다. 맞은편에서 가짜가 소리친 거였다.

"아니에요, 리녹! 나예요."

"리녹, 얼른 와줄 거죠?"

"리녹, 우리 얼른 끝내고 빨리 떠나요. 이 망할 새 새끼에게 보복도 해주고요!"

가짜들이 외치는 것은 하나같이 내가 생각했던 것이었다.

"리녹, 우리 저 새 새끼 털부터 모두 뽑아버려요! 그럼 누가 진짜인지 알려주겠지!"

……잠깐만, 저건 진짜 나 같은데? 야, 이걸 무슨 소름 끼치도록 복제를 해놨어? 엉뚱한 생각이 들 정도였다. 하지만 이내 심각해졌다. 표정도 행동도 외침도 소용없다. 그럼, 어떡하지? 아무래도 이 가짜들은 마법을 쓸 수 없는 걸 제외하면 정교하게 만들어진 것 같았다. 다시 말하자면 리녹이 찾기 어렵도록.

'난감한데.'

지난 두 번의 과업을 통해 대충은 무닌의 성격을 파악했다. 나는 무닌이 어떤 것을 생각하는지 어렴풋이 알 것 같았다.

[기다리기 지루하군. 어려운가? '힌트'는 필요할 때 언제라도 요청하면 주도록 하지.]

한 번의 힌트, 저놈은 저걸 '대가 없이' 준다고 말한 적 없다. 저 교활한 새는, 힌트를 대가로 우리에게 뭔가를 얻어내려고 하는 것이었다. 어렵지 않게 놈의 속내를 짐작한 나는 입술을 꾹 깨물었다.

[호오, 움직이는가?]

나는 생각하다 말고 고개를 돌렸다. 리녹이 정말로 움직이고 있었다. 발걸음을 움직이는 리녹을 보며 살짝 초조해졌다. 어째서인지 리녹은 잠시 걸음을 멈췄다. 그의 머리가, 아니, 눈동자가 끝에서부터 끝을 가르며 일직선을 긋듯이 굴러갔다. '나'들을 보는 것이라기보다는 이 공간을 한번 둘러보듯이.

'리녹, 여기서 힌트를 쓰면 안 돼요!'

그리 외치려는 순간 목이 턱 막혔다. 누군가 억지로 성대를 가로막은 기분이었다.

[이런, 그렇게 나오면 재미없지 않은가.]

무닌이 담뱃대를 입에 물며 말했다. 그는 치밀하게도 이쪽을 보지 않은 채로 말했다.

[마지막 과업만은 즐겁게 가 보자고, 선지자여.]

머릿속에 목소리가 웅웅 울렸다. 펜릴이 썼던 것과 비슷한 방식이었다. 이들은 모든 사람이 들을 수 있게 소리를 낼 수도 있고 이렇게 머리에만 음성을 전달할 수도 있었다.

'무닌, 이 새 새끼, 작정했구나.'

입술을 깨물었다. 이 상태로는 리녹에게 힌트를 줄 수도 없다. 내가 진짜라고 외치는 외침은 무수한 가짜의 목소리에 묻힌다. 힘을 어떻게든 짜내면 저 결계는 어찌할 수 있지 않을까? 주먹을 꽉 쥐었다. 그러나 그 순간 무닌의 음성이 다시 들려왔다.

[저 결계는 규칙이다. 규칙은 지켜주겠지? 여기서 억지로 마법을 써, 결계를 파훼한다면 과업은 무효로 돌아갈 것이다. 선지자여, 새 과업은 어찌 될지 궁금한 것인가?]

무닌의 경고까지 이어지자, 나는 주먹에 힘을 풀 수밖에 없었다. 저 결계를 어찌할 수 있는 방법이 있을지도 모르지만 무닌이 독을 품고 더 교활한 과업을 내는 것도 문제였다. 그저 입술을 앙다문 그대로 리녹을 향해 간절히 바라는 수밖에 없었다.

리녹의 걸음은 다시 움직였다. 리녹이 걸음을 늦춘 곳은 '나'들이 없는 결계 끝 가장자리였다. 리녹이 끄트머리에서 완전히 멈춰 섰다.

"마력을 차단하는 결계인가."

스르릉. 맑은 금속음이 들렸다고 생각한 순간이었다.

쾅. 콰쾅! 거대한 마찰음이 공간을 거대하게 울렸다. 리녹이 두드린 결계가 지잉 진동했다.

"약하군."

무닌이 경악했다.

[너, 너희는 무슨 생각마저 이렇게 똑같은 것이냐!]

리녹은 가만히 검을 아래로 떨어트린 채 고개만 돌렸다. ······리녹도 부술 생각을 했구나.

"한 번만 더 두드린다면 부서질 거다."

[부서지면 이 과업은 무효다. 새 과업을 다시 부여받겠지. 다음 일

은 생각하지 않겠다는 건가?]

리녹의 검은 허공에 멈춰 있었지만 무닌은 저 검이 언제라도 움직일 수 있음을 아는 것 같았다. 나는 이 공간을 보다 말고 문득 의문이 들었다.

[골이 아프군. 과업에 초를 치지 말고 제대로 풀란 말이다.]

무닌이 지끈거리는지, 관자놀이를 한번 짚고는 입술을 뗐다. 그러나 무닌보다 먼저 말을 꺼낸 사람이 있었다.

"저기, 그런데 이 과업. 정말로 공정한가요?"

그건 유달리 차분한 표정을 한 '나'였다. 저 표정은 나보다는 언니가 할 법한 얼굴 같은데. 확실히 나는 위기에 처했을 때 언니를 흉내내려 하는 버릇이 있었다. 그리고 저 가짜가 한 말은 내가 방금 막 생각했던 것이기도 했다.

리녹은 '내' 말을 잇듯이 이어 말했다.

"내가 에이미를 택했을 때, 네가 거짓말을 할 가능성은?"

[뭐?]

"진짜를 택해도 네가 가짜라 우길 가능성 말이다."

무닌은 혀를 찼다.

[이건 신성한 과업이다. 내가 나의 신성함을 두고 그런 장난질을 칠 것 같으냐?]

"그 신성함이란 것도, 네가 선언했을 때부터 선포되는 것이지."

[……]

무닌은 아주 잠깐 말이 없었다. 낭패감 어린 시선이 찰나에 스쳐 갔지만 빠르게 사라졌다. 가까이 있던 나는 똑똑히 볼 수 있었다.

"역시나, 고약한 수를 생각하고 있었겠지."

[······선언이 살짝 늦어진 것이다. 잠시 잊어서 말이지.]

'와, 진짜였어? 진짜, 이 교활한 새 새끼.'

나뿐 아니라 '나'들마저도 어처구니없거나 분개했다.

[이것 참. 나이를 먹으니 기억이 가물가물할 때가 있으니 말일세?]

무닌이 순순히 손을 들어 올리며 '실수'를 시인했다. 물론 그것이 정말 실수가 아님은 나도 리녹도 알고 있었다.

[내 이름을 걸고 공정한 판결을 내리겠다고 선언하지.]

무닌이 공명정대함을 약속한 순간, 옅은 빛이 퍼져 나갔다. 맹세를 상징하는 마법 비슷한 것인 듯했다. 어쨌거나 상황이 공정해진 건 좋은데, 여전히 원점이었다. 무닌도 이것을 알고 짓궂게 웃었다.

[그나저나 이베르크, 많이 난감한가? 규칙을 걸고넘어지다니 말이지.]

무닌이 양손을 들어 올린 채로 히죽 웃었다.

"내가 못 찾을 것이라 생각하나?"

[찾을 수 있다면 진작에 찾았겠지. 힌트는 언제라도 제공 가능하네. 말만 하라고.]

무닌은 이제 대놓고 제 뜻을 숨기지 않았다. 하나, 함정인 줄 알면서도 들어가지 않을 수 없는 상황이었다. 리녹은 이 상황에서도 표정 하나 변함없었다.

"내 행동이 이 과업의 불공정함을 바로 잡기 위해 시간을 끈 것이라고는 생각하지 않고?"

[아하. 그 또한 네가 정말 진짜를 알아봤다면 일단 옳은 결과다, 아니다 하소 깽판을 쳤지 않았겠더냐? 암, 이베르크의 성질이 대체로 그렇지.]

무닌의 말에 리녹이 입술을 보일 듯 말 듯 비틀었다. 살짝 흘러나온 냉소에 난 눈을 깜빡였다.

"내가 한 번에 에이미를 찾아낸다면?"

[호오, 이제야 자신감이 생긴 모양이구나.]

무닌이 놀란 척 눈을 크게 뜨는 시늉을 했다가 이내 간드러지게 눈을 휘었다.

[하지만 알았다면 바로 찾았을 것이란 걸 알지. 네놈은 반려와 한시도 떨어져 있지 못하는 인간 아니더냐.]

리녹은 답변이 없었다. 역시나 리녹에게도 어려웠던 과업이었던 걸까. 무닌의 손에서 담뱃대가 휘리릭 돌아갔다.

[하하. 마지막 과업이야말로 나를 정말 즐겁게 하는구나. 이런 것이 진짜 과업이지 않겠느냐? '후긴'이 함께 있었다면 대가는 더욱 컸을 것이다. 네 반려를 영원히 볼 수 없다거나.]

"……."

[그래. 지금의 네 시선이 흐려지는 꼴도 좋은 구경거리가 되겠어. 나는 '기억'의 무닌이면서 교활함과 장난의 상징이기도 하지. 내 기꺼이 관대함을 베풀어 네가 한 번에 네 반려를 찾기라도 하면, 소원이라도 하나 들어주지.]

히죽 웃는 목소리는 짓궂음과 조롱이 가득했다. 옆에 있었다면 뒤통수를 한 대 세게 때려주고 싶을 정도로 얄밉기 그지없었다.

"내 노예라도 되겠다는 얘긴가?"

[호오라, 그것이 네 소원인가?]

"한 50년 내 저택의 마구간 시종으로 부려먹어도 좋겠군."

[말의 시중을 들라? 까짓거 50년이 아니라 100년도 해주지.]

무닌이 담뱃대를 깨문 채 이를 드러내며 웃었다. 한 대 후려치고 싶은 얼굴임에는 변함없었다.

[대신 네가 끝내 첫 번째 기회에서 맞추지 못하고 '힌트'를 사용하게 된다면, 이베르크. 네가 별도로 내 청을 들어줄 생각은? 흠⋯⋯. 펜릴의 서쪽 하얀 가지 영토를 가지는 것도 좋겠군. 영토 나눔은 관리자 네 소관 아니던가?]

"수락하지."

리녹이 잠깐의 침묵 끝에 승낙했다. 이내 두 존재가 이름을 걸고 맹세하자 그 사이에 가느다란 끈 같은 것이 생겼다가 사라졌다.

무닌은 잠시 미심쩍은 표정으로 리녹을 보았지만 고개를 내저었다. 찾아낼 거라고는 생각하지 않는 듯했다.

'대체 무슨 생각인 거지?'

인정하기 싫지만 나도 무닌의 생각에 동의했다. 리녹의 성격상 나를 찾아냈다면 망설임 없이 나를 찾아왔을 테니까. 이렇게 이야기로 시간을 끄는 건 그답지 않은 일이었다.

아직 눈치채지 못한 것 같은데 정말 어떡하지. 음, 육탄 공세라도 해야 하나? 아니면 음⋯⋯. 지난밤을 어떻게 보냈는지 A부터 Z까지 읊어야 하나⋯⋯. 아니, 그건 아닌 것 같았다. 결계 밖에서 우릴 지켜보고 있는 일행이 있었다. 아니야⋯⋯그래 쪽팔림은 한순간이야.

[참고로 나는 선지자의 기억을 읽을 수 있지. 그렇기에 여기 있는 네 반려의 가짜들은 진짜와 기억도 공유한다. 선문답으론 찾을 수 없을 것이다.]

'와. 이 새 새끼 진짜 작정했네.'

나는 작전이 좌절된 것에 절망하며 얼굴을 쓸어내렸다. 이쯤 되면 그냥 힌트를 받는 게…….

"그냥 힌트 받아요……. 리녹."

그때였다. 리녹이 고개를 돌렸다. 어라? 눈이 마주쳤나? 하지만 착각이려니 했다. 내 목소리는 너무나 작았고 그마저도 각자 자기를 주장하는 가짜들의 목소리에 묻혀 금방 사라졌으니까.

리녹이 움직였다. 나와의 거리는 한참 떨어진지라 지켜보고 있었다. 신기하게도 리녹이 가는 거리마다 침묵이 맴돌았다. 수십 쌍의 눈 사이에서 어떤 생각을 하고 있을까?

까마귀는 그저 즐겁다는 듯이 이 상황을 관망하고 있었다. 이렇게 움직여 봐야 찾지 못한다는 것처럼. 그러나 웃고 있던 무닌의 표정이 점차 굳었다. 시시각각 가까워져 오는 리녹 때문이었다.

심지어 리녹은 옆에서 애타게 부르는 가짜들의 어떤 얼굴에도 시선을 주지 않고 일직선으로 쭉 걸어왔다.

"에이미."

마침내 그가 내가 있는 곳까지 도달했을 때, 그의 앞에는 단 두 명의 '내'가 있었다.

정확히는 '진짜'인 나와 '가짜'인 나.

나는 흘끗 옆을 바라봤다. 저 가짜는……. 조금 전 앞으로 나서서 '이 과업은 공평하지 않다'고 말했던 가짜였다. 그리고 줄곧 하는 말마다 무섭도록 내 마음과 생각과 일치하는 말을 뱉었지. 도플갱어라거나 영혼의 쌍둥이가 있다면 이런 느낌이겠거니 싶었다. 그도 그럴 것이, 다른 가짜들은 자세히 들어보면 조금씩 핀트가 어긋난 말들을 하거나 달라 보였으니까.

리녹은 고요한 얼굴로 시선을 움직였다. 괜스레 긴장되는 기분이었다.

"이렇게 수많은 '너'를 보고 있으려니 문득 그런 생각이 들더군."

리녹이 나지막하게 입술을 열어 말을 꺼냈다.

"네가 숲속에서 읽던 책 중에는 저주에 걸려 얼굴을 잃은 남성의 이야기가 있었지."

이건 뭘까? 그 책을 기억을 하느냐고 묻는 걸까? 하지만 무닌은 분명 가짜들도 기억을 공유한다고 했었는데…….

"뒤이어 등장한 여성은 남자의 저주를 어떻게 풀었지?"

"키스했었죠."

대답한 것은 '가짜'였다.

"제가 즐겁게 읽었던 책 중 하나이기도 했고. 침대 탁상에 있던 걸 읽었죠?"

"그랬었지."

리녹이 가볍게 고개를 끄덕였다. 그 모습을 보며 불안해졌다. 이런 식의 기억을 물어 봐야 구분해 낼 수 없을 텐데.

나도 무어라 말을 해야 하나? 대뜸 내가 진짜라고 외치고 싶은 기분이 들었다. 아냐, 그럼 의심만 커질 것 같고. 당장 어떻게 끼어들면 좋을지 알 수 없었다.

"에이미, 보통 사람들은 고백하거나 연정을 표현할 때 어떤 방식을 사용하나? 내가 본 것은 늘 네가 읽은 책이라 잘 알 수 없더군."

이번에도 대답한 것은 '가짜' 쪽이었다.

"으음, 그건 사람이 수십 있다면, 수십 가지일지도 모르지만요……. 그래도 보통은, 음……. 아니다. 제가 살던 산 밑 마을에서는 남자든 여자든 한쪽 무릎을 꿇고 꽃을 바치며 고백했어요. 험난

한 산에 사니까 고백도 박력 있어야 한다나……."

사실이었다. 언니를 흠모하는 많은 청년이 무릎을 꿇곤 했고 때로는 언니와 내 또래 친구들이 기꺼이 한쪽 무릎을 꿇고 고백하는 모습을 보곤 했다.

틀린 말은 아닌데……. 가짜는 정말 내가 했을 법한 말투, 말, 손짓, 눈빛, 심지어 깜빡이는 모습조차 똑같이 흉내 냈다.

"저, 리녹……. 지금 대답하려니 조금 이상하긴 하지만 이런 건 왜 묻는 거예요?"

아마도 가짜가 대꾸하지 않았다면 내가 똑같이 말했을 것이었다.

"……그런가."

아. 모르겠다. 일단 이럴 때가 아니라 나라는 걸 어필부터 해야겠다. 생각만 해서는 저 가짜한테 밀릴 것 같으니. 나는 눈을 질끈 감았다. 그래, 창피하지만 일단 어젯밤 일부터……!

그러나 내 말은 이어지지 못했다.

"네가 말한 거라면 정확하겠지."

나는 손끝에서 느껴지는 체온에 눈을 깜빡였다.

"줄곧, 너를 데려온 방식이 마음에 걸렸다, 에이미."

"……리녹?"

천천히 눈을 내리자, 리녹이 한쪽 무릎을 꿇고 있었다.

"이런 것을 첫 단추를 잘못 끼웠다고 하던가. 내게 그것을 바로잡을 기회가 있으면 했지. 물론 지금 이 말은 조금 생뚱맞을지 모르지만."

리녹이 답지 않게 농을 덧붙였다. 그가 잡고 있는 손은 분명 내 손이었다. 조금 전까지 대화하던 '가짜'의 손이 아니라.

"당신을 좋아합니다."

"리녹, 조금 전까지 분명 저쪽이랑……."

"내가 반려를 알아보지 못할 리 없지 않은가."

리녹이 무릎을 꿇은 채로 그대로 눈을 반으로 접었다.

"처음부터 너였다."

"……."

"너밖에 보이지 않았어."

말문이 막혔다. 아니, 아무런 말도 할 수 없었다.

"꽃은 없으니…… 꽃 대신 나를 바쳐야겠군."

리녹이 살짝 떨리는 손끝에 입술을 맞췄다.

"너를 내 저택에 억지로 데려온 것을 만회할 기회를 주겠나? 앞으로 그때 잘못했던 것들을 평생에 걸쳐서 갚겠다."

"리녹."

"널 사랑해, 에이미."

그가 천천히 자리에서 일어났다. 커다란 손이 나를 아프지 않게 잡아당기나 싶더니 커다란 품에 안겨졌다.

한때 내가 유일하게 안심할 수 있는 곳은 오직 언니 곁이라 생각했던 적이 있었다. 그러나 이제는 한 곳이 더 늘어나 언젠가는 언니 곁보다도 더욱 안심할 곳이 되리라고 생각했다.

고개를 든 순간, 입술로 포근하고 푹신한 것이 내려앉았다. 나는 그의 입술을 기꺼이 받아들였다. 그 순간, 옆에서 폭죽이 터지는 소리가 들렸다. 볼 수는 없었지만, 주변의 마력이 사라지는 것이 느껴졌다. 가짜들이 사라지고 있었다. 신기하게도 박수소리가 들렸다. '나'들이 치고 있었다. 과업의 결과는 보지 않아도 정해져 있었다.

성공. 마지막 과업의 끝이었다.

△

"……아니, 그런데 리녹. 시간은 왜 끌었던 거예요?"

입술이 떨어지고서야 내가 묻자, 리녹은 입꼬리를 끌어당기더니 부드러이 입을 촉 맞췄다. 그러고는 작게 속삭였다.

"절호의 기회가 아니던가."

"기회요?"

그리 묻던 나는 곧 아, 하고 소리쳤다. 리녹과 무닌의 대화를 떠올려서였다. 설마 조금 전 그 내기가…….

"노렸어요?"

리녹이 끄덕였다. 그가 고개를 향하는 곳을 따라 함께 머리를 돌렸다. 그곳에는 하얗게 질린 무닌이 있었다.

"저기에 마구간 시종이 있군."

"아하?"

나는 알았다는 듯이 씩 웃었다.

무닌은 마치 나라 잃은 사람처럼, 혹은 엄마 잃은 아이처럼 망연자실한 채로 텅 빈 공간을 바라보고 있었다. 한 방 먹었다는 얼굴이 고소했지만 놀리는 대신 입을 열었다. 무닌은 아직 앞선 과업들처럼 종결하는 말을 하지 않았다.

"뭐해, 말 안 해?"

까마귀의 시선이 이쪽으로 향했다.

"과업이 끝났다고, 선언해야지. 앞선 과제들처럼."

무닌이 입술을 지그시 물었다. 하지만 그도 어쩔 수 없을 것이다.

더는 꼬투리 잡을 수 없을 만큼 깔끔히 끝났으니까.

[……과업은.]

무닌이 느릿하게 눈을 떴다.

[종료되었다.]

그 말인즉 모든 과업의 끝을 말했다. 세 개의 과업. 아무도 죽지 않고, 아무도 다치지 않는다는 목적을 끝내 이루어낸 것이다.

[기적을 만들어 냈네. 이래서 선지자인가?"]

낯설고도 귀에 익은 목소리였다. 고개를 돌리다 말고 눈을 크게 떴다. '나'였다. 정확하게는 줄곧 내 옆에 있었고 수많은 가짜 중 가장 진짜 같았던 '가짜'.

조금 전까지 리녹과 대화를 나누던 가짜였다. 목소리가 낯설었던 것은 누군가를 통해 '내' 목소리를 들을 일이 없었기 때문이었고. 그나저나 가짜는 전부 사라진 것 아니었어?

[만나서 반가워.]

내 생각을 알아차린 듯 가짜가 방싯 웃었다.

[나는 '후긴'이야.]

뭐? 눈을 커다랗게 떴다. 리녹을 바라보자 그도 예상하지 못한 상황인 듯 당황한 낯으로 눈썹을 작게 찌푸렸다.

"후긴이라면……."

[무닌의 짝이자, 형제. '이성'을 주관하는 불의 까마귀이지.]

그래. 이곳에 오기 전까지 줄곧 펜릴에게도, 리녹에게도, 무닌과 후긴이라는 한 세트의 이름을 듣곤 했었다. 그런데 여기에 있다고?

[그들은 후긴을 납치하며 내게 치명적인 상처를 남겼다.]

가만, 후긴은 지금…… 황실이 납치해갔다고 무닌이 말했었잖아.

"넌 분명히."

[정확하게는 나, 후긴의 일부라고 할까. 여기에 있는 건 본체는 아니야.]

의문을 알아차린 후긴이 먼저 해결해 주었다.

[내 본체는 알고 있는 대로 여기에 없어. 아주 멀리에 있지. 그것도 누군가에 의해서 옮겨졌지.]

'나'의 눈이 아득한 곳을 바라보는 듯 하늘을 향했다. 곧 내게로 다시 내려온 얼굴을 보며 나는 물었다.

"저, 넌 어디에 붙잡혀 있는 거야?"

[황실.]

고개를 갸웃한 '내' 얼굴로 씁쓸한 웃음이 잠깐 스쳐 지나갔다. 그러나 그것도 잠시 내가 자주 짓던 미소가 금세 떠올랐다.

무거운 얘기는 여기까지라는 듯 익살스럽고 장난스러운 웃음이었다. 조금 전까지는 나랑 정말 똑같았는데. 지금 보니 이렇게나 나와 다른 표정을 할 수 있었구나.

그러고 보니 펜릴도 처음 등장할 때 언니의 모습을 흉내 냈지. 후긴에게도 어려운 일은 아니었을 거였다.

"네가 직접 나를 흉내 낸 이유가 뭐야?"

[마법으로 한 존재를 모두 구현하는 데에는 한계가 있어. 그래서 가끔 이런 과업에는 내가 직접 나서서 숨어 흉내를 내. 혼란을 주는 역할로서 가장 확실한 방법이지. 재미있기도 하고.]

"……재미 운운하는 걸 보니 저 무닌과 짝이긴 하구나."

다른 가짜들과 다르게 가장 진짜 같았던 이유는 여기에 있었나 보다.

"그래 알겠어. 모든 가짜가 사라졌는데도 넌 그대로 있는 이유가 뭔데?"

　[그건 네가 더 잘 알걸. 선지자 '에이미'. 넌 우리에게 얻을 것이 있
잖아?]

　후긴이 검지를 세워 입술로 가져갔다. 동시에 후긴의 눈 색이 바
뀌었다. 나와 같은 붉은색이 아닌 금색과 검은색이 섞인 색.

　내 얼굴로 어른스러운 얼굴을 보는 것 같아서 낯설었지만 그 표정
이 깊은 눈과 몹시도 잘 어울렸다. 나도 모르게 조금 떨어진 곳에 있는
무닌을 곁눈질하자 그는 못마땅한 낯으로 이쪽을 응시하고 있었다.

　다시 시선을 돌리니 어느새 후긴의 손 사이에서는 활활 타오르는
불길이 일고 있었다. 한번 치솟았던 불길은 점차 잦아들더니 밝은
빛만이 남았다. 빛 사이에서 깃털을 발견했다. 아주 커다란 붉은색
깃털이었다.

　[불 까마귀의 깃털, 이게 네가 원했던 거잖아.]

　깃털을 둥둥 띄운 후긴이 눈을 휘었다. 내 얼굴임에도 눈을 휘는
방식이 무닌과 흡사했다.

　[이건 무닌의 깃털이야.]

　후긴이 손 위에 떠 있는 깃털을 보며 말했다. 그러고는 자신의 가
슴 위에 손을 얹었다.

　[그리고 이건 나, 후긴의 깃털이지.]

　그 순간 후긴의 몸이 반투명해지며, 가슴 부근에서 활활 타오르는
깃털이 보였다. 무닌의 것보다 조금 작지만 형태와 색깔이 같았다.

　"깃털이…… 두 개?"

　[무닌과 나, 후긴의 깃털을 합쳐 불까마귀의 깃털이 되는 거야. 그
리고 네가 보는 난 이 깃털에 남아 있는 일부이지.]

다시 원래대로 돌아왔던 후긴이 그 말과 동시에 다시 반투명해지기 시작했다.

[선지자, 재밌었어.]

"……."

[우린 아주 오랜 세월을 살아서 세월 속에 마모되는 것이 있지만 너희 인간은 항상 반짝반짝해. 자못 짓궂어질 정도로.]

"……."

[까마귀는 반짝거리는 걸 좋아해, 알아?]

내 모습을 한 후긴이 덧붙였다.

[지금까지 과업을 하러 찾아온 이 중에 손가락에 꼽힐 정도로 네가 제일 재밌었어.]

"그전엔 누구였는데?"

[너도 알걸? 인간 마법사이자 초월자. 저 밖에 있는 세레나 히아신스였지. 무식하게 힘으로 과업을 박살 내는 건 처음 봤으니까.]

과연 이 세계 최고 먼치킨. 여자 주인공의 품격은 어디 가지 않는지, 후긴이 세레나의 강력한 힘에 대해 감탄을 표현했다.

[난 이제 사라질 시간이야, 선지자.]

나는 발끝에서부터 사라지는 후긴을 보며 묘한 기분을 느꼈다. 그녀의 시선 끝에는 무닌이 걸려 있었다. 이내 다시 평온한 낯으로 돌아온 후긴이 훌쩍 뛰어 허공에 붕 떠올랐다. 그녀는 내 귓가에 마지막으로 속삭이고는 사라졌다.

[내 오빠를 너무 미워하진 말아줘. 날 구하고 싶었던 거니까.]

그 순간, 세 가지 과업을 다급히 수락하던 무닌의 모습이 스쳐 지나갔다. 조금 전 힌트를 쓰도록 만들던 모습도.

눈을 떴을 때, 후긴의 모습은 온데간데없었다. 내 손안에는 두 개의 깃털이 둥둥 떠 있었다. 두 깃털을 바라보다 합치자 깃털이 빛을 내더니 이내 단 한 개의 깃털만 남았다.

'이게 불새의 깃털이구나.'

고개를 들자 무닌이 담뱃대를 물고 먼 하늘을 바라보고 있었다. 조금 전 후긴이 사라지고 남은 빛이 흘러간 방향이었다.

[돌아가겠다.]

우리 주변으로 거대한 불길이 일었다. 조금 뒤, 불길이 잦아들고 눈을 뜨자 우리는 막사가 있던 공터에 있었다. 멀지 않은 곳에 함께 이동된 일행이 있었다.

[과업 달성을 축하하지.]

세 걸음 떨어진 곳에 무닌이 서 있었다. 그는 이번에는 꼼수를 부리거나 수를 쓰지 않고 말했다.

[모든 과업은 종료되었다.]

사실 축하한다는 말도, 지금 이 말도 영 진심으로 뱉는 것은 아닌 것 같았지만 나는 깃털을 가슴에 꾹 안았다.

'……내가 만들어 낸 결과야.'

깃털을 소중하게 한 번 더 어루만지고는 허리를 바로 세웠다. 머리를 들어 올렸다.

"너 어디 가?"

막 걸음을 옮기던 무닌이 그대로 멈췄다. 그는 귀찮다는 듯 얼굴만 살짝 돌렸다.

[둥지로 돌아가야지? 모든 과업이 끝났으니 더는 볼일이 없지 않나?]

"볼일이 왜 없어. 우리 아직 볼일 남았잖아?"

난 뺨을 톡 건드려 보였다.

"군단장이 있는 곳까지 안내해 주기로 했잖아."

[……지금 당장 출발할 것은 아닐 텐데? 부르면 나가도록 하지.]

"도망가는 거야?"

[누가 도망을!]

"내가 네 몸속의 '가시'도 빼 주기로 했잖아?"

무닌이 잠시 침묵했다. 확실히 두 번째와 세 번째 과업 사이에 몸에 박힌 '가시'를 빼달라고 했었지만 그대로 과업을 진행했었다.

"그리고 말인데, 군단장이 있는 곳까지 안내해 주겠다고 해놓고 엉뚱한 곳으로 데려가거나 데려가지 않을지는 모르는 거더라고?"

[……말장난을 하자는 건가? 그 부분은 이미 이름을 걸고 맹세했을 건데.]

나는 웃었다.

"그랬었나?"

물론 무닌의 말은 사실이었다. 이것을 기억 못 해서 물은 것은 아니었다. 무닌도 이상하다 여겼는지 들어가는 대신 내 쪽으로 몸을 완전히 돌렸다. 들어보려는 듯이.

"이것 말고도 하나 남았잖아?"

내 말에 잠시 미간을 찌푸린 무닌이 멈칫했다.

'흐응, 이제야 기억이 났나 보지?'

나는 리녹을 툭 건드렸다. 리녹이 나를 보더니 입술을 열었다.

"아, 저택의 새로운 마구간 시종 말인가?"

역시 머리 좋은 대공님은 잽싸게 장단을 맞춰주었다. 솔직히 고백하자면 조금 전까지 약간은 아련함에 사로잡혔던 건 사실인데…….

그건 그거고, 이건 이거잖아? 저놈이 지난 과업들부터 마지막에 이르기까지 얄밉게 수를 쓰려 했던 것은 변함없는 사실이다.

[그건……!]

"어머나. 이제 와서 모른 척하진 않을 거지? 무려 이름을 걸고 한 맹세인데."

[지금 나더러 인간 저택, 아니, 마구간의 시종을 하란 말이냐!]

어허, 선생님. 들어갈 때 말 다르고 나오실 때 말 다르시면 됩니까. 물론 맹세를 했으므로 이제 와서 무어라 하든 씨알도 안 먹힐 소리였다. 나는 무닌이 담뱃대를 물던 제스처와 같이 귀를 후비적 비비는 시늉을 했다. 그런 나와 무닌을 물끄러미 바라보던 리녹이 툭 입을 떼었다.

"무닌, 마구간 시종이 아니라 더 좋은 자리는 어떤가?"

[허. 무슨……. 더 좋은 자리?]

무닌이 눈을 가늘게 좁혔다. 말문이 막힌 표정이었다. 그런 무닌에게 리녹이 단호하게 말했다.

"내 반려의 시종이 되도록."

그 말에 나는 잠시 리녹을 놀란 눈으로 보았다가, 이내 눈을 반으로 접었다. 조금 전에 무닌이 했던 표정 그대로. 아하, 이대로 잘 굴려달라는 소리죠?

"좋네요."

접수했어요. 무닌에게 거부권은 없었다. 아니, 적어도 말 시종을 드는 것보다 낫다고 생각하겠지.

[이건 말도 안 된다!]

그러나 일단은 반항해 보려는 것처럼 보였다. 불꽃이 일어나는 것과 함께 색이 다른 눈동자가 열심히 굴러가는 것을 보았으니 말이다.

"말 잘 들으면 황실에 갈 일도 있을 텐데?"

[뭐?]

"너, 네 짝 구하려고 불도 끄고 '가시' 빼달라고 한 거 아니야?"

무닌이 순간 쥐 죽은 듯이 고요해졌다. 충격이 어린 표정은 아이러니하게도 처음으로 보게 된 그의 '진짜' 얼굴 같기도 했다.

"난 곧 대마법사가 되러 그곳에 갈 거야."

내게 지워진 부모님의 굴레, 반역이란 모함. 대마법사가 되는 시험을 치르기 위해서는 수도로 가야 한다.

"말만 잘 들으면 그때 데려가 줄 수도 있는데."

리녹을 보자 보일 듯 말 듯 끄덕였다. 내 뜻대로 하라는 표현이었다. 그의 시선에 담긴 신뢰를 보며 뭉클한 가슴을 꾹 눌렀다.

"어떡할래?"

[…….]

휘몰아치던 불꽃이 가라앉았다.

[주인이라고 부르는 건 싫다.]

"까탈은."

그렇게 나는 두 번째 애완동물, 아니, 의도치 않게 까마귀 시종을 얻게 되었다.

△

그날 저녁.

이 공터에서 마지막으로 보내는 날이었다.

"멋지게 해결하신 아가씨를 위하여!"

"위하여!"

"멋지십니다!"

마지막을 기념하기 위해 기사단은 성대한 식사를 차렸고 모두가 배불리 먹었다. 물론 아직 임무 수행 중이었으므로 술이 등장하진 않았지만, 대화만으로도 흥겨운 시간이었다.

"아가씨, 저는 아가씨를 오늘부터 존경하기로 했습니다!"

"넌 이제부터냐? 아가씨 전 이미 3일 전부터……."

"전 한 달!"

"전 아가씨가 태어날 때부터입니다!"

"……네?"

찬양인지 감탄인지, 나중에 가서는 숭배인가 싶을 정도의 칭찬을 기사단들에게 듣고 식사 자리가 파했을 무렵. 나는 모닥불을 바라보며 가만히 앉아 있었다. 3일 새에 많은 일이 일어나 어떻게 지나갔는지도 모를 날들이었다.

그렇게 되새기고 있는데, 문득 고개가 어깨쪽으로 살짝 돌아갔다. 그곳에는 놀랍게도 자그맣고 붉은 깃털을 가진 새가 있었는데, 바로 무닌이었다. 그는 내 시종이 된 이래로 둥지로 돌아가지 않고 내 곁에 머물렀다. 심지어 사람 모습으로 옆에 있지 말라고 했더니 모습까지 바꿔가면서. 어쨌거나 이름을 건 약속은 신성하다나? 약간 툴툴거리기는 했지만.

옆에서 하양이가 으르렁거리고 있었다. 나는 네발로 캉캉 짖는 하양이를 안아 허벅지 위에 앉혔다. 하양아, 내가 사람 모습으로 네발로 걷지 말랬잖니.

나는 새의 동그란 뒤통수 위로 불 그림자가 일렁거리는 것을 보다 말문을 틔웠다.

"있잖아, 대체 이 과업이 있는 이유는 뭐야?"

문득 궁금했다. 세레나는 불새의 깃털이 리녹의 저주를 푸는 것에 필요한 준비물이라고 했다. 다시 말하자면 이를 위한 일이 아니면 크게 필요한 물건은 아니라는 것이다. 또한, 무닌이나 후긴은 간간이 과업을 치르려 했던 사람이 나와 세레나뿐은 아닌 것처럼 말했다. 필요하고 간절한 사람에게 이처럼 시험을 치러야 했던 이유는 무엇이었을까?

[넌 이 과업이 생겨난 이유를 모르는 건가?]

"생겨난 이유?"

뜻밖에 무닌의 질문에 눈을 깜빡였다. 까마귀는 못마땅한 표정이긴 해도 순순히 내 쪽으로 몸을 돌렸다.

[이 과업은 데런 이베르크가 만든 것이다. 정확히는 나와 계약한 것이지. 깃털을 걸고 찾아오는 이들을 '시험'해 달라고.]

뭐? 그건 초대 대공의 이름이잖아? 다시 나온 초대 대공의 이름에 놀란 채로 입술을 벌렸다.

[나, 무닌과 후긴의 시험에 자격 요건은 따로 없으나…… 세월이 흐르며 통과하는 데에는 일정 조건이 있음을 알게 됐지. 깃털을 필요로 하는 이를 사랑할 것, 그리고 강대한 힘을 가질 것.]

항상 이베르크의 마법을 풀기 위해서만 사람이 찾아온 것은 아니었다. 때로는 이베르크의 허락을 받지 않고 이 산맥에 올라 시험을 치르는 이들이 있었다고. 지금까지 자신의 이득만을 위해 깃털을 가지려 한 자나 힘이 부족한 자는 끝내 과업을 마치지 못했다고 했다.

"초대 대공은 왜 그런 시험을 만든 건데?"

[글쎄. 그 인간의 속을 누가 알겠나? 그놈은 인간을 뛰어넘은 초월자였던 것을.]

까마귀는 불티를 바라보며 말했다.

[어쩌면 한 번 더 보고 싶었던 것일지도 모르지. 그놈 옆에는 그놈처럼 강대하면서도 그놈을 사랑했던 이가 있었으니.]

초대 대공은 자신으로 인해 후손들이 치명적인 마법에 걸릴 것을 알았던 걸까? 그래서 안배를 해 둔 걸까?

무닌의 마지막 말이 마음에 쿡 걸렸다. 별것 아닌 것 같았는데도.

[그놈이 아끼던 인간은 세상을 구하고 죽었다.]

양쪽 색이 다른 까마귀의 눈동자가 나를 한번 돌아봤다. 의미 없이 스쳐 가고 새가 날개를 퍼덕였다.

[이 시험으로 같은 인간이 나타난다면 같은 결과가 나올 텐데. 그놈은 무엇을 보고 생각했는지 모를 일이군.]

그놈, 하고 부르는 호칭이 친근하게 느껴졌다. 아는 사이라 이리 부르는 걸까? 돌연 생각난 것이 있어 무어라 할 때였다. 소란스러운 발소리가 들렸다. 고개를 돌리니 막사에서 나오는 리녹이 보였다. 막 작전 회의가 끝났는지 리녹 말고도 그레이, 첼시와 세레나의 얼굴도 보였다.

당연하겠지만 리녹은 나를 보자마자 이쪽으로 곧장 다가왔다. 오자마자 대뜸 나를 번쩍 들어 올리고는 목덜미에 이마를 비볐다.

'어째 이제 전보다 더 서슴없는 느낌인데.'

나는 피식 웃었다. 뭐 어때, 좋으면 됐지. 사실 보는 눈이 있었지만 입술 부딪치는 것만 아니라면 이 정도는 괜찮았다.

"회의는 끝났어요?"

원래 나도 함께 회의에 들어가려 했지만 하양이가 무닌과 하도 날을 세우며 싸우는 터라 들어가지 못했다. 일방적으로 하양이가 무닌을 싫어해서 말이지. 그럴 만도 하지만.

리녹은 끄덕이며 내일 아침에 출발할 거라고 이야기했다.

"최대한 빠르게 이동할 예정이다."

"음, 그게 맞겠네요."

벌써 한곳에서 3일을 지체한 셈이었다. 무닌이란 안내자를 얻어 10일 이상의 이득을 보긴 했지만 군단장도 이동할 가능성이 있으니 최대한 빠르게 움직이자는 세레나의 의견을 따르기로 했단다.

"자러 가지."

"아, 네."

나는 걱정스러운 얼굴로 하양이와 무닌을 보았다. 다행스럽게도 무닌이 콧방귀를 한번 뀌더니 포르르 날아가 버렸다. 하양이도 늑대 모습으로 변해서는 그대로 엎드려 꼬리를 흔들었다. 그렇게 꼬리를 흔드는 하양이를 마지막으로 한번 더 쓰다듬어 주고 막사에 도착했다. 막사의 천이 닫히고 완전히 안락한 어둠에 남겨졌을 때, 마법이 발동되는 것을 느꼈다. 막사마다 걸려 있는 잠금 마법과 방음 마법이었다. 밤중에 무슨 일은 없겠지?

"……방음 마법은 왜 같이 시동하세요?"

"알고 있지 않나?"

어둠 속에서 짓궂게 느껴지는 낮은 음색에 주춤 물러나기도 잠시, 입술이 나를 갈급하게 찾아들었다. 나는 끙끙 앓는 소리를 냈다.

"저, 흡, 리녹……. 그런데 말이에요. 정말 나를 어떻게 찾아낸 거예요?"

줄곧 궁금했던 사실이다. 대체 어떻게 그 많은 가짜 사이에서 나를 알아본 거지?

"처음부터 너만 보였다고 하지 않았나."

"그러니까, 웃, 어떻게 알아본 거냐니까요? 손 좀, 그만 올라오고!"

손등을 아프지 않게 찰싹 치자, 리녹의 손이 멈췄다. 그는 어둠 속에서 잠시 멈춰 가만히 숨을 내쉬다가 이내 고개를 기울여 내 목에 입을 맞췄다.

"그럼 에이미."

오싹하게 낮은 음성이 귀를 파고들었다.

"침대에서 알려주는 건 어떤가?"

어둠 속에서 짓궂게 느껴지는 낮은 음색에 주춤 물러나기도 잠시, 나를 갈급하게 찾아든 입술이 아랫입술을 벌렸다. 나는 끙끙 앓는 소리를 냈다. 그가 이로 나를 아프지 않게 깨물 때면 손가락이 절로 굽어 그를 꾹 잡아챘다.

뜨거운 날숨이 차올랐다. 솜털로 온몸을 간지럽히는 것처럼 열이 올랐다. 나는 점차 아래로 내려가는 손을 꾹 눌러 잡았다. 아니, 어딜 은근슬쩍 넘어가려고.

"말 안 해줬어요. 그냥 넘어가려고, 지금?"

"……그러지 않았다."

코끝을 마주한 채로 리녹이 작게 중얼거렸다. 그는 더는 움직이지 못하게 하자 안절부절못하는 기색이 스쳤다.

"에이미……."

"제가 진짜인 걸 어떻게 아셨어요?"

"손부터 놓아주고 얘기하면 안 되겠나?"

"네. 안 돼요."

침대에 올라왔는데 어물쩍 넘어가려던 사람이 누구인데. 사뭇 단호하게 막자 리녹은 입술을 깨물고 눈을 이리저리 굴렸다. 마치 주인이 사라진 커다란 강아지처럼 낑낑대는 모습 같았다. 이 모습이 귀여워 보이는 나도 참 중증이긴 하다. 하지만 마음을 다 잡았다.

"얘기 안 해주시면 저 옆의 막사로 가요?"

내가 둔 초강수에 리녹이 움찔했다. 어떻게 이럴 수 있느냐는 시선에도 나는 태연히 받아쳤다. 그러니 누가 자꾸 입술만 내밀래요? 응. 예뻐도 안 봐줘요.

리녹이 입술을 깨물더니 얼른 손을 뻗었다. 단단한 팔이 허리를 휘감기는 것도 모자라 커다란 몸이 내게 파고들었다. 워낙 크고 단단한 몸이기에 내가 안기는 형국이 되었다. 순식간에 커다란 몸이 빈틈없이 나에게 꽉 달라붙었다. 그는 내 목덜미에 코와 얼굴을 꾹 눌러 붙였다. 그러고는 살짝 흔들어 비비기까지 했다.

"그건 절대 안 된다. 아니. 가지 마라. 응?"

"……안 갈 테니까. 목덜미에 숨 쉬지 말구요. 홋, 말을 해봐요. 응?"

뭣 때문에 뜸을 들이는 걸까? 보통 내가 물으면 언제나 재깍 대답을 해주던 그였는데 말이다.

"그건……."

듣고 싶던 그 '이유'는 침묵이 조금 더 흐르고서야 들을 수 있었다. 얼굴을 묻고 망설이던 리녹이 뜸을 조금 더 들인 후에야 말문을 열었다.

"에이미, 이베르크는……. 늑대의 '매듭'에 이어 늑대의 '각인'이라는 것을 맺을 수 있다."

아는 단어와 처음 듣는 단어의 혼합에 나는 일단 가만히 귀를 기울였다.

"늑대의 각인은 '키스'로부터 시작된다."

입맞춤에서 시작된다고? 그것 참 로맨틱하네……. 잠깐만, 키스? 나는 멈칫했다.

"나는, 키스한 상대에게서 벗어날 수 없고, 벗어난 순간 깊은 갈증을 느낀다."

"……잠깐만."

"그리고 상대가 가까이 있다면 그것을 느낄 수 있지."

한마디 하려던 나는 그대로 멈칫했다. 리녹과 헤어지던 날 밤, 다친 채로 그와 나눴던 입맞춤이 눈앞에 그려지고 있었다.

[리녹 이베르크, 대공은 첫키스를 한 대상이 어디에 있든 찾아낼 수 있다고.]

피투성이로 맞췄던 입맞춤이 그런 의미였다는 건 이미 세레나에게 들어 알고 있었지. 눈꺼풀이 파르르 떨렸다. 하지만 이것을 본인에게 직접 듣는 건 다른 얘기였다.

그 순간 나는 얼른 얼굴을 가려 버렸다. 버틸 수 없는 해일에 휩쓸려 모두 허물어지는 심상과 함께 얼굴에 열이 몰리는 것 같았다. 리녹은 그때부터 나를. 아, 물론 알고 있었던 건데. 이건 반칙이잖아.

다음으로 떠올린 것은 산밑 마을에서 탄시즈를 피해 도망간 도시, 그곳에서 거짓말처럼 재회한 우리의 모습이었다. 그럼 그때 그레이가 나를 보고 애타게 쫓아온 것도 내가 그 도시에 있다는 걸 리녹이 알고 있었기 때문이었구나.

"평생 동안 찾지 못하면 앓아 죽을지도 모를 사람이라고."

아니, 그래. 퍼레이드 자체가 나를 찾기 위한 거라고, 본인이 직접 고백한 거잖아, 지금?

리녹이 세레나를 좋아하지 않는다는 것을 확신한 시점에서, 세레나가 내게 해명한 시점에서, 이미 두 사람의 퍼레이드가 소문과 같지 않다는 건 알았다.

"그러니까, 당신은 키스한 상대가 어딨는지 알 수 있다고요?"

"키스뿐만이 아니다."

"아니라면……."

내 손이 느슨해진 틈을 타 손을 빼낸 리녹이 고개를 숙여 귓바퀴에 입을 맞췄다.

"함께 밤을 보내면……. 알아보는 힘은 더욱 강해지지."

그가 입을 맞춘 귓바퀴로부터 열이 화끈 달아오르는 듯했다. 아닌 게 아니라 목마저 뜨거운 수건을 올려놓은 것처럼 열이 몰려들었다.

"이, 이베르크는 리녹처럼 다 그래요?"

"글쎄."

생각하는 듯 리녹이 잠시 침묵 뒤로 말했다.

"추측이지만 모든 이베르크가 그런 것은 아닌 것 같다. 그렇기에 까마귀가 그런 시험을 낸 것이 아니겠나?"

"그럼 무닌은……."

"헛수고를 한 거지."

리녹이 낮게 웃는 소리가 들렸다.

"속임수를 꼭 그 교활한 까마귀만 쓰라는 법, 있겠나."

지난 게임에서 누가 더 우위에 있었는지, 명확히 보여주는 말이었다.

처음부터였다는 그의 말이 그제야 전부 이해되었다. 동시에 그 교활한 까마귀 얼굴에 한 방 먹였다는 통쾌함도 함께.

리녹이 칭찬을 바라는 듯 어둠 속에서 진득하게 나를 응시했다. 짐승의 눈처럼 날것에 가까우면서도 보석처럼 정제된 시선, 모양 좋은 입술이 움직이는 것이 고스란히 보였다.

"이 순간에도 틈을 내주지 않는 걸 보니, 내 반려는 호기심이 많아."

"그래서 싫어요?"

"아니, 네가 지금보다 멋대로라도, 나는 그런 너를 사랑할 거다."

그가 침대에서만 보여주는 달콤한 음성을 속삭였다. 나는 그가 잘 불러주지 않는 이 호칭이 좋았다. '반려.' 부르는 것조차 소중해 아끼는 기분이 들었으니까.

"그래서, 내 반려."

언제부터인가 침대에서는 내가 읽었던 이 세계의 소설에서처럼 존대어인 듯 아닌 듯한 어투를 구사하는 그였다.

"궁금증은 모두 풀리셨는지."

"……."

나는 잘했다는 말 대신 그의 뺨을 잡고 입술을 한번 맞췄다. 그러고는 배시시 웃었다.

"에이미."

"하아, 네?"

"……빠른 것이 좋겠나, 천천히 하는 것이 좋겠나?"

……네? 나는 멈칫했다. 그러거나 말거나 리녹은 홀로 조각 같은 낯에 진지한 표정을 지으며 고민을 끝냈다.

"아니다, 어느 쪽이든 좋겠군. 두 가지를 다 한다는 선택지도 있으니."

······잠시만 그거, 착각이 아니라면 어느 쪽이든 오늘 밤새 놓아주지 않겠다는 것처럼 느껴지는데.

당신 어제도 했잖아. 그제도 했잖아! 그 전날도! 저택에 있을 때도! 나는 차마 나오지 못한 말을 뻐끔거렸다.

애석하지만 나도 그를 원하고 있는 시점에서 모든 게 소용없는 뻐끔거림이었다.

△

다음 날.

나는 비교적 멀쩡한 상태로 말 옆에 앉아 있었다. 당연하겠지만 세레나의 도움을 받고서 이렇게 정상적으로 움직일 수 있는 거였다. 나를 보는 기사들은 아마도 아무것도 모르는 눈으로 나를 보고 있었는데, 하나같이 무슨 아이돌 스타를 보듯이 반짝반짝한 눈을 하고 있었다. 아니다, 굳이 표현하자면 꼬리를 붕붕 흔드는 강아지들이랄까. 시골 할아버지 댁의 강아지가 딱 저런 느낌이었던 것 같다. 유달리 사람을 좋아해서 담장 위로 펄쩍펄쩍 뛰던.

아무튼, 뚫어질 것 같은 시선이 살짝 부담스러워 첼시를 옆에다 세워놓고 말 밑으로 살짝 숨어보았는데 별 소용은 없는 것 같다.

"······왜 저렇게 날 좋아하는 거지?"

"그거야 아가씨가 귀여우시니까요!"

내 중얼거림을 들은 첼시의 답변에 나는 눈썹을 찡그렸다.

"그건 어디까지나 첼시의 관점이잖아요?"

"바로 그 점이 사랑스러우시다는 거예요, 난 귀여워! 하지만 나는 모르지!"

"……무슨 소리예요."

……가끔 첼시의 말은 같은 제국어임에도 이해하지 못할 때가 있다.

나는 고개를 절레절레 흔들었다. 그러자 머리를 젖혀 유쾌하게 웃던 첼시가 표정을 조금 진지하게 바꿨다.

"글쎄요, 이런 말은 하면 안 되지만 낮에는 개망나니에 밤에는 감정이 존재는 하나 싶은 폭군 같은 대장님을, 사람 만들어 주셨죠. 이것만으로 저희에게는 기적이에요. 아니. 기적 같은 분이시죠."

"……왜 리녹이 사람이 아니었던 것처럼 이야기를 하세요."

"어머나, 팔은 안으로 굽는 건가요, 하지만 실제로 낮은 망나니에, 밤은 폭군이셨는걸요? 아, 이건 그레이한테 전하시면 안 돼요?"

"……저기. 이미 듣고 있거든……?"

첼시와 마찬가지로 내 옆을 지키고 있던 그레이가 어처구니없다는 얼굴로 말했다.

"그럼, 아가씨. 비밀로 해주세요. 그레이의 췌장을 걸고!"

"뭐? 남의 췌장을 왜 걸어?"

"거시기를 걸 수는 없잖아!"

"네가 왜 내 거시기를 거는데! 그리고 뭐든 간에 걸지 마!"

"아냐. 첼시, 머리카락이 좋겠어. 내가 못 지키면 그레이 머리를 박박 밀기 어때?"

"와. 그거 좋은 생각인데요?"

내 말에 두 부단장의 얼굴에 희비가 교차했다. 정말 좋은 생각이라며 박수를 치는 첼시 옆에서 그레이가 나라 잃은 사람처럼 눈물을 글썽거렸다.

속삭이는 목소리를 해석하자면 "아가씨는, 저와 더 오래 보셨으면서, 어째서 저만……."이라는 것 같다. 그치만 훌쩍거리는 그레이가 재밌는 걸 어떡해. 나도 모르게 못된 취미에 눈을 뜬 것 같단 자각은 있지만 영 고치고 싶지 않은걸.

"우냐? 울어?"

"……안 울어."

첼시가 키득키득 웃으며 그레이의 옆구리를 찔렀다.

"야야, 그레이, 아가씨가 다 너를 좋아하고 아끼셔서 그래. 응?"

"그, 그런 소리 하지 마!"

그레이가 첼시의 위로에 오히려 기겁했다.

"그 소리 대장님이 들으면……."

"들으면?"

"죽, 어헉. 대장님!"

그 목소리에 고개를 돌리니 어느새 지척까지 온 리녹이 있었다. 그의 옆으로는 함께 탐사를 다녀온 두 마법사 세레나와 루센 씨가 있었다. 이들은 본격적으로 군단장을 찾으러 가려고 했던 길에 미리 탐지 마법을 쓰고 돌아온 것이다. 당연히 그 곳까지의 안내자는 무닌이었다.

물론, 무닌은 이를 내켜 하지 않았다. 아니나 다를까, 무닌의 얼굴엔 못마땅한 표정이 가득했다. 그리고 나를 보자마자 조그만 까마귀 형태로 변해서 포르르 내게로 날아왔다.

"탐지 마법은 어땠어요?"

"순조로웠어요. 그렇게 멀지도 않았고, 알려준 지점도 정확해요."

[이 몸이 약속을 두고 거짓말을 할 것 같으냐!]

"정확히는 약속을 해야, 거짓말을 하지 않는 것이 아니고요?"

[…….]

세레나의 일명, 팩트 폭력에 무닌이 잠시 입을 다물었다. 어쨌거나 무닌이 제대로 알려준 한 모양이었다. 그러나 군단장을 발견한 이들의 얼굴은 썩 시원치만은 않았다. 특히나 세레나와 같이 탐지 마법을 사용했던 루센 씨의 표정이 어두웠다.

"혹시 뭐 안 좋은 소식이 있나요?"

"안 좋은 소식이라기보다는 곤란한 소식이죠?"

세레나가 어깨를 으쓱해 보였다. 리녹을 바라보니, 리녹은 루센 씨에 비하면 평온한 표정이었다.

"군단장은 둘로 추정되는데, 그중 하나가 곧 '마수의 왕'이 될 것 같거든요."

군단장이란 마수의 왕을 가장 가까이에서 섬겼던 지능 높은 마수로, 마수의 왕 다음으로 강한 마수이자 마수의 왕이 죽고 일정 기간 내에 처리하지 못하면 왕의 자리에 오르기도 했다.

그렇게 되면 '마파(魔波)'라는 거대한 마수 대이동이 일어나 인간 측에는 최악의 상황이 도래했다. 여기까지는 원작과 같다.

곰곰이 고민하던 나는 그대로 휙 고개를 들었다.

"군단장은 둘이 아니에요."

"네?"

"셋이에요."

정확히는 마수의 왕 자리를 앞둔 것 하나, 보통의 군단장 둘. 나는 지금이 이것을 꺼낼 적기임을 알았다.

원작에서 리녹과 세레나는 탐지 마법 그대로 군단장이 둘일 것이라 판단하고 그들을 맞닥뜨린 후 틀렸음을 알게 된다. 각기 한 마리씩 맡지만 나머지 한 마리를 대공가 기사단으로 막는데 실패하고 그 과정에서 리녹이 치명상을 입는다.

그리고 이어 대공가로 돌아와 '폭주'로 이어지는데, 결과적으로 폭주의 가장 큰 원인은 이 군단장과 싸워 다친 부상 때문이었다. 이 폭주를 막지 못하면 리녹은 죽음에 이른다.

'하지만 이번엔 막을 수 있어.'

나는 확신했다. 책 속의 이야기처럼 세레나가 리녹을 사랑하지 않고, 리녹도 그녀를 사랑하지 않는다. 게다가 그녀는 마법을 푸는 주체가 되지 못했다.

"에이미, 확신하는 이유가 있다면 물어도 되겠나."

리녹은 어떻게 아느냐고 묻지 않았다. 말도 안 된다고도 하지 않았다. 다만 차분하게 내게 설명을 부탁했을 뿐이었다. 마치 내가 무슨 말을 하든 진실이라고 믿고, 진실로 만들 것처럼.

신뢰로 가득한 시선을 보며 괜히 가슴이 뭉클했다.

"그러니까요, 이게……."

막 이야기를 꺼내려던 순간이었다. 무닌이 날개를 홱 펼쳤다.

[침입자다.]

내 어깨 위에서 까마귀가 끓는 소리를 냈다. 불길이 일었지만, 전혀 뜨겁지 않았다. 무닌이 그렇게 만든 듯했다. 그리고 모두의 시선이 옮겨간 그곳에서 한 인영이 정신없이 달려왔다.

"란트?"

그 인영을 알아본 사람은 그레이였다. 다시 보니 내가 아는 얼굴이기도 했다. 대공가 기사단 중 유독 장난기가 많던 쌍둥이 기사 란트 모시겔 경이었다. 기억하기로 그는 저택을 지키는 역할이었다. 얼굴을 정확히 알기에 틀릴 리가 없었다. 그런데 왜 여기에?

"하아, 대장님, 멋대로 대공가를 이탈하여 정말 죄송합니다. 급보입니다!"

"급보?"

숨을 몰아쉰 란트 경은 숨 쉴 새도 없이 다다다, 보고했다.

"헉, 헉, 예. 황실의 군대가 예상 이상으로 빠릅니다. 제가 이곳에 오기까지 사흘이 걸렸으니……. 이틀 내로 황실 군대가 대공령에 진입할 겁니다!"

기사들이 너 나 할 것 없이 숨을 삼켰다. 누군가는 "어떻게?" 하고 속삭이기도 했다.

"……자세히 보고해라. 가능한 속도가 아닐 텐데?"

"그게…… 황태자가 무슨 수를 쓴 것 같습니다."

리녹의 이마에 처음으로 주름이 내려앉았다. 뿐만 아니라 모두가 더없이 심각한 얼굴이었다. 리녹이 자리를 비운 지금, 대공령이 함락되면 최악의 끝이었다. 하지만 금방이라도 철수를 외칠 것 같은 이 상황에서 단 한 사람만은 태연하게 이야기를 정리했다.

"여기서 군단장을 포기해서는 안 돼요, 대공. 마수의 왕이 탄생할 걸요? 그렇게 되면 마파가 일고, 하얀 산맥을 빠져나간 마수들이 가장 가까운 영지를 쑥대밭으로 만들 거예요."

세레나였다. 그녀는 웃고 있지만 침착하기 그지없는 눈으로 상황을 추렸다. '가장 가까운 영지', 당연하지만 대공령에 속한 도시였다. 아직 어느 것도 당장 들이닥치지는 않았지만, 설상가상의 순간이었다. 둘 모두 다급하건만 모두 놓을 순 없고 둘 다 이루기엔…….

'시간과 인력이 부족해.'

군단장이 마수의 왕이 되기 전에 필히 막아야 했다. 이야기의 흐름이 그러했지만 동시에 대공령이 엉망이 되지 않기 위해서이기도 했다. 하지만 예정보다 일찍 도착할 탄시즈의 군대를 그대로 둘 수는 없었다. 현재 대공가에 있는 전력으로 그들을 막기엔 턱없이 부족했으니까. 리녹은 미리 군대를 모아두었지만 적어도 대공령 중심부 근처 곳곳에 흩어진 군사들을 모으는 데는 시간이 며칠이라도 필요했다.

"어쩔 건가요, 대공? 군단장을 막을 건가요?"

"그것이 좋겠지만, 시간이 촉박해."

"시간을 벌어야 하는 거라면, 대공가에는 결계가 하나 있는 것으로 아는데요."

"결계요?"

불쑥 끼어든 내게 세레나가 가벼이 끄덕여 주었다. 경쾌한 그녀의 움직임은 신기하게도 상황을 조금 가볍게 만들어주는 효과가 있었다.

"네. 대공가에는 대공령 방벽에 결계를 시동할 수 있는 커다란 마법진이 있어요. 대공의 부탁을 받아 조사했을 때, 절대적인 방어력을 발휘하는 마법임을 밝혀냈었죠?"

"그럼 그걸 시동하면?"

"버틸 수 있어요. 이기는 것은 무리겠지만?"

세레나가 덧붙였다. 버티는 것은 고작 5일 정도일 것이라고. 하지만 달리 말하자면 군단장을 재빨리 쓰러트리고 돌아갈 수 있는 시간은 될 것이라고도 덧붙였다.

"어차피 마수의 일은 하얀 산맥의 마법 생물들이 개입할 수 없어요. 결국 우리 힘으로 진행해야 하니, 효율을 택하는 편이 나아요."

"그런데, 스승님. 그 결계는 어떻게 하면 시동할 수 있죠?"

"간단해요. 거대한 마력으로 일깨우면 되니까."

거대한 마력? 거기서 움찔했다. 정리하자면 그 말인즉.

"적어도 대마법사 정도는 되어야 할 테니, 나나 대공, 그리고……."

세레나가 활짝 웃었다.

"에이미 정도겠네요."

이 상황에서 그녀의 인정은 조금도 기쁘지 않았다.

셋 중 하나가 빠져야 한다고? 당연하겠지만 빠진다면 당연히 내가 되어야 한다. 나는 전투에 능하지 못하니까. 결계 시동에 더욱더 도움이 되겠지.

하지만 내가 빠지면……. 리녹은 예정대로 다칠지도 모른다. 책속 군단장은 강력하여 세레나와 리녹이 각기 하나씩 상대해야 할 정도였다. 기사단으로는 남은 하나를 감당할 수 없다. 이대로는 리녹이 예정대로 다칠 위험이 컸다. 나는 입술을 꾹 깨물었다. 이럴 때 한 명, 단 한 명의 영웅이 더 있었다면…….

그 순간이었다. 관망하던 무닌이 고개를 쳐들었다. 사사삭. 그와 동시에 공터 경계의 수풀이 흔들렸다. 이런 곳에 누군가 또? 리녹마저 경계 어린 시선으로 그곳을 향할 때였다. 수풀이 활짝 갈라지며 빠져나온 이를 본 순간 입술을 벌렸다.

나와 눈이 마주친 이가 활짝 웃었다.

"어머나, 에이미?"

칼끝에 묻은 피를 툭툭 털며 검집에 집어넣는 사람. 책 속에서는 죽어버린 비운의 인물. 그리고 생존하여 마침내 성장한 사람.

나의 언니.

"우리 예쁜이를 여기서 다 보네."

또 다른 내 영웅의 등장이었다.

△

얼른 언니를 일행의 중심으로 데려왔다.

상황이 상황이니만큼 간략하고 빠르게 설명했다. 다행스럽게도
언니는 상황을 빠르게 캐치했다.

"그러니까, 아주 급박한 상황이라는 거지?"

언니가 검지와 엄지로 턱을 잡았다. 결정하기 직전에 나오는 버릇
이었다.

"도움이 필요한 상황이고."

"맞아!"

아무래도 친언니이니 설명은 주로 내가 했지만, 간간이 빠트린 것
은 리녹이나 세레나가 보완해주었다. 언니는 중간에 세레나의 이름
을 듣고 놀란 것 같았지만 잠시였다. 하기야 세레나의 이름은 산 밑
에 숨어 살던 우리도 알 정도였으니까.

나는 언니의 손을 꾹 붙잡고, 얼른 말했다.

"언니의 도움이 꼭 필요해!"

이 순간에 언니 얼굴이 얼마나 반가웠는지 모른다. 언니는 리녹의
허가를 받아 하얀 산맥을 탐사하던 와중이었을 거다. 이 산맥에서
가장 다니기 편한 길이 무닌의 영역이라고 하니, 대공가 기사단이자
안내하는 기사가 이곳을 자주 통과했을 거고. 언니를 여기서 만난

건 그리 이상한 일은 아니었다. 오히려 기가 막힌 타이밍이었지.

"정확히 어떤 도움이 필요한 건데?"

나는 언니의 실력을 똑똑히 확인했다. 나를 찾으러 대공저에 와서는 리녹과 호각, 물론 한수 아래라고는 했지만 검을 맞대는 모습을 보았다.

"때려눕히는 일."

언니는 씩 웃었다.

"언니가 제일 잘하는 일?"

"맞아. 우리 언니가 제일 잘하는 일이지."

숲속에서 함께 살 때 언니의 일은 언제나 사냥하고 무언갈 때려눕히는 일이었다. 그 때려눕히는 대상이 침입자일 때도 있었지만 대체로 마수인 경우가 태반이었다.

"확실히, 사냥이라면 언니가 제일 잘하는 일이네."

언니가 검 폼멜을 톡톡 두드리며 눈을 휘었다. 부드러운 녹색 눈으로 우려와 염려는 보이지 않았다. 오히려 이 곧은 눈동자에서 돌연 우리의 선조라던 율리아 라미아스를 떠올렸지만, 고개를 흔들었다. 지금은 우선 급한 상황을 해결할 때다.

"좋아, 우리 예쁜이가 도움이 필요하다니. 얼마든지."

언니는 흔쾌히 받아들였다. 세 마리의 군단장. 리녹과 세레나가 각기 한 마리, 그리고 남은 대공가 기사단과 언니가 한 마리를 담당한다면 충분히 맞설 수 있었다. 다시 말해 이쪽은 일단락되었다는 말이다. 다음은 내 차례겠지만.

이어 우리의 나머지 계획도 듣게 된 언니가 살짝 찌푸렸다.

"그나저나……. 에이미 너는 안전한 거니? 네가 대공가로 간다며."

역시나 언니는 내 안전을 제일 우선으로 여겼다.

"응. 마수 사냥보다는 안전할 거야."

만약 사냥하러 간 리녹과 기사단이 제때에 돌아오기만 한다면 말이지. 언니는 생략된 말을 빠르게 이해한 것 같았다.

"같이 갈 수 없다니 염려가 되네."

"아니, 언니는 같이 갈 수 있었다고 해도 나서면 안 될 거야. 언니는 타국 기사잖아. 자칫 내전이 될지도 모를 일에 참여했다간 국제적인 문제가 생길 거야."

언니가 곤란해지는 건 싫었다. 물론 내 생명이 위험한 일이라면 언니는 그런 것쯤은 전혀 따지지 않았겠지만. 이건 그런 일도 아니고. 언니는 나를 보더니 고개를 기울였다. 마치 어린 시절 나를 가르치며 가늠하던 얼굴이었다.

"그럼 이 마수 사냥을 돕는 건 괜찮고?"

"마수의 왕이 탄생하면 인류 전체에게 위협이 되는걸? 언니는 약자를 보호하는 기사도 정신을 발휘하는 거지. 그 장소가 중립지대에 가까운 '하얀 산맥'이었던 거고. 그럼 언니가 나선 게 알려져도 문제 없어."

"흐응……."

언니의 눈에 이채가 영롱하게 번졌다. 이내 그것은 대견하단 눈으로 변했다.

"언제 이렇게 컸을까."

"무슨, 그런 눈으로 바라보지 말아. 언니도 이미 생각했으면서."

내가 생각한 걸 언니가 떠올리지 못할 리 없었다. 나는 머쓱한 기분에 얼른 리녹을 쳐다봤다.

'맞죠, 리녹? 빨리 맞다고 해요.'

시선으로 동의를 구했지만 그는 말이 없었다. 대신 세레나가 맞자고 맞장구를 쳐주었다. 군더더기가 없어 나설 일이 없다면서.

왜 리녹은 말이 없지? 그러고 보니 언니가 등장한 때부터 리녹은 말이 없었다. 고개를 갸웃하는 내게 답을 알려준 건 첼시였다. 첼시는 상체를 낮춰 내 귀에 속닥속닥 속삭였다. "아가씨, 이대로라면 대장님은 아가씨와 잠시 헤어지는 것이 아닙니까." 하고.

아, 깨달았지만 리녹과 이야기 나눌 시간은 없었다. 한시를 다투는 일이었으니까. 빠르게 세부적인 계획을 잡고 우리는 둘로 갈라졌다. 그리고 인선이 갈라지는 과정을 보며 나는 경악했다.

"정말 이 인선으로 갈 거예요? 정말?"

나는 믿기지 않는 눈으로 앞을 응시했다.

"네 안전이 우선이다, 에이미."

"언니는 우리 예쁜이가 안전하지 않으면 싸울 수 없어."

리녹에 이어 언니가 차례로, 아니, 거의 동시에 말했다. 언니의 말에 아연해진 것은 물론이다. 그도 그럴 것이 리녹은 간략한 회의를 통해 그레이와 첼시를 대공가로 가는 내게 붙여 버렸다. 그럼 마수 사냥 팀의 전력이 분명 약해질 터인데.

"에이미, 언니는 약하지 않아."

검으로 땅을 짚고 방싯 웃는 언니에게 무어라 더 건넬 수는 없었다. 언니의 눈은 스스로에 대한 믿음으로 굳건했으니까. 거기다 나와 관련된 일에는 죽어도 꺾이지 않는, 언니의 고집을 모르지 않았다. 아무리 그래도……. 군단장을 사냥하는 건데.

나는 도와달라는 듯이 세레나를 쳐다봤다.

"제자님이 안전해야 한다네요."

박수를 짝, 치는 세레나의 얼굴에 화사한 웃음이 깃들었지만 나를 도와줄 기미는 보이지 않았다. 몇 번이고 재고해 달라고 청했지만 두 사람은 짜기라도 한 듯 요지부동이었다. 결국 한숨을 쉬며 받아들이는 수밖에 없었다.

"염려 마라."

"……리녹."

"네 언니는 네가 걱정하는 것만큼 약하지 않아."

이는 놀랍게도 리녹이 언니를 옹호했기 때문이기도 했다. 실력과 능력에 있어서 까다로운 리녹이 인정했다면 나로서도 할 말은 없었으니까. 그래, 둘이 아닌 셋이니 잘될 거다. 그리 생각하기로 했다. 든든했으니.

나는 고개를 들었다. 이젠 작별의 시간이었다. 이미 앞서 남은 이들, 언니나 세레나, 다른 기사단과는 간단한 인사를 나눈 뒤였다. 남은 것은 홀로 한걸음 앞으로 나온 리녹뿐이었다. 나는 흘끗 뒤에 서 있는 이들을 바라보다가 조심스레 리녹 앞으로 다가갔다.

"잘 다녀오세요."

"……너야말로, 에이미."

웃으며 손을 잡아주자, 리녹이 탄식했다.

"사실 보내고 싶지 않다……."

그가 투정 부리듯 중얼거렸다. 그 증거로 나를 잡은 손에 힘이 들어갔다. 놓고 싶지 않다는 듯이. 나는 그의 손을 살짝 잡아당겼다.

"리녹, 고개 살짝만 내려볼래요?"

뒤에 있는 이들을 쳐다봤다가 얼른 입술을 꾹 눌렀다. 발긋, 뺨이 달아오르는 기분이었다. 그렇게 새가 부리로 쪼듯 뽀뽀를 하고서 물러났지. 이, 이 정도는 괜찮겠지?

그렇게 물러나는 순간이었다. 시야가 휙 흔들린다. 동시에 허리로 단단한 팔이 휘감겼다. 다음 순간 나올 행동을 직감한 나는 얼른 시선을 뒤로 향했다.

"스, 스승님!"

언니, 언니! 언니가 검을 뽑고 있는데요, 리녹!

"스승님! 저희 언니! 언니! 막아주세요!"

"응? 네."

얼른 외치는 것과 함께 세레나의 나긋한 대답이 들려왔다. 인식할 새도 없이 리녹이 내게 키스했다. 아니나 다를까, 키스는 녹아내릴 듯이 달콤했지만, 뒤에서 들려오는 소음에 솜털이 오소소 돋았다. 사람들 앞에서 보일 풍경은 아닌 것 같은데⋯⋯. 에라 모르겠다.

이내 그에게 기대듯이 힘을 빼고 눈을 감았다.

"이거 봐요! 저 놈팡이를!"

"디, 디아나 씨 진정하세요!"

그저 아주 잠깐 헤어지는 것이건만. 작별까지 범상치 않았다.

△

리녹과 헤어진 날로부터 이틀 뒤, 나는 막 보이기 시작한 도시의 전경을 한눈에 담았다.

"저기서 순간이동 마법진을 이용하시면 됩니다."

"네."

상황이 상황인지라 평소의 장난기를 덜어낸 란트 모시겔 경의 설명이 따랐다. 나는 끄덕이며 걸음을 재촉했다. 이 마법진이 있는 곳은 우리가 출발할 때 이용했던 곳과는 다른 곳이었다. 나는 천천히 이틀 전을 떠올렸다.

[영역 끄트머리까지 가는 건 도와주지.]

무닌의 도움 덕분에 사흘이 걸릴 거리를 이틀로 줄일 수 있었다. 그는 군단장의 안내를 맡았기에 나와 함께하지 못한 대신, 못마땅한 얼굴로 나를 보다가 마지막에 내게 무언갈 속삭였다.

[신성한 불의 축복을 내려주지.]

"그게 뭔데요? 아니, 그보다 왜요? 나 싫어하지 않나?"

무닌이 혀를 쯧 찼다.

[약조를 지킬 네가 죽어 사라지면 곤란하니 걸어주는 거다.]

무닌이 불의 축복이란 걸 내렸다는데, 무언인지는 알 수 없었다. 무닌도 때가 되면 알 수 있을 거라고 할 뿐 더는 설명해 주지 않았다. 하기야 설사 더 있었다고 해도 시간이 없어서 듣지 못했겠지만.

어쨌거나 무닌이 말한 약조란 황궁으로 자길 데려가기로 한 것일 터였다. 그 약조를 지키기 위해선 이번 일을 마무리 잘해야 했다.

그렇게 순간이동을 이용하고, 하루를 꼬박 달린 뒤에 마침내 대공저에 도착했다. 주인 없는 대공저는 아니었다. 이곳에는 '또 다른' 주인이 있었으니까.

"어서 오너라, 아가."

"선대공비님!"

저택에 들어서자 어머님이 반겨주었다. 나는 하양이를 안은 채로 얼른 고개를 숙였다.

"이미 소식은 전해 들었다. 그보다 생각 이상으로 빨리 도착했구나."

단정하던 그녀의 얼굴에 놀라움이 드러났다. 이내 그녀는 소리 없이 그것을 지워냈다. 어머님은 평소와 같이 우아하고 심플한 드레스 대신 다른 옷을 입고 계셨다. 기사단의 제복 같으면서도 격식이 덜어진, 좀 더 간편하고 활동하기 편해 보이는 의상이었다.

그녀의 어깨 뒤로 긴 망토가 가볍게 흩날렸다. 긴 머리조차 거추장스럽다는 듯 길게 하나로 간단히 묶어 흘러내리게 두었다.

그런 내 시선을 보았는지 어머님이 걸음을 멈추고 설핏 웃었다.

"신기하니?"

그제야 너무 빤히 보았다는 것을 알아차리고 얼른 사과드렸다. 어머님은 고개를 저었다.

"사과할 필요는 없단다. 그럴 수도 있겠지. 네겐 보인 적 없을뿐더러 통솔권을 잡은 건 아주 오래전의 일이니."

평소보다 어머님의 얼굴이 조금 더 가깝다는 것을 알고 그제야 편안하게 신은 신발마저 확인했다.

"모든 이가 준비하는 틈에 나 또한 준비하는 것이 당연하지 않겠니, 아가."

어머님이 눈을 휘었다. 보일 듯 말 듯한 그 미소 위로 리녹이 겹쳐 보였다.

"대공령의 또 다른 주인으로서, 거추장스러운 옷을 입고 지휘할 수는 없지 않으냐."

어머님의 가슴에서 오래된 휘장이 흔들렸다. 나는 휘장 옆 늑대가 우짖고 있는 이베르크의 문양을 가만히 바라봤다.

"내가 이곳의 총지휘관이란다."

어머님의 말은 상황을 실감 나게 해주었다. 약 20년 전, 유능한 지휘관이었다던 말이 괜한 말은 아니었는지 총사령관으로서 어머님은 음성도, 모습도 평소와 조금 달라 보였다. 물론 멍하니 감탄할 때가 아니었지만 아주 안 할 수는 없어서, 간간이 나는 선망 어린 눈으로 어머님을 응시하곤 했다.

　물론, 모든 이가 순응하듯 그녀를 따르는 것은 아니었다. 가끔 중간 지휘관들에게서 작은 불만이 튀어나오곤 했는데.

　"각하, 창고를 열어 모든 짚을 꺼내놓았습니다. 병사들이 왜 짚을 갑작스럽게 옮기는지 의구심을."

　"일일이 설명이 필요한가?"

　"……."

　"내가 경에게 모든 걸 설명할 필요가 있느냐고 물었네."

　"……죄송합니다."

　그들은 대번에 꿀 먹은 벙어리가 되어 돌아가곤 했다. 리녹과 특히나 닮은 시선과 낮은 음성은 당당하던 자작의 어깨를 철사처럼 잔뜩 구부러지게 만들었다.

　'……플래카드를 흔들고 싶은 기분이네.'

　"이쪽으로."

　어머님과 막 모퉁이를 돌 무렵이었다. 철그렁. 묵직한 소리가 들리는가 싶더니 창을 한데 모아 가져가던 기사가 휘청거리며 지나갔다. 시야에 가려 우릴 보지 못한 듯했다. 그도 그럴 것이 어머님은 호위 없이 나를 반기러 왔고 그레이와 첼시도 지휘 체계를 위해 잠시 자리를 비운 참이었다. 우리가 다니던 길이 대공저 내라고 하나 대공저는 현재 요새와 같이 된 터라 곳곳에 기사며 병사가 즐비했다.

"괜찮니?"

"아, 네네. 안 부딪쳤어요. 감사합니다."

나는 얼른 아린 손끝을 가렸지만 이미 어머님이 본 뒤였다. 내 어깨를 끌어당겼던 어머님이 싱긋 웃었다. 긴 머리끝이 살짝 흔들거렸다.

"저 기사를 찾아내 경을 쳐야겠구나."

……어머님, 눈이 웃고 계시지 않으신데요.

"그리 보지 말렴. 요절을 낸다고는 하지 않았단다."

"……요절을 내시면 안 되죠."

나는 괜찮다며 손가락을 얼른 펼쳐 보였다. 살짝 빨개진 것 말고는 이상 없었다. 어머님이 재빨리 어깨를 끌어당겨 준 덕분이었다.

그사이, 보고하러 달려온 기사가 간단히 보고를 마치고 돌아갔다. 나는 그 모습을 물끄러미 보다 말고 뺨을 긁적였다.

'언니라고 불러 드리고 싶네.'

확실히 멋있는 모습이긴 했다.

"제가 늦진 않았을까요?"

"다행히도. 생각했던 것보다 빨리 온 덕분에 시간은 맞출 수 있을 것 같구나."

그리고 잠시 뒤, 기사단 본부에 다녀온 그레이와 첼시가 합류했다.

"예이미!"

"하양아, 잘 다녀왔어?"

본부에 다녀오는 김에 베이커 씨에게 하양이를 보여주고 오겠다며 첼시의 손에 이끌려 다녀온 하양이가 다시 내 품에 낑낑대며 안겼다. 그리고 어머님은 나를 대공저 계단 쪽으로 안내했다. 지하로 내려가는 계단이었다.

"대공저 지하에 있는 마법진에 대해서는 내 할아버님에게 들은 적이 있었단다. 고대 마법이 발현될 정도로 힘이 강한 이베르크나 대마법사만이 시동할 수 있다더구나."

어머님은 자신의 할아버님의 할아버님이 리녹과 같이 고대 마법을 겪었고, 그 당시에 이 마법진을 시동시킨 바 있다고 설명했다.

"초대 대공의 피를 이어받아서인지. 고대 마법이 발현된 이들은 전부 마법사이자 기사인 자들이었으니."

하기야 리녹만 보아도 그랬지. 낮의 리녹은 마법사에 가까웠고, 밤의 리녹은 완연한 검사였다.

지하실 앞에는 거대한 문이 있었다. 문에는 커다란 무늬가 있었는데, 쫑긋한 귀와 풍성한 꼬리, 날카로운 이빨을 보아서는 커다란 늑대가 입을 벌린 형국이었다.

어머님이 살짝 웃으며 문을 밀자, 신기하게도 문이 활짝 열렸다. 누구든 열 수 있기는 하나, 이베르크 혈족이 열면 알아서 열린다나.

문이 열리며, 거대한 공동이 드러났다. 빛 한 점 없을 것 같은 느낌이었는데 놀랍게도 천장에 창문이 있었다. 그 덕에 어둡지만은 않았다. 지하실 바닥에는 이 모든 바닥을 차지하는 거대한 원이 있었다. 얼마나 큰지 끝이 가늠되지 않았다.

지하실 특유의 습기 가득한 공기를 느끼며 걸음을 멈췄다. 정확히는 어머님을 따라 멈춘 거였다.

"여기란다."

어머님이 멈춘 곳은 거대한 원 정중앙이었다. 정중앙임을 증명하듯 과녁 중앙처럼 작은 원이 하나 있었는데, 사람 하나가 들어가면 딱 알맞을 것 같은 크기였다.

나는 이 원에 있는 조그만 구멍을 보며 눈을 좁혔다.

'……스승님이 말한 그대로야.'

"방법은 들었어요. 저 중앙에 제 마법 지팡이를 꽂으면 된다고."

정확히는 사용자가 사용하는 어떤 마법 지팡이든 상관없었다. 마법 지팡이가 일종의 마법사임을 증명하는 열쇠라, 그게 매개가 되어 시동된다고.

"다행히 황실의 군대는 하루에서 반나절 거리에 있다고 하더구나."

"그래요?"

"그래. 조금 이상한 것은……."

어머님이 미간을 좁히며 턱을 우아하게 잡았다. 심각해진 표정이 리녹의 얼굴과 더욱 닮게 보였다.

"분명 속도를 더욱 올려 도착할 수 있음에도 그렇게 하지 않은 것 같달까……."

"네? 그게 무슨 말씀이세요?"

"아니다. 못 들은 것으로 하렴."

어머님이 고개를 가로저었다.

"그들이 굳이 그럴 리는 없을 테니."

비정상적인 속도를 내며 달려온 황실이 갑자기 도착할 무렵이 되어 속도를 줄일 이유가 없다는 어머님의 설명에 난 고개를 끄덕이고는 마법진 중앙에 자리를 잡았다.

"그럼 시작할게요."

이미 그레이와 첼시, 어머님은 유일하게 마법진이 그려지지 않은 한쪽으로 물러난 지 오래였다. 나는 허공에 손을 뻗었다. 전신에 긴장이 맴돌았다. 숨을 내쉬었다.

'후. 할 수 있어.'

손을 한번 휘젓자 손등의 문양이 한번 빛나더니 손끝에 지팡이가 잡혔다. 나는 기다란 지팡이를 휘리릭 손에서 돌려 양손으로 붙잡았다. 그리고 그대로 하늘로 올라간 손이 바닥을 내리찍었다. 지팡이가 구멍에 틀어박힌 순간, 마법 지팡이의 오므려졌던 날개가 활짝 펼쳐졌다.

'어라, 저건 한 번도 움직인 적이 없는 건데?'

그 순간 강한 바람이 불었다. 머리카락이 시야를 가린 틈에서 겨우 눈을 뜨자 전구에 불이 들어오듯 차차 부분씩 빛나는 마법진이 보였다. 마구 흔들린 지팡이의 보석이 서로 부딪쳐 맑은 소리를 냈다. 숨이 턱 막혔다. 마력이 그대로 빠져나가는 것이 고스란히 느껴졌다. 숨을 꾹 참으며 첼시의 품에 안겨 있는 하양이를 생각했다.

숨을 조절하자 차차 숨쉬기가 편해지는 것 같았다. 물론 힘이 빠져나가고 있는 것은 똑같았지만 요령을 알 것 같은 기분이라 할지.

"아가씨, 성공입니다! 방벽에 거대한 결계가 세워졌다고 합니다!"

통신 마법을 통해 소식을 바로 건네받았는지, 멀리 떨어진 첼시가 소리치는 것이 들렸다. 아, 성공했나 봐. 그렇게 안심하던 순간, 지팡이의 푸른 보석이 그 어느 때보다 밝은 빛을 흩뿌렸다.

"아가씨!"

나를 부르는 이들의 소리가 아득하게 멀어진다. 허겁지겁 달려오는 그레이와 첼시가 시야에서 지워진다. 그리고 눈을 뜨자, 다른 공간이었다.

눈을 가득 메운 붉고 푸른 드래곤의 문장. 저 문양은 모를 수가 없었다. 눈앞의 광경을 바라보며 나도 모르게 중얼거렸다.

"이게 뭐야…… 황실 문양?"

잘못 본 것이 아니었다. 저건, 분명 황실의 문양이었다. 날개를 활짝 펼치고 비상할 것 같은 푸른 드래곤, 금방이라도 불을 토해 낼 것처럼 입을 벌린 붉은 드래곤, 그리고 고고하게 서 있는 금색 드래곤까지. 모두 황실의 상징이었다.

현재 나는 천막 안쪽에 있는 것 같았다. 얼른 다른 곳을 둘러보자, 문양이 크게 그려진 천막 외에도 천막 창문으로 펄럭이는 깃발이 보였다. 그곳에도 세 마리 드래곤이 그려져 있었다.

'설마 여기……. 황실 진영이야?'

입을 황급히 닫았다. 밖으로 발소리가 들렸기 때문이었다.

철컹철컹. 묵직한 사슬 갑옷 소리, 이건 대공가 기사단원에게서도 많이 듣던 소리였다. 나는 숨을 죽이고 그들이 가기를 기다렸다. 다행스럽게도 그들은 이곳으로는 들어오지 않고, 그냥 지나갔다.

발걸음이 멀어지고서야 나는 깨물었던 입술을 풀었다. 목에 걸려 있던 구슬을 손에 쥐었다. 순간이동 구슬을 발동시키려고 마력을 불어넣어 보았다.

'역시나, 구슬은 움직이지 않나 보네.'

지하실로 가기 직전에 어머님과 그레이에게 들었다. 이런 작전 사령부에는 순간이동 관련 무구를 쓸 수 있는 구역을 정해놓는다고. 그 외 장소에서는 쓸 수 없게 조치를 한다고도 했지.

'다행인 건 아주 마법을 쓸 수 없는 건 아니라는 건데.'

조금 제약되는 느낌이 들긴 하지만 마력을 쓸 수는 있었다. 하지만 나 혼자서는 이동 마법을 쓸 수 없었다. 그 마법은 너무 요란하다. 준비 과정에서 들킬 가능성이 크다. 나는 지팡이를 꾹 쥐었다.

'어떡하지?'

내 의문과 혼란에 화답하듯 손등의 문양이 옅게 빛났다. 신기하게
도 사태를 아는 듯이 크게 반짝이지는 않았다.

'지팡이가 방금 흔들렸어?'

고개를 들자 날개가 펼쳐진 지팡이에서 매달린 보석이 절로 흔들
리더니 빛이 흘러나왔다. 아주 밝고 화려하진 않았지만, 눈을 가리
기엔 충분했다. 그리고 눈앞으로 묘한 광경이 그려졌다. 정확히는
눈을 뜨자, 다른 풍경이었다.

깜깜한 공동, 천막 안으로 스며들던 빛은 온데간데없었다. 자꾸
이동하니 머리가 아프긴 하지만 정신 차리자 금방 알 수 있었다.

'여기는 조금 전까지 있었던 대공저 지하실이잖아?'

고개를 갸웃했다. 낯익은 얼굴이 웃고 있어서였다.

[어때, 마음에 들어?]

저 사람은, 율리아? 익숙한 여성의 얼굴이 활짝 웃고 있었다. 내
손등의 고대 마법의 첫 주인. 그리고 내 선조였다.

[마음에 든다. 결계를 만들어줘서 고맙군.]

동시에 고개를 돌리자 나와 똑같은 지팡이를 손에 든 남자가 부드
럽게 웃고 있었다. 차가운 얼굴이 믿기지 않을 정도로 다정한 시선
이었다. 그들이 있는 장소는 조금 전 결계를 발동시킨 지하실이었
다. 율리아는 뺨에 손을 얹고는 지팡이를 기울였다.

[이러면, 황실이 들어오더라도 문제없을 거야. 대신에 아주 출입
이 불가하면 밀실이 돼버리니까. '비밀 통로'는 만들어뒀어. 네게만
알려줄게, 데런.]

율리아가 장난스럽게 지팡이를 흔들어 보였다. 그러고는 내 것과

똑같이 생긴 지팡이, 초대 대공의 것을 바라봤다.

[이 통로는 네가 누구에게도 말하지 않고, 또 알려주더라도 '배신자'가 없는 한 영원히 안전할 거야.]

초대 대공이 나른하게 웃었다.

[그건, 너와 나만의 비밀인가?]

[그건 너무 달콤한 말이지 않아?]

웃는 두 사람이 점차 멀어졌다. 동시에 잠시 눈앞이 점멸했다. 누군가 눈을 가린 듯이. 매끄러운 감촉은 곧 사라졌다. 처음에는 천인가 싶었지만 누군가의 손이었다. 깜빡이자, 다시 빛이 드러났다.

[어머나. 왜 자꾸 내 기억의 잔재를 들춰보는 건가 싶더니.]

눈앞에서 율리아가 나를 보며 미소 짓고 있었다.

[네가 데런의 지팡이를 들고 있었구나?]

그녀는 무닌의 과업에서처럼 반투명한 모습이었다.

[재밌는 아이야. 내 고대 마법과 데런의 지팡이라니.]

그녀는 초대 대공의 지팡이를 한번 툭 두드리고는 손끝에서 빛을 뿜어냈다. 그대로 주변 공간이 희미해졌다. 눈을 뜨니 다시 현재의 공간이었다.

'다시 지하실이었으면 좋을 텐데.'

애석하게도 다시 낯선 천막 안이었다. 아무래도 나는 황실의 진영으로 이동한 것이 맞는 모양이었다. 다행스럽다고 할지. 율리아가 완전히 사라졌다고 생각했지만 웬걸 그녀는 내 옆에서 다시 나타났다.

[덕분에 내가 다시 눈을 감을 시간은 조금 뒤인 것 같구나.]

같이 있어 주겠다는 걸까? 그녀를 향해 무어라 말을 하려는 순간이었다. 율리아가 날 향해, 검지를 들어 올려 쉿, 하고 속삭였다. 동시에 손등 문양에서 희미한 빛이 흐르더니 율리아의 모습이 그대로 사라졌다.

동시에 밖에서 저벅저벅 발소리가 들렸다. 아울러 목소리도 함께였다. 나는 벌떡 일어나 천막 안을 둘러보았다. 천막치고는 굉장히 넓지만 한정된 공간이었다. 숨을 곳은 많지 않았다.

'마법을 쓸까?'

아직 얼음 관련 공격 마법이 아니라면 마법을 발동하는 데 시간이 걸렸다. 전투와 이동 위주로만 익혔으니까. 몸을 숨기는 마법도 시간이 걸릴 터였다.

생각하는 순간에도 발소리는 가까워지고 있었다. 마침내 발소리가 멈췄다.

"그럼 전 입구에서 기다리겠습니다."

낯선 음성이 멀지 않은 곳에서 들렸다. 나는 손을 겹쳐 쥐고 침을 꿀꺽 삼켰다. 이미 지팡이는 사라지게 만든 지 오래였다. 이내 입구가 젖혀지고 저벅저벅 누군가 들어섰다. 발소리가 묵직한 것을 보아 덩치가 꽤나 큰 사람인 것 같았다.

그 사람이 본 것은 텅 빈 방 안이겠지. 나는 이렇게 숨었으니까.

'……오고 있어.'

일직선으로 쭉 걸어온 누군가는 천막 끝에서 무언가를 뒤적이는 것 같았다. 양피지를 펼치거나, 책장을 넘기는 소리가 났다. 하필이면 내가 숨은 이 옷궤와 멀지 않은 곳이었다.

구겨진 몸이 불편했지만 꾹 눌러 참았다. 오랜 도피 생활을 하며 이런 일이 없던 것도 아니라 숨죽이는 건 그리 어렵지 않았다. 나가서 싸울 수도 있겠지만, 만약 이곳이 진짜 황실 진영이라면 홀로 무수히 많은 군사를 감당하기 어려울 거였다.

가장 좋은 건 이대로 은밀하게 움직여 대공령으로 돌아가는 거였다. 정확한 좌표가 새겨진 구슬을 가지고 있어 이동 마법을 사용할 수 있었으니까.

한창 서류 같은 것을 뒤적이는 듯했던 누군가가 저벅저벅 다시 걸어가는 것이 느껴졌다. 내가 있던 곳을 스쳐 입구로 가는 듯했다. 나는 문틈 사이 빛처럼 희미하게 흘러나오는 빛을 보며 입술을 꾹 막았다. 마지막까지 긴장을 늦추면 안 되니까. 발소리가 점차 멀어진다. 마침내 약한 바람 소리가 들려왔다.

'······갔나?'

더는 인적이 느껴지지 않자 마침내 안심하며 숨을 내쉬었다. 동시에 소름 끼치는 소리가 들렸다. 끼이이익. 옷궤가 활짝 열렸다. 그대로 굳은 채로 앞을 바라봤다.

"······아가씨?"

루비를 가루 내어 뿌려놓은 듯 은은한 적발이 가볍게 흔들렸다. 황금을 쿡 박아놓은 찬연한 눈동자가 천천히 움직였다. 당황은 잠시였다. 탄시즈의 눈에서 당황이 사그라지는 것과 함께 냉정한 빛이 스쳤다. 이내 그것조차 사라지며 눈이 휘어졌다.

"착한 일을 하면, 하늘에서 복을 내린다 하던데."

허공에 적지 않은 수의 단검이 둥둥 떠 있었다. 내 목을 겨누고 있던 검이 스르륵 내려갔다.

"착하게 산 대가가 참으로 후한 것 같습니다."

나는 탄시즈를 보며 눈을 깔았다가 다시 들어 올렸다.

'아. 네. 헛소리도 그럴싸하게 하는 재주가 있으시네요.'

손을 겹쳐 잡고 있던 나는 그 순간 잽싸게 움직였다. 허공에서 느리게 스르륵 떨어지고 있던 단검을 얼른 붙잡아 밖으로 뻗었다. 머릿속으로는 이대로 탄시즈에게 붙잡히는 건 최악의 선택지라고 외치면서.

챙강. 검과 검이 부딪치는 소리가 요란하게 울렸다. 내가 뻗은 검은 내 팔에 닿지 못하고 그대로 떨어진다.

"칼 소리? 전하, 무슨 일이십니까!"

대기하고 있던 기사가 소리를 높였다.

"들어오지 마라!"

젖혀지려던 휘장이 다시 아래로 내려갔다. 탄시즈가 다시 외쳤다.

"단지 마법 하나를 실행한 것이니, 다시 부를 때까지 물러나 있도록."

"예!"

천막 앞에서 발걸음이 멀어지는 소리가 들렸다. 나는 검을 놓친 채로 눈을 가늘게 좁혔다. 왜 잡아들이지 않지? 이건 탄시즈가 만든 함정이 아닌가. 그렇지 않고서야 결계를 세운 순간 이곳으로 이동할 리가 없었다.

"왜 날 잡아들이지 않죠?"

내 질문에 탄시즈가 가만히 나를 응시했다. 놀라운 점이 있다면 탄시즈의 머리카락이 마지막으로 보았을 때보다 길었졌다는 것이었다. 전에 본 것이 보통 기사처럼 깔끔하면서도 앞머리가 길었던 스타일이었다면 지금은 머리카락이 어깨를 넘는 듯했다. 우리가 마지막으로 만났던 시기를 생각하면 비정상적인 길이였다. 물론 나랑은 상관없는 일이다.

'기사를 물린 건, 혼자서도 나 하나 정도는 제압할 수 있다는 건가?'

이대로 탄시즈와 싸워야 할지 머리가 팽팽 빠르게 돌아간다.

"……왜……. 칼로 찌르려 한 겁니까?"

"네?"

탄시즈가 유려한 손을 들어 올려 머리를 쓸어 넘겼다. 동시에 그의 눈이 매섭게 좁혀졌다.

"왜 내가 아니라 당신 스스로를 찌르려 한 것이냐고 물었습니다."

사르르 흩어지는 그의 긴 머리칼은 더욱 우수 어린 분위기를 자아내게 했다. 나는 그저 고개를 갸웃하고 말았지만.

지금 왜 자길 안 찌르고 자해하려 한 거냐고 물은 건가? 참 이상한 질문이긴 했으나 궁금할 수도 있겠지. 그거야……. 탄시즈에게 나 자신이 인질로서 가치가 있는지 알아보기 위함이었으니까.

조금 전 검을 들어 찌르려 한 것은 탄시즈가 아니라 내 팔이었다. 만약 탄시즈를 공격하려고 했다면 마법이 아닌 평범한 내 힘으로는 어림도 없었으며, 도리어 탄시즈의 경계만 살 가능성이 높았다.

나는 그 순간 빠르게 판단했다.

"에이미, 네가 만약 위험해지잖니, 그럼 그 순간에는 상대가 당황할 일을 하렴. 틈을 버는 거야."

위기의 순간에는 적을 당황시켜라. 언니의 조언은 옳았다. 어쨌거나 그에게 혼란을 주기엔 충분했나 보다. 의도한 바는 아니었지만.

"전하께서 당황한 사이에 도망을 쳐볼까 했지요."

"스스로를 찔러서 말입니까?"

"전하께서 당황하셨으니 성공은 했네요."

내 침착한 어투에 탄시즈가 뜻을 알 수 없는 표정을 지었다. 나는 탄시즈 대신 그의 어깨 너머로 창문을 응시했다. 해가 지고 있었다.

곧 저녁이었다. 나는 입술을 깨물었다. 움직이기엔 밤이 편할까?

"전하, 신 초스텐입니다. 군량 보고를 위해 들어가도 되겠습니까?"

바깥에서 들려오는 중년의 목소리에 나와 탄시즈 모두 입구를 향했다.

"……지금은 조금 피로하니 한 시간 뒤에 오도록."

"예, 전하."

마찬가지로 물러나는 탄시즈를 보며 묘한 느낌이 들었다. 왜 나를 숨겨주는 거지? 공개적으로 잡아들이려 하는 게 아닌가?

탄시즈는 나를 한번 보더니 가볍게 한숨을 쉬었다. 고민하는 기색처럼 보이기도 했다. 이내 그가 가져온 것은 긴 로브였다. 그걸 내게 건네고 쓰게 했는데, 로브는 발목까지 내려와 온몸을 가렸다.

이어서 탄시즈는 나와 함께 천막 밖으로 걸어갔다. 그를 보는 이들이 족족 고개를 숙인다. 신기하게도 내 쪽으로는 전혀 시선을 주지 않았다. 신기하게 볼 법도 한데 전혀 쳐다보지 않다니?

'혹시, 이 로브에서 희미하게 느껴지는 마력 탓인가?'

마침내 탄시즈가 걸음을 멈춘 곳은 막사들 중에서도 꽤 끄트머리에 있는 곳이었다.

"이곳은 오직 나만이 쓰는 사색 공간입니다. 보통은 마력을 정제하기 위한 공간이기에 아무도 오지 않지요."

'대공저에도 있던 마법 연무장 같은 것일까? 간이로 세워진?'

내가 탄시즈를 그대로 따른 건 기회를 엿보기 위함이었다. 아울러 막사 곳곳을 지나갔으니, 돌아가면 이것도 나름 좋은 정보가 되지 않을까도 했다. 사실 조금 전에 있던 곳이나 우리가 지나온 길이나 중심에 위치해 있었기에 섣불리 움직일 수 없던 것도 있었다.

"아가씨, 내 진영에서는 마법을 쓰려 해도 소용없을 겁니다. 이곳에서는 오직 나만이 쓸 수 있을 테니까요."

탄시즈의 말처럼 마력이 차단되고 억제된 느낌이기는 했다. 하지만 아까 지팡이가 묘한 광경을 보여주었듯이 아주 차단된 것은 아니었다. 나는 그것을 숨기고는 탄시즈를 가만히 쳐다봤다.

탄시즈는 나를 천막 한쪽 푹신한 의자 앞에 데려다주고는 자신은 맞은편에 앉아 등을 기댔다.

"돌아가지 않으셔도 되나요?"

분명 부하들이 보고를 기다린다고 했다. 탄시즈는 금방 돌아가겠다고 했고. 그가 손으로 얼굴을 가린 채 입꼬리를 부드러이 끌어올렸다.

"제가 돌아가면 도망가시겠습니까? 그 산 밑 마을에서처럼? 꿈속에서처럼?"

"네. 사실 제가 이대로 있겠다고 한들 믿기 어려우실 텐데요."

이런 건 숨겨 봤자 소용없었다. 경계를 낮추기 위해 몸을 낮추는 방법도 있지만 오히려 정보를 이끌어내기 위해 도발을 해야 할 때도 있는 법이었다.

탄시즈는 옅게 헛웃음을 지었다.

"……이것 참, 얼떨떨한 기분입니다. 어떻게 반응해야 할지 모르겠네요."

"왜 당황하시는지 모르겠어요. 전하께서 만드신 일 아니신가요?"

탄시즈는 손가락 사이로 나를 보는가 싶더니 천천히 얼굴을 가렸던 손을 내렸다. 동시에 그림 같은 그윽한 미소가 덧그려졌다.

"아가씨."

그저 부르기만 하였는데도 녹진한 미소였다.

"그렇군요……. 그렇게 생각한 것이라. 사실부터 말하자면 그리 만든 건 내가 아닙니다."

"아니라니요?"

이렇게 증거가 명명백백한데?

"이 얘기를 하려면 약 200년 전으로 거슬러 올라가야겠군요. 200년 전 당시의 황제 루브레지스 2세는 충신을 통해 한 가지 사실을 알게 됩니다. 바로 이베르크 대공저 안에는 거대하고도 절대적인 방어 결계를 시동할 수 있는 마법진이 있다는 사실을."

탄시즈에게서 아는 얘기가 나오자 탐탁지 않았지만 집중할 수밖에 없었다.

"그리고 놀랍게도 이것은 한 이름 모를 대마법사의 수첩에서 발견된 사실이었지요. '그녀'가 뛰어난 마법사였다는 것도 이 수첩에 빼곡하게 적혀 있던 것으로 알려졌습니다. 이름도 신원도 알 수 없다는 것은 유감스러웠지만."

탄시즈가 숨을 고르며 고개를 들어 올렸다.

"루브레지스 2세는 여기서 꾀를 내어 첩자를 통해 한 가지를 성공시키지요. 바로 그 결계가 시동될 때, 가장 가까이 있는 직계 황족 옆으로 소환되도록."

"그 말인즉……."

"본래는 대공을 사로잡기 위한 함정이었단 얘기입니다. 그 당시에도 대공가와 황실의 관계는 지금처럼 전쟁을 앞두고 있었으니 말이지요."

탄시즈의 말을 들으며 경악한 동시에 반쯤 수긍했다. 이베르크저에는 황실의 간자가 남긴 물건, 즉 저주가 담긴 물건이 많다고 했다. 탄시즈와 내가 꿈속에서 만나게 된 계기, 그 거울만 해도 황실이 이베르크저에 몰래 숨겨둔 것이라 했다.

그러나 그렇다고 의문이 들지 않은 것은 아니었다. 어떻게 당시에 가장 깊숙하게 숨겨진 이베르크 지하실에 숨어들어 그런 마법을 심었다는 거지? 거기다 마법을 심어두는 건 보통 일이 아닐 텐데?

하지만 탄시즈는 거기에 대해서는 답변해 주지 않았다. 물론 이 순간에 중요한 건 그게 아니긴 했다.

"방금 전하의 입으로 전쟁이라 말씀하셨네요."

"네. 문제가 있습니까?"

그가 황홀할 정도로 아름다운 낯을 그대로 기울였다. 오늘도 목 끝까지 꽉 잠긴 단추가 그의 금욕을 드러내는 듯했다.

"군대를 이끌고 온 것이 어떤 이유이겠습니까."

"전쟁을 발발시킬 정도로 대공님께 죄가 있나요?"

"없었다면 움직이지 못했겠지요."

그 죄가 무엇이든 간에 황실이 만들어내고, 조작하고, 뒤집어씌운 것이라는 건 분명했다. 원작에서도 그러했으니까.

나는 가볍게 한숨을 내쉬었다.

'역시 방법은 하나밖에 없었던 거네.'

생각과 동시에 탄시즈가 천천히 자리에서 일어났다. 그가 나에게로 다가오는 걸 그대로 두었다. 상체를 기울인 탄시즈가 적당히 무례하지 않은 거리에서 멈춰 섰다. 스르륵 흘러내린 붉은 머리칼이 인공적인 마법에 반사되어 오묘한 빛을 드러냈다.

흔들리는 머리칼 사이에서 금색 눈이 관찰하듯 나를 담았다. 이내 그의 긴 손가락이 내 목 앞에서 멈췄다.

"구슬은 사용하지 못할 겁니다."

내 목에 걸린 것이 무엇인지 안다는 눈치였다.

"사용하게 둘 것 같습니까?"

흰 장갑을 입술로 물어 벗겨낸 탄시즈가 답답하다는 듯 단추를 하나 풀어냈다. 이내 그의 시선에서 나른함이 묻어 나왔다.

"내 선조에게 이리 감사할 수가 없군요."

그의 목소리가 점차 낮아졌다.

"당신을 보기 위해 직접 나섰습니다."

탄시즈의 조용한 속삭임이 귀를 둥둥 울렸다.

"그러니 내게 약간의 시간은 허락해 주지 않겠습니까?"

살짝 처진 눈동자가 반월 모양으로 접히며 그는 나름의 유순한 웃음을 보였으나, 그건 철창 너머로 틈을 노리는 도사견의 것과 다를 바가 없었다. 탄시즈는 내게 양손을 들어 보이며 천천히 물러났다. 해를 끼치지 않겠다는 듯.

"일단은 본부에 다녀와야겠군요."

그가 안타까운 음성으로 말하며 돌아섰다. 그리고 그 순간이었다. 나는 얼른 손을 들어 올리고, 손등으로 문양이 희미한 빛을 토했다.

운 좋게도 탄시즈가 모여 있던 천막 중에서도 가장 끄트머리에 있는 곳에 데려왔다. 병사도 없다. 이건 천재일우의 기회 아니겠는가. 그의 헛소리를 들어준 것도 탄시즈가 아무것도 모른 채 뒤로 돌았을 한순간을 노리기 위함이었다.

'그래, 바로 지금.'

나는 그의 뒤통수를 보며 웃었다.

'내가 여기서 마법을 쓰지 못한다고? 웃기고 있네. 미안하지만, 나도 이제 짝퉁 대마법사거든.'

쾅! 굉음이 울렸다. 아니, 굉음이 울렸다고 생각했다. 지팡이를 휘둘렀으니 분명 그만한 마법과 소리가 뒤따를 것이라고 생각했는데, 이게 뭐지.

나는 아무것도 일어나지 않은 손을 바라봤다. 지팡이가 사라졌잖아? 내 지팡이. 어디 간 건데!

당황한 얼굴로 손을 꼼지락거리는 사이 탄시즈가 등을 돌렸다. 이상하다고 생각해 돌린 모양이었다.

"뭡니까, 아가씨 제 뒤에서 뭔가 하시더라도 소용 없⋯⋯."

나는 숨길 새도 없이 당황한 얼굴을 고스란히 드러내고 말았다. 내 얼굴을 본 순간 탄시즈의 얼굴이 묘해졌다. 부드러운 눈매에서 웃음기가 싹 사라졌다.

"무슨 일입니까?"

그가 멀어졌던 걸음을 순식간에 좁혔다.

"어디 아픈 겁니까? 다친 겁니까?"

이미 당황했던 나로서는 대답할 겨를이 없었다. 다만 탄시즈의 태도에 황당함이 일긴 했다. 난 빈손에 잠깐 눈을 두었다가 다시 들어올렸다. 그저 눈을 깜빡이며 그를 응시했다.

"강제적 순간이동은 가끔 신체의 손상을 입힌다는 연구 결과는 알고 있습니다. 혹시 그런 겁니까? 부상 입었다면, 숨기지 말고 말씀해 주시길 부탁합니다."

"⋯⋯다치지 않았는데요."

"그럼 정신적인 문제입니까? 구토감이나 매스꺼움, 혹시 멀미를 느낍니까."

"천천히, 하나씩 물어봐 주시겠어요? 일단 말씀하신 것은 전부 아니에요."

난 고개를 흔들며, 그저 몸이 조금 좋지 않아 어지러웠다고 둘러댔다. 방금 전에 마법으로 댁 뒤통수를 후려치려고 했다고는 고백할 수 없었으니까.

기묘하게도 그를 둘러싼 날카로운 분위기가 나른해지는 것 같았다. 웃음기가 도는 얼굴에서는 방금 전 이빨을 드러내던 도사견 같은 아슬아슬하고 위험한 분위기는 온데간데없이 사라져 있었다.

"……정말 괜찮으신 겁니까?"

"안 괜찮은데 괜찮다고 안심시킬 사이는 아니잖아요."

여기서 아픈 척하는 건 어떨까도 생각해 봤으나 탄시즈가 괜히 의사를 데려와 나를 공개하면 그것이 더 곤란할 듯했다. 상대할 이들이 많은 건 좋지 않으니까.

탄시즈는 그냥 두고 가기 어렵다는 얼굴을 했지만 일이 있기는 했는지 작은 한숨과 함께 막사를 나섰다. 그가 막사에서 완전히 사라지자마자 나는 득달같이 입구로 달려갔다.

'잠금 마법이 걸려 있어.'

이 정도의 크기는 아니지만, 이미 리녹과 비슷한 막사에서 지내본 터라 알아볼 수 있었다. 마력이 느껴지고 있었다. 이 잠금 마법뿐만 아니라 막사 전체에 생경한 마력이 퍼지고 둘러져 있다. 당장 저걸 파훼하려면 박살내는 수밖에 없겠는데, 그러려면 마법을 써야겠고.

손등을 바라봤다. 지금까지 말을 잘만 듣던 문양이 처음으로 내 의지를 배반했다. 지금까지 단 한 번도 이런 일이 없었지. 짐작 가는 바는 있었다.

나는 문양에서 시선을 떼어내며 허공을 응시했다.

"……당신 짓이죠?"

허공에 반투명한 형상이 나타났다. 그녀는 나를 보며 빙긋 눈을 휘었다. 율리아였다.

[눈치가 빠르구나, 아가.]

"잘 만들어지던 마법에 마력이 강제로 차단되는 느낌이 들었으니까요. 이게 가능한 건 당신뿐일 거라 생각했어요."

나는 끙, 숨을 흘렸다.

"나를 방해한 이유가 뭐예요?"

그녀는 이 고대 마법 안에 사념으로 자리한 잔재라고 했다. 그런 그녀가 굳이 마법의 주인인 내게 해를 끼칠 리 없었다. 그렇기에 화 내거나 분노하는 대신 침착하게 물을 수 있었다.

[흐음, 상황 파악도 빠르고, 판단력도 좋아. 아가, 너는 이런 상황에 상당히 익숙해 보이는구나.]

"그거야……."

평생 밥 먹고 한 일이 도피 아니면 도망이니까요. 나는 쓸데없는 말은 생략하고 설명을 해달라는 시선을 보냈다. 그녀도 숨길 생각은 없었는지, 내 앞으로 살짝 내려왔다.

[방금 네가 마법을 걸려던 황실의 아이에게는 강력한, 절대 보호 주문이 걸려 있었단다.]

보호 주문. 그 말을 듣는 순간, 탄시즈와 어떤 공간에 갇혔던 기억이 스쳐 지나갔다. 아. 맞아. 그때도 내가 마법을 썼다가 휘말렸었지.

"아……."

생각하지 못했다. 그만큼 내가 다급했다는 방증이기도 했으니까. 하기야 그랬다. 눈을 뜨니 적진 한복판인 이곳에 수장이 눈앞에 있었는데, 아닌 척해도 얼른 빠져나가야겠단 생각밖에 들지 않았지.

"맞아요. 그런 게 있었지……. 아……. 전 제가 나름대로 침착한 상태라고 생각했어요……."

바보같이. 얼굴을 감싸 쥐며 중얼거렸다.

[자책하지 말렴. 이미 충분히 침착했으니까. 갑작스러운 이동에 당황하지도 않고 차근히 기회를 노렸잖니.]

"그렇지만."

[내가 너를 막은 것은 만약 그 보호 마법이 발동되었을 때, 네가 빠져나가기 더 어려운 상황이 되겠다고 판단했기 때문이란다.]

"네……. 확실히 그렇겠네요."

확실히 그러했다. 만약 그날처럼 마법이 발동해, 탄시즈의 공간에 갇혔다면 꼼짝없이 그를 모시러 온 이들과 마주쳤을 거였다. 그렇다면 탈출이 더욱 어려워지는 것은 더 말할 것도 없었다.

물론 그 공간에 갇힌 뒤 바로 마법을 쓰는 방법도 있겠지만, 내가 마법을 쓸 줄 아는 것을 알게 된 이상 탄시즈가 그냥 있었을 리가 없다. 탄시즈 입장에선 시간만 끌어도 본인이 유리한 상황이었을 테니.

"감사해요, 율리아 님."

결과적으로는 지금이 나았다. 다음 기회를 노릴 수 있었으니까. 율리아는 가볍게 눈을 휘며 별말씀을, 하고 말했다.

[그래서 아가, 이대로 탈출할 거니? 문을 붙잡고 있는 네 표정을 봐서는 금방 나갈 것 같구나.]

나는 고개를 살짝 저었다.

"으음, 지금 당장은 말고요. 지금 시간보다는 밤중에 나가볼까 해요. 율리아 님, 혹시 이곳 근처를 살펴보실 수 있어요?"

천막의 입구를 만지작거렸다. 그냥 봐서는 가벼운 천인데 마력이 흐르고 있다.

[어렵지 않단다. 멀리까지는 무리지만 조금 전 네가 이동하는 사이 잠깐 살펴보았으니. 무엇이 궁금하니?]

"여기서 순간이동 무구를 쓸 수 있는 곳까지 얼마나 걸릴까요?"

[으음……. 어디 보자, 그건 꽤 멀리 떨어져 있는 것 같구나. 반대 방향이라서.]

"곤란하네요."

탄시즈라고 이 땅 전부에 마법을 걸 수는 없을 테니, 차라리 진영 자체를 탈출하는 것이 나을지도 몰랐다.

[차라리 군사 진영 자체를 빠져나가는 쪽이 빠를 것 같구나.]

"네, 저도 그 생각이에요."

[아가, 한 가지 알아둬야 할 것이 있어. 이 막사를 지키는 이는 없으나 조금 떨어진 곳에는 기사들이 경계를 서고 있구나.]

"빠져나가면 조심해야 한다는 얘기죠?"

[밤중에 빠져나간다는 생각은 그리 좋지 않은 선택일 거야.]

"어째서요?"

[황실과 같이 정점에 있는 자들이 가장 경계하는 것이 무엇인지 아니? 바로, 암습이란다.]

"……밤의 경계도 철저할 거란 거군요."

율리아가 끄덕이며 이어 말했다.

[아울러 네가 마법을 파훼한 순간, 이목이 이끌릴 것도 생각해야

할 것 같구나. 잠금 마법과 알람 마법은 보통 함께 걸어두니까.]

"마법을 해지해도 어려운 건 마찬가지네요. 끄응……. 어떡한다."

탄시즈는 내가 마법을 쓸 수 없다고 알고 있으니 긴장을 놓고 있을 것이다. 그 점은 분명 좋았지만, 내가 마법을 쓸 수 있다고 해도 생각해야 할 것은 많았다.

'탈출 한번 더럽게 어렵네.'

끙끙, 고민하던 날 물끄러미 보던 율리아가 입을 열었다.

[혹시 네가 내 조언을 들어볼 생각이 있다면, 한번 들어보겠니?]

나는 얼른 고개를 들었다. 거절할 이유가 없었다.

"뭔가요?"

내 눈이 반짝거렸다. 조상님의 지혜를 빌려주세요.

[아가, 너는 알고 있을지. 아직 느끼기 전일지 모르지만, 대마법사, 즉 초월자에게는 세상의 이치가 보이거나, 본능적으로 진리와 운명 같은 것을 문득 알아차릴 때가 있단다. 거기에는 짧은 단편이나마 느껴지는 미래의 단상 같은 것도 포함되지.]

"으음, 말씀이 어려워서 전부 이해는 못 했는데요, 그러니까 쉽게 말하면 '감'이 좋다는 거예요?"

[감인데, 틀리지 않는 감이라고 생각하면 좋겠구나.]

그녀의 말에 따르면 지금 무언가를 느꼈다는 얘기 같은데. 눈앞의 율리아는 초대 대공과 견줄 만한 대단한 대마법사였다. 그러고 보면 세레나도 비슷한 말을 한 적이 있기는 했다. 분명 그렇게 될 것 같다고 느낀 것은 실현됐다고 했지?

"저도 감이 좋은 편이긴 해요. 아무튼 간에 뭘 느끼신 건데요?"

내가 감이 좋은 편인 것도 이 때문인가?

[이대로 아침까지 기다려 보렴.]

"아침까지요? 그럼 무슨 방도가 생기는 거예요?"

[거기까진 모르겠구나.]

선택은 내 몫이란 말이었다. 하긴 이 정도면 율리아로서는 최선의 도움을 해준 셈이었다. 나는 곰곰이 고민하다가 선택했다.

골든타임은 지금으로부터 24시간 이내, 더는 시간을 지체하면 탈출이 어려워질지도 모른다. 지금쯤 날 찾고 있을 대공저에까지 알려질지도 모르고.

다만 기회는 한 번 뿐이기에 신중해야 했다. 나는 율리아의 조언을 따르기로 했다. 어차피 시간도 새벽이 더 좋다고 하니, 별일 없으면 해뜨기 전에 나서면 되겠지.

[아이야, 너무 무서워하지 말렴.]

"무섭긴 한데, 정신 똑바로 차려야죠."

나는 주먹을 꾹 쥐었다 폈다. 지금 시간에도 리녹과 세레나, 언니는 마수와 싸우고 있을 것이다. 나의 전쟁은 여기다. 정신 똑바로 차리고 잘 대처하고 싶었다.

[그래, 네가 힘이 날 거리를 주면 어떨까?]

"힘이 날 거리요?"

그 순간 미약하게나마 마력의 움직임이 느껴졌다. 나는 눈을 동그랗게 떴다.

"에이미."

"리, 리녹?"

눈앞에 리녹이 있었다. 다른 점이 있다면 율리아처럼 반투명했다. 그렇기에 환영인 걸 금방 눈치챘다.

[반려를 보면 힘이 나지 않겠니?]

"아니, 그렇긴 한데, 마법을 써도 되는 거예요?"

[엄밀히 말하자면 마법은 아니란다. 잔재주지.]

들킬 염려는 없다는 얘기였다. 그제야 안심하고 리녹 얼굴을 바라
봤다. 고작 며칠 안 봤다고 그리워질 줄이야.

멍하니 유려한 얼굴을 보고 있을 때였다. 리녹의 환영이 등을 돌
리는가 싶더니 성큼 내게 다가왔다.

"리, 리녹?"

"에이미, 오늘도 참을 수가 없군. 괜찮겠나?"

"네, 네?"

[아참, 깜빡했구나. 지금 네 반려는 네 기억을 바탕으로 한 모습이
란다.]

자, 잠시만. 나는 율리아의 목소리에 얼른 정신을 차렸다. 그녀의
말에 떠오른 것이 있었기 때문이었다. 아니. 저거 봐, 밤의 모습이잖
아. 그러니까 침대에서!

갑작스럽게 리녹의 반라를 보게 된 나로서는 당황스러웠다. 잠시
만. 잠시만요. 이건 아니란 생각에 고개를 마구 젓는데, 리녹의 환영
이 내게 다가왔다.

"이건."

그가 낮게 웃었다.

"직접, 벗겨주겠나?"

"그, 그만!"

뒤로 밀려나다 말고 콰당 넘어졌다. 다행히 푹신한 카펫이 있어
충격이 크진 않았지만 둔중한 고통이 꼬리뼈를 타고 느껴졌다. 으

으, 이마를 문지르는 순간 문이 열렸다. 그리고 먹을 것이 담긴 접시를 든 탄시즈와 눈이 마주쳤다. 잘생긴 얼굴이 잠시 어리둥절한 빛을 띠었다.

"……넘어지셨습니까?"

"네. 미끄러졌네요……."

다행히 리녹의 환영도 율리아도 온데간데없이 사라진 뒤였다.

"시장하시지 않습니까."

탄시즈가 가져온 것은 김이 모락모락 나는 스튜와 하얀 빵이었다. 배는 고팠지만 그걸 먹는 대신 이것들을 하나하나 내려놓는 탄시즈를 물끄러미 보았다. 저기 뭘 넣어놨을 줄 알고 먹으란 거지. 내가 그 음식들에 손을 대는 일은 없었다.

탄시즈는 아무것도 하지 않았다 직접 먹어보기까지 했지만, 그마저 포기하고 내 맞은편에 앉았다. 나와 눈이 마주치고 손을 들어 올리는 것이, 아무것도 하지 않겠다는 제스처인 듯했다.

"일단 푹 쉬시지요."

밤이 깊었다. 탄시즈는 막사에서 나가지 않았다. 나는 그에게 말을 건네지 않았고 탄시즈 또한 아무런 말도 하지 않았다. 간간이 옆얼굴에 시선이 닿는 느낌이 들었지만 그대로 무시했다.

한참이 지났을까, 탄시즈가 입술을 열었다.

"저를 경계하시는군요."

"……하지 않을 이유가 있을까요?"

그가 이곳에 앉아 있는 이유가 이해가 가면서도 불안하고 못마땅한 기분이었다. 나를 직접 감시하는 것 같은데, 이렇게 되면 새벽에 탈출은 어떻게 하지? 정말 쓰러트려야 하나. 차라리 그가 없을 때 움직였어야 했을까.

내 선택에 가벼운 후회를 할 쯤, 탄시즈가 다시 입을 뗐다. 조금 전보다는 진지한 음성이었다.

"깊은 밤을 틈타 조금 진지한 이야기를 하고 싶습니다."

글쎄, 우리가 진지한 이야기를 할 사이기는 하던가. 나는 그런 눈으로 탄시즈를 응시했다.

"당신을 보며 꼭 묻고 싶었던 말이기도 합니다."

입술을 꾹 다물었지만 다음 순간 탄시즈에게서 튀어나온 말에 반응하지 않을 수는 없었다.

"……당신은, '라미아스'의 생존자입니까?"

느리게 눈을 깜빡였다. 서로가 숨죽이고 있었다.

탄시즈는 내가 전혀 기억하지 못하는 나를 알고 있다. 아주 어린 시절의 나. 라미아스의 둘째 딸, 환생도 책 속 이야기도 떠올리지 못한 나.

하지만 나는 그때의 그를 기억하지 못했다. 그가 어릴 적의 나를 기억한다는 얘긴 들었지만, 내게는 그저 스쳐 지나간 인연이려니 싶었다. 내가 아무 말도 하지 않자 탄시즈는 "이 공간에서 나오는 얘기는 어디에도 들어가지 않을 겁니다." 하고 덧붙였다. 이름을 건 맹세와 함께. 어째서 이렇게까지 하는지 모를 일이었지만.

"제가 그 사람이라고 하면, 뭐가 달라지나요?"

탄시즈가 고개를 번쩍 들었다. 찢어질 것처럼 커진 눈이 보였다.

"……정말 그 사람입니까?"

"이미 확신하시고 묻는 말이 아니었나요."

탄시즈는 이미 확신에 찬 눈으로 물었다. 확신할 만한 증거가 있단 소리겠지. 더는 부정할 이유가 없었다.

"당신께 직접 듣고 싶었습니다."

나는 무심하게 눈을 깜빡였다.

"네. 그런가요. 전하께서는 이대로 돌아가 추적자를 보내실 수도 있겠네요."

나와 언니를 평생 추격자에게 쫓기며 살게했던 것처럼. 내가 무관심한 얼굴로 날선 말을 내뱉자, 그의 얼굴이 미묘하게 찡그려졌다.

"네. 나는 이대로 황제 폐하께 돌아가 라미아스의 생존자가 있다는 사실을 알리고, 멈췄던 대대적인 추적을 다시 꾸리라는 명을 받을 수도 있겠지요."

"제가 평생 쫓겼던 것처럼요."

"……네. 그러했던 것처럼."

"……."

"폐하께서는, 라미아스의 생존자 생포를 누구보다 바라시니."

점차 흐려지던 탄시즈의 목소리가 마지막엔 특유의 나긋함으로 돌아왔다.

"하지만 나는 그리하지 않을 겁니다."

참으로 이상한 사람이었다. 아니, 내 입장에서는 종잡을 수 없다고 말하는 게 맞겠지. 나는 그에게 대꾸하는 대신 고개를 돌렸다. 그가 무슨 말을 하든 관심이 없었으니까.

우리의 대화는 거기서 끝이었다. 이후로는 뜬눈으로 밤을 지새우는 시간이었다. 저녁별이 움직이고 이내 푸른 새벽이 뜨는 것을 바라보다가 입술을 꾹 깨물었다.

탄시즈는 아직도 나가지 않았다. 역시 잘못 판단한 것이었을까.

낮에 그대로 시도했어야 했나. 손을 쥐었다 펴며 슬슬 각오를 다졌다. 여차하면 눈앞에 있는 탄시즈를 정말 후려치려고 시도해 봐야겠다고. 하지만 바로 그때였다. 느릿하게 일어난 탄시즈가 저벅저벅 걸어왔다. 나는 눈앞에 그림자를 드리운 그를 알 수 없다는 시선으로 쳐다봤다.

"일어나, 저와 같이 가 주시겠습니까?"

무슨 꿍꿍이지? 여느 때보다 진지한 금색 눈동자를 응시하며 경계를 숨기지 않았다. 나는 탄시즈에게서 해를 끼치지도, 나를 공표하지도 않겠다는 맹세를 받고서야 자리에서 일어났다.

"맹세가 아니라면 당신을 움직일 수조차 없군요."

"강제로 일으켜 세웠다면 저도 별도리 없었을걸요."

"……그러고 싶지는 않습니다."

감미로운 목소리가 탄식하듯 중얼거렸다.

그렇게 탄시즈의 뒤를 쫓아 걸어간 곳은 놀랍게도 막사 바깥이었다. 막사 밖으로 나간 것으로 모자라 탄시즈는 꼬인 길을 이리저리 빠져나갔다. 이상하게도 탄시즈가 가는 길에는 보초가 단 한 명도 없었다. 마치 그런 길만 골라간다는 듯이.

그렇게 마침내 진영의 끄트머리에 다다라 울타리를 본 순간 움찔하고 말았다. 저쪽은 바깥이잖아? 탄시즈는 기어이 밖으로 발걸음을 디뎠다.

"여깁니다."

"여기라니요?"

"여기서는 당신의 순간이동 무구를 쓸 수 있을 거란 얘깁니다."

나는 멈칫했다. 이게, 무슨 상황이야? 스스로 날 놔주다니?

"……무슨 꿍꿍이이신 건가요?"

당황한 나머지 말투에 격식을 차릴 새도 없었다.

"없습니다, 그런 것."

탄시즈는 그저 슬며시 고개를 기울이며 웃을 뿐이었다. 믿지 않는 다는 내 시선이 이어지자, 그는 손을 들어 올려 제복의 크라바트에 손가락을 걸었다. 그대로 쭉 끌어내렸다.

"함정이라면, 기꺼이 빠져주시겠습니까?"

함께 밤을 새워서일까, 조금은 피로해 보이고 나른한 눈이 나를 고스란히 담았다.

"당신을 구출할 사람이 내가 유일하다면, 그때는 당신이 내 손을 잡을까요?"

느슨하게 타이를 끌어내린 손이 내게 뻗었다. 움찔했지만 그가 잡 은 건 내가 아니었다. 목 칼라에 묶인 리본이었다. 그는 내 리본에 입술을 가져다 대고는 떼어냈다. 그러고는 눈을 들어 올렸다.

"……이게 함정이라고 해도 저는 기꺼이 빠져나갈 거예요."

"네. 가셔도 됩니다. 함정이 아닙니다."

정말 무슨 생각인가. 입술을 깨물었지만, 손은 분주하게 움직였 다. 탄시즈가 어째서 나를 그대로 놓아 주는지 알 수 없었다. 내 몸 에 무언가 마법을 걸었나 싶었지만 그랬다면 나나 율리아가 몰랐을 리 없었다. 나라면 모를까 율리아는 특히.

어찌 되었든 선택지는 하나였다. 이대로 다시 탄시즈를 따라 저 진영으로 돌아갈 수는 없으니까. 탄시즈는 어느새 목에 겨눠진 내 지팡이를 보고도 부드러이 눈을 휠 뿐이었다.

"왜 놓아주는지는 말해주지 않을 것 같으니 그건 둘째 치고, 왜 이 시간인 거죠?"

탄시즈는 경찰에 붙잡힌 도둑처럼, 그러나 우아하게 양손을 들어 올렸다. 이 순간에도 그윽한 얼굴에는 별다른 변화가 없었다. 이대로 목을 공격당하면 치명상일 텐데도.

무엇보다 공격 마법에는 자신이 있었다. 이 거리에서 실패하지 않을 자신도.

"아무리 나라고 해도 모든 수하의 눈을 피할 수 있는 시간은 드물어서요. 그리고 당신이 이동한 흔적도 지워야 하겠지요."

이쪽 진영의 마법사들은 의심이 많다고 그가 덧붙였다. 처음부터 내가 왔다는 흔적 자체를 남기지 않겠다는 건가? 어째서?

"믿어주세요, 아가씨."

"……."

"정말로 함정이 아닙니다."

의문이 가득했지만, 그와의 대화는 그것이 마지막이었다. 망설임 없이 구슬을 쓴 나는 그대로 탄시즈의 눈앞에서 이동했으니까.

너무나도 찝찝한 뒷맛이 뒤따랐다.

△

이틀 뒤.

"아가씨!"

대공저로 돌아온 뒤, 발칵 뒤집어졌던 대공 진영은 빠르게 자리로 돌아왔다. 내가 그대로 사라지고 나서 난리도 아니었다나. 이틀이 지난 지금까지도 24시간 초밀착으로 붙어 다니는 그레이와 첼시만 봐도 알 수 있었다.

"너무 멀리 떨어지셨어요."

첼시가 끙끙대는 얼굴로 내 뒤로 딱 달라붙었다. 나는 그녀의 얼굴을 어이없이 바라보다가 발을 들어 보였다.

"……고작 다섯 걸음 떨어진 건데?"

"멀어요. 멉니다."

첼시가 그답지 않게 시무룩한 얼굴을 했다. 가뜩이나 눈꼬리도 동그라니 살짝 처진 사람이라 더욱 그리 보인다. 귀랑 꼬리가 있었다면 아래로 축 처져 있을 것 같다.

늘 자신만만하던 첼시마저도 이 사태를 겪고 나서 변했다. '그레이 화' 되었다고 할까. 나는 기꺼이 이해하기로 했다. 심지어 어머님도 그 바쁘신 와중에도 세 시간에 한 번씩 나를 찾아오는 형국이었다. 솔직히 이렇게 과보호하지 않아도 괜찮다고 여기지만.

사실 그건 사고였다. 과거의 잔재가 남긴 사고. 누구도 몰랐던 일이니 대응할 수 없었고, 따라서 누구의 탓도 아니다. 그런데 첼시는 호위로서 죄책감을 느끼는 듯했다.

"산책이 조금 길진 않으신가요? 감기 걸리실까 봐 걱정됩니다."

음. 나는 납치 아닌 납치를 당한 거지, 아팠던 것이 아닌데 확실히 호들갑이 심해지긴 했다.

"첼시, 방금 그레이 같았어요."

"와, 그거 모욕인데."

나는 키득키득 웃으며 첼시의 어깨를 톡톡 두드렸다. 내 뜻이 통했는지 첼시가 함께 웃어버렸다. 조금 전보단 풀어진 얼굴로.

'정말이지. 돌아오지 못했으면 큰일이었네.'

이처럼 흔들리는 이들을 보고 나니 사태의 심각성을 더욱 깨닫게 되었다.

"아가씨! 대체, 어디, 어디 계셨어요!"

이틀 전, 대공저로 돌아온 날 나는 이들에게 상황을 모두 설명했다. 내가 어디를 갔고, 누구와 있었는지도.

"……마법진을 부숴 버릴 수 없다니 유감이구나."

어머님은 그날 바로 베이커를 불러 마법진을 보수하게 했다. 물론 하루아침에 가능한 일은 아니라 임시방편으로 보수해 놓고 나중에 제대로 고친다나.

나는 고개를 들었다. 별이 잔뜩 뜬 밤하늘이었지만 달과 별 외에도 은은하게 반짝이는 것이 있다. 내 눈에는 똑똑히 보였다. 반투명하게 둘러진 거대한 결계가.

"정말 거대하네요."

"결계 말씀이신가요? 그렇죠."

첼시가 끄덕였다.

"저도 이런 규모는 처음 봤어요."

전쟁이나 마수 사냥 경험이 다분한 그녀는 이런저런 마법을 본 일이 많은데, 그중에서도 이런 규모는 처음이라고 했다. 이게 보통 사람 눈에는 잘 보이지 않는다고 하니 신기했다. 첼시 말로는 마력이 있는 이의 눈에만 선명하게 보이고 일반인의 눈에는 가끔 보였다가 말았다가 하는 정도라고 했다.

"상황은 어때요? 결계는 잘 만들어진 거예요?"

"예. 결계는 성공적으로 세워졌습니다. 아직도 굳건하고요."

첼시가 진지한 얼굴로 끄덕였다.

"베이커 씨 말로는 웬만한 공격으로는 금도 안 갈 거라고 하던데요."

"그거 다행이네요."

"마법적 침투도 어려울 거래요. 일단 결계 밖에서 해주가 어려울뿐더러 음⋯⋯. 베이커 씨가 마법진을 조사하면서 해석해 봤다는데."

"해석했는데요?"

"네. 이 결계가 보통 결계가 아니라나 봐요. 결계를 억지로 통과하려고 하면 죽을 것 같은 고통을 겪을 거라고 하더라구요."

그건 좀 놀랍긴 한데, 잘된 일이었다. 시간을 제대로 번다는 소리니까. 오래 버티면 버틸수록 좋았다.

"그런데 황실 측 동태가 이상하긴 합니다."

"이상하다니요?"

턱을 잡은 첼시가 얼굴을 갸웃하더니, 조금 굳은 얼굴로 말했다.

"결계를 세운 뒤로, 이틀 동안 아무것도 하지 않아요. 아무것도."

첩자를 보내 샅샅이 감시했지만 정말 아무것도 하지 않았다고 했다. 이를 전하는 그녀의 얼굴은 심각해 보였다.

"⋯⋯마치 무언가를 기다리는 이들처럼 말이죠."

산책로 끝에서 막 모퉁이를 도는데, 낯익은 인영을 마주했다. 어머님이었다.

"선대공비님?"

길을 가로질러 걷고 있던 어머님이 고개를 돌렸다. 그러고는 옆에서 말을 걸던 기사를 멈춰 세웠다.

"아가."

다가온 그녀가 염려스러운 얼굴로 물었다.

"날이 추우니, 감기라도 걸릴까 염려되는구나."

"하하하……."

첼시에 이은 두 번째 말에 나는 그저 웃기만 했다. 어머님, 저는 아픈 게 아닌 걸요.

"전 산책 중이었어요. 바쁘신 중인데 방해한 건 아닐까요."

"그렇지 않단다. 나도 마침 너를 찾아갈 생각이었어. 사람이 쉬기도 해야 하지 않겠니?"

"너무 무리하지 마세요. 선대공비님은 이곳의 기둥이시잖아요."

"그래. 네가 말하니 한번 노력해 보마."

어머님이 희미하게 눈을 휘었다. 어머님이 벌써 이틀째 잠을 거의 주무시지 않고 작전을 세웠음을 알았지만, 나는 아는 체하는 대신 웃으며 말을 돌렸다. 이런 식의 의연함은 리녹이랑 참 비슷하다고 생각하며.

"방도는 완성되었단다."

"네."

"이제, 저 결계가 사라지더라도 최소 3일은 버틸 수 있을 게다."

무한정 결계를 쳐둘 수는 없었다. 결계는 시간이 갈수록 힘이 약해지는 구조라 했다.

"설사 갑작스럽게 당장 사라지더라도 대비가 가능하게 해뒀으니, 염려 말렴."

"네……. 3일……."

"최대한 버틴다면 4일 반, 5일. 그쯤이겠구나."

물론 가장 좋은 건 결계가 사라지기 전에 리녹이 돌아오는 거지만.

"리녹 쪽에서 들어온 소식은 없나요?"

"네. 하루 전에 온 것 이후로는 없습니다."

첼시가 잠시 침묵했다가 이어 말했다.

"아마 아직 전투 중인 것 같습니다."

내가 탄시즈 진영에 잡혀 있는 사이, 리녹 쪽에서 소식이 왔다고 한다. 군단장을 발견했고, 전투에 돌입할 것 같다고.

다행스럽게도 어머님과 그레이들은 리녹에게 내 실종 소식을 알리지 않았다. 좀 더 두고 보다가 말을 할 생각이었다고.

그건 참 다행이었다. 만약 얘기했다면……. 군단장이고 뭐고 일단 달려올 사람들이었으니.

'이렇게 되면 무혈 탈출이 정말 다행이긴 한데.'

어머님과는 건물 앞에서 헤어졌다. 총사령관답게 눈코 뜰 새 없이 바쁜 분이셨다. 사실 나도 저 사이에 끼는 게 맞는 것 같은데…….

"네? 아가씨는 쉬셔야 합니다!"

"그레이 말이 맞아요, 아가씨."

"그리하렴, 아가."

돌아온 지 이틀밖에 안 되었다며 극성인 이들 탓에 홀로 마법 연습을 하는 정도였다.

"그럼, 아가씨 푹 쉬세요. 저는 여기 있겠습니다."

"네. 첼시도 쉬어요. 굳이 거기 설……."

"여기서 쉬면 돼요."

"똥고집."

"봐주세요. 아가씨에게 무슨 일 생기면 대장님 얼굴을 볼 면목이 없는걸요. 그리고…… 무섭기도 하고요."

첼시는 고개를 살짝 내저었다.

"아가씨께 무슨 일이 생기면 대장님은 정말 '폭주'하실 걸요? 보셨잖아요."

"그건 그렇지만."

첼시가 생글생글 웃으며 나를 떠밀었다. 얼른 쉬라며.

방 안에 들어와서야 살짝 숨을 내쉬었다. 천천히 고개를 들었다. 내 방에는 베이커 씨를 끌어들여 온갖 보호 마법을 실행한 탓에 기사들은 방문 앞에서 호위하고 있었다. 이것도 방 안까지 호위하겠다는 걸 겨우 설득해 합의한 내용이었지.

"……찜찜하네."

나는 짧게 혀를 찼다. 이틀이 지난 지금도 찜찜함은 여전했다.

'탄시즈의 군대가 아무것도 하지 않는다니.'

대체 무슨 꿍꿍이인가. 나를 그대로 보내준 것도 그렇고. 시간을 끌어봤자 유리한 것은 우리 쪽이었다. 현재도 리녹과 동맹을 맺은 영지에서 군대가 올라오고 있었고, 리녹 본인 또한 군단장을 사냥하고 난 후 돌아올 터였다.

'아무리 생각해도, 탄시즈가 이득 볼 일이 없어.'

이것은 전쟁에 익숙한 그레이, 첼시나 전략에 능한 어머님도 동의한 바였다.

'대체 무슨 생각인 거지?'

생각할수록 이상한 일이었다. 원작에서도 탄시즈의 군대가 대공령까지 오지만, 탄시즈 본인이 온다는 서술은 없었다. 오히려 탄시즈의 등장은 그 뒤, 부상 입은 리녹의 틈을 노려 암습을 할 때였다.

다시 말하자면 그때까지 탄시즈는 대기하고 있었다. 지금처럼 밖으로 나서는 게 아니라. 그의 성격 자체가 그러했다. 계략적이고 권모술수에 능한 사람, 날 때부터 황태자였으나 틈이 없던 사람. 그의 취향 또한 나서는 것보단 뒤에서 판을 짜고 조종하는 것일 터인데.

'분명 모습을 드러냈다면 필시 이유가 있을 거야.'

△

의심의 바다는 날이 갈수록 깊어만 갔다.

차라리 강력하게 공격을 한다거나 뭐라도 했다면 안심이 되었을 텐데. 생각만 하고 있으려니 열이 오르는 기분이었다. 시원한 공기를 쐴 겸 테라스의 손잡이를 붙잡았다.

이렇게 고민한다고 해결되는 건 없지만. 아무 능력도 없던 과거와 달리, 이젠 무슨 일이 있으면 내가 앞장서서 마법을 써야 했다.

각오를 한 번 더 다지며 테라스의 문을 열었을 때였다.

"아, 이제야 문을 열어주시는군요."

난간 끝에 발끝이 가볍게 내려앉았다. 긴 다리 끝에 시선이 머물기 무섭게, 망토 자락이 겨울바람에 거칠게 흩날렸다. 믿을 수 없는 광경에 나는 눈만 크게 떴다.

"전하?"

커다란 망토를 써서 얼굴을 가렸지만, 목소리만으로 누군지 모를 수가 없다. 며칠 전에 그의 진영에 있었으니까.

"네, 접니다."

탄시즈가 얼굴까지 몽땅 가린 로브를 쓴 채, 난간에 발끝만 가져다 댄 모습으로 날고 있었다.

"누군가를 찾기에 야심한 시각임을 압니다. 하지만 이 시간밖에 허락되지 않더군요."

로브 안쪽에서 웃음소리가 샌 것도 같았다. 비현실적인 광경이었다.

"대체 어떻게……."

막 말을 이으려던 나는 멈칫했다. 잠시만, 여기에 들어오려면…….

"사실은, 이날만을 기다렸습니다."

첼시가 말했다. 결계를 억지로 통과하려 하면 죽을 것 같은 고통을 겪을 거라고.

"가면 연회에서 당신이 말했지요, 모든 걸 버리고 한번 와보라고."

달을 어깨에 매달고 겨울바람을 그대로 쐬고 있는 남자의 모습은 마치 동화책에나 나오는 마법사 같았다. 그러나 새것 같던 망토는 군데군데 찢어지고 타들어 가 있었다. 데인 것처럼.

"그래서 나는 모든 걸 버리고 당신에게 도착했습니다."

그가 망토를 벗자, 엉망이 된 얼굴과 손이 드러났다.

"황실이, 어째서 대마법사라 불리는지 아십니까. 이 땅에 기적을 행사하기 때문이지요."

말이 새어 나오지 않았다. 팔랑팔랑 흩날리는 탄시즈의 긴 머리칼은 어제 본 것보다 더욱 길어져 있었다.

"나는 이 땅에서 누구보다 신기한 마법을 사용할 수 있습니다."

그의 손끝에 푸른 달빛이 아롱지듯 매달려 있었다. 내게 달은 언제나 리녹이었다. 은빛 푸른 늑대를 안은 이베르크였다.

"누군가 당신에게 세상을 주었다고 했습니까?"

탄시즈는 그런 나를 보며 예상했다는 듯이 나른하면서도 기뻐하는, 처음 보는 얼굴을 했다.

"아가씨."

어딜 보아도 이 밤과는 어울리지 않는 얼굴이었다. 태양빛처럼 붉은 머리칼과 찬연한 금색 눈동자, 세상을 찬란히 비추는 빛처럼 황홀하도록 아름다운 남자였다.

동시에 그의 손에서 긴 막대를 보았다. 그의 지팡이였다. 탄시즈가 마법사라는 사실을 떠올리자 믿기지 않는 풍경이 그림처럼 펼쳐졌다. 그의 손끝에 걸려 있던 달이 사그라지고, 눈 내린 풍경과 어울리던 푸른 하늘이 사라지고, 구름 사이로 찬란한 빛이 내렸다. 분명 밤인데, 낮과 같은 밤이었다.

소복소복 내리던 눈이 사부작 흩날리는 꽃잎이 되었다. 봄이었다. 계절과 낮밤을 뒤바꿔 버린 것인지, 아니면 그저 눈속임인 것인지. 어느 쪽이든 뺨에 와닿는 꽃잎과 이 온도는 진짜였다.

때아닌 낮을 만들어낸 남자가 꽃잎 사이에서 녹진하게 웃었다.

"그럼 나는 당신에게 밤 없는 찬란한 낮을, 기적을 선물하겠습니다."

그의 날 선 경계가 모조리 허물없이 무너졌다. 날것이 된 탄시즈가 우는 듯 얼굴을 일그러트리며 나를 바라봤다. 아름다운 얼굴에 미소가 떠올랐다.

"그러면, 나는 아가씨에게 다시 고백해도 됩니까?"

차갑지 않은 바람 속에서 나는 멍하니 눈꺼풀을 움직였다. 가슴에 올린 손을 꾹 쥐었다가 놓았다. 뒤이어 느릿하게 올라오는 둔통은 이 광경이 꿈이 아니라 현실임을 알려주었다.

계절을 통째로 옮겨온 것 같았다. 살랑살랑. 흔들리는 긴 붉은 머리카락, 망토 그리고 웃옷. 살랑거리며 뺨을 스치는 꽃잎들. 아스라하고 그리운 향기가 스쳤다. 이곳에서는 잊힌 계절의 향기였다.

밤을 낮으로 바꿔 버린 마법사는 나를 바라보며 웃고 있었다. 봄바람에 모든 것이 흔들리고 살랑거리고 있었다. 움직이지 않는 건,

나를 향한 한 쌍의 시선이었다.

탄시즈는 단 한 순간도 내게서 시선을 떼어내지 않았다. 나와 마주치면 흠칫 잠깐 떨면서도 이내 마주한다. 이 순간마저도 아깝다는 듯이. 혼돈이 소용돌이쳤다. 심장이 떨리지는 않았다. 당황스러웠다.

그리고 놀라웠다. 바뀌어 버린 계절 틈에서, 낮과 밤 그 어느 시간 틈에서, 황홀하게 미소한 이 남자가, 흩날리는 꽃잎이, 하얀 태양이, 모든 풍경이 낯설어서.

"어째서……?"

그렇기에 나는 한참이 지난 후에야 입을 열 수 있었다. 그마저도 귀를 기울이지 않으면 들리지도 않을 듯 아주 작았다. 그러나 탄시즈의 표정을 보아 내 말을 용케 알아들은 듯했다.

나는 더는 그에게 하던 것처럼 날 선 눈과 예리한 말투를 던지지 못했다. 의문이 가득 차올랐기 때문이었다.

"왜, 이렇게까지 하세요?"

나는 줄곧 '감정'은 이해의 영역이라 생각했다. 부모로부터, 주변이들로부터 배우고 학습해 그 이름을 터득하고 차차 이해하는 것이라고. 물론 본능적으로 느끼는 것들도 있겠지만 나이가 들며 그것들의 명확한 정의와 이름을 알게 되기 마련이었다. 그러나 탄시즈의 감정은 뿌리가 흐릿했다. 불분명했고, 하늘에서 갑자기 툭 떨어진 것처럼 느껴졌다.

그래. 가면 연회에서 어떤 공간에 함께 갇혔을 때, 그가 내게 했던 절절한 말들이 어떤 의미인지 모르진 않았다. 그저 그의 추억 속 누군가와 내가 닮았었고, 그의 곁에 있는 사람들과 같은 행동을 하지 않기에 잠깐 끌렸겠거니 했었다. 그의 추억 속 사람이 나라는 것을 눈치챘지만 침묵을 유지했다. 말을 해도 달라지는 것이 없기 때문이었다.

얼마 전 그의 진영에서 마침내 말을 했지만 역시나 달라지는 건 없었다. 이러다가 말겠지. 흥미가 오래가겠거니. 그것을 호감으로 포장하는 것이 그에게는 어려운 일이 아니겠지. 이처럼 내겐 탄시즈가 다분히 계산적인 인물이란 생각이 기저에 깔려 있었다.

나는 내 판단이 틀리지 않았으리란 자신이 있었다. 다른 이들은 조금씩 원작과 다른 모습을 보일지 몰라도, 탄시즈만은 계산에 맞게 움직이고 계략적일 거라고. 약간의 오차는 있겠지만 책 속 악녀인 비네아처럼 본질이 다른 케이스는 아닐 것이라고.

하지만 이 순간, 모조리 부서진 기분이었다. 깨져 버린 단상 사이로 봄바람이 스몄다. 지금 웃고 있는 탄시즈처럼 부드럽고 따뜻한 바람이었다. 하지만 내 손끝은 이 따뜻함을 느끼지 못했다.

"이유를 물었습니까."

난간에 선 그가 상체를 기울였다. 하얀 태양을 뒤로한 그에게로 그윽한 그림자가 내려앉았다.

"……글쎄요."

탄시즈는 잠시 눈을 내리깔았다. 정갈하게 말을 고르는 것 같았다. 그런 그의 목으로 너덜거리는 셔츠 깃이 흔들렸다. 찢어지고 해어진 옷을 걸치고 있건만 특유의 행동과 몸짓에 강박적인 단정함과 금욕적인 모습이 남아 있었다.

"어린 시절, 저는 눈이 보이지 않았습니다."

그리하여 탄시즈에게 첫 말문이 트여 나왔을 때 나는 멈칫했다. 이해를 하지 못하고 질문을 던졌지만 더는 듣지 않아야겠다는 생각이 들었다. 하지만 이미 탄시즈는 이야기를 꺼낸 뒤였고, 멈출 생각이 없어 보였다.

"장님은 아니었습니다. 간신히 애를 쓰면 눈앞이 흐릿하게 보이는 정도. 그 세상마저도 언제나 흑백이었지요."

"……."

"내 세상은 흑백이었습니다."

나는 가슴에 쥔 손을 꾹 겹쳐 잡았다. 이 이야기는, 굳이 내가 듣지 않아도 되는 이야기다. ……변하는 것은 없을 테니까.

"이건 어쩌면 아가씨에게 제국의 기밀을 알리는 것일지도 모르겠군요."

"……기밀?"

"나는 내 아버지, 황제 폐하께서 직접 시험하는 실험체이며, 실험 도구였습니다."

탄시즈의 말을 단호히 멈추려고 했던 입술이 정지했다. 간과할 수 없는 말을 들어서였다.

"나는 강대한 마력을 몸속에 집어넣기 위한 실험 대상이었고, 끊임없는 실험을 받았습니다. 눈이 보이지 않았던 것은 부작용이었지요. 어쩌면 낫지 않았을지도 모를."

"……."

"그러고 보니 나와 같은 처지가 당신이 아는 사람 중에 있겠군요. '세레나 히아신스'. 그녀는 황실과 마탑이 연계하는 실험 중 마탑 쪽의 실험 대상이었지만."

갑작스럽게 다가온 커다란 사실에 무어라 할 수 있는 말이 없었다. 문득 세레나의 과거가 머릿속에서 스쳤다. 어린 시절의 그녀는 아주 강대한 마력과 천재적인 재능이 세상에 알려져, 세상을 채 알기도 전에 마탑에 갇혀 지냈다. 원작에서 세레나의 이야기는 그렇게 시작되었다.

탄시즈에게서 흘러나오는 '실험체'라는 단어는 무닌의 시련에서 리녹의 학대를 마주했던 것과 비슷한 기분을 불러일으켰다. 물론 같지는 않았다. 탄시즈와 리녹이 가진 무게가 다르듯이. 그의 경험을 리녹의 것처럼 크게 느낄 수는 없었다. 다만 그 위에 세레나마저 얹어지자, 그때와 같이 현실이 살갗에 그대로 다가오는 기분이었다.

"흑백 혹은, 보이지 않는 시야로 황성을 헤매다 보면 누구도 내게 손 내밀지 않았습니다. 황제가 아끼는 도구이니…… 건드리기 어려웠던 것이겠지요. 그렇기에 모든 이가 날 방치했습니다."

이렇게 덧붙이고는 그가 고개를 들었다. 시선이 내게로 꽂혔다.

"그러던 어느 날, 나는 한 소녀를 만났습니다."

"……그게 저라는 건가요?"

탄시즈는 뜻 모를 미소와 함께 대꾸했다.

"아가씨, 그날 그 만남에서 나는 내 세상의 색을 되찾았습니다."

내 눈이 커졌다. 대번에 이해하지 못했기 때문이었다.

"아가씨는 몰랐겠지만, 그리고 그 시절의 나 또한 몰랐지만 이건 아가씨가 만들어낸 기적이었습니다. 마법적 능력을 발현한 것이었고, 시간이 지난 뒤에야 그 소녀에게 특별한 능력이 있다는 것을 알아차렸지요."

탄시즈의 말끝이 가늘게 떨렸다.

"흑백 세상에…… 색을 되찾아준 사람을 어찌 잊겠습니까."

가면 연회에서 갇혔을 때의 기억이 스쳤다.

"당신을 본 순간 무채색이었던 세상이 처음으로 물들었습니다."

"……."

"나는 그 느낌이 그리웠습니다. 그래서 쫓고 싶었습니다. 이런 이유로는 안 됩니까?"

그날 그가 그저 허투루 말을 내뱉은 것이 아니었음을 함께 깨달았다.

"당신은 내게 당신의 능력이 그리 특별할 것이 없다 말했지만, 아닙니다. 그 누구도 지팡이와 마석 없이 당신과 같은 능력을 발휘하지 못합니다. 누구도 꿈속에 들어오지 못해요. 이미 그건 처음부터 특별한 능력이었던 겁니다, 아가씨."

상급 마수로 인한 부상을 치유한 일, 그의 꿈속에 들어갔던 일, 그는 나와 만난 모든 일을 언급하며 쓰게 미소했다. 이 순간 나는 그 모든 만남을 두고 단추를 잘못 끼웠다고 생각하는데도.

"만날 수 없는 사람이라면…… 그대로 잊지 그러셨어요."

단정하게 나온 내 목소리에 탄시즈의 표정이 울렁거렸다.

"시간이 더 흘렀다면……. 그럴 수 있었을까요. 장담하지 못하지만 억지로나마 그리했을지도 모릅니다."

잠시의 침묵 끝에 그의 입술에서 말이 흘러나왔다.

"황실의 실험체인 나와 마탑의 실험체인 세레나 히아신스. 처지는 달라도 그녀가 내 유일한 이해자가 되리라 생각했습니다."

세레나의 이름이 나오면서 탄시즈의 표정이 조금 냉정하게 굳었다.

"사랑이라 부를 수는 없었겠으나 좋은 파트너가 되었겠지요. 이리 생각해 그녀를 어떻게든 황비로 맞이하려 했을지도 모릅니다. 나는 그런 계산적인 사람이니까요."

자조적인 음성이 귀를 스쳤다.

"……예. 그럴 수 있었다면 얼마나 좋았을까요."

그의 입술이 반원을 그리며 움직였다.

"그런데 당신을 만났지요."

미소 지어 보인 그가 나를 오롯이 응시했다.

"그 소녀와 같은 느낌, 고대 마법, 같은 특별함을 드러내는 당신을 어찌 쫓지 않을 수 있었을까요. 부담스러우셨음을 압니다……. 피하고 싶었다는 것도……."

쓴 미소는 웃음인데도 숫제 울음과 비슷한 것으로 번져 갔다.

"그럼에도 나는 한 번이라도 더 보아서 확인하지 않을 수가 없었습니다."

봄바람은 여전히 이어졌다.

"……세상이 색을 되찾은 날, 나는 구원받았습니다. 그 구원은…… 모든 것이 계산된 내 삶의 유일한 희망이었으니까요."

그러나 나와 그를 둘러싼 공기는 산뜻하지도, 따뜻하지도 않았다. 그에게서 흘러나온 서글픔 비슷한 것이 물들었기 때문인 듯 보였다.

"나는 안 됩니까?"

드러난 진실이 무겁고 당황스럽기만 했다. 내가 탄시즈에게 이토록 의미가 깊은 사람이었다고?

문득 원작에서의 '에이미 라미아스'와 '탄시즈'의 교차점이 없음을 깨달았다. '선지자.' 운명의 흐름을 바꾼다는 그 말의 함의를 깨닫고 만다. 마침내 나는 인정했다. 나와 부딪친 원작 인물들 모두가 조금씩 책 속과 달랐던 것처럼. 눈앞의 탄시즈 또한 내가 아는 이야기와 다른 모습이라는 것을.

세레나를 황비로 앉혔을 거란 탄시즈의 말은 원작의 그의 행보와 같았다. 여전히 계산적이고 계략적인 사람이었으나 단 하나의 지점에서만큼은 그럴 수 없었다. 그리고 그게 바로 나였다.

"……아가씨, 나는 안 되겠습니까?"

정녕, 하고 덧붙이는 탄시즈에게서 그가 숨긴 뜻이 눈에 보이는 듯했다. 나는 생각을 끝내며 쓴웃음을 짓고 말았다.

"전하께서는 답을 아시잖아요."

탄시즈는 답을 알고 있다. 그는 똑똑한 사람이었고, 이 상황에서의 답 또한 알고 있을 거였다. 나는, 리녹 아닌 사람을 사랑할 수 없다. 내가 줄 수 있는 답은 분명했다.

그저 한 가지 특이하고도 이상한 점은, 그가 답을 알고도 죽을 것 같은 고통을 견뎌 결계를 뚫고 이곳에 온 것이었다. 머리가 좋은 당신은 답을 알았을 텐데. 이렇게 해도 답은 같으리란 걸.

"안 됩니까? 왜, 이유가 뭡니까? 기적을 주어도, 모든 걸 버리고 와도 안 되는 겁니까……?"

너덜너덜해진 로브를 걸친 마법사가 물었다. 책과는 너무나도 다른 애절한 모습으로. 상처 입었음에도 황홀할 정도로 아름다운 낯은 이 백야 아래서, 상처마저도 잊게 만들었다.

그의 심정을 모두 알진 못하겠지만 그는 웃고 있어도 웃는 것이 아닌 것처럼 보였다. 마치 대처하기 위해 웃는 것 말고는 배우지 못한 사람처럼.

"전하는…… 모든 걸 버리고 오셨다고 했으나, 정말 모든 걸 버리고 오신 게 아니잖아요."

나는 나지막하게 말했다.

"정말 모든 걸 버리고 오실 거라면, 군대를 이끌고 이곳에 오시면 안 됐어요."

"……."

"그건 제게 거절당하면 무력으로 이 성을 정복하려고 한 것으로 볼 수밖에 없어요."

"……아닙니다! 이건."

탄시즈의 얼굴에 처음으로 억울한 표정이 스쳤다. 내가 무언갈 오해한 것이 있었을까? 그런 것이 있었대도 상관없었다.

그의 이지적이던 모습은 흐트러지고 있었다.

"내가 아닌 황제의 명입니다. 내가 나서지 않아도 갔을 겁니다!"

그러했을 거다. 원작 또한 그러했으니까. 탄시즈의 뜻과 황제의 뜻은 일치했다. 리녹과 이베르크가 사라지는 것.

"제가 오해를 했다고 해도 변하는 것은 없어요, 전하."

나는 입술을 꾹 깨물었다가, 봄 꽃 사이에 서 있는 남자를 향했다.

"전하께서는 참 잔인하시네요."

"……."

"……지금 제게 부모님과 가문의 원수를 사랑하라고 말씀하신 거잖아요."

그 말에 탄시즈는 아무 말도 하지 못했다. 아니, 허를 찔린 사람 같은 표정이었다.

"전하의 사랑은, 이처럼 감정을 강요하는 것인가요?"

탄시즈가 진심이라는 것은 알겠다. 더는 얄팍한 마음은 아니란 걸 인정하겠다. 하지만 그래서? 지나간 세월이 그대로 다시 새겨지는가? 나는 여전히 반역자의 딸이었고 내 가문은 억울한 누명을 쓴 반역가문이었다.

"아닙니다. 아니에요. 아니, 궁금하군요. 대공과 내가 무엇이 다릅니까?"

탄시즈의 음성이 일순, 갈급함을 담았다.

"무엇 때문입니까. 왜 대공입니까? 내 손이 더러워서라면, 내 아비의 손이 더러워서라면. 리녹 이베르크 또한 수많은 생명을 죽였습니다."

나는 대꾸하는 대신 탄시즈를 물끄러미 응시했다. 모르는 걸까. 모르는 척하는 걸까. 탄시즈를 받아들이지 못할 이유는 사실 너무나도 많았다. 무엇보다도 나는 다른 누군가를 사랑할 여력이 없다. 이미 한 사람으로 가득 채워졌으니까.

"네. 그렇겠죠. 하지만 전하, 저는 리녹이 더 많은 사람을 죽였어도 여전히 리녹을 사랑할 거예요."

마음은 아프겠지만, 이미 사랑해 버린 걸 어찌할까. 탄시즈의 표정이 삽시간에 흐려졌다. 그는 자신의 얼굴을 감싸 쥐었다.

"내가 어떤 모습이어도 안 되는 겁니까?"

"네."

수려한 손이 얼굴 위를 움직이며 비벼졌다. 탄시즈에서 거친 숨이 새어 나왔다. 하, 그가 웃음 지었다.

"하아, 그럼에도 안 된다."

그에게서 낮은 웃음소리가 새어 나왔다.

"……내가 실험체가 되었던 것은, 자신의 아들이 이베르크의 혈통보다 약하게 태어나 분노했기 때문이었지요. 내 아버지의 탐욕이었습니다. 나는, 그런 아비를 둔 죄로 지긋지긋하도록 그 이름과 비교당했습니다."

이 순간에도 그는 자신의 감정을 웃음으로 표현하고 있었다. 이것 말고는 할 줄 모른다는 듯이.

"나는, 그 이름이 싫습니다."

손 틈에서 웃음소리가 이어졌다. 그리고 그가 손을 떼어냈을 때 웃음이 천천히 정지했다.

"증오할 것 같군요."

믿을 수 없는 것을 본 사람처럼 나는 눈을 크게 떴다. 탄시즈는 웃더니 웃음을 멈추며 눈물을 뚝뚝 떨어트리고 있었다.

"모든 것이 안 된다고 하시니."

툭툭 흐르는 눈물 사이에서도 탄시즈는 정중했다.

"내가 변해도 되겠습니까?"

그가 손을 뻗었지만 내가 잡는 일도, 그가 억지로 잡는 일도 없었다. 그는 그대로 손을 그러모아 쥐었다.

"이제, 나의 사랑이 집착으로 변모해도…… 원망하지는 말아 주시겠습니까."

남자가 눈물과 함께 나지막하게 말했다. 눈물 자국이 남은 남자의 얼굴은 기존의 단정함도 금욕도 모두 날려 버린 채 퇴폐적이었다.

"이렇게라도 하지 않으면 당신이 내 손을 잡을 일은 없을 것 같습니다."

"……"

"영원히."

그 경고를 마지막으로 꽃비가 그쳤다. 지구본을 한번 돌린 듯이 계절이 제자리를 되찾았다. 공기마저 죽은 듯이 고요한 지금. 아스라한 밤, 다시금 그와 나 사이로 눈이 펑펑 내렸다.

탄시즈는 오싹하도록 아름다운 미소와 함께 발을 움직였다. 그가 허공에 떠올랐다. 어깨로 다시 달이 모습을 드러냈다.

"모시러 오겠습니다."

그 모습이야말로, 내가 책 속에서 아는 탄시즈의 모습 같았다. 원하는 이를 얻기 위해선 그 어떤 수단과 방법을 가리지 않던 남자. 황홀하도록 아찔한 웃음을 남기고는 점차 멀어졌다.

"그럼 다시 뵐 때까지 안녕히, 아가씨."

나는 사라지는 탄시즈의 뒷모습을 보며 펑펑 눈 내리는 이 풍경이 마치 리녹에게 안겨 있는 느낌을 준다고 생각했다.

△

이틀 뒤.

나는 좁게 난 길을 가는 눈으로 지그시 노려봤다.

"아가씨."

길들은 군데군데가 부서지고 돌무더기가 고스란히 깔려 있었다. 자연스러운 풍화의 흔적은 아니었다.

"아, 왔어요. 그레이?"

자연스럽게 고개를 돌려 나를 부른 이를 쳐다봤다. 이미 목소리만으로 누군지 짐작하고 있었다. 아니나 다를까, 평소와는 다르게 굳은 표정을 한 그레이가 서 있었다. 나는 찾은 것인지, 아니면 기다린 것인지 곧고 정중한 자세였다. 눈이 마주치자 다시 한번 나를 향해 고개를 까딱해 보인다.

"총사령관께서 나를 찾은 건가요?"

"아니요. 그건 아닙니다."

그레이가 살짝 고개를 저었다.

"아가씨가 보이지 않으셔서……."

"성벽 위로 허겁지겁 올라온 거예요?"

까치집같이 들쑤셔진 그의 머리는 바람이 만든 작품이었나 보다. 어쩐지 평소보다는 차림이 흐트러져 보인다 싶더니. 내 웃음에 그레이는 머쓱한 얼굴로 뒷목을 긁적였다.

"왜요, 이상한 마법진에 당했을까, 납치라도 당했을까 싶었어요?"

"……아닙니다."

"그래도 내가 나쁘단 얘긴 안 하네요."

"예? 나쁘다니요?"

"왜 그렇게 이곳저곳 돌아다니느냐, 얌전히 있지 않고 왜 나섰냐. 그러니 그 사달이 났지 않았느냐."

그레이가 어리둥절한 표정을 지었다.

"아가씨가 피해자인데 어찌 그런 말을 합니까?"

"아. 세상엔 그런 미친 발언을 하는 아주 이상한 인간도 있기 마련이거든요. 그것도 꽤 많이."

산 밑 마을에서 언니와 둘이 살 때 이야기다. 어느 밤 약초를 말리러 나갔다가 마을 청년 하나가 내게 고백한 적 있는데, 술에 취해 언니와 나를 착각한 거였다. 그 결과, 기척에 예민한 언니가 어둠 속에서 실랑이를 버리는 것을 보고 그 청년을 흠씬 두들겨 팼다. 싫다는데 손잡아 끌고 가려 했던 죄였다.

다음 날, 청년의 아버지가 우리집으로 쳐들어와 언니에게 거칠게 따졌다. 감히 우리집 귀한 아들을 네가 때렸냐며. 그때 나를 향해서도 한마디를 했었지. 그러게 여자애가 왜 밤길에 밖을 돌아다니냐고.

뭔 이런 개소리가 다 있나, 어처구니없는 표정을 하는 동안 내가 나설 새는 없었다.

"어머, 죄송해요. 이걸 어쩌나."

언니가 나서서 그 아저씨까지 흠씬 두들겨 팼기 때문이었다. 이뿐 아니라 언니는 아저씨에게 아들과 같은 자리에 어여쁜 멍을 내주었다.

"개소리만 들으면 주먹이 나가는 병이 있어서."

당시 마을에서 언니만큼 마수를 때려잡는 사람은 드물었다. 촌장 아저씨와 퇴역 기사 아저씨 무리가 우리 편을 들고, 이후로 이 난리를 치는 사람은 없었지만 언니는 오랫동안 분을 참지 못했다.

"……언니는, 약하다고 함부로 할 수 있을 거라는 우월 의식에 찌든 멍청이들에게는 절대 참지 않을 거야. 특히 오늘 같은 저런 아저씨를 만나면."

"만나면?"

"가랑이 사이를 후려쳐 버려."

"……그걸 내가 할 수 있을까."

"그럼. 언니가 있잖아? 뒤는 언니가 책임질게!"

그날 언니는 내게 참지 말라며, 이를 위해서는 무엇이든 해주겠다고 했다. 이미 그때 언니는 알고 있었던 거겠지. 자매 단둘이 사는 집에는 마물 말고도 무수한 위험이 있다는 걸.

이처럼 세상에는 약자를 함부로 하는데 죄의식이 없고, 약자의 탓으로 돌리는 데 거리낌 없는 인간들이 있다. 나는 천천히 고개를 돌렸다. 높디높은 성벽 아래, 까맣게 보이는 군대의 주인 또한 이와 다를 바 없는 사람이었다. 황제, 그는 리녹 이베르크에게 죄를 매겼다.

당연하겠지만 말도 안 되는 죄목이었다.

"이베르크로 하여금 스텔차 전(戰)에 출전치 않았던 죄를 묻더구나. 황명 불복으로 이베르크를 대신해 수많은 제국군을 희생시킨 죄."

정말이지 말이 안 됐다. 어머님은 스텔차 전에 대해 이렇게 말씀하셨지. 스텔차 전은 제국 옆에 위치한 로텔 왕국과 아주 잠시 일어났던 국지전으로, 이 전쟁이 일어날 당시 리녹은……. 마수의 왕을 잡고 있었다고.

어제 도착한 황제의 칙서에는 순순히 투항하면 대공 한 사람만 연행하겠다는 말이 적혀 있었다.

"우린 저 결계에 대해 모르는 것처럼 행동해야 한단다. 갑자기 만들어졌으니 우리도 어쩔 수 없다. 주인이 성을 비웠으니 제아무리 황실이라도 주인 없는 성엔 들일 수 없다. 이를 무시한다면 전투라도 불사르겠다."

"네. 충성을 표방하는 거군요."

"그렇지. 그렇기에 우린 딱 영지 방어에만 머물러야 할 게다. 그 이상 적의를 보이면 죄명이 반란으로 이어질 테니."

어머님은 이 상황에 회의적이었다. 여기서 문을 열어준다고 한들 그대로 돌아갈 것이 아니니 전투는 예상된 수순이었다. 결국 황실은 어떤 죄목을 씌워서든 리녹을 죽이거나 생포하고, 이 땅을 정복하고 싶단 뜻을 수면 위로 비친 셈이었다.

"많긴 정말 많네요."

탄시즈의 진영 안에 있을 때는 많다고 여기지 못했는데, 내가 황실군 규모를 제대로 체감하지 못했었구나 싶다.

기본적으로 리녹이 영향력을 미치는 땅을 모두 '대공령'이라고 불렀다. 이 대공령은 사실상 제국 북쪽 대부분을 차지하며, 대공령 안쪽 영주들은 리녹에게 충성을 바쳤다. 로테의 말을 따르자면 공국이나 다름없는 형태란다. 초대 대공부터 내려오는 충성 가문도 있다나. 로테도 이런 가문의 가신 중 하나였다.

독립해도 이상하지 않은 형태. 당연하지만 황제는 독립을 허락하지 않았고. 이 대공령의 중심은 단연 리녹이 직접 다스리는 영지, 이베르크였다. 가문의 이름이기도 한 이 영지의 구성 형태를 보자면 크게 가장 바깥에 거대한 성채가 있었다. 이곳이 바로 지금 내가 서 있는 곳이자 내가 발동시킨 거대한 결계가 둘러싸고 있는 곳이었다.

"어제보다 조금 더 많아진 것 같아요."

"새벽에 합류했다는 첩보가 있었습니다. 수도에서 내려온 것 같습니다."

"더 늘기 전에 해결을 봐야겠네요."

이 성채 안쪽에는 큰 도시가 있다. 영주민들이 사는 도시다. 그리고 영지 곳곳에 자잘하게 마을이 퍼져 있고. 이런 영지의 중심에서 북쪽으로 들어가면 비로소 이베르크 대공저가 나온다. 이보다 더욱 북쪽엔 현재 리녹이 있는 하얀 산맥이 있었지.

다시 말해 이베르크 영지는 산맥을 등 뒤로 낀 요새에 가깝다.

"베이커 씨가 설명했지만, 이 결계는 영구적인 게 아니에요. 힘을 불어넣고 있지만 수명이 있어요."

"네. 들었습니다. 제일 좋은 건……."

"그전에 리녹이 돌아오는 거죠."

그레이가 얼굴을 살짝 흐렸다. 늘 울상만 짓던 눈동자였는데 오늘은 굳은 의지가 보였다. 어떻게든 지키겠다는 마음가짐도. 물론, 그건 나도 마찬가지였지만.

부서진 길을 다시 바라봤다. 사실 이것은 지난 이틀간 있었던 전투의 흔적이었다. 고개를 돌리자, 성벽 너머로 무시무시한 공성 무기들이 보였다. 탄시즈의 군대에 있던 것들이었다.

'어마어마했지. 특히나 저 마력탄을 던질 수 있는 투석기는.'

황실의 군대의 저력은 상상 그 이상이었다.

탄시즈가 돌아간 날 아침, 침묵을 끝낸 군대는 언제 그랬냐는 듯이 전투를 개시했다. 반나절도 안 돼서 등장한 공성 무기들은 보통 상상하던 그런 무기들이 아니었다.

평범하게 돌을 던지는 대신, 마법 군대가 등장하더니 마법이 잔뜩 걸린 돌과 마력 탄을 던지기 시작했던 것이다. 더구나 달려오는 병사들의 검에도 미량이지만 마법이 걸려 있었다. 그렇게 결계를 두드려 대니 우리 쪽도 급한 회의를 거치지 않을 수 없었다.

"저걸 그대로 두들겨 맞는다는 가정하에 결계 지속 기간은 현저히 줄어듭니다. 저 속도로 떨어지는 마력탄이라면 오래 버틸 수는 없습니다."

이 전투에서 마법 관련 일을 이끄는 베이커의 말에 어머님의 얼굴이 고민에 잠겼다. 그리고 그 순간에 나선 사람이 나였다.

"그럼 제가 막을게요."

나라면 가능했다. 내가 떠올린 건 무닌의 첫 번째 시련에서 세레나와 함께 불을 끄던 일이었다. 불을 가두기 위해 어마어마하게 큰 얼음벽을 세우지 않았던가. 이것을 응용하면 가능할 듯했다.

이에 반대가 없었던 것은 아니나, 이내 합리적인 방법임을 깨닫고 하나둘씩 납득했다. 대마법사와 같은 저력을 가진 나를 썩히는 건 인력 낭비였으니까.

"……대장님이 빨리 돌아오시면 좋겠습니다."

하지만 그럼에도 한계는 분명했다. 고개를 들어 반투명한 벽을 응시했다. 첫날보다 꽤나 얇아진 상태……. 며칠이나 더 버틸 수 있을까.

"그러게요. 나도 리녹이……."

나도 모르게 무의식중에 말을 멈췄다. 사실상 며칠 되지 않았는데, 보고 싶다. 그리고 이것을 느낀 순간, 더 그리워졌다…….

한숨을 내쉬는데, 성벽 아래에서 누군가 이쪽으로 뛰어왔다. 놀랍게도 베이커였다. 그는 나를 올려다보면서 손을 크게 흔들었다. 까마득한 성벽 아래에서 목소리가 들리는 건 베이커가 쓴 통신마법 덕택이었다.

"아가씨, 얼른 이쪽으로 오게! 주인님, 주인님의 연락이 왔네! 아가씨를 찾고 계셔!"

그 말을 듣는 순간 몸이 먼저 움직였다. 함께 목소리를 들은 그레이 또한 나를 따라 함께 움직였다.

"그레이 씨, 나 믿죠?"

"예? 예?"

"내가 스승님께 배운 방법이 하나 있거든요."

"네? 스승님이면, 세레나 님 아닙니까?! 무슨……. 으, 으아아!"

나는 그레이를 밀어 성벽에서 떨어트리고는 나도 잽싸게 뛰어내렸다. 그레이 씨, 미안해요. 내가 마음이 좀 급해서.

세레나가 알려준 방법이란 높은 곳에서 안전하게 착지하는 마법이었다. 첫 번째 시련에서 식겁하고 따졌더니 그때 해맑게 가르쳐 주었지, 아마?

"아, 아, 아가씨! 너무하십니다! 흐어엉."

"울지 말아요. 내가 미안해. 응?"

한달음에 성벽에서 내려온 나는 그레이를 잠시 달래주다가 얼른 막사로 향했다. 눈물을 뚝뚝 흘리는 그레이에게는 손수건을 하나 쥐여 주고 온 뒤였다. 막사의 휘장이 거칠게 젖혀지고, 안으로 들어섰을 때는 이미 모든 이가 모여 있었다.

"아, 오셨습니다. 대장님, 아가씨가 오셨어요!"

나보다 먼저 와 있던 첼시가 얼른 소리쳤다. 내가 오기 전까지 리녹은 어머님과 대화 중이었는지, 구슬은 어머님 손에 들려 있었다. 그녀는 나를 보더니 피로한 얼굴로 빙긋 웃었다. 요 며칠 새 가장 바쁜 이가 바로 이곳의 총지휘관인 그녀였다.

"어서 오렴. 마침 우린 주요한 이야기를 끝낸 참이란다."

"아……."

자리에서 일어난 어머님이 내게 구슬을 건넸다. 동시에 가신들과 기사들이 함께 일어나 막사 밖으로 향했다. 가장 마지막으로 나간 것은 첼시와 어머님이었다.

"좋은 시간 보내렴."

첼시가 옆에서 파이팅 포즈를 취하고는 어머님을 호위하며 밖으로 나갔다. 모두가 나간 막사에는 고요함이 머물렀다. 나는 입술을 꾹 다물었다. 나뿐 아니라 구슬 너머의 리녹 또한 말이 없었다. 무슨 말을 하면 좋을지 생각이 나질 않았다. 그나저나 이거…….

"……끊어진 건 아니지?"

[아니다.]

흠칫 놀랐다. 하마터면 구슬을 떨어트릴 뻔해서 으앗, 하는 어처구니없는 소리를 내버렸다.

"리, 리녹?"

간신히 구슬을 붙잡고, 조심스럽게 그를 불러보았다. 이상하게도 뒤이어 오는 답은 없었다.

뭐야. 정말 고장 난 건가? 구슬을 쥐고 흔들어 보았다. 기왕이면 모습도 같이 나타나면 좋을 텐데 목소리만 들리니 아쉬운 일이었다.

[……에이미.]

나는 흔들던 손을 그대로 멈췄다. 한순간이지만 끊어질 듯 애절한 목소리에 무슨 반응을 하면 좋을지 몰랐다.

"리녹."

[정말 너인가.]

"네……."

그저 목소릴 듣는 것뿐인데 왜 눈가가 시큰한 건지. 그동안 옆방에 가는 걸로 붙잡는 리녹에게 뭐라고 했었는데…… 그에게 뭐라고 할 게 아니었다. 나도 참 중증이었다.

[이쪽의 상황과 계획에 대해서는 선대공비와 다른 이들에게 이야기 해뒀다.]

"……아직도 어머니라 안 부르세요?"

[…….]

가벼운 핀잔에 리녹이 못 들은 척 넘겨 버렸다.

[통신 구슬을 사용하는 데에 시간 제한이 있다 하더군. 그 이후에는 마력을 충전하고 쓰는 방식이라.]

"네, 알아요."

리녹에게서 깊고 낮은 한숨이 튀어나왔다.

[그동안 네 목소릴 듣고 싶다.]

"……."

[……아주 많이.]

나는 손등으로 얼른 눈을 닦아냈다. 정말 주책이야. 진짜.

"뭐야……. 나 혼자 열심히 떠들라는 말이에요?"

[그래.]

"나도 리녹 목소리 듣고 싶은 건 마찬가지인데, 어떡해요?"

이번에도 바람 소리 같은 작은 숨소리가 넘어왔다. 조금 전과는 온도가 다른 소리. 웃음소리 같았다.

[대화를 해야겠군. 잘 지냈나?]

리녹의 물음에 문득 눈 대신 꽃이 내리던 밤을 떠올렸다.

"잘 지내지 못했어요. 당신이 옆에 없었잖아요."

그토록 절절하던 탄시즈의 고백을 받으면서 나는 당신을 떠올렸노라고. 모두 털어놓고 싶었다. 그리하면……. 당장 달려오겠지. 응. 리녹 성격상 달려올 거다. 심지어 상대하고 있는 군단장도 팽개치고 올 것 같다.

식은땀이 흐르는 것을 느끼며 나는 탄시즈의 이야기를 뒤로 미루기로 했다. 비밀로 할 생각은 없었다.

[……무슨 생각을 하고 있지?]

"아. 제가 잠시 말이 없었죠. 음……. 그냥. 타이밍에 대해서요."

[타이밍?]

"네. 타이밍……."

나는 구슬을 든 채로 주르륵 흘러내리듯 바닥에 앉았다. 의자가 있었지만 바닥이 편했다. 도피 생활 동안 의자보다는 바닥에 앉을 일이 많았으니까.

"가끔은 그런 생각을 해요. 모든 것은 타이밍이 아니었나 하고."

사실 환생을 깨달았을 때 내가 책 내용을 떠올리며 제일 처음으로 생각했던 건, '리녹과 만나지 않는다'라는 선택지였다. 나는 그러기를 바랐다.

언니가 리녹이 아예 만나지 않아 인연이 시작조차 하지 않기를 바랐다. 그때의 나는 이미 내가 모르는 사이에 시작된 인연도 있음을 몰랐다.

"우리가 만나지 않았다면, 지금 리녹 옆에 있는 사람은 내가 아니었을 것 같아요. 이렇게 통화하고 있는 사람도. 그리고……."

[다른 놈이 구애하나?]

"……네?"

[어느 놈이야. ……그레이?]

나는 말을 멈추고 황당한 눈으로 구슬을 보았다.

아니, 얘기가 왜 그렇게 돼? 여기서 그레이 이름은 왜 나오고?

[널 친근하게 부를 때부터 마음에 들지 않았어.]

"아니, 아니. 언제 적 얘기를……. 아니에요."

아무래도 나는 늑대의 각인인지 뭔지를 쉽게 알았던 모양이다. 상대와 떨어지면 깊은 정신적 갈증을 느낀다고 하더니, 리녹의 상태가 영 좋지 못했다.

분명 얘기하면서 고백이라거나, 탄시즈의 '탄' 자도 꺼내지 않았는데. 맥락을 잡아낸 그에게 오싹 소름이 일 정도였다. 물론 엉뚱한 헛다리를 짚었지만.

[잘 지내지 못한 건 그놈 때문인가?]

놀랍게도 그는 침착했다.

[에이미, 염려 마라. 네게는 어떤 잘못도 없다는 자각은 분명하게 하고 있다.]

아니, 침착하게 맛이 가 있었다.

[모든 건 집적거린 놈의 탓이지. 이름만 말하면 조용히······.]

'······조용히?'

[세상에서 지워 버리겠다.]

[으아악. 대장님! 막사! 막사 날아갑니다!]

잠시 구슬 너머로 거친 소리가 흘러나왔다. 어쩐지 보지 않아도 알 것 같은 느낌이었다.

"리녹, 아니에요. 아니라니까요?"

[여기서 나 하나 빠지더라도 전황은 충분히 이끌어 나갈 수 있을 것 같다, 에이미.]

"지금 무슨 소릴 하시는 거예요!"

이성을 주워 와요. 얼른!

그러나 구슬 너머로 넘어오는 소리가 심상치 않았다. "아니, 어딜 가시겠다고요, 대장님! 이 밤에!" 하는 소리까지 들려오자, 그냥 있을 수만은 없었다.

"리녹, 리녹 듣고 있어요?"

[우지끈. 와그작!]

나는 눈을 질끈 감았다.

"보고 싶어요!"

그 순간 구슬이 거짓말처럼 고요해졌다. 나는 얼른 말을 이었다.

"보고 싶어서라구요. 당신을 만난 타이밍에 감사하고, 이젠 내게 너무나도 소중하다고. 그 말을 하고 싶었어요! 그러니 진정해요, 응?"

[······.]

"내가 사랑하는 사람은 리녹이고. 앞으로도 당신밖에 없어."

나는 숫제 울먹이는 소리로 중얼거렸다.

"······당연하잖아요."

리녹은 대답이 없었다.

[아, 아니! 대장님, 왜, 왜 우십니까! 대장님!]

기사들의 목소리로 상황을 알 수 있었다.

"······울지 말아요. 응?"

큰 짐승같이 커다란 덩치로 조용히 눈물을 뚝뚝 흘리고 있을 그가 상상되었다. 마음이 아릿했다.

'왜 울고 그래. 마음 아프게.'

[보고 싶다, 에이미.]

"······그럼요. 나도 보고 싶죠."

'정말로.'

나는 잠깐 침묵했다가 조심스레 입술을 열었다.

"반대로 리녹 주변에 멋진 여성이 있었다면 질투가 났을 것 같아요. 그러니 부수지 말아요. 밤엔 푹 쉬어야지."

[······네가 없는 밤엔 잠도 오지 않아.]

"아. 그거 저도 그런데. 참 이상하죠. 늑대의 각인······. 부작용이던가? 그거, 나도 겪는 것 같아요. 당신 생각에 갈증이 일거든요."

내 말이 끝나기가 무섭게 구슬 너머로 가는 신음이 흘러나왔다. 그의 음성이 품고 있는 건 지금 내가 느끼는 것과 비슷할 것이다. 아쉬움, 애틋함, 그리고 그리움.

[선대공비에게는······ 엿새 안에 가겠다고 했다.]

"기다릴게요."

리녹이 침묵하자 작은 풀벌레 소리가 들려 왔다.

[나흘 안에 가겠다.]

이윽고 리녹에게서 굳은 음성이 흘러나왔다. 반드시 그리하겠다
는 것처럼. 나는 웃고 말았다.

"네. 기다릴게요."

나는 잠시 망설이다가, 덧붙였다.

"사랑해요, 리녹."

리녹에게서 답은 없었다. 대신에…….

[악! 대장님! 부수지 마십시오! 악!]

이런 소리가 흘러나왔다. 아니, ……왜 또 부수는 건데? 과연 오늘
밤에 불쌍한 대공가 기사단이 편히 잠은 들 수 있을까. 걱정이 되긴
했지만 그래도 마법사들이 있으니 금방 복구할 수 있지 않을까? 그
렇게 생각하기로 했다. 언니도 있을 테니 말이지.

[나도 널 사랑한다.]

"네. 저도요."

리녹의 사랑 고백을 마지막으로 통화를 끝낸 나는 전보다 상쾌한
기분으로 막사를 나설 수 있었다.

그로부터 사흘 뒤, 결계가 부서졌다.

△

결계가 부서지기 두 시간 전.

"진격이요?"

"예, 아가씨!"

나는 몸을 덮고 있던 이불을 얼른 걷어냈다.

"다시 한번 설명해 줘요. 잠이 좀 깼으니까."

지난 며칠 내내 하루도 쉬지 않고 이어진 공격으로 대공군은 쉴 틈 없이 방비해야 했다. 결계가 있다고는 하지만 나날이 약해져 가는 것이 보였고, 이따금 거대한 마력탄 따위를 쏟아내었기에 이를 막기 위해 나도 밤낮 할 것 없이 눈을 뜨고 지켜보고 있었다.

결계가 있어도 대공군 쪽의 피해가 없지는 않았다. 결계가 약해진 부분은 이따금 안쪽으로 공격을 허용했고, 그 탓에 눈먼 돌과 마력탄이 성벽 난간 같은 곳을 부숴 놓았다. 돌 부스러기가 굴러다닌 것은 이런 탓이었다.

"황실 군이 새로운 무기를 가져왔단 거예요?"

"예."

밤낮 할 것 없는 공격에 체력이 좋다고 자부하는 나도 슬슬 피로를 느꼈고, 첼시와 베이커가 잠시 쉬라고 나를 돌려보낸 참이었다. 새벽 3시쯤 잠들었으니, 네 시간쯤 잤나? 이른 아침 공기에 입김이 하얗게 부서졌다.

'살짝 서늘하네.'

내 추위를 득달같이 안 것인지, 안겨 있던 하양이가 낑낑 소리 내며 품을 더욱 파고들었다. 나는 하양이의 머리에 얼굴을 묻었는데, 금방 턱이 따끔따끔해졌다. 하양 은빛 털은 폭신폭신한 데다 기분을 좋게 풀어주는 효과가 있었다.

나를 깨우러 왔던 첼시가 굳은 표정으로 눈을 돌렸다. 그녀는 내 털 망토의 모자를 바로잡아 주며 설명을 이었다.

"황실 측에서 순간이동 마법을 이용해 가져온 것으로 보입니다."

"……대단하네요. 대형 무기를 순간이동 마법으로 가져오는 데는 엄청난 힘과 인력이 든다고 하지 않았어요?"

"네. 베이커 씨가 그리 말했었죠."

첼시가 조금 피로한 낯으로 거칠어진 뺨을 쓸어내렸다. 요 며칠 사이 첼시와 같은 표정을 짓는 이들이 수두룩했다. 다들 같은 심정일 거다.

"속된 말로, 아주 작정하고…… 휴."

"박살내러 온 거군요, 이 영지를."

첼시는 대답하지 않았으나 침묵은 긍정을 뜻했다.

"지원군은 여전히 잡혀 있죠?"

"예. 초입에서 발이 묶인 모양입니다."

대공에게 충성하는 영지들, 각 대공령 곳곳에서 보낸 원군은 현재 이곳까지 오지 못했다. 황실의 이름으로 가로막혀 있었기 때문이었다. 자신들은 정당한 '집행'을 하는 중이고, 이걸 막거나 방해한다면 반란으로 치부한다고 하니 그들도 적극적으로 움직일 순 없었을 것이다. 물론 리녹이 이 자리에 있었다면 달랐겠으나, 현재 그는 여기에 없었다. 결정권자가 부재하니 그들은 섣불리 강행할 수 없었고.

선대공비인 아이헨나님이 총사령관을 맡고 있지만, 그녀는 다시 세상에 모습을 드러낸 지 얼마 되지 않아 신뢰를 받기엔 짧은 시간이었던데다가, 정식으로 리녹에게 대리 인계를 받은 것이 아니기에 영주들을 강제로 움직이지 못했다. 특히나 영주들 중 몇몇은 오직 리녹에게만 충성하는 외골수들이라나.

나는 굳건한 성벽을 올려다봤다.

"며칠이라 하던가요?"

"네?"

아침 해를 등진 성채는 고고하기 이를 데 없었으나 난 알았다. 성벽 난간과 벽면에 조금씩 금이 가고 있다는 것을.

"베이커 씨가 결계의 수명을 대충 예측했을 거잖아요."

마력은 강하지만 아직 마법적 지식은 부족했다. 어렴풋이 감으로 느낄 수는 있어도 수치화는 어렵다고 할까.

"신중한 베이커 씨 성격에 말을 해뒀을 거고. 첼시는 들었죠?"

"……."

"어느 정도 남았대요? 반나절? 설마 몇 시간인가."

나도 본능적인 감으로 느끼고 있었다. 내가 시동한 마법이었으니까. 아울러 그녀가 급히 나를 깨운 이유도 있었을 것이다.

"길면 하루. 짧으면 반나절이라 합니다."

"역시."

나는 성채를 다시 한번 보다가 고개를 내렸다. 어느새 계단 앞이었다. 작전 초소가 아닌 이곳으로 바로 왔다는 건 그만큼 상황이 꽤 긴박하다는 얘기였다.

"……리녹에게서는 별다른 연락이 없었죠?"

"네."

모두가 간절히 바라는 소원은 같았다. 이 성채의 주인이 속히 돌아오는 것.

"그게, 이쪽에서 하는 연락도 닿질 않습니다. 마지막 연락에서 전투 이야기를 했던 것을 생각하면, 아마도 난전 속에서 구슬이 부서진 듯합니다."

마수잡이는 끝났을 것이다. 언니까지 있는데 구성원이 형편없이 실패하리라고는 생각하지 않았다. 정신이 없어서 구슬을 수습할 상황이 되지 않는다는 거겠지. 아니면 수습하는데 힘을 들이는 대신 얼른 달려오고 있거나.

"첼시, 그럼 진지하게 물을게요. 만약 오늘 안에 이 결계가 깨진다면……."

숨을 고르게 내쉬었다.

"솔직히 얼마나 버틸 수 있을 것 같아요?"

며칠 전 어머님은 결계가 깨지고도 며칠은 더 버틸 수 있노라고 얘기했지만, 상황이 달라졌다. 전황은 이쪽에 압도적으로 불리했다. 하루가 다르게 황실군의 규모는 커지고 있는데, 이쪽은 원군의 지원을 전혀 받을 수 없는 데다 영지민까지 보호해야 했으니 당연한 일이었다.

"……단 며칠 사이에 황실군 숫자가 믿을 수 없을 정도로 늘었습니다."

첼시는 의미 없는 말로 나를 격려하지는 않았다. 그녀는 그레이와 마찬가지로 리녹을 따라 무수히 많은 전장과 전투를 누빈 베테랑 기사였다.

"전력의 차가 이미 손쓸 틈 없이 커졌어요. 결계가 부서진 순간 각오해야겠지요."

간결하지만 무거운 그녀의 말에 나는 가만히 고개를 끄덕였다. 단하나 다행인 점이 있다면, 이쪽에는 대마법사 급 마법사가 있다는 거겠지.

"리녹이 내게 나흘 안에 오겠다 했어요."

지금은 3일째다. 즉, 단 하루만 버티면 리녹이 이곳에 온다. 그럼 멀지 않은 곳에서 멈춘 원군의 조력을 받아 상황을 뒤집을 수 있다.

"하루만, 딱 하루만 버티면 돼."

나는 목을 감싼 털을 꽉 여몄다.

'하루.'

리녹이 4일이라 말을 한 이상 그가 반드시 지킬 것임을 믿었다. 지금껏 그를 보아온 사람으로서 절대 틀리지 않을 것이다.

'버텨야 해.'

결계가 깨지는 건 기정사실이라고 봐도 좋았다. 입술을 꾹 깨물며 첼시와 함께 성벽을 올랐다.

"아가씨!"

그리고 성벽 너머에서 본 것은 각오한 나조차 놀라운 것이었다.

"오셨습니까."

이미 먼저 와 있던 대공가 기사가 내게 착잡한 얼굴로 인사를 건넸다. 그들을 보는 대신 성 너머 압도적인 크기를 자랑하는 무기들을 바라봤다.

'거궁과 충차?'

아스라한 전생의 기억이 스쳐 지나갔다. 책이나 드라마, 영화에서나 볼 법한 공성 무기와 비슷하게 생겼다. 옆에 있던 병사에게 설명을 들어보니 역할 또한 크게 다르지 않았다.

'거궁'은 말 그대로 거대한 석궁처럼 생긴 무기로, 거대한 창을 날리는 무기였다. '충차'는 앞이 뾰족한 창을 매달고 성문을 부수는 무기였다. 작정하고 결계를 부수겠다는 거였다.

사담을 나눌 시간은 없었다. 거대한 무기들이 천천히 움직였기 때문이었다.

"베이커 씨는?"

"그분은 성문을 맡고 계십니다."

내가 잠든 사이 만반의 준비를 갖춘 모양이었다. 그 준비가 얼마나 통할지는 모를 일이지만…….

"내게 남긴 말은 없어요? 저것도 마법 무기인 거죠?"

"네? 네. 맞습니다. 특히나 저쪽, 왼쪽 무기는 절대 결계까지 날아와서는 안 될 거라고."

나와 같이 성벽 위를 맡은 기사가 입술을 꾹 깨물었다.

"……저 무기에서 거대한 마력이 느껴진다고 했습니다."

그렇지 않아도 나도 같은 생각이었다. 여러 개의 투석기와 충차와 다르게 거궁은 단 하나였지만 무시할 수 없는 기운이 느껴졌으니까.

"무조건 막아야 한다. 이거네요. 첼시!"

"네!"

나는 빠르게 움직이는 충차와 움직이는 군사들을 보며 손을 휘저었다. 망설이거나 설명을 듣고 있을 시간이 없었다.

"엄호를 부탁해요."

"……맡겨만 주세요!"

결계가 얇아지며 때때로 사람이 통과하는 일이 생겼다. 소수지만 그 소수만으로 나 같은 마법사를 노리는 인원이 생겨났고, 베이커와 나는 어머님과 함께 최우선으로 보호해야 할 사람이 되었다.

마법사의 경우 마법을 쓰는 동안에 무방비해지는 순간이 오니까. 그 순간을 노리려는 거겠지.

'일단 저것부터 막고 보자.'

어느새 내 손에는 긴 지팡이가 들려 있었다. 찰그랑. 매달린 보석
이 흔들렸다.

펑. 퍽!

투석기로부터 날아온 마력탄들이 쉴 새 없이 결계를 두드렸다. 이
뿐 아니라 대체 얼마나 데려온 건지 심상치 않은 수의 마법사들이
결계에 마법을 던졌다. 불이 날아가고 번개가 쳤다. 아침임에도 한
낮과 같은 빛이 번쩍였다.

나는 그 모든 공격을 흘려보내며 단 한 곳에 집중했다. 거궁의 거
대한 화살촉에 어마어마한 마력이 모이고 있다는 것을 눈치챘으니
까. 본능적으로 저걸 그대로 두면 결계뿐 아니라 맞게 된 성채 부분
도 성하지 못할 것을 알았다.

거대한 끝이 뒤로 잡아당겨졌다. 이보다 더 팽팽할 수는 없겠다
싶을 만큼 당겨졌을 때.

"나, 날아옵니다!"

"알아요!"

쿵. 하늘 끝까지 들어 올린 지팡이를 바닥에 내리찍었다. 푸른 보
석에서 흘러나온 빛이 하나의 형상을 이뤘다. 손끝이 벌벌 떨릴 정도
의 한기가 느껴졌다. 거대한 얼음 창이 날아오는 화살과 마주했다.

콰앙!

지팡이 끝이 부들부들 떨렸다. 대체 마력을 얼마나 때려 박은 건
지. 이걸로도 부족했다.

'더!'

부딪치며 산산조각이 난 얼음 창 조각이 화살에 다닥다닥 달라붙
었다. 포물선을 그리며 낙하하려 하고 있었다. 나는 눈을 부릅뜨며

가늘게 좁혔다. 지팡이를 다시 한번 휘둘렀다. 손등에서 빛이 터져 나왔다. 동시에 균열이 이는 소리가 들렸다.

와그작.

얼음이 그대로 화살을 얼어붙게 만들었다. 난 화살이 아주 잠시 멈춘 틈을 놓치지 않고 지팡이를 내리찍었다.

쾅!

'바로 지금!'

쏴아아.

화살 바로 위에서 생겨난 얼음비가 얼어붙은 화살을 산산조각 냈다. 눈 깜짝할 새였다.

"하아, 하아……."

나는 숨을 몰아쉬며 전황을 바라봤다. 거궁 주변의 이들이 서둘러 거궁을 움직이는 것이 보였다. 거궁을 수습하려는 형색이었다.

'저쪽도 연속으로 쏠 수 없다 이거지.'

나는 틈을 주지 않고 얼음 창을 만들어 날리고는 거궁의 일부분을 파괴했다. 저쪽의 마법사가 눈치 빠르게 바로 보호 마법을 걸어서 모두 파괴할 수는 없었다. 하지만 당분간은 쓰지 못하겠지. 아울러 넓은 범위의 얼음비로 인해 투석기 대부분이 부서져 있었다.

"흐읍, 앞으로 한동안 저 무기는 쓰지 못할 거예요. 투석기도요."

"……고생하셨습니다."

"무얼요."

그 순간이었다.

채앵.

날카로운 파공음이 들렸다. 그건 땅을 뒤흔드는 균열음이기도 했다. 고개를 들자 공중에 종이가 찢어지는 것처럼 거대한 실금이 보였다. 결계가 부서지고 있었다.

'어째서? 아…….'

내 쪽이 아니었다. 나와 반대되는 방향 쪽 성채 또한 무수히 많은 투석기가 있었다. 물론 내가 맡은 방향에 비할 바는 되지 못했다. 나는 성벽의 3분의 2 이상을 담당해 공격을 막아내고 있었으니까.

'베이커 씨가 막지 못한 건가.'

내가 미처 보지 못한 방향의 투석기. 그중 하나가 결정적인 일격을 날린 모양이었다. 거궁에만 신경 쓰느라 보지 못한 탓이었다. 베이커 씨의 탓은 아니었다. 그가 나처럼 할 수 없단 걸 진영 모두가 알고 있다. 거기다 이미 그는 성문까지 담당하며 한계까지 마력을 끌어다 쓰고 있었으니. 불행 중 다행인 것은 균열은 일었지만 아직은 버텨내고 있다는 거였다.

'어떻게든 보수라도 해볼까?'

턱 끝으로 뚝뚝 흘러내린 땀을 닦으며 전황을 볼 때였다. 나는 멈칫했다.

"체, 첼시!"

"네! 아가씨."

"황태자는……. 어딨죠?"

"네?"

"황태자와 친위대요!"

며칠 간의 공성전에서 가장 성가시고 위험한 이는 단연 탄시즈였다. 그도 그럴 것이 그는 매 전장마다 엄청난 마법을 결계에 토해냈었다. 가히, 황실이 대대로 최고의 마법사라 자부할 만했다. 그렇기에 난 늘 공성 무기 말고도 탄시즈의 마법을 막느라 바빴다. 탄시즈의 눈에는 누가 그의 마법을 막는지 보이지 않았겠지만.

탄시즈는 마치 장난이라도 치듯이 몇 번 거대한 마법을 쓰고 나면 사라졌다. 그런데 지금 그 어디에서도 탄시즈의 붉은 깃발이 보이지 않았다. 그를 위시한 황실 기사단 친위대 또한.

"부, 분명 새벽까지는 있었습니다."

"그 이후는요?"

"전투 시작까지만 해도 붉은 깃발이……."

첼시가 금세 침착을 되찾고 냉정한 눈으로 땅을 훑었다. 그녀 또한 심각성을 알아차린 듯했다.

그 순간이었다. 눈앞에 반투명한 그림이 그려지는가 싶더니 누군가 내 앞에 불쑥 고개를 내밀었다.

[아가.]

"율리아 님?"

주변 기사들이 놀라는 것이 느껴졌지만 황급히 그들을 제지했다. 나와 함께 저택으로 돌아온 뒤 그녀는 오랜 세월 만에 다시 찾게 된 저택을 구경하고 싶다고 했으니 저택에 남았을 터였다. 구경하고 싶다는 말에 마력을 일부 나눠줬었고. 분명 그리했었을 터인데 율리아의 얼굴이 심상치 않았다.

[저택이 위험하단다.]

"저택이 위험하다니요?"

[누군가 지하실을 향해 오고 있어.]

"지하실? 설마 마법진이 있는 곳이요?"

나는 균열이 일기는 하였으나 아직 굳건히 버티는 결계를 바라봤다. 저것이 당장 깨지면…….

결계뿐만이 아니었다. 대공저는 이베르크 영지의 심장부였다. 그곳이 함락되면 역으로 뒤를 빼앗기는 것이나 다름없다.

"화, 황태자인가요?"

동시에 나는 사라진 탄시즈와 친위대의 행방을 알 수 있었다.

"아니, 대체 어떻게요? 분명 그 대인원이 결계를 빠져나갈 수 없을 것인데!"

[아가…….]

율리아가 침통한 표정을 흘렸다. 이내 금세 심각한 얼굴로 변모했다.

[내가 그 결계를 만들 때, 단 하나의 비밀 통로를 만들어 두었단다. 그는 이것을 아는 것 같구나.]

동시에 하나가 스쳤다. 탄시즈의 진영으로 이동했을 때 잠시 엿보았던 초대 대공의 기억이었다.

['배신자'가 없는 한 영원히 안전할 거야.]

나는 황급히 몸을 틀었다. 이렇게 있을 때가 아니었다.

[그 비밀 통로는 영지 외부의 수로와 이어져 있어. 수로를 통하면…… 세 시간쯤 걸리겠구나.]

"첼시! 당장 총사령관님께 사람을 보내요!"

나는 빠르게 어머님을 만날 수 있었다. 그러고는 얼른 사태를 설명했다. 정신없이 돌아가는 상황 속에서도 냉정함을 잃지 않으신 어머님이 고개를 끄덕였다.

"가 보거라. 이곳은 내가 맡을 테니."

"……죄송해요."

나는 잠시 입술을 깨물었다가 말했다.

"제가 없으면, 결계가 곧⋯⋯. 깨질 거예요."

"그렇겠지."

"⋯⋯."

"날 믿으렴."

어머님이 내 손에 깍지를 끼며 눈을 감았다.

"아가, 네게 이베르크의 보호가 깃들길 바라마."

천천히 눈을 떴을 때, 그곳엔 강인한 사령관만이 존재했다.

"너는 너의 전쟁을. 나는 나의 전쟁을."

기사단 중에서도 편대가 꾸려졌다. 사안이 사안인지라 저택으로 갈 이 편대는 소수 정예로만 만들어진 편대였다.

"내 순간이동 구슬로 이동할 수 있다고요? 이 인원 전부?"

바쁜 베이커 씨를 대신해 말을 전달한 종자가 얼른 끄덕였다. 그는 평소 베이커의 제자를 자청하며 그의 자잘한 심부름 및 뒤치다꺼리를 하는 이였다.

"구슬에 내장된 마나가 크므로 아가씨만 허가하신다면 가능할 거라고 말씀하셨습니다. ⋯⋯아가씨 마력이 약간 들 거라고도요."

"음, 그렇단 말이죠."

나는 반질반질한 구슬을 바라보며 고개를 끄덕였다.

"근데 내 허가는 왜 필요한 거죠?"

내게는 순간이동 구슬 목걸이가 두 개 있었다. 하나는 언니가 준 것으로 목걸이 대신 팔찌로 만들어 사용했고, 또 다른 하나는 리녹이 준 것이었다.

리녹이 준 것은 언제 어디서든 대공저로 이동할 수 있는 물건이었다. 이를 알고 있었으나 구슬 사용에 허가가 필요하단 이야기는 처음 들었다.

"그건…… 오직 아가씨를 위해서 만들어진 물건이기 때문입니다."

자신이 스승인 베이커 씨 옆에서 만드는 모습을 보았었다며 종자가 머뭇머뭇 말했다.

"아가씨 외에는 사용이 불가하도록 조건을 걸어둔 구슬입니다. 그래서 허가가 필요한 것이라고 알고 있습니다."

설명은 거기서 끝이었다. 그러나 내 가슴에는 이 급박한 상황과는 별개로 뭉게구름 같은 꽃이 피었다. 심장 한구석이 아리고, 아리면서도 간지러웠다.

작은 것에서조차 나를 생각하는 당신의 마음이 어여쁘고 안타까워서. 나는 입술을 꾹 깨물었다가 떼어냈다.

'당신을 얼른 볼 수 있기를 바라고 있어요. 리녹.'

의지를 굳게 다지며, 고개를 들었다.

"그럼 사용할게요."

그레이와 첼시가 섞인 기사단을 바라보며 나는 얼른 순간이동 구슬을 사용했다. 신기하게도 내 마력이 섞이자 구슬 안에서만 맴돌던 마력이 흘러나와 함께 있던 기사단을 감싸 안았다. 그렇게 눈을 감았다가 뜨자, 대공저 앞이었다.

우리는 대공저 내 작전 지휘 본부로 향했다. 그곳에는 로테가 있을 터였다. 로테는 만약을 대비해 저택을 지키기로 했었다.

"무슨 일입니까, 갑자기 이렇게……."

나는 얼른 상황을 설명했다. 눈치 빠른 로테답게 간략한 설명으로도 핵심을 파악했다.

"수를 쓰는군요. ……간악한 자들."

모든 것을 듣고 난 로테는 재빠르게 준비를 끝냈다.

"아가씨, 아시다시피 저택에 남은 인원은 매우 소수입니다. 저택 뒤쪽은."

"산맥과 가깝죠."

"네. 이 때문에 후방에서 엄습할 걱정을 하지 않고, 선대공비 전하께서 성채로 집결시키라는 결정을 내리셨던 거지요."

그 말인즉슨, 대공저에 남은 물자가 그리 많지 않다는 소리였다. 이를테면 공격형 마법이 걸린 마법 물품이나 대 마물용 무기 및 각종 유해한 가루와 의약재 등등. 이처럼 주요 물건 전부 성채와 가까운 곳으로 옮긴 지 오래였다.

물론 마법을 통하면 어렵지 않게 가져올 수 있겠으나 성채 또한 치열한 전투를 하는 중인 이상 지원은 요원할 것이었다. 로테 또한 그 점을 지적한 것이었고.

'익히 알고 있는 사실이야.'

나는 굳은 얼굴로 고개를 끄덕였다.

"맞아요. 결국 우린 이 인원으로 황태자와 친위대를 저지해야 해요."

나를 바라보는 기사단의 얼굴에서 두려움이라고는 찾아볼 수 없었다. 오히려 물러섬이 없었다. 소수 인원으로 나선 대신에 하나같이 실력이 출중한 정예만 모였기에 더욱 그런 걸지도 몰랐다.

"그럼 저는 이곳을 맡아 지키겠습니다."

"알았어요. 무슨 일이 있다면 통신 도구를 사용해요."

"예."

로테는 혹시 모를 일을 대비해 지상에 있기로 하고 나는 몇몇을 제외한 나머지 인원과 함께 지하실로 향했다.

뚜벅뚜벅. 바쁜 걸음으로 향하는 동안 그레이가 입을 열었다.

"아가씨, 그들은 아직 도착하지 않았겠죠?"

"네. 세 시간쯤 걸린다 했으니 아직 초입일 거예요."

그레이가 알았다는 듯 머리를 위아래로 움직였다. 옆에 있던 첼시는 눈을 흘끗 움직였지만 침묵했다. 그녀는 조금 전부터 보였다가 사라지기를 반복하는 율리아에 대해 궁금한 기색이었으나 상황이 급박해 꺼내지 않는 듯했다. 어쨌거나 적이 아니란 건 확실하게 판단할 수 있을 테니.

다행인 점은 구슬 덕택에 탄시즈와 그의 친위대보다 먼저 대공저 지하실에 도착했다는 점이었다.

'이제 어떡한다.'

기세 좋게 도착한 것은 좋았지만 지하실에 도달했음에도 뚜렷한 수가 없었다. 다시 찾은 지하실은 이전과 같이 텅 빈 공동이었다. 넓은 바닥에는 그날과 다르지 않은 아득한 넓이의 마법진이 새겨져 있었다. 분명 마지막으로 봤을 땐 마법진이 빛나고 있었는데……. 결계가 사라졌음을 반증하는 거겠지.

마법진을 쭉 보던 나는 순간 기묘한 기분을 느끼고 얼른 고개를 돌렸다.

'뭐였지?'

마력이라기엔 미묘하고 간질간질한 감각이었다. 아니, 그보다는 본능적인 감에 가까운데 꼭 뭔가 이곳에 방법이 있을 것 같았다. 눈을 가늘게 좁혔을 때였다.

[아가.]

눈앞에 사르르 반투명한 누군가가 나타났다.

"율리아 님, 저 지금 기분이 조금 이상한데."

[이상하다니?]

"그냥…… 머릿속을 스쳐 지나간 느낌인데 놓치면 안 될 것 같고."

[내가 했던 말을 기억하니? 대마법사의 경지에 이른 이들은 이따금 보통 사람들이 느끼지 못하는 것들을 느낀다고. 그때 말한 절대 틀리지 않는 예감 말이다.]

"제가 지금 그런 걸 느낀 거예요?"

다시 나타난 율리아가 고개를 끄덕였다.

[아가, 이 결계에는 만일을 위해 마법을 걸어뒀단다. 이를 알려주기 위해 나타난 것이긴 한데……. 네가 먼저 느꼈구나.]

"마법요?"

그녀는 잠시 망설이는 기색이었으나 한숨과 함께 말했다.

[그래. 언젠가, 이베르크에 들어올 침략자를 대비해 만든 것이거늘 이리 쓰일 줄은 몰랐구나.]

"어떤 마법인가요?"

이어진 율리아의 말에 따르면 율리아와 초대 대공만이 알고 있는 사실이란다. 나는 화색을 띠었다. 그렇다면 지금 달려오고 있을 탄시즈와 친위대는 모를 거란 소리잖아?

지금은 지푸라기라도 잡아야 할 때 아니겠는가. 나는 지체 없이 알려달라고 요청했다. 나의 말에 율리아는 멈칫했지만 망설임은 아주 잠시였다.

[지팡이를 들거라. 빠르게 설명하마.]

그녀는 이내 거침없이 설명했다.

[조심하렴, 이 마법은 고대 주문에 가까워서 그 어떤 마법보다 기

력, 즉 네 마력을 잡아먹을 테니.]

"알았어요!"

율리아의 설명이 끝나자마자 빠르게 마법을 시동할 준비에 들어 갔다. 더듬거리며 어스름한 공동을 걸어간 나는 한곳에 멈췄다.

'이게 바로 율리아가 말한 구멍이란 말이지?'

지팡이를 양손을 눌러 잡았다. ……여기에 지팡이를 꽂고 오른쪽 으로 기울이라 했지.

"아, 아가씨, 잠시만요!"

첼시가 나를 멈춰 세웠다.

"그 주문은 안전한 겁니까? 또다시 황실 진영으로 이동하면……."

"이동할까요, 율리아 님?"

율리아가 고개를 저었다. 이어 빠르게 돌아온 그녀의 설명으론, 탄시즈의 진영으로 강제 이동했던 마법은 일회성인 데다 이번엔 율 리아가 도울 예정이라 발동하지 않을 거라는 설명이었다.

'좋아. 마음 놓고 집어넣으란 거지?'

나는 신중하게 구멍을 향했다. 꽂기 직전 숨을 크게 들이쉬었다.

"발동해요!"

쿵.

지팡이가 꽂힌 것과 동시에 오른쪽으로 거칠게 돌아갔다. 동시에 할 수 있는 최대한 마력을 투자하자, 눈앞이 검게 흐려졌다.

쿠쿠쿠쿠. 쿵!

발밑이 거칠게 흔들렸다. 거대한 지진에 온몸이 흔들렸으나 지팡 이를 붙잡고 버텼다. 이것 또한 율리아가 얘기해 준 것과 같았다.

'대체 무슨 일이 일어나는 거지?'

율리아는 발동하면 해결될 것이라고만 했다.

다시 눈을 떴을 때, 나는 거대한 공동에 서 있었다. 분명 커다란 공간임은 분명했으나 조금 전 지하실보다 좁아졌으며 공기가 판이했다. 축축하면서도 수분이 가득한 공기가 느껴졌다. 안개가 자욱하게 낀 새벽하늘이 이런 느낌일까. 거대한 수풀이 불쑥 자라더니 이내 벽과 같은 형태를 갖췄다.

눈앞에 나타난 것은, '거대한 미로'였다. 대공가 기사단이 당황하며 벽을 보는 것이 느껴졌다.

"이게 대체, 뭐예요? 율리아 님. 설명이 필요해요."

나는 다급히 율리아를 찾았다.

"이상한 곳으로 이동한 거예요?"

[아니. 이곳은 너희가 있던 지하실이 맞단다. 환상을 덧씌웠을 뿐.]

율리아가 부드럽게 웃었다.

[하지만 진짜에 가까운 환상이지.]

우린 여전히 같은 지하실에 있지만, 눈에 보이는 것은 환상이라고. 즉, 환상을 통해 미로를 덧그린 것이지만 촉각과 체감은 실제처럼 느낄 것이라고 했다.

실제로는 탄시즈도 수로에 있겠지만, 마법이 발동하며 이 미로에 갇혀 있을 거라고 했다. 그만큼 미로의 크기가 거대하단 얘기였다.

[이 미로는 탈출로 전체에 만들어졌을 거란다. 곳곳에 함정이 있지.]

"강력해요?"

[강력하고 위험하단다.]

율리아가 묘한 미소를 지으며 한곳을 가리켰다.

[보다시피 무수한 길 중 네가 있는 곳으로 이어지는 길은 단 세 개.]

"……."

[네게 닿기 위해 저들은 무수히 많은 환상과 함정을 뚫어야겠지.]

그 말에 서로를 쳐다보던 기사단이 재빠르게 움직였다. 그레이가 대표로 내게 말했다.

"아가씨, 저분의 말이 사실이라면 저희는 저 세 개의 길에 맞춰 그룹을 나눠 출구를 지키겠습니다."

확실히 그 방법은 나쁘지 않았다. 율리아의 말에 따르면 적들은 미로의 끝인 이곳에 도착할 때쯤 너덜너덜한 상태일 테니.

"……괜찮겠어요?"

"괜찮지 않더라고 해야죠."

이 순간 그레이의 낯에는 늘 울먹이던 기색은 어디에도 없었다.

"……염려 마세요. 단 한 명이라도 좋으니 적의 수를 줄이겠습니다."

그레이가 굳게 이야기하고는 마법진이 있는 공간을 나섰다. 그리고 차례로 첼시와 다른 이들이 정중하게 허리를 숙이고는 출구로 향했다.

'부디 모두가 무사하기를.'

이어 고요한 공간에 홀로 남겨졌다. 율리아가 함께 있었지만 나를 위해서인지 아무런 말도 하지 않았다. 이렇게 있을 때가 아니라 나도 무언가 생각을 해야 한다, 생각.

나는 빠르게 공간을 훑었다. 텅 빈 공동이었다. 내 발밑에는 마법진이 그려져 있었는데, 이는 이 미로를 지탱하는 마법진이 축약된 것이라고 했다.

탄시즈에 대해 곰곰이 생각하다 고개를 들어 올렸다. 입술을 꾹 깨물었다. 나는 잠시 망설이다가 얼른 입을 열었다.

"율리아 님, 궁금한 것이 있는데. 혹시 '이런 마법'도 가능해요?"

나는 머릿속에 떠올린 것을 빠르게 설명했다. 잠시 고민하던 율리아가 끄덕였다. 그녀가 사용법을 알려주자, 나는 바로 방법에 착수했다. 그 뒤로는 기다림이었다. 시간이 흐를수록 손끝이 뻣뻣해졌다. 난 가볍게 숨을 흘렸다.

'……그레이 씨. 단 한 명의 적이라도 줄이겠다니.'

그레이가 내게 남긴 말은 명명백백했다. 우리 쪽의 숫자는 침입자들에 비해 현저히 적었다. 전장에서 많은 수를 빼 올 수 없으니 당연했다.

'무슨 사망 플래그야. 안 죽어. 누구도 죽지 않게 할 거야.'

그들로만 모든 이를 막을 수 없다. 대신 그는 내게 단 한 사람이라도 줄이겠다고 약조했다. 그들이 무리하지 않기를 진심으로 바랐다. ……그 뒤는 내 차례겠지.

얼마나 시간이 흘렀을까.

쾅.

멀지 않은 곳에서 무언가 부서지는 소리가 크게 들려왔다. 낮은 칼부림 소리가 멈췄을 때, 나는 천천히 고개를 들었다.

저벅저벅. 내게 걸어오는 걸음 소리는 단 하나였다.

'기사단일까. 아니면…….'

마침내 이 공간의 입구까지 다다른 누군가가 발걸음을 멈췄다.

"아가씨."

……탄시즈였다. 얼굴을 보지 않아도 목소리만으로도 낮이 그려지는 듯했다. 눈을 들어 올리자 반쯤 그림자에 잠긴 탄시즈가 나를 불렀다. 나를 찾아왔던 밤처럼 조금 찢어지고 너덜너덜한 망토를 걸

치고 있었으나 특유의 기품엔 변함이 없었다.

승리자는 그였다. 그의 뒤로 쓰러진 그레이가 보였다. 아울러 무수히 많은 황실 기사단의 모습도.

"죽진 않았을 겁니다."

"……."

탄시즈가 단정하게 말했다.

"아가씨가 저를 이 이상 싫어하시면 곤란하니까요."

그는 내가 그레이를 바라보고 있단 걸 눈치챘음을 알리듯 고개를 까딱 기울였다. 우아하게 예를 갖춘 인사를 뒤로하고 탄시즈가 몇 걸음 더 다가왔다.

"아가씨가 이곳에 계실 줄은 몰랐군요."

"……이곳에 있는 사람들은 내가 가장 안전한 곳에 있기를 바랐으니까요."

"가장 안전한 곳."

그의 눈이 살짝 굴러 마법진 중심에 있는 이를 바라봤다.

"그렇군요. 저자가 그, 정체를 알 수 없던 대마법사입니까?"

탄시즈의 시선을 따라 나도 마법진을 보았다. 마법진 중앙에는 새카만 로브를 뒤집어쓴 누군가가 지팡이를 짚은 채 서 있었다. 나는 그 '사람'에게서 눈을 떼어내며 다시 탄시즈를 향했다.

"이 세상에서 대마법사는 황실과 마탑주를 제외하면 세레나 히아신스 정도라 여겼습니다. 놀랍군요."

탄시즈가 흥미롭다는 듯 장갑 낀 손을 턱밑에 가져다 댔다.

"이 상황의 가장 큰 변수였습니다. 며칠이면 끝이 날 줄 알았던 일이 지금까지 오게 되었으니 말이지요."

웃고 있지만 그의 시선은 부드럽고, 침착하며, 낮고 위험하게 빛나고 있었다.

"안타깝게도 저자에게선 생명 반응이 거의 느껴지지 않습니다. 이 미로를 만드는 데 온 힘을 다한 것인가요?"

저벅저벅, 그가 놀랍도록 빠르게 나를 향해 걸어왔다. 눈 몇 번 깜빡이는 사이에 내 앞으로 나타났다.

"그리고 아가씨는, 저자를 치유하는 역할이었나 보군요."

"……."

"그날, 내 손을 고쳐 준 것처럼."

단 한 걸음 떨어진 곳에 탄시즈가 서 있었다. 나는 다른 때와 다르게 그가 내민 손에 손을 얹었다. 탄시즈가 흠칫 몸을 떨었다.

"전하, 대공 진영에 대마법사가 있다는 것을 알고 계셨다고요?"

"……네. 결계 밖에서 정체를 아는 것까지는 어려웠지만 말입니다. 대공이 은둔한 마법사를 데려왔겠거니 했지요."

탄시즈는 내가 붙잡고 있는 손에서 눈을 떼어내지 못했다. 나는 장난을 치듯이 손을 휙 떼내며 눈을 휘었다.

"그, 대마법사. 누군지 궁금하지 않아요?"

"……아가씨?"

"안타깝네요. 눈앞에 진실이 있으나, 도달하지 못하셨으니."

중앙에 서 있던 '사람'이 들고 있던 지팡이가 사라졌다. 그 지팡이는 어느새 내 손에 들려 있었다. 검은 로브 속에서 하양이와 마력을 덧입혀 잠시 실체를 갖췄던 율리아가 튀어나왔다.

"나예요. 그 대마법사."

그리고 동시에 거대한 얼음창이 탄시즈를 향했다.

쾅!

눈이 시리도록 푸른 얼음창이 황금으로 된 보호 마법과 부딪쳤다. 공격이 쉽지 않을 거라고는 생각했다. 나는 젖 먹던 힘을 짜내서 얼음을 더욱 많이 만들었다. 그렇게 힘겨루기 끝에 펑! 거대한 파공음이 들렸다. 등에서 큰 고통이 느껴졌다. 돌무더기가 보인다. 나는 내가 바닥에 뒹굴고 있음을 깨달았다.

"으윽……."

눈을 꾹 감았다가 떴다. 지독하리만치 아릿한 고통이 등 뒤로 찾아왔다. 날아가며 거세게 부딪쳤음이 분명했다. 그것 때문인지 참으로 통탄스럽게도…… 손가락 하나 까딱할 수 없었다.

"……아가씨가, 조금만 더 마법에 능숙했다면."

"……."

"지금보다 마력 운영을 잘했다면, 쓰러져 있던 것은 나였겠군요."

탄시즈가 한쪽 무릎을 꿇은 채로 중얼거렸다. 그 또한 무사하지 못했는지 주르륵 피를 토해냈다. 그래 봐야 바닥에 형편없이 뒹구는 나보다는 나았겠지만.

'……마력이 부족했어.'

이미 며칠간 무수히 거대한 마법을 홀로 막았다. 그리고 오늘은 거궁을 막았고 미로를 생성했다. 이미 내게 남아 있는 기력은 거의 없는 거나 마찬가지였다. 그래서 방심한 틈을 노리려 했던 거지만…….

"당신이 대마법사라는 것은 의외로군요……."

"왜요, 그래서 싫어요?"

탄시즈가 침묵 끝에 쓰게 웃었다.

"······아니요. 그럴 리 있겠습니까. 그저 당신을 데려가는 일이 이렇게나 번거롭구나, 하고 느꼈을 뿐이지요."

다친 상태로도 숨 한번 흐트리지 않은 그가 천천히 상체를 세웠다.

"이제, 저와 함께 가시면 되겠군요."

"글쎄요. 누가 같이 간대요?"

탄시즈가 잠시 멈칫했다. 단호한 내 음성에 무언가를 느낀 걸지도 몰랐다. 그러나 그는 다시 내게 다가왔다.

"전하, 어느 날부터 제게 이상한 감이 하나 생겼거든요."

리녹이 그랬다. 늑대의 각인을 맺은 상대가 세상 어디에 있든 방향을 알 수 있으며, 가까이에 있다면······ '위치'를 알 수 있다고.

이건, 비단 리녹에게만 해당되는 일이었을까? 콜록콜록. 미소가 기침을 비집고 새어 나왔다. 나는 사실 내 목숨이 누구보다 소중한 사람이다. 내가 다치거나 죽으면 나보다 더 슬퍼할 이들이 있다는 걸 알기 때문이지. 눈을 꾹 감았다. 그리고 눈을 감은 채 미소 지었다. 이봐요. 전하······.

"나는 지는 내기는 안 해."

쿵쿵. 아주 집중해야 느껴지는 바닥을 진동하게 하는 발소리. 이건 누워 있던 나밖에 느낄 수 없었으리라.

"내가 다치거나 죽기라도 하면, 지옥까지 날 데리러 올 사람이 있어서."

눈을 뜨자 탄시즈를 향해 거대한 검이 겨눠져 있었다.

"하, 하하······. 이걸 믿고 계셨습니까, 아가씨?"

어둠과 어우러지는 새카만 머리카락 끝에서 피가 뚝뚝 떨어졌다.

"내 아내에게 말 걸지 마."

씹어 먹을 것 같이 낮고 차가우며 날것에 가까운 낮은 음성. 보석 같은 자안은 차갑게 식혀진 채 적을 향했다. 바람 한 점 없는 공간에서 시린 달빛처럼 차가운 검 끝을 겨눈 사람. 리녹이었다.

축축한 공기가 고요히 가라앉았다. 공동에 희미한 신음이 흘러나왔다. 저 뒤쪽 쓰러진 자들에게서 나온 것이었다. 이를 제외하면 어떤 소리도 없었다.

침묵을 유지하던 탄시즈는 나지막한 웃음을 흘렸다.

"아내라……."

그 웃음은 허망한 헛웃음에 가까웠다.

"아직, 혼인은 하지 않은 것으로 아는데."

안 그러냐는 듯 돌아가는 그의 눈동자에 리녹의 눈썹이 꿈틀 움직였다. 무엇이든 찢을 듯 서늘하고도 살벌하기 그지없는 시선이 탄시즈를 향해 꽂혔다.

"안 그런가?"

도발하듯 뱉어진 탄시즈의 음성에 리녹은 차갑게 입술을 끌어올렸다. 그에게서 푸른 불꽃을 보는 듯했다.

"그렇게 도발해 봐야, 에이미는 내 곁에서 떨어지지 않아."

탄시즈를 향한 검 끝은 미동도 안 했다. 그러나 완전히 무심할 수는 없었는지 리녹이 설핏 미간을 찌푸렸다.

"선택도 받지 못한 놈이 말이 많군."

그의 말에 여유롭던 탄시즈의 표정이 변했다. 아니, 마지막 남아 있던 한 조각이 사라진 느낌이었다.

"하……. 하하. 그래. 그래 뭐."

아주 잠시 고개를 내렸던 탄시즈가 천천히 눈만 들어 올렸다. 웃고 있지 않은 눈에 예기가 흘렀다. 도약하기 직전의 도사견처럼.

"아가씨. ……정녕 이런 작자로 괜찮은 겁니까?"

나는 탄시즈의 말에 대꾸하는 대신 주먹을 꾹 쥐었다가 폈다. 아, 이제 몸이 좀 움직인다. 고통이 없지는 않았으나 자유롭게 움직여졌다. 느릿하게 상체를 일으켰다. 가볍게 일어난 먼지에 콜록거리며.

"여부가 있겠어요."

"……."

"최고인데."

탄시즈가 다시 웃음을 터트렸다. 역시나 기쁘거나 우스워서는 아니었다.

"그리 말씀하시면……. 물러날 수가 없지 않습니까."

그가 자신의 가슴을 짚었다. 목을 겨눈 검이 있음에도 대담한 행동이었다. 물론 리녹의 검 또한 그냥 있지는 않았다. 누구보다 빠르게 리녹의 검이 움직였다. 푸욱. 살벌한 소리가 들렸다. 간신히 급소를 피해낸 탄시즈가 비틀거렸지만 바로 자세를 고쳐 섰다.

후두둑.

완전히 피할 수는 없었는지 상처에서 피가 떨어지고 있었다. 탄시즈는 몸을 지팡이로 지탱한 채 눈을 가늘게 휘었다.

"아가씨, 저자가 사라지면 아가씨께서 결정을 재고하실까요?"

"에이미, 쓸데없는 말에 대꾸해 줄 필요 없다."

"당신에게 묻지 않았습니다."

리녹이 날카로워지는 탄시즈의 시선을 맞받아쳤다.

"내 아내의 귀한 입은 허튼소리에 답변해 주라고 있는 것이 아니라서."

이에 나를 잠시 향했던 탄시즈의 시선이 돌아갔다. 그는 리녹을 보며 웃음을 머금었다.

"검이 예전 같지 않은데."

탄시즈의 지팡이는 마법사의 지팡이라기보다 뭇 신사들이 가지고 다니는 지팡이와 비슷하게 생겼다. 끝부분에 조각된 황금색 드래곤이 포효하듯 입을 벌리고 있었다. 탄시즈는 그 부분을 꽉 부여잡았다.

"아. 어디서 마수라도 잡고 급히 귀환했나 보지?"

리녹은 대꾸 대신 검을 가볍게 고쳐 잡았다. 그제야 나는 리녹을 돌아볼 수 있었다. 그의 복장은 엉망이었다. 흐트러진 머리칼과 찢어지고 피가 묻은 망토. 목 근처에는 길게 할퀴어진 상처가 있었다. 모로 보나 인간과의 싸움에서 난 것은 절대 아니었다. 나는 입술을 꾹 깨물었다.

'……당신, 쉬지도 않고 달려왔구나.'

"몸 상태가 좋지 못한 건 마찬가지군 그래."

탄시즈에게서 검은 연기가 흘러나왔다. 그저 흘러나오는 것뿐이 아니었다. 눈을 크게 떴다. 바닥으로 흘러내린 연기가 곧 긴 그림자를 만들어냈다. 그림자가 만든 웅덩이에서 검은 형체가 몸을 일으켰다. 사람처럼 만들어진 그림자 인간이었다.

"여기서 그대로 사망하면 제국을 위해 좋을 것 같은데. 그대의 생각은 어때?"

탄시즈가 수많은 그림자 군대 뒤에서 입꼬리를 끌어올렸다. 나는 손으로 바닥을 주섬주섬 더듬었다.

"항상 생각하는 거지만 쓸데없이 말이 더럽게 많군."

쾅!

리녹이 가장 가까이에 있는 그림자 인간을 손쉽게 베어냈다. 그와 동시에 전투가 소리 없이 시작됐다. 다행스럽게 그림자 인간의 전투력은 강하지 않았으나 문제는 상처를 입어도 곧 재생하며 무한히 일어난다는 점이었다. 저 능력은 분명 원작에서도 본 적 있었지.

바닥을 더듬으며 찾았던 것은 지팡이였다. 아울러 손끝이 움직이는지 확인했다. 손가락이 지팡이 끝을 붙잡았다.

낑낑.

"……하양아."

하양이가 발밑에서 치마 끝을 마구 긁었다. 말을 하지 못하는 짐승 형태였지만 충분히 뜻을 알아낼 수 있었다.

"알아. 나서지 말라는 거지?"

캉.

"……지금 난 일어설 힘도 없으니까."

그렇다. 온몸에 힘이 하나도 없었다.

낑. 끄으응. 캉캉.

나는 마법을 쓸 때 내가 가진 마력뿐만 아니라 하양이의 것을 빌려 사용했다. 내가 연달아 큰 마법을 쓸 수 있었던 것은 전적으로 이 덕이라고 봐도 좋았다. 그렇기에 하양이는 인간화를 할 수조차 없을 만큼 마력이 고갈되었고 나는 발가락 하나 까딱할 힘이 없다.

쿵. 캉! 카앙!

리녹을 보자면, 그는 내가 나설 것도 없이 잘 싸우고 있었지만…….
불안했다. 이상하게 불안했다. 힘겹게 손을 가슴에 대자 심장이 쿵쿵 뛰었다. 이유가 무엇일까. 리녹은 분명 잠도 자지 않고 달려온 것 같긴 해도 힘이 떨어진 것처럼 보이지 않았다.

나는 뒤로 슬금슬금 물러나는 그림자 인간 몇몇을 보았다.

'저것 때문인가?'

그림자 인간 몇몇이 바닥에 무언가를 그리고 있었다. 탄시즈의 뒤쪽이었다. 자세히는 보이지는 않았지만 희미한 마력이 느껴졌다.

'저거, 순간이동 마법인가?'

이베르크 저택 정원에 있는 석판의 마법진과 비슷한 느낌이 들었다. 아울러 순간이동 마법이 머지않아 발동할 것이라는 것을 알았다. 나는 탄시즈를 막아서야 할지, 그를 생포해야 할지 망설였다.

원작에서 탄시즈는 대공저를 무사히 빠져나간다. 그러나 꼭 원작대로 갈 필요는 없었다. 그렇다면 이 불안감의 원인은 탄시즈의 탈출 때문인가?

"하양아."

나는 하양이의 몸을 끌어안았다. 어쩐지 목이 따끔따끔하며 목소리가 잘 나오지 않았다. 목을 다친 건가? 고통이 더해졌다.

"지금 내 기력을 끌어모으면 얼추 한번 쓸 분량보다 조금 모자랄 것 같은데……."

캉캉!

"알아. 위험한 짓은 하지 않을게. 도와줄래?"

나는 하양이를 안은 채로 고개를 들어 올렸다. 까만 덩어리로 보이는 사이에 있을 탄시즈와 마법진 쪽으로 시선을 향했다.

"저걸 막으려고 그래."

지금 이 불안감이 저 순간이동 마법진 때문이라면 저걸 반드시 막아야 한다. 이것이 대마법사로서의 절대 감이라는 거라면 더더욱. 그 증거로 탄시즈가 있는 방향을 볼 때면 가슴이 불안하게 요동쳤다. 예상이 맞다는 듯이.

캉!

하양이가 몸부림치더니 내 품에서 **빠져나왔다.** 하양이는 그대로 제자리에서 빙글빙글 돌더니, 몇 번 더 짖고는 다가와 내 손을 핥았다. 꼭 염려되지만 나를 믿겠다는 듯이.

나는 손을 타고 전해지는 마력을 느끼며 살짝 웃었다.

'이젠 굳이 사람 모습이 아니어도 너와 뜻이 잘 통하는 기분이야.'

"하양아, 부탁이 있어."

캉?

"곧 마법을 써서 저 순간이동 마법진을 공격할 건데……. 혹시라도 이후에 문제가 생긴다면."

나는 하양이의 앞발을 꾹 부여잡았다.

"네 아빠를 불러줘."

사실 이곳에 오기 직전 무닌이 내게 해준 말이 있다.

원칙적으로 마법 생물은 마수의 일에도 인간사에도 개입할 수 없었다. 특히나 인간사에 개입할 수 있을 때는 오직 그 동물이 한 인간과 일대일 계약을 맺었을 때뿐이었다. 이를테면 초대 대공과 펜릴과 같이.

현재 리녹은 대공처럼 그런 계약을 맺지 않았다. 다만 단 한 가지 예외가 있는데, 그게 바로 '하양 산맥의 관리자'로서의 일이다. 리녹은 하양 산맥의 관리자로서, 그가 위험할 시 그 순간에 한정하여 하양 산맥에 있는 마법 동물을 소환해 도움을 받을 수 있었다.

[신체가 우월한 이베르크 놈보다는 상대적으로 신체가 취약한 네가 위험할 일이 크겠지. 그럴 땐 저놈을 통해 날 불러라.]

무닌은 만약의 경우에 자기를 부르라며 내게 말했지만 아직은 영 믿음직스럽지 못한 무닌보다야 펜릴이 나을 것 같았다.

"알았지, 하양아?"

……캉.

"응. 걱정 마."

나는 그 말을 마지막으로 건네고, 하양이를 내려놓았다. 전투는 막바지를 향해 치닫고 있었다. 무한히 재생할 것 같던 그림자 인간도 절대적이진 않은 것인지 처음보다 수가 현저히 적어져 있었다. 리녹은 전투 전에 비해 눈에 띄게 탄시즈와 가까워져 있었다.

'기회를 노려야 해.'

나는 가만히 두 사람을 응시했다. 겨우 짜낸 힘으로 지팡이를 꾹 쥐면서.

"잘도 버티네, 그 몸 상태로. 안 그런가?"

퍽.

막 검이 꽂힌 그림자 인간이 터졌다. 리녹은 잔해를 깔끔히 베어 내면서 팔을 휘둘렀다. 뒤를 덮치던 그림자 인간이 사라졌다.

"그 말 그대로 돌려주지."

탄시즈도 뛰어난 마법사이기에 마법을 여러 개 겹쳐 사용할 수 있을 터였다. 마법사의 전투는 중장거리 전, 다시 말해 거리를 요하는 싸움이기에 이처럼 마법을 사용에 거리를 벌린 뒤 본인은 뒤에서 마법을 쓰기 마련이었다. 하지만 지금 저렇게 단 하나의 마법만 사용해 본인은 뒤로 물러나 있다는 것은 탄시즈의 상태도 정상은 아니라는 것.

일례로 탄시즈가 살짝 떠는 손을 뒤로 빼내며 지팡이 끝을 가볍게 잡았다 뗐다. 비틀거리는 걸음이 이 거리에서도 선명하게 보였다.

"역시 내가 그대를 아는 만큼 그대도 나를 아는 모양이군, 리녹 이베르크."

그림자 인간의 손이 탄시즈의 비틀거림을 붙잡아 주었다. 탄시즈는 부축을 받은 채로 입매를 비틀었다.

"하기야, 마수를 제외하고 네 검을 제일 많이 받은 존재는 바로 나겠지."

"지긋지긋할 정도로 살수를 보낸 일 말인가?"

이제 탄시즈의 그림자 인간은 채 열도 남지 않았다. 나는 얼른 눈을 굴렸다. 탄시즈 뒤쪽에서 거의 완성된 순간이동 마법도 발동까지 얼마 남지 않았다. ……베이커 씨가 말하길 이동 마법을 공격할 때는 막 발동한 순간을 노리라고 했지. 제일 확실하니까.

심장이 쿵쿵 뛰었다. 이상하게도 시간이 갈수록 불안감은 더욱 커져만 갔다. 괜찮아, 저 마법만 공격하면 돼. 사라지면 모든 것이 제자리로 돌아올 거야.

서서히 집중하자, 여기 화답하듯 손등에서 빛이 피어올랐다. 그러나 현재의 몸 상태를 대변하듯 아주 희미하기만 했다.

'그래도 이 정도면 공격하는 데는 지장 없어.'

굳게 의지를 다지며 고개를 드는데, 묘한 기시감이 들었다. 그런데, 정말 이 불안함이 저 순간이동 마법진 때문인가? 이제는 뛰다 못해 요동치는 가슴을 꾹 부여잡았다.

'그래. 그럴 거야. 맞아. 그런 감일 거야. 얼른 마무리하고 쉬자.'

그렇게 생각한 순간이었다.

"그럼 그대는 내가 어떤 마법사인지 아주 잘 알고 있겠지."

전과는 전혀 다른 탄시즈의 음성이 전투를 가르고 터져 나왔다.

"내 마법이 위기에서 더욱 거세진다는 것도."

비틀거리던 탄시즈가 언제 그랬냐는 듯이 자세를 바로잡았다.

"애초에 내 부친께서 네게만은 등을 내주지 말라고 하셨지."

그가 지팡이를 바닥에 긁는 순간 남아 있던 그림자 인간이 재빠르게 움직였다.

"나로 하여금 너를 이토록 증오하게 만든 시초는 내 부친이 아니겠는가, 대공."

리녹과 탄시즈 사이에 커다란 검은 덩어리가 생겨났다. 남아 있던 그림자 인간뿐만 아니라 리녹이 베어낸 그림자 인간의 조각들마저 똘똘 뭉쳐 만들어진 것이었다. 리녹은 미간을 찌푸리며 그것을 베어내려 했다. 검 끝에 푸른 기가 도는 것으로 봐서는 마법적인 것도 벨수 있었다.

카앙!

'리녹!'

그러나 검은, 검은 덩어리를 해치지 못했다. 오히려 박힌 검이 빠지지 않도록 옭아매기까지 했다. 탄시즈에게서 스멀스멀 빠져나온 검은 연기가 그 틈을 놓치지 않고 뻗었다. 마치 넝쿨처럼 구속한 연기가 리녹의 팔과 다리를 붙잡았다. 순식간에 일어난 일이었다.

리녹의 실력을 생각하면 붙잡혀 있는 시간은 채 몇 초도 되지 않을 것이었다. 그러나 나는 그 순간 깨달았다. 내 불안감의 원인이 저 순간이동 마법진 때문이 아니었음을.

'아……. 안 돼. 안 돼!'

목이 다친 것인지 목소리가 잘 나오지 않았다.

"이 습격의 목표는 그대였으니, 최종적으로는 잘된 일이군요."

원작이 스쳐 지나갔다. 원작에서 리녹은 군단장을 베어내고 대공저에 돌아온다. 그리고 안심하며 방심한 순간, 미리 기다리고 있던 탄시즈의 기습을 받는다. 그 기습에 쓰인 물건은 요르문간드의 독니, 강력한 바다뱀에게서 뽑아낸 송곳니를 갈아서 만든 단검이었다.

나는 본능적으로 탄시즈의 손에 들린 저 검이 그 검임을 알아봤다. 아니, 틀림없었다. 분명 많은 것이 달라졌음에도 가장 큰 줄기는 달라지지 않은 걸까? 리녹은 저것이 무엇인지 모른다. 뻐끔뻐끔. 소리를 지르지만 역시나 소리가 나오지 않았다.

"그런 쓸데없는 수로 감히 나를 죽일 수 있을 것 같나?"

"글쎄. 모를 일이지."

저 검이 날아가는 데는 단 수초면 충분했다. 탄시즈가 저 연기로 리녹을 붙잡아두는 시간이기도 했다.

'안 돼.'

검이 날아가고 있었다. 나는 젖먹던 힘을 다해서 지팡이를 내리찍었다.

'이동? 공격? 아니. 아니야. 리녹, 리녹을 지키게 해줘!'

이제껏 내가 했던 모든 노력은 그를 위해서였다. 그가 다치지 않길 바라는 마음이었다. 저 독니는 리녹의 몸에 치명적이었다. 아니, 마력이 강한 사람일수록 더욱 치명적인 해를 입는다고 했나. 그러니까 나는 이 순간에 리녹 말고는 아무것도 생각하지 못했다는 거다.

나의 마법을 떠올렸다. 내가 가진 고대 주문은, 내가 가장 간절히 바라는 것을 들어주는 주문.

"콜록……."

그러니 그런 얼굴 하지 말아요, 리녹. 내가 원한 일이었으니까.

"……에이미?"

나는 힘이 잘 들어가지 않는 손으로 배를 겨우 움켜잡았다. 힘없이 내게서 떼어진 손은 탄시즈의 것이었다.

"어째서. 어째서……."

탄시즈는 숫제 경악한 눈이었다. 뚝뚝. 신발 위로 무언가 후두둑 떨어지는 것 같았다. 탄시즈의 뒤로 새하얀 빛이 터져 나왔다. 내가 미처 막지 못한 순간이동 마법이 발동한 것이었다.

"아가씨!"

나는 탄시즈를 노려봤다. 뻐끔, 피가 나올 것처럼 목이 고통스러웠지만 억지로 입을 벌렸다. 간신히 목소리가 튀어나왔다.

"나는, 당신이, 미워요. 탄시즈."

미안하지만 당신을 좋아할 수 없고 앞으로도 그럴 것이다. 내 말에 나에게 거의 닿을 뻔했던 탄시즈의 손이 그대로 멈췄다. 하얀빛은 탄시즈를 순식간에 집어삼켰다. 아마 이동한 것이리라.

나는 그대로 바닥에 쓰러졌다. 힘겹게 고개를 돌리자 리녹이 처음 보는 얼굴로 나를 바라보고 있었다. 아니, 미처 움직이지 못하는 사람처럼 그대로 우두커니 선 채. 이 상황이 믿기지 않는 것 같았다.

"에, 에이미……."

겨우 튀어나온 음성은 차라리 우는 것이 나았겠다 싶을 정도로 그답지 못한 음성이었다.

괜찮아요, 리녹. 괜찮다고 말을 해주고 싶은데 지그시 찾아오는 고통 탓에 소리가 나오질 않았다.

리녹의 몸을 치료, 치료를 해야 하는데……. 리녹의 몸이 엉망이었다. 아, 저걸 얼른 치료해 줘야 하는데. 그런데 왜 리녹은 내게 다가오지 않는 걸까? 내가 그렇게 이상한 모습인가.

기절하지 않으려고 필사적으로 무슨 생각이든 하고 있었다. 그러다가 느리게 시선을 굴렸다. 아래로, 아래로.

뭐야. 왜 이렇게 새빨간 거지? 분명 이 정도는 아니었던 것 같은데. 아. 피가 너무…… . 많이 나왔네.

그제야 리녹이 다가오지 못했던 이유를 알았다. 혹시라도 내가 죽을까 봐, 다가오지 못하는 거야. 무서워서.

비틀거리던 리녹은 내게 걸음을 좁혔다.

'……리녹. 울지 말아요.'

부르고 싶은데 차마 목소리가 튀어나오지 않았다. 힘을 주어도 소리가 나오는 대신, 성대가 뻣뻣하게 아파 왔다.

한 걸음. 리녹과 나 사이는 이제 단 한 걸음을 앞두고 있었다. 가물가물한 시야에 그의 떨리는 손이 보였다. 그가 나를 꽉 안아줬으면 좋겠다. 이젠 한시름 덜었으니까 안심해도 된다고, 말을 해주고도 싶었다.

'나를 안아주세요. 리녹.'

느릿한 깜빡임 사이로 그의 손이 다가오고 있었다. 그렇게 막 닿으려는 찰나, 리녹이 제 머리를 부여잡았다.

"아……. 아, 아아!"

리녹에게서 울음소리가 튀어나왔다. 짐승이 우짖는 것 같이 살벌한 음성이었다. 아니, 목을 긁는 듯 터져 나오는 음성. 이 타이밍에서 나올 수 없는 음성이었다.

"……탄시즈 라그나르……."

리녹의 눈에서 위험한 빛이 번뜩였다.

인간의 것 같지 않은 금색 안광. 분명 홍채는 여전히 자색이건만 황금색 빛이 위험할 정도로 아롱졌다. 그 순간 거대한 마력이 폭사되었다. 다름 아닌 리녹에게서 튀어나온 마력이었다. 나는 쓰러진 순간에도 느꼈다. 전신에 찌릿찌릿하게 느껴지는 마력. 땅이 조금씩 흔들리고 있었다. 아니, 지진이 점차 커지고 있었다.

'안 돼, 리녹……'

이건, '폭주'의 전조였다. 이성도, 기억도 모두 잃고 그저 파괴만을 일삼는 짐승과 같은 모습의 상태가 되는 것. 징후가 아닌, 진짜 폭주였다. 그것도 완전한 개화를 앞둔.

'안 돼. 저렇게 돼서는 안 돼!'

움직이고 싶었지만, 손 하나 꼼짝할 수 없었다. 그 사이에도 지진은 점차 커지고, 이제는 온몸이 마구 흔들렸다. 저릿한 고통이 땅을 통해 전해졌다. 왈칵. 피가 자꾸만 쏟아졌다. 그러나 나는 내 몸에 신경쓸 겨를이 없었다.

'세레나가 필요해!'

일단 저 힘을 막기 위해선 비슷하거나 더 큰 마력으로 덮어야 했다. 아직은 막 시작하는 단계이므로 희망이 있었다. 물론 힘이 다 빠진 나로는 막을 수 없다. 그러니 세레나만 있다면……!

얼른 시선을 돌렸지만 이 거대한 공간 어디에도 세레나는 보이지 않았다. 리녹 혼자 달려온 건가. 이가 저절로 꽉 다물렸다. 이대로 리녹의 폭주를 가만히 지켜봐야 한다고?

그건 안 될 일이었다. 하지만 어떻게 막아? 나는 꼼짝도 할 수가 없는데. 눈물이 왈칵 차오르는 기분이었다. 이렇게 원작 그대로 둬야 한단 말이야? 아니, 최악의 상황이었다.

　책 속에서는 저 폭주가 잠재워졌지만 이 현실에서는 그렇지 못할 테니까. 이대로 지켜볼 수는 없어. 폭주가 이대로 쭉 이어지면…….

　'리녹은 죽을 거야.'

　그때였다. 전과는 비교할 수 없을 정도의 지진이 몰아쳤다. 이 거대한 공동 전체가 요동쳤다. 이렇게 둘 순 없다. 나는 필사적으로 몸을 일으키려 애썼다. 땅이 흔들리고 돌 부스러기가 흘러내려 살갗을 스쳤지만 멈출 수는 없었다. 리녹이 움직이기 전에 얼른……!

　'아.'

　털썩 쓰러진 나는 입술을 꾹 다물었다. 몸에 힘이 들어가질 않았다. 일어나야 해. 뭐든, 뭐든 해야……. 핑 눈물이 돌았지만 감상에 사로잡힐 때가 아니었다. 제발, 누가, 누가 도와줄 수만 있다면.

　그 순간이었다.

　[꼴골이 엉망이군, 소녀여.]

　낮고 중후하게 머릿속을 둥둥 울리는 목소리. 리녹과 비슷한 어투지만 전혀 다른 음성. 손등에 축축한 무언가가 닿았다. 짐승의 새카만 코였다. 나를 바라보고 있는 거대한 늑대. 펜릴이었다.

　'펜릴……?'

　나는 곧바로 깨달았다. 하양이가 부른 것이구나.

　[내 아이가 나를 부르기 위해 상당히 무리를 했다. 물론 그 이전부터 상당히 지쳐 있던 것 같았지만…….]

　펜릴이 아주 잠깐 나를 원망스럽게 보는 것 같았다. 뭐, 뭐. 이럴 거면 처음부터 네 아이를 나한테 맡기지 않으면 되잖아. 그런 눈으로 받아치니 그가 얼른 시선을 돌렸다. 솔직히 아이를 덜컥 맡기고 간 아빠가 할 말은 아니었으니까.

[어쨌거나 날 부른 이유는 알겠다. 이베르크의 후손의 일이겠지?]

"……."

[저기 저 모습. 심상치 않군.]

말이 나오지 않고, 몸이 아프니 끄덕이는 것도 여의치 않았다. 하지만 펜릴은 내 시선에서 용케 동의를 알아차린 모양이었다.

[아무래도 부상으로 말을 못하는 듯한데. 네 뜻은 알겠다.]

펜릴이 툭 다시 한번 코를 손등에 비볐다. 신기하게도 욱신거리던 몸이 조금 잦아드는 느낌이었다. 상처가 치료되었다기보다는 활력이 살짝 도는 기분. 펜릴이 건넨 마력이 몸으로 들어오고 있었다.

[대충 지혈은 해뒀다.]

"……으."

[여전히 말은 나오지 않는 모양이군. 부상은 내가 어쩔 수 없는 것이라……. 소녀, 머릿속으로 말을 건네 보아라.]

펜릴의 말에 나는 얼른 머릿속으로 무슨 말이든 떠올려봤다.

'체크. 체크. 1, 2, 3, 아니. 이게 아니라. 들려? 들려요?'

[그래. 맞다.]

머릿속에 음성이 둥둥 울렸다. 좋아, 이렇게 소통이 가능하단 말이지. 이제 소통이 될 뿐만 아니라 펜릴 덕에 간신히 일어날 수도 있었다.

'좋아, 마침 잘 왔어. 근데 하양이는?'

[내 아이라면 안전한 곳에 데려놨다.]

늑대가 제 몸에 기댄 나를 흘끗 쳐다봤다.

[신경은 쓰는 모양이군?]

'당연하지. 대뜸 갖다 맡긴 부친보다 훨씬 잘 챙겼는데.'

[……그 일에 대해선 반성하고 있으니 그만하지.]

나는 펜릴을 한번 뾰족하게 쳐다보고는 얼른 시선을 돌렸다.

펜릴의 부축을 받아 일어나기까지 몇 분이 걸리지 않았다. 이 짧은 시간에 리녹의 마력은 더욱 커져 있었다. 이보다 더욱 커진다면 걷잡을 수 없는 상황이 될 터였다.

'펜릴, 지금부터 리녹을 막을 건데. 현재 저 마력 감당할 수 있을 것 같아?'

상황이 급하다 보니 존댓말은 생략한 지 오래였다.

[글쎄……. 당장이라면 막을 수 있을 것 같군. 하지만 이보다 더 커진다면……. 나로서도 어려울 것 같다.]

펜릴의 말에 얼른 끄덕였다. 바로 움직여야 한다는 소리였다. 내 의견 또한 마찬가지였다.

'날 리녹 옆으로 데려가 줘.'

리녹은 나와 열 걸음 떨어진 곳에 서 있었다. 리녹의 주변으로는 번개라도 치듯 크고 사나운 마력이 요동치고 있어 보통 사람이라면 이 마력만으로도 부상을 입을 터였다. 펜릴이 마력을 나눠주었다고는 하나 몸을 일으켜도 혼자 걸을 수준은 되지 못했다. 펜릴은 머리를 가볍게 위아래로 흔들었다.

[타라.]

나는 지체없이 펜릴의 등에 올라섰다. 그렇게 펜릴이 지면을 박차며 리녹에게 다가설 때였다.

파지지직.

[으윽!]

펜릴이 신음을 뱉었다.

[소녀여, 이베르크의 후손이 공격한다는 말은 없었지 않은가!]

리녹이 초점 없는 눈으로 이쪽을 바라보고 있었다. 방금 휘두른 검 끝이 잘게 흔들렸다.

'어……. 그럴 리가 없는데. 분명 저 상태는.'

[일단 꽉 붙잡아라!]

펜릴이 뒤로 발을 빼냈다. 그 순간, 펜릴이 있던 자리로 거대한 장검이 꽂혔다. 고개를 홱 치켜든 리녹은 사람이라기보다는 짐승에 가까워 보였다. 위험할 정도로 그의 금빛이 마구 일렁거렸다.

[가까이 가면 방법이 있는 것이냐?]

'아, 아무래도! 일단 가까이 가야 할 것 같은데.'

나는 어느새 소환한 지팡이를 꽉 쥐었다. 펜릴이 주었다고는 하나 마력이 현저히 부족한 것은 사실이었다.

[알겠다. 그럼 일단 이베르크의 마력은 내 마력으로 누르고, 공격 또한 내가 막아보겠다. 틈을 노려 저자의 신체를 구속할 수 있겠나?]

나는 리녹의 몸을 휘감았던 탄시즈의 연기를 떠올렸다. 그런 식이라면 내 얼음으로도 할 수 있지 않을까.

'가능할 것 같아.'

[마력은 일시적으로 나와 공유하게 해두겠다.]

폭신한 털 너머로 활기를 돋는 기운이 넘어왔다. 지팡이를 쥐는 손에 힘이 좀 더 들어갔다.

'좋아, 이 정도면 한 번은 무리가 없겠어.'

하지만 이 순간에도 리녹은 가만히 있지 않았다. 펜릴이 옆으로 빠르게 뛰었다. 석판이 부서지는가 싶더니 거대한 미로가 홀로그램

같이 번쩍번쩍 흔들렸다. 리녹의 검이 만든 결과였다.

[요란스럽게도 강하군. 이베르크는 이베르크다 이건가.]

'시간을 끌면 안 돼. 이 지하실이 무너지면 당신과 나도 끝이야.'

[이 정도가 무너진다고 내게 해될 것은 없다. 소녀여. 다만 너는 확실히⋯⋯ 힘들지도 모르겠군.]

펜릴의 말처럼 나는 부상을 더 입으면 곤란했다. 정말 임시로 지혈만 해둔 상태였으니까.

[대체 이베르크는 왜 이성을 잃은 건가?]

'그건⋯⋯. 나 때문에⋯⋯.'

나로서도 저건 처음 보는 모습이었다. 책 속에서는 분명 폭주 직전의 그가 가만히 서 있었다고만 서술되어 있었으니까.

펜릴은 다시 한번 무표정하게 검을 드는 리녹을 보며 쯧 혀를 찼다.

[부부 싸움 한번 거창하게 하는군.]

'이게 무슨 부부 싸움이야?'

저쪽은 나를 알아보지도 못하는데. 알아보기라도 하면 억울하진 않지. 하지만 대화는 거기서 끝이었다. 리녹이 다시 한번 검을 휘둘렀기 때문이었다. 리녹의 검격이 지하실 한켠에 있던 동상을 부쉈다. 어찌나 깔끔하게 베었는지 상체만 잘려 나간 채로 떨어져 쾅쾅 부서졌다. 펜릴은 요령 좋게도 지하실을 지탱하는 기둥을 요리조리 피하며 리녹의 검격을 흘렸다.

챙!

흘릴 수 없을 때면 그대로 받아치기도 했는데, 괜히 마법 생물은 아닌지 마력으로 받아칠 때마다 푸른 서리와 얼음이 생성되고 부서졌다. 그렇게 이 공동을 마구 뛰어다녔을 쯤, 펜릴이 갑자기 멈춰 섰다.

[소녀여, 내려라.]

그의 음성이 다급하게 머릿속을 울렸다.

[바로 지금!]

'알아!'

리녹이 바닥에 꽂힌 검을 빼려고 하고 있을 때였다. 나는 펜릴의 외침에 바로 뜻을 알아차리고 펜릴에게서 뛰어내렸다. 동시에 펜릴은 발에 박차를 가해 그대로 리녹에게 달려들었다.

으르르릉!

사나운 짐승의 소리가 들리는가 싶더니 날카로운 이빨이 리녹을 향했다. 무게를 견디지 못한 리녹의 몸이 기울어지고, 그 틈을 놓치지 않고 그의 발밑에 얼음을 생성했다.

리녹의 몸이 바닥에 쓰러졌지만 지체해선 안 됐다. 나는 얼른 지팡이를 바닥에 내리찍었다. 푸른 얼음이 수갑처럼 리녹의 손발을 구속했다. 이것으로 됐나 싶었으나, 애석하게도 아니었다.

꽈지직.

리녹이 힘을 주자, 얼음에 손쉽게 금이 갔으니까.

'윽…… 등이!'

잊고 있던 고통이 다시 찾아들었다. 여기서 집중을 흩트리면 안 되는데. 일촉즉발의 순간, 낯설지만 선명한 음성이 귓가를 울렸다.

"에이미……?"

공동에 웅웅 울렸지만 한번에 알아들을 수 있었다. 세레나였다.

"콜록, 스, 스승님!"

목소리, 제발 목소리 나와줘.

"리녹을……. 크흡, 리녹을 묶어요!"

쨍그랑.

그 소리를 마지막으로 내 얼음이 산산조각 났다. 리녹이 벌떡 일
어났다. 그러나 걱정할 일은 없었다. 땅 밑에서 일어난 거대한 뿌리
와 줄기가 리녹의 몸을 단단하게 거머쥐었기 때문이었다. 부상당한
내가 만든 얼음보다 훨씬 굵고 강대한 마력이 느껴지는 뿌리였다.

"지하에서는 땅의 마법을 쓰는 것이 좋아요."

이어 들려온 차분한 세레나의 목소리는 맥을 빠지게 하는 데 충분
했으나 나는 그녀를 볼 겨를이 없었다. 비틀거리며 자리에서 일어나
천천히 걸음을 디뎠다. 다리가 후들거렸지만 멈출 수는 없었다. 그
대로 세 걸음을 걸어가 리녹 앞에 섰다.

리녹의 폭주는 여전히 가라앉지 않아 흘러나오는 마력이 흉포하
기 그지없었다. 살갗이 온통 가늘고 날카로운 칼에 생채기를 입는
기분이었다. 녹슨 쇠가 부딪친 것처럼 듣기 싫은 소리가 내 입술에
서 흘러나왔다.

"리……녹……."

초점 잃은 사나운 눈동자가 나를 향하는 것 같았으나 이내 그대로
돌아갔다. 리녹이 바라보는 것은 이 공간에서 가장 강한 마력을 뿜
어낸 사람. 세레나였다. 그는 적의를 숨기지 않았다. 그가 뱉은 것은
말이 아닌 짐승의 우짖음에 가까웠다.

콜록. 나는 기침을 하면서도 리녹이 내뱉은 말들을 간신히 알아들
었다. '탄시즈 라그나르.' 그를 이렇게 만든 증오의 원인. 나는 나를
위해 마력이란 본성에 온몸을 내어준 사람을 보며 울지도 웃지도 못
한 기분으로 그의 뺨에 손을 뻗었다.

"리녹, 나 괜찮아요. 응?"

무닌의 앞에서 그의 폭주를 가라앉혔듯이 그를 달래는 음성을 뱉어보았지만 리녹은 미동도 하지 않았다. 오히려 방심한 순간 덥석, 손목을 꽉 부여잡혔다. 평소와 다르게 전혀 힘 조절이 되지 않는 손이었다. 손목이 끊어질 것처럼 아팠지만 나는 이 고통마저 기꺼웠다. 그가 나를 바라보고 있었으니까.

"괜찮아요. 아프지도 않고……. 잘 살아 있잖아요."

나는 애써 미소해 보였다. 아무렇지 않다는 듯.

"……."

"우리 언니가 그랬는데. 살아만 있다면 뭐든 할 수 있을 거랬어요."

뭐든지. 단둘이서 도망을 가고, 때로는 도망 중에 모든 짐을 도둑맞아 부둥켜안고 한겨울 밤을 보냈다. 언니를 꽉 안고 눈물도 펑펑 흘렸지만, 결국은 당신을 만나 행복한 날이 온 것처럼. 나는 살아 있고, 당신은 걱정할 것이 없다.

"리녹……. 그러니까, 돌아와요."

천천히 고개를 숙여 그에게 입을 맞췄다. 그의 손이 아릿하게 살갗을 파고들었지만 신경 쓰지 않았다. 나는 입술을 떼어내며, 천천히 웃었다. 주르륵. 하지만 눈물이 흘러내렸다.

"내가, 주인공이, 아니라서……."

당신은 돌아오지 않아요?

여전히 이성을 잃은 시선에 결국 마음이 무너져 내렸다.

"왜……. 왜……."

돌아오지 않아요?

뺨을 타고 굵은 눈물방울이 뚝뚝 마구 흘러내렸다. 서러웠다. 뒹굴고 얻어맞아 쓰라린 얼굴과 살갗보다, 칼을 맞은 등과 배보다, 리녹이 꽉 쥔 이 손목보다. 마음이, 마음이 너무 아파서.

이 상황이 원망스러웠다. 결국 내가 아무것도 바꿀 수도 할 수 없다고 알려주는 것 같았다. 모든 걸 원작에 맡겨야 했던 것일까.

"······나만 있으면 다 된다고 했잖아요."

나도 당신을 바꿀 수 있을 거라 생각했단 말이에요.

"내가, 당신, 인생의 주인공이라고 했잖아요."

원작이 어떻게 되든 내가 당신을 살리겠다고 결심했단 말이야.

"거짓말쟁이."

이대로 이 구속에서 풀려나면 리녹을 막을 방도는 없다.

"내가 원하는 건······ 다 들어주겠다고 했으면서."

턱 끝에 눈물이 매달렸다. 그러나 닦아주는 이가 없어 그저 툭 흘러내렸다. 리녹의 가슴 위에 물방울이 아롱져 그대로 파문을 그리며 번져 갔다.

"제발······. 돌아와요."

입술을 지그시 깨물며 침묵을 견뎠다.

'오래 감상에 사로잡힐 수는 없어.'

세레나와 펜릴의 마력을 합쳐서라도 폭주하는 리녹의 마력을 눌러야 한다. 혹시 무닌도 함께 이곳에 왔을까? 그렇다면 무닌의 도움도 함께 받을 수 있다면 좋은데. 입술을 물며 리녹에게서 벗어나려 할 때였다. 스르륵 빠져나가던 손이 다시 붙잡혔다.

덥석.

아프지 않은 촉각에 소름이 오소소 돋았다. 동시에 리녹을 옭아매고 있던 나무줄기가 일시에 찢어졌다. 마력으로 찢어지는 모습을 보며 흠칫 등을 물렸다.

“……가지 마라.”

‘리녹?’

나를 돌려세운 손이 천천히 내 뺨에 닿아, 남은 눈물을 닦아냈다.

“울지 마.”

“…….”

“네가 울면 늘, 어떡해야 할지 모르겠어…….”

나는 꿈을 꾸는 듯한 심정으로 천천히 고개를 들었다.

“에이미.”

“저, 정말…… 당신이에요?”

조금 전과는 다른 감정이 가슴을 파고들었다. 눈에서 다시 한번 주르륵 눈물이 흘러내렸다.

“정말……?”

정말, 리녹, 당신이야? 이성을 찾았어?

“그래.”

리녹이 나를 붙잡아 꽉 품에 가뒀다. 숨 막힐 듯한 이 체온이 미치도록 반가웠다.

“……모든 것이 어두웠어.”

나를 꽉 안아 내 목에 얼굴을 파묻은 리녹의 잇새로 음성이 흘렀다. 환희와 우수에 찬, 마침내 비로소 빛을 찾아낸 음성이었다.

“차차 깊어지는 어둠 속에서. 네 목소리만 들렸다.”

그의 목소리를 들으며 파르르 떨었다. 또 눈물이 주르륵 흘렀다. 이번엔 리녹의 손이 바삐 움직였다.

“……울지 말아라.”

“흐흡, 당신, 때문이야.”

"그래…… . 내가 나쁜 놈이지만 울지 말아라. 차라리 때려도 좋으니. 응?"

그는 어쩔 줄 모르는 얼굴이었다. 미안함 같기도, 안타까움 같기도 했다. 표정 없는 이 사람이 내게만은 이토록 큰 동요를 보인다. 고개를 툭 기대 뺨을 비볐다. 사막에서 오아시스를 발견한 사람처럼 해소감과 희락이 온몸을 가득 채웠다.

"이렇게 돌아올 거면서…… . 사람 애태우고."

"…… ."

"……나빴어."

그의 손을 붙잡고 뺨을 한 번 더 비비자 그의 표정이 미묘하게 변했다. 죄책감이 스쳐 간 것 같았다. 나는 모른 체했다. 이 남자는 이런 감정도 한번 느껴봐야 한다.

"이건, 미안하다는 말로 되지 않을 일 같군."

"잘 아네. 앞으로 나한테 엄청 잘해요."

"…… ."

나는 잠시 입술을 꾹 깨물었다가 말했다.

"평생."

그 순간, 리녹의 눈이 커졌다. 그런 얼굴에다 장난스럽게 한 마디를 더 던지려고 했건만, 그보다도 리녹이 빨랐다. 그가 내 손을 아프지 않게 겹쳐 쥐는가 싶더니 그의 얼굴이 빠르게 다가왔다.

"리녹?"

촉.

그의 입술이 이마를 가볍게 눌렀다. 그리고 그 아래 미간 사이를, 다시 눈꺼풀 위를, 뺨을, 턱선을, 그리고 목선의 핏줄 위를……

아니, 아니. 잠깐만. 당신 갑자기 뭐에 스위치가 눌린 건데? 왜? 농밀해지는 시선에 놀라 그의 뺨을 붙잡았다.

[……그쯤 해두지?]

공기 사이로 갈라든 음성에 얼른 고개를 돌렸다. 거기에는 어처구니없다는 얼굴을 한 늑대가 있었다. 짐승의 얼굴임에도 표정이 똑똑하게 보였다.

"아하하……. 그러게. 리녹, 일단 진정해요."

여기 우리 둘만 있는 거 아니야, 이 사람아. 나는 속으로 중얼거리고는 그를 슬쩍 밀어냈다. 순순히 밀리는 그를 두고 제대로 일어나려고 하는데 몸이 비틀거렸다.

"에이미!"

푹. 발밑이 꺼지는 느낌이었다.

"에이미에게서 피가 흘러요. 언제까지 기다려야 하나요?"

[……그건 나도 동감이군.]

이 상황에서도 묘하게 평온한 세레나의 말과 황당함이 느껴지는 펜릴의 음성이 교차했다. 살짝 고개를 숙이자, 뚝뚝 다시 흐르는 피가 보였다. 그들의 말대로였다. 이제 한계구나.

"하하……. 조금 이따가 봐요, 리녹."

나를 붙잡은 단단한 팔이 느껴졌다. 리녹의 얼굴이 희미하게 보였다. 무너진 사람의 얼굴. 세상을 잃은 아이처럼 절망감이 스치는 것이 보였다.

"집에서. 우리 방에서."

재빠르게 그의 뺨을 쥐었다. 나는 마지막까지 그를 안심시키기 위해 웃어 보였다. 그리고 그것이 마지막이었다.

△

14년 전. 아직은 내가 귀족의 이름을 가지고 저택에 살던 시기.

나는 이 시절의 기억이 거의 없다. 기억나는 거라곤 꽤 큰 저택과 높은 천장, 커다란 기둥과 내 몸보다 훨씬 크던 가구 정도. 아주 막연하다. 돌아가신 부모님 얼굴도 기억하지 못할 정도니 말은 다 했지. 그럼에도 비교적 선명히 기억나는 장면이 하나 있다.

검을 잡고 있던 열다섯 살 언니의 모습. 드레스를 걸친 채 검을 잡고 어른 기사들을 눕히던 언니의 모습. 때때로 언니는 소파에서 그림책을 읽던 내게 장난스럽게 다가오곤 했고, 그날도 그런 날이었다.

"우리, 공주님!"

어린 눈에도 늘 우아해 보이던 언니가 나를 본 순간에만 해맑게 허물어지는 모습이 싫지 않았다.

"『백작 크툴루』 시리즈 읽고 있었구나? 세상에나. 우리 이쁜이는 똑똑하기도 하지."

읽고 있던 동화책을 톡톡 두드리던 손가락. 그 끝에 일어난 하얀 각질과 상처를 신기하게 보며 언니를 바라보던 순간을 기억한다.

"엉니."

아마도 그날따라 난 언니에게 몹시도 궁금한 것이 있어 참지 못하고 물었지.

"이 세상에느웅— 하늘을 나는 마챠가 업써?"

이 세상에 하늘을 나는 마차가 없느냐고. 정확하게는 마차와 다른 모습의 물건이었지만 마차라고 표현할 수밖에 없었다.

"응? 마차가 하늘을 난단 말이니? 마차가 있는데 굳이 하늘을 날아서 갈 이유가 있을까?"

"······으응."

"아, 아니, 아니! 이상하다거나 없다는 게 아니라! 우리 공주님이 상상한다면 어딘가에는 있지 않을까? 세상 어딘가에는 대단한 마법사가 있을지도 모르고!"

이곳엔 없구나. 당황하는 언니를 보며 확신했다. 이 세상에 철로 된 마차도, 하늘을 둥둥 뜨는 '비행기'도 없다고.

그날은 처음으로 이 세상이 이상하단 걸 인지한 날이었다. 물론 그때부터 차차 시작된 것이기에 전부 깨달은 것은 아니었다. 하나씩 하나씩 전부 떠오르다가, 이내는 원작 이야기도 떠오르고 말았다.

이곳이 책 속 세상이라니. 언니와 내가 등장인물이라니. 그렇다면 멋진 주인공을 만날 수 있는 걸까? 아마도 평생 누구에도 말할 수 없겠지만, 책 속 세상이란 걸 깨달았을 때 나는 현실과 접합하는 대신 아주 잠깐 막연한 꿈을 꿨다. 동경이기도 했다. 왜냐면 나는 이 책의 주인공들을 아주 좋아했기 때문이었다.

강인한 여자 주인공과 마찬가지로 강하지만 상처를 품은 남자 주인공. 물론 환상은 아주 잠시였고, 언니의 죽음을 막기 위해 바로 계획을 세웠지만 언젠가의 나는 꿈을 꾸기도 했다는 거다.

남자 주인공도 만나는 걸까? 당신은 어떤 사람일까? 하지만 그와 나 사이에 큰 접점이 생길 일은 없겠지? 사실 우리는 원래 스치는 인연조차 되지 못했겠지. 난 조무래기 악당, 당신은 주연이라고. 그러니 만나면 우리 서로 갈 길 가자.

"차차 깊어지는 어둠 속에서. 네 목소리만 들렸다."

있잖아요, 리녹. 나는 잘한 걸까요? 늘 묻고 싶었는데 말이죠…….
번번이 묻지 않았어요. 왜냐면 당신이, 그 눈동자로 답해주었으니
까. 늘, 이렇게요.

"……아……."

천천히 눈을 떠졌다. 느리게 찾아드는 빛 사이로, 낯익은 천장이
나를 반겼다. 예전에 전생에서 옛날 드라마에 꼭 이런 장면이 한 번
씩은 나왔던 것 같은데. 낯선 천장을 보며, 눈을 깜빡이는 주인공.
그리고 대사는 '여긴 어디? 나는 누구?'였나……. 낡고 진부한 이야
기들을 떠올리다가 눈을 깜빡였다.

드라마라니. 참 오랜만인 기분이네. 아니, 이젠 생소하다고 해야
하나. 아주 오래전 꿈을 꾸었기 때문일까, 전생의 것들이 얇은 깃털
처럼 스치고 지나갔다. 평소에는 생각하려 해도 잘 기억나지 않는
것들이었다.

"일어났어요?"

목이 뻣뻣했다. 잘 움직이지 않는 목 대신 시선을 옮기자, 그곳엔
온순히 웃고 있는 세레나가 있었다. 간만에 꿈을 꿔서일까. 어쩐지
웃고 있는 세레나가 무척 반갑고 가깝게 느껴졌다.

"스승님……."

그러나 잔뜩 쉰 목소리가 새어 나와 깜짝 놀랐다. 다행히 목이 아
프지는 않았다.

"아. 성대의 부상은 모두 치료했어요. 목소리가 나오지 않는다면
오래 말을 하지 않아서일 거예요."

세레나가 나를 보더니 고개를 갸웃했다. 고민하는 기색이었다.

"말하기 불편해요? 다시 걸어줄까요? 치유 마법."

"아……. 아뇨, 아뇨. 힘들진 않아요."

나는 얼른 도리질했다. 손을 쥐었다가 펴보니 움직이는 것도 어렵지 않았다. 이쪽도 치료된 건가? 마지막에 내려다보았던 내 모습은 퍽 엉망이었으니.

손을 내려놓고 얼른 방을 둘러봤다. 이내 원하던 것을 찾지 못하고, 나는 조금 표정을 굳혔다.

"저…… 스승님. 리녹은요?"

"신기하네요."

"네?"

"보통 얼마나 잤는지, 어떻게 되었는지 물을 것 같은데."

"아…….."

뺨이 살짝 붉어지는 기분이었다.

"그게, 리녹이 제 옆에서 떨어지려 하지 않았을 것 같아서요."

"음, 역시. 바로 아니에요. 반려라 그런가?"

……그렇게 콕 집어 말씀하시지는 말고요. 부끄러우니까.

세레나는 아랑곳 않고 생글생글 웃고 있었다.

"대공은 잠들었어요."

"잠요?"

반문하던 나는 이내 납득했다. 하긴 리녹도 피로했을 테니, 나를 눕혀주고 쓰러졌나 보다. 그러나 다음 순간, 이게 아니란 것을 알게 되었다.

"아무리 대공이라 하여도 5일 밤을 꼬박 새는 건 무리니까요."

"네? ……5일? 5일 밤을요?"

이게 무슨 소리야.

"정확히는 6일이겠네요. 에이미는 엿새를 꼬박 잠들어 있었어요."

"아니…… 그 정도씩이나요? 그럼 리녹은."

"자지 않고 당신 곁에 꼬박 붙어 있었죠? 처음엔 다들 그대로 두다가도, 일도 않고 그러니 옆에서 업무 좀 봐달라고 매달리다가, 보다 못한 대공가 이들이 내게 매달려서 잠 좀 재워 달라 부탁하기에."

"……부탁하기에?"

"기절시켰죠."

세레나가 산뜻한 얼굴로 손날을 허공에 쭉 갈랐다. ……그건, 넥 슬라이스 아닌가요? 설마 세레나가 정말 손날로 기절시켰겠냐만은 헛웃음이 터지려 했다. 황당함 반, 안타까움 반이 섞인 웃음이었다.

"지금쯤 숙면을 취하고 있을 거예요. 수면 마법도 함께 걸었으니까요."

세레나는 리녹이 부상 입은 데다 밤을 꼬박 새서 약해진 상태라 가능한 것이지, 평소라면 어림도 없었을 거라며 덧붙였다.

그가 제 몸도 돌보지 않고 내게 붙어 있었단 소리였다. 마음이 저릿하게 아팠다. 얼른 그를 만나고 싶었지만 막 잠들었다고 하니 그에게 휴식을 주고 싶었다.

"고마워요."

세레나에게 말하자, 그녀는 잠시 눈을 살짝 크게 뜨나 싶더니, 눈을 한 바퀴 굴리고는 "별말씀을요." 하고 덧붙였다.

"제가 기절한 뒤엔 어떻게 되었나요? 그전에 군단장 사냥은 어떻게 되었고요?"

궁금한 것이 많았다. 내가 6일이나 기절해 있었다고 하니까 더더욱.

"사냥은 성공적으로 끝났어요. 세 마리 모두 잡았고. 예상보다 훨씬 빨랐죠."

"그래요?"

"대공이 미친 듯이 싸웠거든요. 아. 특히 에이미랑 통화하고 난 뒤에요."

전투 도중에 기사들과 언니가 부상 입기는 했지만, 그리 큰 부상이 아니었다는 말에 가슴을 쓸어내렸다. 리녹이 홀로 대공저로 나타났다는 말도 했는데, 짐작은 했지만 세레나의 이야기로 더욱 정확하게 알게 되었다. 부상자들은 천천히 오게 하고 비교적 멀쩡한 이들과 함께 달려온 모양이었다. 거기서 리녹은 홀로 더욱더 달렸다고. 세레나는 일단 황실의 군대부터 쫓아내고 왔다고. 황실군은 구멍이 뚫리자 지체없이 후퇴했다고 했다.

"큰 피해가 없다니 다행이네요."

"구심자가 사라진 것치고는 황실군 움직임이 빠르긴 했어요. 미리 그렇게 명받기라도 한 것처럼."

그렇겠지. 탄시즈가 지하실로 올 동안 시간을 끄는 역할이었을 테니까. 성채가 뚫린다면 그것으로도 그들에게는 이득이었을 테고.

모든 이야기를 듣고 나서야 나는 등을 기댈 수 있었다. 무엇 하나라도 잘못된 것이 있을까 긴장했었으니까. 다행이었다. 이야기는 무사히 바뀌었고 마무리되었다. 누구도 죽지 않고.

나는 눈을 지그시 감았다가 떴다.

"스승님."

세레나가 앞에 있었다. 이야기를 하는 동안 세레나는 아무렇지 않다는 듯 이야기했지만 나는 알 수 있었다. 그녀가 해준 이야기들의 숨은 주역은 다름 아닌 그녀라는 걸. 마수잡이에서 제일 애를 쓴 것이 리녹이라 할지언정 세레나와 언니, 다른 기사들의 공로가 없다고는 할 수 없었다.

그리고 그 뒤의 이동은? 마법적인 이동이었다면 세레나의 공로가 제일 컸을 것이며, 황실군을 후퇴시켰다고 하는 것 또한 그랬다. 그녀의 이야기에 따르면 세레나는 대기하던 다른 영주들의 군대가 완전히 도착할 때까지 도왔을 뿐이라고 하지만. 과연 그뿐이었을까? 아닐 것이다.

전장에서 대마법사 하나가 어떤 역할을 하는지 나는 이미 익히 깨달았으니까. 거기다 대단한 전투를 치르고 온 몸이었다. 그러나 세레나는 이야기 중 단 한 번도 자신의 공로를 치하하지 않았다. 그저 아주 당연하다는 듯이 스쳐 지나갈 뿐.

"고마워요."

아울러 과거의 꿈을 꾸었기 때문일까. 눈을 뜬 순간에도 그랬지만 지금 이 순간에도 세레나가 아주 가깝게 느껴졌다.

세레나는 웃다 말고 잠시 답지 않은 미묘한 표정을 지었다.

"……인사는 이미, 몇 분 전에 했잖아요?"

"한 번 더 말하고 싶어서요."

이번엔 세레나를 대신해 내가 웃어 보였다.

"스승님, 사실 전……. '세레나' 님을 아주 많이 좋아했어요."

꿈은 아주 오래전 잠깐이나마 품었던 동경을 되새겨 주었다.

'그래, 내가 이 책의 주인공을 참 좋아 했었지' 하고. 지금은 더는 그때와는 같지 않을 것이나, 그날의 내가 품었던 단상은 아직 내 가슴에 남아 있었다.

"지금도 아주 많이 좋아하고요. 당신은 이 제국의 영웅이잖아요."

"……어째서 그 이야기가 지금 나오는지 모르겠네요."

"원래 고백은 뜬금없이 해야 효과가 좋다잖아요."

흔들다리 효과였나? 아니, 아닌데……. 실없는 생각을 지우며 이어 말했다.

"그러니 당신이 행복했으면 좋겠어요."

리녹의 행복을 바랐듯이 세레나도 행복해졌으면 좋겠다. 물론 리녹에게 바라는 것만큼은 아니겠으나, 이 마음만은 진심이었다. 세레나는 이제 웃지도 않고 미묘함을 그대로 드러내고 있었다.

"이상해요. 내게 그런 말을 한 건 당신이 처음이에요."

"스승님이 너무 멋진 영웅이라서, 다들 당연하게 생각했나 봐요. 행복할 거라고."

이 순간 탄시즈의 이야기가 떠올랐다. 황실의 실험체가 그였다면 마탑의 실험체는 세레나였다는 것. 나는 그녀의 삶을 알 수 없었다. 재단할 수도 없었다. 진실은 이면에 숨겨져 있었고, 나는 원작에 숨겨진 그림자를 알지 못했으니까.

"웃고 있는 사람이 모두 행복한 건 아닌데 말이죠."

세레나는 나를 빤히 쳐다봤다. 그것이 더는 관찰하는 시선만은 아님을 알았다. 마치 로봇처럼 무기질적인, 물결 없는 호수 같던 눈동자가 아주 잠깐 흔들린 것도 같았다.

"……당신은 역시 이상해요."

그건 내가 하고 싶은 말이기도 했다.

"스승님은 제게 소중한 사람이고요."

"소중? 에이미에게 의미가 있다는 건가요?"

"네."

내가 피를 철철 흘리던 와중에도 평온한 그녀의 음성은 역시 이상했다. 나도 이걸 안다. 그녀가 사실은 원작과 완전히 같은 사람은 아닐 거란 것을.

"그러니 이런 이상한 제자 하나쯤 있으면 삶이 더 다채로워질 것 같지 않나요?"

세레나는 답이 없었다. 어쩌면 습관처럼 짓던 웃음을 더는 짓지 못하는 것이 답을 준 것이나 다름없지 않을까 싶었다. 그녀는 끙, 숨을 흘렸다가 이내 고개를 들고는 일단 다른 얘기를 하겠다며 말을 돌렸다.

"이베르크의 마법을 풀기 위한 세 가지 재료를 기억해요, 에이미?"

"네. 기억해요."

나는 선선히 세레나의 의도를 따랐다. 세레나는 아무래도 자신에 대한 관심에 익숙지 못한 것 같으니.

"당신은 불새의 깃털을 얻었어요. 두 번째로 얻을 건 펜릴에게서 얻는 것. 이건 아마 어렵지 않겠죠."

동감이었다. 펜렐의 것이라면 더더욱.

당장 불러낼 수도 있었으니까.

"문제는 마지막 재료예요. 이것만 있으면 바로 시도할 수 있겠지만……."

"마지막 재료가 뭔데요?"

"요르문간드, 즉 바다뱀의 역린인데."

펜릴이 늑대, 무닌과 후닌이 까마귀 형태인 것처럼 요르문간드는 바다뱀 형태를 한 마법 생물이었다. 다만, 바다뱀이래도 늪지대 사이에 녹색 호수에 사는 특이한 생물이었다.

세레나는 가볍게 한숨을 쉬었다.

"바다뱀은 죽었어요."

"……네?"

나는 눈을 크게 깜빡였다. 이게 무슨 소리야.

"다른 생물과 다르게 이 세상에 단 하나 남은 개체였는데 죽었다고 막 들었어요."

"대체, 누가."

"황실이 한 짓이에요."

세레나가 그리 말하고는 나를 바라봤다.

"그들이 어째서인지 요르문간드를 죽이고 사체마저 가져가는 바람에 이를 구할 방도가 없어요."

"사체가…… 필요한 건가요?"

그녀는 고개를 저었다.

"역린은 요르문간드가 살아 있을 때 떼어내야 효과가 있어요. 사체에서 떼어낸다 한들 효과가 없죠."

속이 까맣게 타들어 갔다. 생각지도 못한 벽을 마주하게 되었는데, 뚫을 수도 넘을 수도 없다는 얘기를 들은 기분이었다.

"그럼, 이제 불가능한 거예요?"

"방법이 없다고는 하지 않았어요, 에이미."

난 세레나의 옷자락을 얼른 붙잡았다.

"또 어떤 방법이 있는데요?"

"그건…….""

세레나가 숨을 들이켰다.

"요르문간드가 가진 것 중에서 유일하게 몸에서 떨어져도 효능을 가진 것이 있어요."

세레나는 느리지도 않고 빠르지도 않게 말했다. 그녀의 입만을 바라보며 심호흡했다.

"바로 '요르문간드의 엄니'."

그리고 숨을 쉬던 그대로 멈칫했다.

"다른 말로 '독니'라 불리기도 하죠. 이건 당신이 더 잘 알 거예요."

나는 기시감을 느꼈다.

"바다뱀의 독니."

모를 수가 없다. 손은 어느새 배 한 부근을 꾹 붙잡고 있었다.

"나를 찌른 물건이죠?"

고통은 없다. 하지만 강렬한 기억이 그 순간의 고통을 다시 새겨주는 듯했다.

"⋯⋯이게 필요한 거예요?"

세레나가 고개를 끄덕였다.

"맞아요. 그게 필요해요. 에이미."

책 속의 마지막 장처럼 현실에도 종장(終章)이 불쑥 찾아온 기분이었다.

'탄시즈를 다시 봐야 한다고⋯⋯.'

세레나의 말인즉, 탄시즈와 다시 맞붙어야 한다는 이야기였다.

탄시즈와 황실. 어쩌면 이번엔, 진짜 끝을 내야 할지도⋯⋯.

> 5권에서 계속

언니가 남자 주인공을 주워 왔다 4

초판 인쇄 2020년 4월 13일
초판 발행 2020년 4월 28일

지은이 문시현
펴낸이 최재호
펴낸곳 주식회사 에이템포미디어

편집 디자인 s:now* **표지 디자인** Limjae
교정 교열 에이템포미디어 출판부

등록번호 2019년 2월 27일 제 2019-000012호
주소 경기도 부천시 부천로 198번길 18, 202동 1101호
       (춘의동, 춘의테크노파크 2차)
전화 070-4100-0600
전자우편 atempo_media@naver.com

블로그 atempomedia.com
인스타그램 instagram.com/atempomedia_books
트위터 twitter.com/atempomedia

ISBN 979-11-6428-198-5